U0116159

编辑委员会

岳经纶 郭巍青 主编

Chinese Public Policy Review （Vol.4）

中国公共政策|评论

（第4卷）

格 致 出 版 社　上海人民出版社

卷 首 语

一切为了人民的幸福与尊严

"我们所做的一切都是要让人民生活得更加幸福、更有尊严"。这是温家宝总理在 2010 年 3 月十一届全国人大三次会议政府工作报告中所作的庄严承诺。从 2010 年 2 月 12 日在春节团拜会上讲话到 2 月 27 日接受新华网专访,到 3 月的政府工作报告,温家宝总理在一个月内三次提及"幸福"和"尊严"一词,并且把"让人民生活得更加幸福、更有尊严"作为政府工作的全部目的。

改革开放 30 多年之后,在经济持续高速发展的当下,温家宝总理代表政府承诺要让人民生活得更加幸福、更有尊严,这是我国社会经济发展的必然要求,也是中国社会发展的新主题。其实质就是要在发展经济的同时,逐步扩大人民的社会权利,包括社会保障、福利服务以及教育、医疗、住房等权利。这些权利的取得和享有,事关人民的"幸福"和"尊严"。

亚里士多德认为有三种形式的幸福。首先是充满愉悦和乐趣的生活;其次是作为一个自由和负责任公民的生活;最后是作为一个思想家和哲学家的生活。幸福和尊严是一个有机的整体。如果说"幸福"更多地是与物质生活相关的话,"尊严"则更多地与精神生活和内心感受有关。对个人来说,一种幸福和有尊严的生活不仅是别人看起来好的生活,也是个人真实感觉好的生活。从这个意义上讲,幸福与尊严的结合,大体相当于社会政策学所研究的"well-being"(中文通常译为"福祉")。

"让人民生活得更加幸福、更有尊严",首先要体现在物质层面。具体来说,就是要在老有所养、病有所医、住有所居、学有所教这些最基本的民生问题上让老百姓得到更多的实惠,让人民群众更多地分享改革发展的成果。这要求我们继续促进国民经济又好又快发展。改革开放的实践证明,经济快速发展,从而创造出更多财富,不断提高综合国力,是人民生活得更加幸福、更有尊严的必不可少的物质基础。

在主观层面,幸福和有尊严的生活就是要让人民对生活有期盼、有满足,让人民感觉到自己的社会、经济和政治权利得到了保障,是国家和社会的主人。为此,首先要实现基本公共服务均等化,缩小不同地区之间、城乡之间、不同群体之间在基础教育、公共医疗、社会保障等基本公共服务方面的差距,让全国人民取得大致均等的公共物品和公共服务。其次,就是要规范政府权力,转变政府职能,变管理型政府为服务型政府,保障公民权利。

　　继温家宝总理倡导"让人民生活得更加幸福、更有尊严"之后，胡锦涛主席在 2010 年五一国际劳动节前夕又提出"让广大劳动群众实现体面劳动"的新命题。从"以人为本"到"科学发展"，从"幸福与尊严的生活"到"体面劳动"，应该说这些都是建设美好社会的新理念，都是具有重大社会政治意义的政策宣示。然而，我们不能停留在提出新理念的层面，不能满足于政策宣示，更重要的是如何落实这些关于美好社会的新理念和新宣示。为此，就政府而言，最重要的是做好社会政策设计和规划，建构全面的社会政策体系，并且加以有效地推行；就学术界而言，就是要强化社会政策的研究，并且推动中国社会政策学的发展。

　　"社会政策"指的是国家为了实现福利目标而在公民中进行资源再分配的各种有意识的干预活动。在这个意义上讲，一切旨在确保社会变迁能够增进公民福利和福祉的社会干预实践都属于社会政策的范畴。作为一门学科，社会政策学是关于人类福祉、对于福祉所必要的社会关系，以及福祉赖以提升的各类制度的研究。其目标是最大化人们拥有美好生活的机会。因此，它的核心内容就是关于什么构成美好生活（good life），以及什么是人类需要（human need）的根本性质等问题的理论争论和现实定义。社会政策学关注社会政策提升或未能提升人类福祉的程度，以及它们潜在的消极影响，思考追求人类福祉的范围和可达到的极限。

　　与前三卷一样，《中国公共政策评论》第 4 卷继续以社会政策研究为基本内容。本卷共刊载 9 篇论文，分属三个专栏。虽然数量不多，但大多篇幅较长。专论栏目中收录了伊万·塞勒尼和罗伯特·曼钦的论文《国家社会主义条件下的社会政策——东欧社会主义社会的市场再分配与社会不平等》。作者根据匈牙利在 20 世纪 80 年代的市场导向的改革经验，提出了这样的观点：虽然市场导向的改革确乎具有一定的平等化效应，但是它也开始造成各种不平等；至少在一定程度上，由再分配所造成的不平等和由市场导致的不平等开始相互强化，而不是彼此相互抵消。作者探究了这些新假设所具有的理论及社会政策意义，并且认为随着市场地位的确立以及社会主义经济越来越成为一种混合经济，政府有可能也有必要去创造一种福利导向的再分配干预机制，作为对市场工具的补充。

　　在中国社会政策专栏中，共收录了 6 篇论文，涉及中国社会政策的整体发展以及教育、卫生等具体政策部门。岳经纶的论文从国家角色的视角，审视了新中国成立以来我国社会政策演变的过程，探讨了我国社会政策的基本特征，并进而分析其未来面临的主要挑战。文章指出：随着我国社会政治经济状况的变化，国家在社会福利和服务中的角色发生了持续的变化，经历了从改革开放前的"国家垄断"，到改革开放后的"国家退却"，再到"国家再临"的演变过程。文章认为，面对未来，国家需要进一步强化自己的社会政策功能,推动社会福利意义上的统一的"社会中国"(social China)的形成。杨慧和梁祖彬的论文以福利体制理论为依托,立足于医疗卫生的商品化和去商品化以及卫生服务公平性和不公平性两个维度,构建了医疗卫生体制研究范式,进而尝试对中国城市医疗卫生体系的三个发展阶段进行了模式划分。张咏梅和李秉勤的论文讨论了地方政府之间的竞赛与评奖在推动当地政府投资和在特定社会政策领域公众参与的作用,认为地方政府间竞赛与评奖非常有利于创造一种地方认同感,从而引导服务提供者和社会公众实现社会政策的目标。姚建平的论文重点研究了转型期我国城镇的亚贫困问题及其相关社会政策。文章在分析亚贫困问题产生的制度根源基础上,提出应当按照群体分类的原则分清目前城镇不同就业群体的社会政策受益,在此基础上依靠改革和完善社会政策体系来应对城镇亚贫困问题。管兵的论文讨论了大学扩招与教育经费分配问题,指出了在现行教育财政分配方式下,扩招会让原本就存在的地区间的财政不均衡问题进一步深化,建议中央政府在政策上要促进教育的公平性,而非仅仅考虑效率。

社会政策理论专栏有两篇文章。吕建德的论文讨论全球化与社会政策(福利国家)的问题。文章首先介绍了全球化的几个重要面向及相关理论,进而分析了目前相关研究中对于全球化与福利国家关系的三重论点,以及不同福利体制在面对全球化挑战时的回应策略。郭忠华的论文讨论社会权利理论。论文分析了社会权利在历史上表现出来的三大模式:威权主义政权下的社会权利、自由资本主义背景下的社会权利、福利国家背景下的社会权利,最后以对吉登斯有关积极福利思想的讨论作为基础,探讨社会权利的当代走向。

岳经纶 郭巍青

2010 年 6 月

于中山大学

政治与公共事务管理学院/行政管理研究中心

社会保障与社会政策研究所

目　录

专 论

国家社会主义条件下的社会政策
——东欧社会主义社会的市场
再分配与社会不平等

伊万·塞勒尼(Iván Szelényi)　罗伯特·曼钦(Robert Manchin)

刘建洲 译 吕 鹏 校*

【摘要】 在早期研究论文中,我们认为:东欧的国家社会主义社会主要由再分配机制所整合,它导致了主要的社会不平等;而处于从属地位的市场机制,则能够缓解这种由再分配机制所导致的社会不平等;这与主要是被市场所整合的西方资本主义社会形成了对照,在那里,市场机制导致了主要的不平等,而政府的福利再分配则在一定程度上成功地扮演着对各种不平等加以调节的角色。根据匈牙利在过去10年中市场导向的改革经验,现在我们要对这一假设予以修正。我们认为,虽然市场导向的改革确乎具有一定的平等化效应,但是它也开始造成各种不平等;至少在一定程度上,由再分配所造成的不平等和由市场导致的不平等开始相互强化,而不是相互抵消。本文探究了这些新的研究假设所具有的理论及社会政策意义。我们的新理论可以说是关于市场与再分配的“修正版波兰尼理论”的一个拓展。我们相信:随着市场地位的确立以及社会主义经济越来越成为一种混合经济,政府有可能也有必要去创造一种福利导向的再分配干预机制,作为对市场工具的补充。

【关键词】 国家社会主义　福利资本主义　市场　经济再分配
福利再分配

　　* 作者为耶鲁大学社会学系教授。原文刊登在 G. Esping Anderson, L. Rainwater and M. Rein(eds): Stagnation and Renewal in Social Policy, White Plains, N. Y.: Sharpe, 1987, pp.102—139。译校者简介:刘建洲,上海行政学院讲师,上海大学社会学系博士研究生;吕鹏,清华大学社会学系博士研究生。

Social Policy Under State Socialism: Market Redistribution and Social Inequalities in East European Socialist Societies

Iván Szelényi　　Robert Manchin

Abstract　In our earlier essays, we suggested that in East European state socialist societies that were primarily integrated by redistribution, social inequalities were generated by redistributive mechanisms and counterbalanced by the subordinate market mechanisms. This contrasted with primarily market-integrated Western capitalist societies, where market mechanisms induced the main inequalities, while government welfare redistribution performed, with some success, an equalizing role. In light of experiences with market-oriented reform in Hungary during the last decade, we now want to reformulate this hypothesis. We argue that while market-oriented reform did indeed have some equalizing effect, it also began to generate inequalities of its own; to some extent at least, the inequalities induced by redistribution and by the market began to reinforce, rather than to counteract, each other. In this paper we explore the theoretical and social policy consequences of these new hypotheses. Our new theory is just an extended version of the "revisionist Polanyian theory" of market and redistribution. We believe that as the market gains ground and as the socialist economy becomes an increasingly mixed economy, the possibility and the need are created to complement these market instruments with a welfare-oriented redistributive intervention on the part of government.

Key words　State Socialism, Welfare Capitalism, Market, Economic Redistribution, Welfare Redistribution

导　言

　　在早期的一篇题为《国家社会主义再分配经济中的社会不平等》的文章中,我们认为:东欧的国家社会主义社会主要由再分配机制所整合,它导致了主要的社会不平等;而处于从属地位的市场机制则能够缓解这种由再分配机制所导致的社会不平等;这与主要是被市场所整合的西方资本主义社会形成了对照,在那里,市场机制导致了主要的不平等,而政府的福利再分配则在一定程度上成功地扮演着对各种不平等加以调节的角色。根据匈牙利在过去 10 年中市场导向的改革经验,现在我们要对这一假设予以修正。本文认为:虽然市场导向的改革的确具有一定的平等化效应,但是它也开始造成各种不平等;至少在一定程度上,由再分配所造成的不平等和由市场导致的不平等开始相互强化,而不是相互抵消。对于以上这些新的研究假设,我们将探究其理论意义及社会政策后果。

在早期的一篇论文中,我们对卡尔·波兰尼的理论(很多社会政策理论家都接受这一理论)提出了挑战。我们认为:市场并非天然就会产生不平等,而再分配也并非天然就会造就平等。相反,我们的"修正版波兰尼理论"强调:总是处于支配地位的经济体制导致了基本的不平等结构。与波兰尼的旨趣颇为相似的是,我们倾向于混合经济,相信在这样的体制中各种次属机制(secondary mechanisms)具有一种平等化效应(在再分配占主导地位的国家社会主义经济中,我们能够发现市场的这种最初的平等化效应)。我们现在的这篇论文,既坚持了"修正版波兰尼理论"的基本观点,又根据新的经验发现对其进行了修订与拓展。目前我们的观点是:从整个体系的角度来看,由于次属机制(如果它们足够强大的话)也能够产生自身的次属不平等(secondary inequalities),并在一定程度上强化了既存的首属不平等(primary inequalities),因此只有同时引进第三方机制(tertiary mechanisms),才可能调节这种复杂的不平等体系。而为了有效地消减二次不平等,这些第三方机制就不得不与主要机制(primary mechanisms)具有类似的特点;不过,由于第三方机制也应该不去强化各种主要的不平等,因此,它们不能等同于处于支配地位的机制。在国家社会主义社会中,这种第三方机制只能是一种再分配机制的修订版,即福利再分配(welfare redistribution)机制。一方面,这种机制将与主要目的是对经济再生产进行调节的再分配机制(为强调这一点,我们称其为经济再分配)有所不同;另一方面,它与调节价格的市场机制也是不一样的。因此,我们的新理论是对市场与再分配的"修正版波兰尼理论"的一种拓展。

在早期著作中,我们也认为:在寻求处理社会不平等问题的社会政策时,国家社会主义社会可以仰仗市场并将其作为政策工具。现在,我们则相信:随着市场确立其地位以及社会主义经济越来越成为一种混合经济,政府有可能也有必要去创造一种福利导向的再分配干预机制,作为对市场工具的补充。带着这一假设,我们进入到"社会主义社会中的社会政策问题"这样一个方兴未艾的争议性领域。争议(尤其在匈牙利这种争议显得特别活跃)的主角们,包括"社会改革者"、"自由主义经济改革者"以及"保守—复古主义者"(conservative-restorationists)。在相当一段时间内,社会改革者建议拓展社会政策和更具福利色彩的政府再分配的范围。这些建议遭到自由主义经济改革者们的强烈质疑;他们在过去 20 年的主要目标,就是削弱官僚—再分配的整合体制的霸权地位,增强经济的混合特征。自由主义经济改革者倡导对国家各个机构的再分配行为施加限制;他们尤其寻求最大限度地减少对赢利企业的利润剥夺,同时确保政府对亏损企业的补贴处于最低水平。对自由主义改革者们来说,更少的再分配意味着对企业"更硬的预算约束"以及更有效率的国民经济。自由主义改革者们一再指责社会改革者们背叛了改革的动机。他们担心:社会改革者们尽管有着良好的动机,却不过是在帮助某些保守的守旧主义力量;正是这些力量试图利用市场所导致的新近浮现的各种不平等所造成的社会紧张,来达到恢复旧秩序(the status quo ante)的目的,也就是恢复官僚—再分配的垄断。尽管社会改革者们对贴在他们头上的"反改革"标签感到不舒服并想与保守的守旧主义者们保持距离,但他们终归没有能够发展出一种推进复杂的社会和经济改革的共同平台。本文最重要的政策性结论是:这样一种共同平台,这样一种有助于社会和经济改革的共同策略,是可能的。依据我们的理论,这一策略的核心在于:将"经济"再分配和"福利"再分配从概念、制度及资金来源等方面予以清晰的区分。只要来自利润剥夺、并被用于投资补贴(也就是经济再分配的财政来源)的资金与福利预算是完全分离的,自由主义经济改革者们就能够继续其对经济再分配的攻击,并依旧提出其关于扩大政府福利再分配活动范围的建议。资金来自"硬的"、得到严格执行的和被客观定义的税收体系的福利再分配,不会导致软预算约束;因此,自由主义改革者们也没有理由不去真正支持福利再分配并反对经济再分配。

由官僚—再分配机制所导致的不平等

在较早的一篇文章中,我们分析了东欧社会主义社会中社会不平等的起源。我们的中心论点是:在西方资本主义经济中,主要的不平等是由市场所产生的;而在东欧社会主义经济中,不平等则起源于政府的再分配及其对稀缺商品与服务的行政配置。此外,在西方由市场所导致的不平等在事后(有时成功地)被福利国家的再分配干预所纠正;而在东欧,扮演着这种(相对的)平等化角色的,则是市场(Szelényi,1978)。

经验证据

支持上述假设的证据,主要来自20世纪60年代晚期所做的对匈牙利住房分配的调查。调查数据显示:补贴性的公共住房主要被分配给了收入远远高于平均收入水平的一些群体。低收入群体不得不在没有补贴的情况下,以市场调节价格去购买或建造自己的住房。花费在公共住房上的再分配和政府资金越多,富人获得好处就越多;虽然花费在公共住房上的钱较少,但市场上经过改善的抵押贷款环境等举措则对穷人有好处

(Szelényi, 1983)。

我们相信,在说明国家社会主义条件下再分配会造成不平等而市场具有平等化效应方面,住房仅仅是其中的一个案例。到了 20 世纪 70 年代晚期,一定程度上受我们关于住房分配的研究的激发,一些经验调查也在好几个领域中发现了社会主义国家再分配干预会造成不平等效应的证据。以下是其中的一些研究个案。

(1)譬如,亚诺什·劳达尼(Ladányi)对消费商品的价格体系进行了分析。尽管意识形态上的正当性要求的是社会公正,也就是政府对特定的消费商品给予价格补贴,而对其他商品征税;但通过对家庭预算的分析,劳达尼证明,整体而言低收入群体所消费的经过价格补贴的商品要比高收入群体更少。概言之,如果没有政府的价格管制,穷人的生活境况将会更好(Ladányi, 1975)。通过这篇文章,劳达尼对经济学家们所接受的一种观点——价格行政管制确实具有平等化效应——提出了挑战(Javorka, 1970;Hoch, 1972)。最近的一些研究则出现了观点的分化,费尔格(Ferge)似乎仍然坚持其早期的观点(Ferge,1979),而陶马什(Kolosi)则倾向于认同劳达尼的观点(Kolosi, 1983)。

(2)盖博·维基(Gabor Vagi)对社区发展的基金体系进行了分析。他发现,用于发展的补助金,被系统性地拨往城市尤其是那些作为行政中心的城市以及大村落中去了。小型的、最贫困的村庄则没有得到任何发展补助金。如果取消中央政府对社区发展的拨款,并赋予社区理事会对其管辖范围内的企业征税的权力的话,那些贫穷村庄的境况可能会好一些。因此,如果没有中央政府对社区发展的再分配干预,我们或许能够看到一种更平等的区域发展状况(Vagi, 1975)。

(3)约瑟夫·海基达斯(Jozsef Hegedus)与罗伯特·曼钦(Robert Manchin)分析了人们使用那些获得高补贴的娱乐设施的情况。他们发现,低收入群体很少有机会去享用公司或工会中各种最好的、获得较多补贴的度假住房等设施。如果人们都不得不以市场价格来为自己的休假买单的话,那么较高收入的群体就将失去这些补贴,贫富之间的不平等程度也将有所下降(Hegedus and Manchin, 1982)。基于这些证据,我们认为:一旦在诸如医疗、教育以及福利分配等领域进行系统的研究,也能够发现同样的不平等效应模式(Szalai, 1984;Polanyi, 1957)。

波兰尼的市场与再分配理论

我们相信,上述研究发现要求我们对波兰尼关于再分配与市场关系的著作反思,尤其是其关于再分配与市场对社会不平等的影响的分析。波兰尼主要对市场经济提出了批评。从《大转型》到其后期的经济人类学著作,他的主要目标在于揭示市场的历史暂时性与缺陷(Polanyi,1957)。

在《大转型》中，波兰尼认为：单纯的市场从来都不能够整合经济。正是在写作这部著作的时候，波兰尼形成了这样的观点，即只有进一步限制市场所扮演的角色，大萧条之后（post-Great Depression）以及第二次世界大战之后的"重建"才是可能的。在这样一个发达社会的经济发展得更复杂的新阶段，什么将能够取代或补充市场的地位呢？20 世纪 40 年代和 50 年代期间，针对这一问题，波兰尼试图给出一个在理论上具有内在一致性、在政治上具有灵活性的答案。在《早期帝国的贸易与市场》一书中，他发展出了一个复杂的"经济整合模式"理论。在这本著作中，波兰尼区分了三种能够对经济体系进行整合的不同模式。市场仅仅是这三种模式中的一个，另外两种整合机制是互惠与再分配。互惠、再分配和市场整合经济的方式是不同的；古典经济学理论的错误，正在于它假设市场是理性的，而互惠和再分配则不过是前现代的，因而也是非理性的。尽管波兰尼总是通过列举资本主义之前的社会的个案，来对再分配和互惠经济进行经验描述，但无疑再分配至少也是一种"现代化了的"机制。不过，关于互惠是否能够对现代的复杂经济整合，却是一件更值得质疑的事情。在对现代社会中的一些微观单位（譬如家庭就能够依据互惠原则经济地运作）进行整合方面，互惠也许可以发挥作用，但很难想象整个国家的经济能够以这种方式运行。而再分配的功能发挥则不仅限于小型组织，它曾经是众多伟大帝国的整合方式，而且也能够在现代经济中采用。波兰尼相信，再分配在现代经济中的运用不仅是可能的，也是必要的，因为大萧条证明，市场经济的种种矛盾已经变得更加尖锐。市场所引发的不断增长的不平等，已经对西方社会的政治稳定造成了威胁。只有不断扩展再分配对市场的补充功能并抵消其所造成的各种不平等的后果，资本主义才能够存活下去。

波兰尼的"再分配"观念对于分析国家社会主义经济的适用性

我们认可这一波兰尼式的分析。事实上，这种分析是有价值的，因为在资本主义条件下，市场是不平等的主要来源，且自大萧条后，资本主义已经迈向发展的"集约式"阶段，这些不平等也正在逐渐被一种补充性质的、次属的整合机制抵消，该机制就是福利再分配。基于这一逻辑，我们将上述分析推演到苏联类型的社会或国家社会主义社会中去（Konrád and Szelényi，1979）。波兰尼本人将苏联看成是"再分配经济"的一种现代版本，但他从来没有详尽论述这种新的经济整合方式。此外，他也没有追问现代再分配体系中社会不平等和冲突的性质与来源。

我们愿意对波兰尼的经济整合理论做两点补充。首先，我们将前苏联类型的社会作为现代的再分配经济来描述，与波兰尼的观点相似，这些经济体在进入到集约增长阶段后也不得不迈向一种混合经济。前苏联类型的经济所迈向的混合经济，一方面再分配维持着霸权地位，另一方面又使用市场机制作为补充。其次,我们认为,市场并非天然就意味着"不平等",再分配也并非天然就意味着"平等";总是占主导地位的机制在产生首属不平等,而一种补充性或次要的机制则能够缓解这些不平等。

依照它们在不同经济增长阶段的经济整合模式,表1对资本主义和国家社会主义的经济体系特征进行了描述。

表1　资本主义和国家社会主义的经济体系特征

	资本主义条件下的整合机制	社会主义条件下的整合机制
粗放式增长阶段 (Extensive growth stage)	市场占据垄断地位	再分配占据垄断地位
集约式增长阶段 (Intensive growth stage)	市场占据支配地位,再分配作为补充的/次要的机制	再分配占据支配地位,市场作为补充的/次要的机制

但是,这里所说的"垄断"(monopoly)或"支配"(domination)究竟意味着什么呢?(显然,"垄断"是一种夸张的说法,因为没有哪一个经济体系的整合仅仅依赖单一的机制来进行。甚至在自由放任的资本主义中,在市场的"垄断"下依旧存在着一定程度的互惠和再分配机制;甚至在"战时共产主义"条件下[1],市场都没有被完全取消。)我们相信,所谓经济整合的支配性模式,指的是它对再生产过程的逻辑进行调节,特别是影响着资本货物以及劳动力的配置逻辑。当代西方经济即便在其福利国家的发展阶段都是一种"被市场机制支配的经济";因为在这样的一种经济中,竞争性投资市场中的决策者是私人投资者,且这些投资决策都服从于长远的利益最大化的逻辑。在这些社会中,再分配机制只能够在经济体系的"边缘"领域发挥作用,它一般外在于"生产领域"——通过对具有重要社会意义的消费品的配置,在消费领域运作。国家社会主义经济是一种"被再分配支配"的经济,因为其多数投资决策源自中央的各类计划性组织。计划者只允许市场在经济的"边缘区域",也就是消费领域中运行。因此,东方和西方的再分配具有不同含义。在西方,再分配指的是收入在国民中不同群体之间的转移;而在东方,再分配则意味着中央政府各机构将从企业抽取的税收纳入国家预算,并以政府拨款、补贴或免费救济的形式,将它们重新配置到生产和再生产的领域中。

不过,上述区分仅仅是一种对"理想"类型或纯粹类型之间差异的区分。事实上,在西方经济中存在着一种趋势,即将国家再分配活动延伸到投资领域以及劳动力配置领域。类似的,市场的力量也"蹑手蹑脚地进

---

[1]　"战时共产主义"是俄国布尔什维克在十月革命之后为了反击帝国主义和国内地主资产阶级的武装颠覆而采取的临时社会经济政策。——译者注

入"东欧再生产的逻辑中。在一些西方国家,尤其是瑞典,"激进"的社会民主主义者们已经开始谈论"投资决策的社会化";这意味着工会或政府通常会对投资以及通常的资本流动施加某些控制。在一些东欧国家譬如匈牙利,经济学家们建议引入投资公司或"控股公司",以确保资本流动遵循竞争性市场中的利润最大化标准(Tardos, 1982)。上述措施意味着一种重要的趋同运动,包括社会结构的基础性变化。而这样的一种趋同,也只有强烈的社会斗争才可能催生。尽管在许多西方国家,投资的社会化、企业破产法(迈向投资社会化的一种美国式步骤)(Bluestone and Harrison, 1982)以及"新计划条约"(new planning agreements)(该术语的创造者是英国工党的思想家)等(Holland, 1978),都已经被纳入到政治议程之中,我们仍然能够预期:围绕这些议题,将会展开最激烈的政治斗争。私人资本将(以资本罢工的形式)强烈反对国家对资本流动领域进行实质性干预的任何重大企图。同样,我们也预计,大多数东欧国家会进行市场改革;我们推测,东欧国家将尽他们最大的可能,去强烈抵制以下各种企图:将投资商品"市场化"、创造一个竞争性的投资"控股者",并以这一领域中的市场调节取代计划性权力(Kovacs, 1984)。这些情况一点都不令人感到惊讶,因为以一种占据霸权地位的整合模式取代另一种整合模式,意味着社会性质、基本的阶级结构以及权力分配性质的变化。

作为东欧经济学家中的领军人物以及自由主义经济改革的主要理论家,亚诺什·科尔奈(Janos Kornai)在最近的一篇文章中,提供了一种极其相似的对国家社会主义经济进行概括的方式(Kornai, 1983)。在对各种经济体系雄心勃勃的、跨越历史的分析中,科尔奈对"市场的"、"官僚的"(bureaucratic)、"伦理的"(ethical)以及"强制的"(aggressive)四种协调机制进行区分。和波兰尼的体系相同的是,在这一体系中只有"市场"和"官僚"这两种协调机制能够整合现代复杂工业社会的宏观经济过程(Kornai, 1983)。尽管在这篇文章中,科尔奈并没有对福利资本主义和国家社会主义体系进行详细的比较,但如果我们能够在阅读该文的同时将其与他的另一重要著作《短缺经济学》联系起来的话(Kornai, 1980),那么我们就可以对科尔奈做出以下解读:(1)在国家社会主义经济中,"官僚"协调机制占据主导地位;(2)"官僚"协调机制处于主导地位,意味着中央官僚机构通过再分配干预企业的运行(譬如从赢利企业中抽取政府预算所需要的税收以帮助那些濒临破产的企业走出困境),来达到软化企业预算约束的目的。换言之,政府的官僚—再分配干预这一"制度条件",导致了预算软约束(Kornai, 1980);(3)预算约束的软化,使得社会主义经济成为一种"资源约束的体系"(而资本主义经济则受到"需求约束"的制约),而且在后一种情况下,软预算不可避免地导致长期短缺,它具有一种产生萧条的积累(Kornai, 1980)和导致强制性的产品替代(Kornai,

1980)的趋势。这种对产品质量和生产力的破坏性后果,在集约型的经济增长阶段是尤其不能接受的。对科尔奈而言,这也是为什么尽管所有的现代经济都是一种混合经济,正如市场和官僚的协调机制都在东欧经济中发挥着作用,"但在众多领域中,市场机制将具有更多优势。这就是为什么我们认为值得和有必要去行动,以便限制官僚协调机制并支持市场协调扩张的原因。"(Kornai,1983)

就其诊断和所开出的药方而言,科尔奈的分析与我们的分析似乎具有惊人的相似之处:官僚—再分配的整合机制支配着东欧经济体系,且正在迈向集约式发展的转型过程中;官僚—再分配的干预功能将不得不减少,而市场的作用则得到了扩大。不过,尽管科尔奈能够解释其药方为什么在经济上是不可避免的(譬如为了提升质量和生产力等而使得预算约束更加"硬化"),我们却希望能够将社会学的维度增加到分析中去。我们分析的目的,是去揭示变动的经济平衡机制所引发的各种社会后果,揭示那些旨在对占主导地位的整合模式进行限制的各项改革措施在社会学意义上的局限。

再分配式的不公平:占支配地位的再分配机制导致的不平等

然而,从很重要的一个方面来讲,我们早期的论文及经验证据与科尔奈和波兰尼的观点都是相矛盾的。正如我们已经指出的那样,对于波兰尼而言,"再分配公平"能够纠正市场所产生的不平等这一思想是毋庸置疑的,且不需要进一步论证。极其有趣的是,当"社会公平"这一问题被提上议事日程时,科尔奈以及几乎所有市场取向的东欧改革理论家们都在为官僚再分配"辩护"。经济改革者在效率的名义下,要求进行市场改革;对他们而言,不平等不过是人们不得不为效率付出的代价而已。在20世纪60年代中期,安杰斯·海基达斯(Andras Hegedus)是1968年匈牙利经济改革在意识形态上的主要发动者之一。他将这种两难解释成"最优化"要求和"人道化"要求之间的矛盾:对于市场最优化要求的扩张,社会主义出于伦理和人道考虑应该对其施加限制(Hegedus,1964)。科尔奈也赞成这一观点。他认为,之所以不能够取消官僚的调节机制,原因之一正在于社会主义需要确保公平的收入分配(另外,还包括"外部性"问题和"垄断"问题)。对科尔奈而言,"市场所导致的收入分化,在一定程度上违背了公平的收入分配的伦理假设……而更加公平的收入分配,需要再分配的干预……对再分配的社会需求越强烈,官僚机制所扮演的角色就越重要。"(Kornai,1983)波兰尼和科尔奈都认为,市场会天然地导致不平等,官僚再分配的整合则天然地造就公平。

我们已在早期的论文中对这种观点提出过挑战;我们现在仍要对其提出挑战。我们在诸如住房、价格体系、区域管理、福利分配等领域中所发现的证据表明：事实上，再分配确乎是导致不平等的主要因素。尽管要得出确切的结论尚需深入的研究，我们认为占支配地位的再分配机制所具有的导致不平等的本性，同样体现在收入的不平等中。20 世纪 50 年代，供给与需求因素在决定收入方面还仅仅是扮演次要角色，当时大多数的工资主要由官僚中心通过行政手段分配。尽管如此，当时东欧的收入分配仍然是相当不平等的。此外，正如瓦特·孔诺（Walter Connor）、戴维·莱恩（David Lane）、苏珊·费尔格（Zsuzsa Ferge）以及其他一些研究者所揭示的那样，从 20 世纪 60 年代到至少是 70 年代中期，当市场开始在决定劳动力配置和工资水平方面得到发展的时候，收入的不平等并未上升，相反还出现了轻微的下降（Conno，1979；Lane，1982）。

因此，我们认为波兰尼和科尔奈的观点都是错误的，任何一种经济调节机制，都不会天然地导致平等或不平等。我们的主要理论观点是：总是主要机制导致了根本性的不平等结构；次要的或第二位的机制，则具有平等化的效应。我们通过以下的图解方式对该理论假设予以说明：

表 2　不同社会经济体系中，导致根本性不平等或具有平等化效应的经济机制

	机　　　　　　　制	
	导致根本性不平等结构的机制	具有平等化效应的机制
福利资本主义 （以市场为主要整合机制）	市场	再分配
国家社会主义 （以再分配为主要整合机制）	再分配	市场

从上述框架中，我们并不能推论说，在福利资本主义和国家社会主义条件下，不平等的总体水平是一样的。一些经验证据表明，以再分配为主要整合机制的经济，在一定程度上较那些主要由市场进行调节的经济要更平等一些。由珀克（Pauker）和费尔格所提供的数据显示：在同等的经济发展水平下，国家社会主义社会的基尼系数要比福利资本主义社会低一些（Pauker，1973；Ferge，1971）。尤其是在将"非工资性收入"（如租金、利润等收入）考虑进去的时候，就会发现：存在私有制的社会的收入金字塔的最高部和最低部之间的差距，要比那些废除了私有制的社会大得多。而且多数分析者认为，甚至是工资性收入如工资、薪酬等，它们在再分配经济中的分配，也要比市场经济中的分配稍微平等一些。尽管如此，表 2 的有效性依然未受到影响；因为在假设了两种经济体系中的不平等的总体水平后，我们的这一框架的目的仅仅在于试图去解释这些不平等所产生的方式的不同之处。

对于阶级分析者们来说，表 2 是不足为奇的。毕竟，在我们的定义中，"主导"机制调节的是再生产过程（或者，用马克思主义阶级分析的术

语来说,为了扩大再生产而对剩余进行剥夺和重新分配)。这一主导机制包含阶级关系。因此,毫不奇怪,对任何特定社会中的权力与特权的分布,表 2 都将能予以解释。

为什么说市场配置将意味着不平等?在试图解释为什么市场配置将与公平收入分配的"伦理假定"相矛盾的时候,波兰尼的答案并不是很令人信服:"(市场)或许会产生不平等,而这些不平等对于更好的绩效激励而言又是不必要的。高收入产生的基础,可能并非是建立在对社会有益的绩效的基础之上,而可能是由于幸运、遗产继承等原因。相反的命题或许也是成立的:低收入的产生,也不能够解释为智商的缺乏,而毋宁说是由于先赋劣势或不好的运气所致。"(Kornai,1983)换言之,市场将导致不平等,其原因可能是出于运气好坏(由于确切地来说这并非一种社会学的解释,因此我们将排除这种标准),或者遗产的继承,或私有产权。将私有产权作为肇因意味深长;它暗示并非是市场自身在产生不平等,导致不平等的,是私有产权尤其是对资本的私人占有[我们要补充的是,这意味着有能力通过"资本性资产"(capital assets)的私人控制,而去剥削他人]。从另一方面来看,这种看法也是对我们观点的一种支持——只有在成为"主导性机制"的条件下,换言之,就是只有当资本货物被私有投资者通过竞争性市场加以配置的时候,市场才会成为基础性不平等的源泉。

此外,当我们断言再分配机制在一种经济中处于支配性地位的时候,这其实意味着"资本性资产"的私人控制已经被废除,资本货物也不是通过市场进行配置,而是通过控制着"组织性资产"(organizational assets)的官僚们所施加的再分配措施而得以配置。在这一点上,我们的分析很容易与埃里克·赖特(Erik Wright)详尽阐述的关于阶级的一般理论联系起来。在《阶级》一书中,他认为"阶级剥削"的基础,是对不同社会形态下的不同"资产"的控制(Erik,1985)。对赖特而言,在资本主义条件下,"资本性资产"构成了剥削(或用我们更为审慎的术语来说即不平等)的基础。而在被赖特称为官僚国家社会主义的条件下,随着私人所有制的废除,一个新的统治阶级开始浮现出来,其剥削能力乃是基于对组织性资产的集体控制。尽管我们不必全盘接受赖特的新的"关于阶级的一般理论",在这一点上,他的分析却与我们的分析不谋而合:不同类型的整合机制的主导地位,是以对不同类型的生产资产的控制为前提的,是以不同的阶级结构为先决条件的。

在本文中,我们坚持认为,表 1 和表 2 所呈现的对波兰尼理论的修正是精准的;不过,基于最近十年的发展,我们将重新评价自己的论点。这种再评价是必要的,因为至少在匈牙利,市场改革的扩张表明:在最初的平等化效应之后,市场机制也开始产生自身的各种不平等。此外,某些时候再分配和市场部门所产生的不平等,似乎在彼此强化。

市场最初的平等化效应

在过去 10 年里,在大多数东欧国家,尤其在匈牙利,具有重要社会意义的商品的市场配置程度得到了极大的提高。特别是住房经济,经历了巨大的转变。享有政府补贴的住房在所有新建住房中的比例,逐渐从 1970 年的 41%,下降到 1980 年的 34.1% 和 1981 年的 19.6%(Evkonyv, 1981)。相应的,用于行政配置的住房库存也大为下降。如果官方计划将大多数以前属于国有的存量城市住房重新私有化的话,市场领域的扩张程度将更为深远。譬如,布达佩斯市政当局曾经考虑将 30 万套公寓(该城市只有 200 万居民)优先出售给现有的居住者,若他们没有兴趣或者没有能力购买的话,就在开放的市场上出售这些公寓。尽管我们并不认为如此巨大的再商品化能够发生——因为过分雄心勃勃的城市专家们,将受到愤怒的房客和保守的官僚所引发的"政治现实"的警告——尽管如此,住房经济迈向市场的普遍趋势却是毋庸置疑的。这一普遍的再商品化趋势,对大多数其他消费品和服务也产生了影响,且随着价格受行政调节的商品的比例的急剧下降,中央物价局(Central Price Office)的角色开始被供需规律所取代。

开放"第二经济",是另一个导致市场角色扩张的重要原因。"第二经济"的增长,动摇了对收入水平的行政控制,并产生了一种更多受供需规律调节的收入分布状况。20 世纪 70 年代早期,官方大大放松了对农业兼职活动的管制,并鼓励人们从事商品生产。追随农业领域中的成功,服务业、甚至是工业部门中的小型私有企业(ventures)也受到鼓励。匈牙利的住房商品化程度及第二经济的开放程度是罕见的;还没有哪个东欧国家在这方面有如此深入的推进。因此,这里将要描述的是国家社会主义的"匈牙利模式";我们不大可能去预测东欧其他国家会在多大程度上遵循这一模式。当前,估计有 70% 的匈牙利家庭拥有来自第二经济的现金收入(仍旧主要是来自小规模的农业生产)(Boro, 1982; Gabor and Galasi, 1981)。根据我们对 1982 年收入调查(由中央统计局实施)的计算,只有 10% 的农村家庭(农村家庭约占全国所有家庭总数的一半)没有从事家庭式的农业生产。在剩余的 90% 的家庭中,来自家庭企业的农业性产出的平均价值约为每月 1 700 福林[1](约相当于一位产业工人月工资的 1/3)。

我们至少能够用两种方式,对这些数据加以解读:(1)甚至是在匈牙利这样的个案中,人们都会轻易地对第二经济创造收入的能力做过高的

---

[1] 福林(forint),匈牙利货币单位。——译者注

估计；毕竟，绝大多数人的生活还得依靠从官方机构挣来的受行政所调控的工资；(2)不过，由于大约有 1/5 到 1/6 的家庭总收入来自以市场调节价出售的家庭产品或服务；如果我们要想真实估计这些社会中所存在的不平等状况的话，就不得不将这种第二经济所产生的收入纳入考量的范围之中。

就目前的分析而言，我们不得不追问这样一个重要问题：从这一相当独特的再商品化的社会试验中，我们能够发现什么样的有关社会不平等的动力机制呢？这一再商品化的过程，是否具有我们在先前的文章中所描绘的那种平等化效应呢？我们对这一问题的回答是有限的肯定(a qualified yes)。

住房商品化中的平等化效应

令人遗憾的是，最近的关于匈牙利 20 世纪 80 年代住房运作的系统研究资料，尚不甚充分；尽管如此，我们还是能够对 60 年代和目前住房分配中的社会不平等进行适当的比较。基于手头所掌握的资料(Hegedu, 1983；Daniel, 1982；Daniel and Temesi, 1984)，我们认为住房的商品化确实具有某种程度的平等化效应。

在 20 世纪 60 年代，匈牙利(其他欧洲社会主义国家特别是前捷克斯洛伐克和波兰也存在这种可能)至少存在着两种有益于精英们的住房体系的运作方式(Szelényi, 1983)：(1)他们能够优先获得新建的、质量最好的公共住房，并因此享用政府预算投入到新建公共住房的大量补贴；(2)甚至是住房体系的非公共领域，也受到了政府再分配干预的分割，规划者情有独钟的，是住户密集的和类似于共同所有权公寓(condominium-type)的住房发展规划，不鼓励单一家庭各自建房。住房经济中的各种抵押条款以及附加的间接政府补贴，不过是对这些计划性偏好的反映。另一方面，共同所有权公寓的购买者和单一家庭住房建造者的社会构成，也表现出了阶级分化的特征。在 20 世纪 60 年代晚期和 70 年代早期，精英们的住所主要集中在共同所有权公寓中，而自家独立建房的，几乎都是工人尤其是那些居住在村庄中的农民工(peasant-workers)。换言之，精英通过对共同所有权公寓市场的控制，获得了更多的政府补贴。

不过，住房的商品化也通过两种方式阻碍了精英的特权：其一，分配到新的公共住房建设中的国民收入比例被削减，从而减少了能够从穷人转移到富人的收入的数量；其二，随着政府住房建设基金的削减，规划者被迫去寻找鼓励私人住房建造的各种途径，以便私有建筑的增长能够补偿公共住房数量的下降。在这样的情形下，惩罚最具有活力和最廉价的住房领域，即对工人和农民工人家庭的建房行为予以处罚，此时愈加暴露出其荒谬的一面。工人阶级住房的抵押贷款条款曾经有过一些松动。因此,放松对住房市场的管制,减少政府对住房领域的干预,对穷人来说是有好处的(尽管海基达斯和托斯科斯(Tosics)警告我们,不要过高估计放松管制的程度或政府补贴体系被压制的程度)(Hegedus and Tosics)。

　　显然,根据我们上文已经详尽阐释的一般性理论框架,尤其是表 1 和表 2 所勾勒的理论模式,并不是所有对住房市场的放松管制以及所有住房的再商品化,都意味着这样的一种平等化效应。之所以要强调指出这一点,主要是想将我们的观点和新古典经济学或新保守主义的城市政策区分开来(Harloe and Paris, 1984;Szelény, 1984)。我们所描述的放松管制之所以影响到住房市场,确切地说是因为那里并不存在住房的私人产权。在国家社会主义住房体系中,所谓“私有”或“市场”领域,仅仅是就居住权(owner-occupancy)和建造权而言;在那里几乎不存在能够用于牟利的住房产权(之所以说是“几乎”,是因为在住房经济的“灰色”领域中,存在着多元化的产权、出租牟利以及住房投机买卖等现象,但这些现象具有边缘性和偶然性,是违法的或处于半合法状态)。因此,放松对纽约城市住房市场的管制,将是另外一回事:因为在那里,存在着数量庞大的房东“阶级”;而且在放松住房管制的过程中,存在着投机性的投资行为。

　　公共住房的减少对穷人的住房条件改善的另一个好处是:到 20 世纪 80 年代早期,尽管新建的政府住房更少了,但依据我们能够收集到的信息,新的公共住房的配置是以一种更平等的方式进行的。从理论上讲,随着次属的市场机制开始在住房体系中得到发展,甚至连占支配地位的再分配领域也开始变得稍微平等些了。为了检验住房配置体系中这一早在 20 世纪 70 年代中期就或许已经发生的变化,我们于 1983 年和 1984 年夏季对数位匈牙利住房领域中的专家进行了访谈。一些城市社会学中的领军人物——如亚诺什·劳达尼、盖博·斯堪拉迪(Gabor Csanadi)、约瑟夫·海基达斯(Jozsef Hegedus)以及伊万·托斯科斯(Ivan Tosics)——都认为:到了 20 世纪 80 年代,新住房发展项目的社会特征已经发生了巨大的变化(新住房发展项目的社会构成是测量新公共住房分配的一个重要指标,因为大多数城市的政府住房建设都集中在这些发展项目中)。我们在 20 世纪 60 年代中期的调查发现,布达佩斯和一些省份城市的新建住宅区大多分布在精英聚居区,其职业隔离状况与旧的资产阶级居住区形成了鲜明的对比;我们的资料还表明,到 20 世纪 80 年代这一现象就不复存在了。新住房发展规划的社会声望也处于下降中。它们甚至开始吸收一些“底层阶级”(lumpen)的成员,其对精英的吸引力也不再像从前那样强烈。1980 年的人口普查资料,事实上也显示出这一趋势。譬如,1980 年从事“非体力性”职业的人口占新建的拉吉门育斯(Lagymanyos)住房项目(该发展项目的建设完成于 20 世纪 60 年代早期)总人口的 66.4%;而在贝克斯麦格伊(Bekasmegyer)住宅区(到 1980 年仍处于在建状态)中,从事非体力职业的人口比例下降到 42.5%(Central Statistical Office,1983)。贝克斯麦格伊的社会构成与布达佩斯市的平均数形成了鲜明的对比,它不能再被看成是一个精英聚居区。

这里,我们将对公共住房领域中不平等状况的下降,做出两点评论:(1)在购买政府住房的人当中,具有较高收入群体的比例下降与住房市场的扩张有着直接联系。由于一些新建的私人住宅具有比公共住房更高的质量,这吸引精英及其子女搬出公共住房。随着面向"富人"的市场的产生,"穷人"获得公共住房的机会得到了提升。(2)公共住房建造所具有的新的"平等主义"效应,是相对而言的。尽管较低收入群体获得新公共住房的机会有所提升,但与高收入群体相比,他们依然处于不利的地位。在最近一项关于住房不平等的统计中,苏珊·丹尼尔(Zsuzsa Daniel)和约瑟夫·特莫斯(Jozsef Temesi)认为,在 1976 到 1980 年间确实发生了住房条件的改善;但他们同时也承认:"这一改进并不足以改变自 1976 年以来就存在着的最初的住房结构……住房条件中所存在的不平等,依旧要远远高于收入分配中所存在的不平等……与具有平均收入水平的家庭相比,处于收入分布最底层的 10% 的家庭,仍然要为相同质量的住房多支付超过 25% 的价格。"(Daniel and Temesi)用我们的术语来说,这意味着住房经济中的基本结构保持着再分配的特征:政府的再分配仍然在制造着住房领域中的主要的不平等。而这种不平等之所以得到缓解,是由于次属机制——市场——发挥了作用。

第二经济的平等化效应

就像住房市场对住房配置具有平等化效应一样,第二产业经济的扩展对收入分配也具有类似效应。从意识形态上看,国家社会主义体制通过"按劳分配"的业绩原则(meritocratic principle),将其收入分配的体制合法化。在实践中,测算工作产出的依据,常常是文凭即正式的资质证书以及个人在组织中的地位(这里的一个潜在而又未曾得到证明的假设是,劳动生产率与正式的资格水平是成正比的)。结果是,资质水平和收入之间呈现强烈的正相关关系。

第二产业经济在一定程度上截断(cross-cuts)了这种收入不平等的体系。这一点在农业性的家庭商品生产中表现得尤为明显。根据我们自己对 1982 年匈牙利中央统计局收入调查数据的测算,农业体力劳动者群体从第一经济中获得的收入最少,他们从第二产业经济中获得的收入在其总收入中占有更高的比例。一般来说,如果将农业中的第二产业经济考虑进去,则收入的不平等程度会比以前小。

　　工业中的第二产业经济是如何影响收入的不平等的？要想对这一问题作出判断是一件比较困难的事情,因为可靠的数据更为缺乏;另一个原因则在于,工业中的第二产业经济现象比较多元化,而且其所引发的一些结果彼此之间更加具有矛盾性。在工业性的第二产业经济中,最为重要的部门当属私人建筑业,它可以在较低的技术水平下运作,也吸收了大量非技术劳动力就业。我们似乎有理由推测,通过在建筑业兼职或者周末在小型私有企业里打零工,收入低下的非技术劳动力能够提高自身的收入,并缩小其与高技能工人及专业人员的收入差距。不过,这一推论未必适用于服务业,因为在那里主要是技术性工人在从事第二经济。当然也有一些企业,譬如兼职的咨询企业,就能够为高技能人士特别是工程师提供第二经济的创收机会。在农业部门中,第一经济收入和第二经济收入之间存在着明显的负相关;而在非农业部门中,两者之间的相关性或许并不存在。按照陶马什的说法,第二经济"截断了第一经济中的劳动分工"(Kolosi, 1982)。在更近的一本著作中,他在某种程度上以不同的方式表达了这一见解,他认为:"人们对第二经济的参与,并未对当前的匈牙利社会造成分层效应。"从这句话可以看出,他真正想表达的意思是:在第一经济收入和第二经济收入之间,他并不能发现任何相关性(Kolosi, 1984)。

　　工业性第二经济的一种最新形式即所谓的"企业工作集体"组织(enterprise work collectives),似乎也表明"市场造成的平等"与"再分配造就的不平等"是相互对立的。在过去的两、三年中,工人们被容许以契约为基础去组织这样的企业工作集体组织;如此,他们能够在正式工作时间之余,作为公司的外包工继续从事工作。该工作集体以外部承包者的身份获得报酬,就相当于它们是一个小型的私有公司。正式企业的内部工资计划,对工作集体成员的收入分配方式并不能产生约束作用。最近的一项研究发现,在工作集体内部,工人所挣得的收入的分配,是高度平均化的;能力差异和管理服务,在分配中并没有得到显著的体现,企业的工资差异也被忽略了(Szirmai, 1983)。在官方要求的时间里,工头、技术工人和非技术工人挣得不同水平的工资;而在工作时间之余,也就是当他们为自己而工作的时候,这同样的一群人就会平均地分配所获得的收入。工作集体的成员们常常从他们所工作的"市场"中,获得同等的一份报酬;而当他们在为其官僚的雇主工作时,却赚取着不同的收入。这一点尤其令人感到惊讶,因为工作集体中的生产率,通常要远远高于其在官方工作时间中创造的生产率。

　　所有上述这些发展都支持我们最初的假设:在再分配作为主导整合模式的经济中,市场扮演着一个重要的校正角色;而在那些再分配导致了主要不平等的经济中,市场则会纠正和减少这些不平等。

由市场所导致的不平等

考虑到匈牙利在过去数年中所发生的事实,我们愿意对上述假设予以一定程度的修正。基于可供利用的证据,现在我们认为:正在浮现的市场机制也开始产生出新的不平等。这一不平等的发展方向具有以下几个趋势:(1)已经产生了一种新的关于分层或不平等的双重体系。新的企业家阶级正在浮现,且就其获得稀缺商品和服务的便利性而言,他们的特权将接近于干部精英的特权。(2)至少有一部分干部精英学会了如何利用市场;如此,他们成功地将自己以前的官僚特权"商品化"。(3)我们能够在社会等级的底层发现这样一个群体,他们不仅是再分配领域中被剥夺得最厉害的一群人,而且他们也没有获得来自市场的帮助。由于缺乏进入市场的能力和(或)资本,随着再分配机制地位的相对下降,事实上他们的境况要比市场改革前的境况要更为糟糕。

随着市场的逐步扩张以及小型私有商业政策的放宽,在过去的 10 年中,一些国家社会主义社会兴起了一个新的企业家阶级。匈牙利是这一过程的引领者,波兰则紧随其后,尤其是在后团结工会时代。(一些评论者将前苏联所发生的"第三产业经济"看成是这种企业式发展的一种雏形。)

到 20 世纪 80 年代中期,在匈牙利开始出现了一个数量较少、但颇具活力的新企业家阶级,其私人占有或控制的资本性资产,个别的可达到数百万福林(在工业中其平均收入是每年约六万福林)。最富有的私有企业家,或许是一个名叫德索·科斯佐(Derso Koszo)的人,他是匈牙利南部的一个叫莫罗哈罗姆(Morahalom)的大型村庄中的一位五金店老板。据匈牙利电视台对他的一次采访以及其后《移动世界》(*Mozgó Világ*)杂志的报道,这家商店的年营业额超过了 100 万福林(Vilag, 1984)。魔方(Rubik Cube)的发明者厄尔诺·鲁比克(Erno Rubik),[1] 是这一"超百万富翁"俱乐部中的另一位成员(其资产估计价值在 3 000 万福林)。虽然缺乏可靠数据来测量个人控制的资本数量,而我们从匈牙利掌握的资料对这一数据的估计也相差甚大,但我们还是相信:存在着一个具有相当规模的群体(或许是很多家庭),其生产性投资的资本数额在 1 000 万到 1 亿福林之间。以美元的价值衡量,这并非一个令人印象深刻的数目(按当前的汇率,相当于 20 万到 200 万美元之间);不过,如果将这笔财富与个人的年收入进行比较,并考虑到这笔财富大部分是在

---

[1] 魔方是匈牙利建筑学教授和雕塑家厄尔诺·鲁比克于 1974 年发明的机械益智玩具。据估计,自发明来,魔方在全世界已经售出了约 1 亿多只。——译者注

过去的十年中积累的,我们就能够对新企业家阶级形成的动力机制有更为清晰的认识。拥有上千万福林资产的家庭毕竟是少数,不具备典型意义(我们怀疑,这种快速的资本积累大多发生在商业领域且常常具有投机的性质)。在新企业家阶级中,更具典型意义的成员,是那些从事农业或工业消费品生产的小生产者。在纪录片"地球上的天堂"(Paradise on Earth)中,帕尔·朱哈慈(Pál Juhász)和帕尔·施凯夫(Pál Schiffer)对来自农业城市斯曾特斯(Szentes)的一个名叫可瑞可思(Kerekes)的西红柿种植家庭进行了访谈。[1] 该家庭经营着一个极具活力的、面向市场的企业;其资本投资在一百万到两百万之间,这对于一个全天候运转且在旺季偶尔雇佣带薪劳动者的商业农庄的运转而言是足够的(可瑞可思目前仍然在为家族产业的存活而挣扎,因为他们不得不在黑市上以令人望而却步的利率——每年 30% ——借贷其大部分资本。但如果他们拥有自己的生产性资本,他们可以生活得不错,并迅速扩大生产)。像这样运作的家庭式企业的数量,或许已经达到数万个(约占所有家庭数量的 2% 到 5%)。

　　因此,一个新的精英群体似乎正在从经济体的市场领域中浮现出来,他们的特权乃是基于对资本性资产的占有,而不是由于其在官僚等级制中的级别。总之,这两种精英的存在以及分层和不平等的双重体系(正如图 1 所显示的那样),已经成为一种很明显的事实(特别是在乡村)。1984 年夏季,我们游历了匈牙利数个区域的村落,令我们印象至深的是:在这些乡村中出现了一种新的家庭住房类型。传统意义上的匈牙利乡村社区,几乎都是由一层住房所构成;缺乏两层建筑差不多成为一种民族特征(在奥地利和捷克斯洛伐克的农村地区,两层住房几个世纪以来都是很常见的)。匈牙利乡村的第一轮住房建设的高潮,是由"农民工人"在 20 世纪 60 年代到 70 年代早期发起的,那时主要是建造一种新式的单层住房。而到了 20 世纪 70 年代晚期,出现了一个重要突破:人们开始建造两层的家庭住房。这种两层"别墅"突然之间成为乡村地区流行的住房式样。在乡村之旅中,我们试图确认这些新的"住房阶级"或住房所有者与居住者的社会阶级位置。当我们询问这些流行的两层"别墅"的所有者或居住者的职业的时候,当地人的回答常常是农业合作社的主席、党支部书记、农业工程师、地方议会(即苏维埃)的主席,或成功打入市场的园艺主、奶牛农场主、私营的烤面包师傅、花店老板等职业。从这些零星的"民族志证据"中可以发现:精英似乎正来自两个不同的极端(bi-polar)。要想优先获得令人羡慕的和稀缺的物质商品,有两种机制:一种是在官僚等级制中

---

[1] 该纪录片片名的意义,在其英译的片名中大都缺失了;在匈牙利语中,单词"paradicsom"既有西红柿又有天堂的含义。

的级别;另一种是资本的所有权或企业家身份。

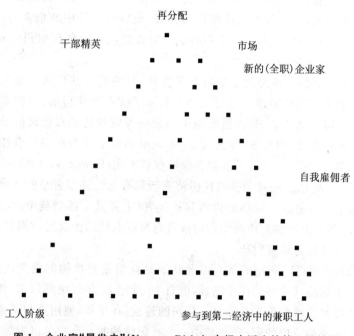

图1　企业家"暴发户"(Nouveau Riche):市场中诞生的第二种精英

再分配特权的商品化

有一种假设认为:只有新的企业家阶级才利用了这些新的市场机会所带来的好处。这是一个相当具有误导性的假设。因为就其与市场的关系而言,干部精英自身也发生了分化:相当一部分干部精英(对其规模进行确切的计算,需要更为详尽的经验调查)同时享有官僚特权和市场特权。我们不得不做出自我批评,我们在早期著作中低估了干部精英的能力,他们中的很多人在过去十年中所表现出的适应力,被证明是超出了我们的预想。他们不是坐等市场逐渐剥夺其先前的优势地位,而是学会了如何去利用市场;或许可以说,如果他们自己在一定程度上学会了如何从市场中谋取利益的话,他们就会赞成市场化改革。

我们将再次以住房为例,来说明这一"再分配特权的商品化"过程;虽然这里所使用的案例仅限于住房领域,我们相信同样的逻辑也适用于其他领域。

在过去的十年里,住房经济领域中积累了数量庞大的家庭财富,其主要原因在于房屋价格通货膨胀的上升速度要快于一般的通货膨胀率。由于住房经济是一个被分割的体系,因此从这一高于平均通货膨胀率中所产生的资本收益,其分配是相当不均衡的。那些在 20 世纪 60 年代晚期占据着"主要的住房市场位置"的人们攫取了这些资本收益的大部分,他们在城市或快速成长的村落里的私有住房质量好,房子新;而正在衰落的小乡村的居民,质量较差的住房的所有者,或居住于其中的租客们,则并没有获得这种资本收益。以下一些例子可以说明这种住房聚积(convergence)(或商品化)的手段:

(1) 调节公共住房的立法发生了变化,早期的公共住房黑市也成为半合法的了。那些向地方当局上交本来属于政府的住房的人,能够从当局那里获得一笔资金,其价值相当于一套同等质量的私有公寓的价值的 50%。那些在 20 世纪 50 年代或 60 年代早期完全免费获得国有住房的干部精英,现在可以将其早期的官僚特权资本化(Boroczfy, 1983)。

(2) 一些质量很好的公共住房被重新私有化。许多奢华的战前资产阶级别墅被以象征性价格出售给其居住者(主要是干部精英中的成员)。从而,这些人由于在党内高级岗位或政府岗位上任职而获得的别墅,现在也能够被转化为私有财产。

(3) 公司可以利用的基金以及特别是拨给党政机构的资金,它们本应该用于解决其雇员的住房问题,但自 20 世纪 70 年代中期以来,却越来越多地被其主管们用于补贴私人住房的建设(在早年,使用这种基金建造的住房会成为政府的资产)。其中一个有影响的共有产权公寓发展项目,即所谓的珀兹索伊街道房地产项目(Pozsonyi Street Estate),就属于这种干部公寓(cadre condo estate)项目,地点则位于布达佩斯市佩斯(Pest)北部中心地带[1];据说,其中的很大一部分公寓,是匈牙利共产党中央委员会补贴给其员工的。干部精英的成员们还利用这些受公司组织或受补贴的公寓发展项目为其子女建造住房。通过这种方式,基于等级的特权开始与基于财富的特权合流。而具有历史讽刺意味的是,那些通常是干部精英子女的异议知识分子们,往往也是这一体制的受益者。

(4) 市政部门已经开始将那些处于中心地带、具有很高价值的城市土地,以远远低于市场的价位"批租"(lease out)给干部精英的成员们。这一行为背后的意识形态宣称,因为具有高附加值的政府土地不应该被私有化;但是,由于这些土地的租约长达 99 年,它们在事实上是以补贴价格被私有化了。而为精英修建的各种新的奢华别墅正建造在这些土地上。

住房领域或许是这种"再分配特权的商品化"得以发生的最主要的领域;正是在这一领域,官僚的各种特权转化为市场特权。因此,通过投资房地产致富是安全、合法的,甚至能够赢得社会的尊敬。或许,还存在着

---

[1]　布达佩斯市由位于多瑙河西岸的布达(Buda)、东岸的佩斯(Pest)和欧布达(Obuda)三个地区组成,因而得名。——译者注

其他"官僚特权的商品化"的途径,但这些途径看起来更像是"腐败";因此,这些"官僚特权的商品化"方式或更隐蔽,或很少发生。例如,某些"第二经济"中的收入,或许并非取决于市场。老百姓常常相信,企业工作集体组织或兼职性的私人咨询企业为了获得利润丰厚的合同,而会将其部分收入转移给在职官员。对于这种说法的可信度或者说这一现象的普遍程度,我们无法判断。不过,到目前为止,本文的主要观点应该说是明朗的:在两种不平等的机制(即我们图示中的两个金字塔)之间并不存在严格的界线;导致两种类型的特权累加的各种力量,正在发挥着作用;而且,随着市场改革的推进,这些力量很可能变得更为强有力。

劣势的积累

在社会等级体系的另一端,发生了一种类似的积累过程,即各种劣势(disadvantages)的积累过程。那些在再分配领域中社会经济地位最为低下的群体,最不可能从市场中获得改变其不利地位的机会。尽管对处于平均收入水平或稍低于平均收入水平的群体来说,住房市场的扩张是有好处的,但社会中最贫困的阶层却不太可能通过市场解决其住房问题:他们首先缺乏的恰好是进入市场的必要资本。此外,第二经济的社会受益面并未拓展到社会等级体系的各个层面。那些在再分配领域中处于最不利地位的人,并不能获得市场性收入(正如前文所指出,约30%的人口没有来自第二经济的收入,且该区间人口的分布指向收入分层的底层)。这一点颇值得引起社会政策制定者关注。因为自从1979年以来,人们从"第一经济"中获得的实际工资已经处于下降或停滞状态。只有通过提升第二经济的重要性,才能够阻止大量人口的生活水平急剧下降。对总体人口而言,来自第二经济的收入的增长能够补偿来自官方职业(bureaucratic employ-ment)的实际收入的下降;但这一补偿效应对于收入分层底部的那些人来说并不起作用。这里正在发生的是一个真正的贫困化过程。

在关于第二经济和市场改革的普遍兴奋中,艾勒梅·汉基什(Elemér Hankiss)是少数几个注意到这一贫困化过程的社会评论者之一。在最近的一篇文章中,他对将社会福利领域的快速改革与工业领域中慢腾腾的改革联结在一起的做法提出了警告(Hankiss,1982)。他指出,随着消费领域的补贴在市场化改革的名义下被削减,消费品的价格朝着与世界市场的水平一致的方向上涨。但是,如果退休金、家庭补贴以及政府福利支出在总体上并未与通货膨胀的速度保持一致的增长,其实际价值就会下降;老人、穷人以及残疾人,就会在不断下降的实际收入和不断上涨的价格的双重夹击下煎熬。同时,市场改革的推进并不具有类似于生产领域中的那种活力。主要企业和重要工业机构的经理,由于具备老人、穷人以及残疾人所缺乏的政治影响力,因而能够成功地抵制政府补助的削减措施。他们力图维持其所在公司预算约束的软化状态,抵制或至少拖延市场化改革。吊诡的是,在那些最需要改革的地方即国有工业的要害部门,东欧的经济改革成效甚微。汉基什建议:改革应该直接反对各类产业大亨(the barons of industry),并保护穷人免受改革所引发的负面效应的影响。

汉基什对匈牙利经济改革的批评,提醒我们去注意自由主义者对里根经济学的批判(这里指的是真正的自由主义者们所提出的批判)。在向往一个"更小的国家"和减少政府职能的方面,真正的自由主义者常常会同意新保守主义者的看法。但是,他们痛恨里根经济学对这一原则的运用,因为在这种经济学中,福利国家的功能被削减了,而战争国家(warfare state)(以及通过丰厚的防务合同给予军工业的国家补贴)的职能却得到了扩张。汉基什对这种市场化改革的渴望表示赞同,但他反对以下的改革战略:只在那些较少遇到抵制的领域(如福利领域)进行改革,却仅仅因为遇到官僚反对,就延迟改革那些最需要变革的领域(如生产领域)。

市场产生的不平等可能引发的某些政治后果

市场所产生的未曾预料到的不平等效应,使得一种反市场改革同盟的建立成为可能。一些经济学家和社会学家已经指出,市场改革运动的社会基础是薄弱的(Bauer, 1982;Szego, 1983)。按照塞果(Szego)的说法,我们有可能预见到一个由"干部知识阶层"(cadre intelligentsia)[1] ,这一同盟将反对知识阶层中的改革派和第二经济中的"新经济人"(nepmen)[2] 。

在 20 世纪 70 年代早期,一部分党的领导阶层试图在工人反对运动(ouvrierist opposition)的意识形态指引下,去执行一种反改革的、保守的、倒退的政策。保守力量集结在各种工会官僚机构中,在维护工人阶级利益的名义下,发动了一场反对经济改革的攻击。他们的主要攻击目标是农业工人。守旧主义者们认为,1968 年的改革给了农业工人太多的好处;他们宣称,一种收入的鸿沟已经被制造出来,以便迎合缺乏技术的乡村无产阶级,从而牺牲了城市中心领域中那些具有较高技能的工人阶级的利益。他们要求采取严厉的措施,去限制他们认为过高的乡村区域的收入。尽管守旧主义者们在当时并未获得太多的公众支持,他们却成功通过了反对农业工人的立法(譬如,宣布私有拖拉机是非法的,对家庭购买私人货币予以限制等等)。但这一立法的效果适得其反,它导致了农产品产量下降和城市市场上水果与蔬菜价格上涨。结果在 1975 年左右,守

---

[1]　(这是她对党内保守官僚的称呼)和工业无产阶级组成的"非神圣同盟"(unholy alliance)(这是我们的术语,塞果是这一同盟的意识形态的辩护者而不是一个批判者)(Szego)。

[2]　在 20 世纪 20 年代,那些受益于倡导私有商业的措施即所谓新经济政策(New Economic Policy,缩写为 NEP)的暴发企业家们,在苏俄被称为"新经济人"(nepmen)。

旧主义者们败给了党内的改革派。现在,塞果建议考虑复兴这种反市场改革的"工人反对运动"的可能,她还为党内的这一派别设计了一项政治和社会规划(参见其对自由主义市场改革所潜藏的资本主义—复辟主义意蕴的全方位批判)。她相信,这一次市场改革的反对者或许会变得更强大,更成功,因为市场导致的负面效应已经扩展到了更广泛的范围——这一次,她或许说对了(Szego,1984)。

官僚机构将成为这一反对阵营的核心(Fehér,1983)。因为正如我们已经指出的那样,就其与市场化改革的利益关系以及对市场化改革的态度而言,干部精英已经成为一个分化的群体。

有相当数量的精英人士不能够获得来自第二经济的各种物质利益,他们的权力也因为各种针对再分配的限制而遭到侵蚀。毕竟,一个县的党委成员或工业企业中全职的党委书记们能够从第二经济中得到什么创收机会呢?在最近几年中,党政机构中的高层以及尤其是中层的大部分干部、工会官员和武装力量人员等,都经历了一个物质特权被逐步侵蚀的过程。改革呼声不断增强,譬如,人们要求将经济从政治的影响下解放出来、决策分权、赋予市场更多空间并限制再分配的范围等等,这些呼声无不在警示,官员的权力将遭到更进一步的侵蚀。事实上,在大多数东欧国家,正是这一部分人从1968年起就在政治上占据主导地位并成功地阻挠了改革运动进行(在波兰则带来了灾难性后果)(Manchin and Szelényi,1985)。不过,匈牙利改革运动的部分成功,却可以归结为这种存在于精英之中的党内官僚势力相对弱小,这也是匈牙利发展过程中的一种特色。值得注意的是,在匈牙利,这一官僚势力依旧在觊觎权力中心;目前,他们遭受的挫折或许越来越多;但正如他们所宣称的那样,随着守旧主义运动的复兴,他们或许会卷土重来并在一定程度上获得大众的支持。

随着市场化改革所导致的一些不平等后果的凸显,守旧主义运动可能会变得相当受欢迎。城市工业无产阶级中的核心成员们,如高技能工人,尤其是重工业中的技术工人,构成了由守旧的党内官僚所引领的反改革运动的最重要的潜在盟友。在粗放型经济增长阶段,再分配机制处于垄断地位,工人阶级中的这一部分人获得了最优厚的报酬并最受掌权者青睐。但现在,他们最不可能获得来自第二经济的收入;且随着经济理性化改革的推进,以及亏损的重型工业的倒闭,他们正面临着失业的威胁。一些评论者认为,之所以建立"企业工作集体组织",原因正在于当局试图对核心重工业领域中无产阶级经济状况的相对恶化予以补偿(Szego,1985)。在我们1984年夏季所作的访谈中,中央计划署的官员们也表达了同样的观点。他们认为,"企业工作集体"是送给核心城市工业中的高技能工人和管理者的一种"筹码"(chips)(Rupp,1985)。如果我们将"第二经济"中的工作分成两种类型,一种是小型家庭商业中的兼职性质的自雇佣工作，另一种是大企业的"企业工作集体"中的工作，那么可以说前者主要为"边缘"工人提供了增加收入的可能，而后者则增加了"核心"工人的收入［关于"边缘"与"核心"工人的分析，参见萨巴·麦可（Csaba Mako）的研究工作］。塞果和斯塔克都认为，既然企业工作集体组织的建立，是在政府放宽对兼职性的自雇佣工作控制之后，因此它可以被看成是政治领导层的一种有意识的举措，其目的是创造一种制度，使核心工人也能够分享第二经济中的一些好处。这些企业工作集体，能够在多大程度上成功地将核心工人整合到改革的进程中去？要回答这一问题，现在还为时过早（塞果对其成效持怀疑态度，而斯塔克则更为乐观）；但如果这些举措失败了，则守旧的党内官僚与处于衰落的重型工业中的核心工人之间的政治联盟，很可能会成为现实。

20 世纪 70 年代早期的"工人反对派"，主要是力图将自身建构为城市无产阶级利益的代言人。新的守旧主义反对运动延续了这一传统，同时也开始将自身表现为社会福利的捍卫者。在两种分层体系中所产生的劣势积累而导致的"贫困化"过程，事实上指向反市场改革联盟的第三类潜在盟友，即那些老年人和特困户；他们被排斥在新的市场机会之外，削减政府费用的紧缩措施对他们的打击显得特别严重。

在这一部分持守旧主义立场的精英中，最能够发出声音和最令人瞩目的当属工会官员们。这一点并非偶然。在东欧，国家机器的社会主义转变使得独立的社会福利制度被全面取消。于是，这一在西方通常是由政府福利性官僚机构所执行的功能，大多被工会所接管。工会官僚机构更多是支持再分配体制而较少赞成市场体制。因此，他们同时创造了一种新的政治联盟体制，以便维护其特殊的官僚利益和对大多数福利支出的控制权。

本文的分析目的，是去揭示东欧整个改革运动的政治脆弱性。保守的守旧主义者是否一定支持解决社会福利问题？自由主义经济改革者们能否创造出一种属于他们自己的、可信且可行的社会政策蓝图？

在这里，匈牙利近期的社会福利改革史是颇具启发性的。几年前，在该国一位社会学领军人物苏珊·费尔格的领导下，匈牙利政府和党实施了一项重要的研究计划。这一社会政策研究小组不仅从事关于社会福利的研究，且被委以设计社会政策改革方案的重任（Ferge, 1982）。该研究小组所提出的建议是：成立新的社会福利部（Ministry of Social Welfare），并在全国建立下属机构——这意味着政府再分配会有较大幅度的增长。这一建议遭到忙于削减政府机构数量（譬如，他们刚刚撤销劳工部，并将几个专业部门合并到一个名为产业事务部的单一部门中去）和削减中央政府预算的自由主义经济改革者们的极端怀疑。他们的目标是减少行政管理权的过分集中，并通过削减政府支出硬化企业的预算约束、提高企业的经济效益。对这些经济改革者而言,增加社会福利部这一新部门的想法以及增加政府预算,似乎正是对改革精神的背叛;他们中的一些人甚至将社会改革者贴上诸如"保守的"、"反改革的"之类的标签,并指责他们实际上与守旧主义者们是一丘之貉。社会改革者们对贴到他们身上的"保守"标签感到颇为不满,他们并不想被认为是守旧主义者的盟友。帕尔·扎维达(Pal Zavada)这位社会政策研究小组中的年轻成员,在最近一篇文章的手稿中颇有说服力地指出,要将社会改革和经济改革统筹起来(Zavada,1983)。考虑到经济改革运动的政治脆弱性,这一统筹不仅是值得向往的,同时对于继续推进经济改革来说,也是极其重要的。但是,如何实现这一统筹呢?追求这样一种两难的政策是否是可能的,即一方面要求它反对再分配、扩张市场领域和硬化预算约束,同时又希望它能够促进社会福利?我们的早期论文由于无条件地接受了这样一个假定,即在国家社会主义条件下市场会带来平等,因此这种统筹显得相当简单。而一旦考虑到正在浮现的由市场所产生的各种不平等,显然这种统筹经济与社会改革的任务比我们当初所预想的要复杂得多。如果我们承认,甚至是社会主义条件下的市场也会产生各种不平等,那么,召唤这样一种既反对再分配同时又支持社会福利的政策,是不是要求去完成一项"根本就不可能完成"的任务呢?

在本文的最后一部分,我们将简要概述经过修正的理论;我们相信,以这一理论为基础,我们能够制定这样的一种统筹社会改革和经济改革的政策。同时,我们也将详细说明我们的分析所包含的一些政策意义。

理论的和政策的结论

对"再分配非公正"理论的反思

我们关于"再分配非公正"的"修正版波兰尼"理论,不得不根据国家社会主义条件下市场导致不平等这一经验事实而加以修订。我们仍然坚持我们的初始理论的基本原则,即市场并不会天然地导致不平等,再分配也不是天然地就会产生平等,总是主要的经济整合模式造成了不平等的基本结构。不过,我们承认:次属的机制也能够产生其自身的不平等(我们称之为二次不平等);此外,更值得社会政策制定者注意的是:或许有一种力量,正在将主要的不平等与二次不平等混合起来或累加起来。

我们还不得不承认,从某种程度上说,我们在早期论文中的一些看法颇为幼稚,譬如关于福利资本主义条件下的再分配具有平等化效应的观点。西方福利国家的再分配干预,确实能够实现某些平等化的客观目标。

例如,在一些拥有大量公共住房部门的福利资本主义国家,如英国和澳大利亚,若不将住房花销纳入统计口径,其不平等的程度要更大;而在计算实际收入的时候,一旦将国家对公共住房的补贴也纳入进来,则贫富之间的收入差距就会减少(Henderson,1974)。但另一方面,资本主义条件下的福利再分配确实也会产生一些不平等。譬如,正像大量的证据所表明的,免费的高等教育——西方国家存在着这样的制度——就意味着数额庞大的国民收入通过再分配从穷人向富人转移。毕竟,这些大学的学生主要是中产阶级或上层中产阶级的子女;相对而言,穷人或工人阶级的子女进入这样的高等教育机构的可能性较小[参见理查德·布兰迪(Richard Blandy)的研究工作]。或许,我们能够将福利资本主义国家中的这一状况称为"市场特权的科层化"(这里套用了我们的"官僚特权的商品化"这一概念)。这意味着富人学会如何利用各种国家科层制度,尽管这些制度设计的初衷本是为了对他们的特权加以限制。换言之,在国家社会主义条件下和福利资本主义条件下,不平等的产生是一个颇为相似的过程;在这两种体制下,处于补充地位的机制确实都产生了某种程度的二次不平等。

同样,我们认为,这一证据并不能用来反对国家社会主义下的混合经济或市场化改革,或者是用以反对福利资本主义下的福利再分配。这些次级不平等明显要比初级不平等轻;为了达到完全取消不平等的目的,我们不得不接受这些次级不平等,并将其看成是一种迫不得已的权衡之计。当然,这并不意味着社会政策在面临这些问题的时候就是无能为力的。一种复杂的社会福利体制,要求将各种社会政策工具结合起来以便应对各种不平等,同时特别注意去防止分层的竞争性体制所导致的劣势积累。在一篇优秀的论文中,科尔奈将经济学与医学进行了比较;他认为,经济学家应该像医生为病人开出药方一样,为国民经济的发展贡献有疗效的操作方案。一个国家的经济常常会受到好几种"疾病"的困扰;经济学家必须决定应该优先考虑应对哪种疾病,因为在应对一种疾病的同时,常常会导致另一种疾病的恶化。科尔奈的隐喻同样可以运用到社会政策中去。和各种药物一样,每一种福利工具都具有副作用。大剂量地使用这种药物,可能会产生负面影响。因此,或许有必要开出第二副药方,去抵消第一副药方所产生的令人不舒服的副作用。

但是,这种能够抵消国家社会主义条件下市场机制所导致的各种不平等后果的"令人不快的副作用"的"药方",即社会政策工具,究竟是什么呢?或许它就是再分配?在西方,再分配对于纠正市场所产生的不平等是有效的,为什么不能够将其同样运用于国家社会主义呢?围绕这些问题,社会改革者们进行了深入的思考。在一次和本文一位作者的谈话中,苏珊·费尔格这样说道,"为了实现各种社会政策目标,再分配是多多益善的。"她的看法是正确的吗？我们对这一问题的回答是有限的肯定(a qualified yes)——因为它取决于再分配的性质。

至此,我们不得不对"经济的"再分配和"福利的"再分配进行区分。让我们再次使用科尔奈的隐喻:若国家社会主义社会政策所"开出"的"药方"是"普通药物"(再分配),这就会加剧初级的、最初的疾病(再分配导致的不公与经济无效的并发症),这最终对"国家的社会健康"所造成的损害将超过它所带来的益处;因此,要寻求一种能够抵消次级不平等的政策工具,就不得不创造"第三种机制"。在国家社会主义条件下,"第三种机制"的主要任务是纠正市场所带来的负面效应;这一机制或许与再分配机制十分"相似",但由于其更深层次的目标是防止初级与次级不平等的积累,它必将与占支配地位的再分配模式有明显的区别。因此,我们必须突破关于再分配的通常概念,并澄清主要的和次要的导致不平等的再分配机制的性质,然后努力去想象另一种能够满足"第三种机制"要求的再分配类型。我们相信,国家社会主义的主要调节机制是"经济再分配"(economic redistribution);但我们也能够想象,存在着一种与之有明显区别的"第三种机制"—"福利再分配"(welfare redistribution)。这就是我们所提供的解答上述所谓"不可能完成的两难任务"的答案的本质:这样一来,社会改革者就能够一方面参与到自由主义的经济改革中,去批判占据支配地位的"经济再分配";另一方面又通过削减经济再分配,召唤更硬的预算约束;同时又赞成"福利再分配"。

但是,经济再分配与福利再分配之间存在着什么样的区别呢？首先,社会主义国家在作为经济再分配者与作为福利再分配者时,扮演的是不同的角色。在前一种活动中,它扮演的是一种"经济国家"(economic state)的角色,国家此刻作为企业所有者和雇主而存在(Sarkozy,1983)。而在后一种活动中,国家执行的是"政治国家"(political state)的功能,此时国家将人们视作公民(citizens)而不是雇员。因此,随之而来的一个推论是:只有经济国家与政治国家彼此在制度与财政方面至少有了一定程度的分离的情况下,才可以对经济再分配与福利再分配予以区分。其次,经济再分配与福利再分配具有各自不同的目标或社会功能。通过占支配地位的经济再分配机制,国家对再生产的动力与比例进行调节;国家从企业提取"剩余"或财政收入,并为了扩大再生产对其进行再分配。而福利再分配的目标则是将收入(以税收的形式从公民中征收)从一部分人转移到另一部分人,从富人转移到穷人,从经济活跃的部门转移到非赢利性组织,从健康人转移到病人,等等。其三,这两种类型的再分配具有不同的社会经济后果。一般而言,更多的经济再分配意味着更高的积累率和更快的增长率,但同时也意味着更软的企业预算约束。尤其是企业预算约束的软化这一后果是不可避免的:国家要想通过从企业提取财政收入并强制性地对这些收入进行再分配从而达到有效行使其所有权的目的,那么它的固有属性就是不得不软化预算约束。科尔奈也注意到,在预算约束的软化程度与经济再分配以及积累率之间存在着正相关关系;他对这一点的解释是,在软预算约束条件下,企业具有"无法满足的投资饥渴症"(Kornai,1980)。更多的福利再分配会限制积累率增长,但不会对生产性企业的预算约束的软硬造成影响。这就是经济改革与社会改革的统筹能够建立在对经济与福利再分配进行区分的基础之上的主要原因。自由主义经济改革的主要目的就是硬化企业的预算约束,因为据称软预算约束是导致国家社会主义经济主要症状——短缺——的最终原因(Kornai,1980)。如果将福利再分配与经济再分配从制度上和财政上分离,那么,在企业的预算约束软化程度与福利预算的规模之间,就不再存在什么联系了。

在本章中我们已经一再强调,自由主义改革者们对经济再分配持批评态度,他们试图尽可能地削减经济再分配。但是,这一改革主义(reformist)的"削减"也有其社会学的局限性:这样做尽管可以大大减少经济再分配的范围,但只要该类型的国家社会主义还存在着,这种经济再分配就很可能依然是国家社会主义中的主要调节机制。只有资本货物的再分配配置被资本的市场配置所取代,这种经济再分配机制才会停止发挥其作为主要调节机制的功能。而这一变化无疑意味着放弃有效的国家所有权,意味着基本权力和社会阶级关系的变化——而这,很难说是改革主义者们所能够完成的任务。在过去的数年里,更为激进的匈牙利经济改革者们已经开始计划创立各类投资品市场。我们并不排除这样一种可能,即甚至是在资本配置领域,再分配权力都会遭遇到一定程度的挑战。一种"激进的"的国家社会主义混合经济或许也会为资本货物的市场配置留下若干空间,但这些空间仅仅是在再分配制度所设定的逻辑与框架之内。在本文中,我们的假设是:在可以预见的未来,东欧社会并不会发生

表 3　对国家社会主义经济中经济与福利再分配差异的解析

特　　征	再分配的类型	
	经济的再分配	福利的再分配
国家所扮演的角色	作为经济国家而存在;企业的所有者和雇主	作为政治国家而存在,国家 vs. 公民
干预的目的	对再生产的动力与比例进行调节	将收入从一部分人转移到另一部分人
资金来源	财政收入、利润	税收
社会经济后果	增长率的最大化,软化预算约束	限制增长率,但又不会软化/硬化生产企业的预算约束

"革命性的"结构式变化；这些社会将仍旧维持其国家社会主义特征，其经济体系虽然经历了改革，但仍保持着再分配整合的特点。正是基于这些约束条件，我们对社会政策的性质进行探究。我们对经济的再分配与福利的再分配所作的区分，也假定经济再分配仍旧占据支配地位。

　　让我们从历史的和分析的双重角度，对这两种形式的再分配机制之间的差异予以区分。从社会政策观的角度来看，国家社会主义社会发展的粗放式增长阶段（在该阶段再分配实质上拥有垄断地位）是有问题的，因为此时根本就看不出经济再分配与福利再分配之间的区别。尽管中央计划权力常常通过兼顾社会公平而努力维持自身的合法化地位，但它的主要功能却在于实现经济目标，即"促进"或推动经济增长。因此，在粗放式增长阶段，国家社会主义再分配经济获得了很高的积累率，主要原因在于它没有把精力放到消费领域——无论这种消费是私人性质的还是集体性质的——而是放到了"生产性投资"上。这就是费赫尔（Fehér）、赫勒（Heller）以及马库斯（Márkus）人将这种经济体制称作一种"对需求的专政"（Dictatorship over Needs）的原因。对经济增长的迷恋以及发展经济所具有的毋庸置疑的优先地位压制了对于福利问题的考虑，并直接导致了不平等主义（inegalitarianism）的产生。在这样一个时代，作为各种"经济刺激"方式的集体消费资料，其分配也不平等地向特权者倾斜，且都被整合到早期社会主义的论资排辈的薪酬体系（meritocratic reward system）中去了。在国家社会主义发展的早期阶段，各种经济和福利的功能设置被打倒并被整合到一个单一的再分配体系中，这对社会政策造成了破坏性后果：它不仅要为该体系中的不平等负责，而且使社会公平的观念一文不值。

　　因此，这里我们要从分析的和历史的角度，质疑费尔格的假设（尽管我们对她其他的杰出的研究工作颇为推崇）：再分配是多多益善的。我们的观点毋宁是：更少的经济再分配和更硬的预算约束，或许不仅仅意味着更多的市场，还意味着越来越有效的福利再分配。

　　因此，我们所确认的是国家社会主义条件下的"第三种机制"，即福利再分配机制，它既能够有效地阻止次级不平等的发生，又能够防止初级不平等和次级不平等的积累。在福利资本主义国家，这样的一种"第三种机制"是否也正在运行之中或处于形成之中？正如上文所指出的那样，在福利资本主义中存在着"第三种机制"发展的"余地"，因为资本主义国家的福利再分配也产生了自己的不平等，而且通过"市场特权的科层化"也出现了初级不平等与次级不平等的积累效应。但是，在西方，这一"第三种机制"将是什么样子的呢？运用我们的分析逻辑，我们预计，在福利资本主义国家，这种第三种机制应该至少具有以下两个特点：其一，它应该是非科层化的；其二，它应该是非营利性的（这样，这种"第三种机制"才能够与第一机制和第二机制完全区分开来）。提到这种机制，我们首先会想到慈善机构或私人慈善事业。事实上，西方的保守主义者们确实建议削减福利再分配并以私营慈善事业取代其位置。新右派抨击福利国家的重要内容之一，就是认为科层化的政府再分配并没有到达真正的穷人手中，而常常作为施舍（handouts）被发放到那些并非是真正需要它们的人手中。当然，关于私营慈善事业的设想并没有多少新意。而且从一定程度上讲，正是由于慈善事业不能够完全发挥作用，才需要去建立政府再分配制度。那么，为什么慈善事业现在就能够发挥作用呢？关于"第三种机制"前景的一个更具有"左翼"政治色彩的设想是自助（self-help）——即将公共资金用于穷人和需要的人，使其具备照料自己的组织能力，而不是通过发放免费券而令其感到羞辱。譬如，面对因营利部门无力创造出足够多的工作岗位而导致的失业问题，与以失业福利的形式发放政府免费券（以及处罚各种"自助"行为）相比，鼓励人们参与到非正式经济中难道不是一种更为友好的方案吗？可不可以鼓励人们主动去分摊工作而不是处于失业状态？科尔奈或许会将这些称为"伦理性调节机制"并将它们与其所谓的官僚协调机制和市场协调机制区分开来（Kornai，1980）。我们无力在这些争论中确立自己的立场；我们只是想记录这样一个事实：所谓的"第三种机制"问题，在西方似乎并未得到解决，这里还需要其他创造性思想。

现在，我们准备修订这一理论假设；具体可参见表 4：

表 4　不同社会经济体系中的经济机制、社会福利工具以及社会不平等

	福利资本主义	国家社会主义
导致根本性不平等的主要机制	市场	经济再分配
补充性机制，抵消初级不平等，但也会导致次级不平等	政府的官僚再分配	市场
"第三种机制"，减轻次级不平等，同时阻止初级不平等与次级不平等的叠加	慈善事业，自助，伦理的协调机制	福利再分配

各种政策性后果

现在，让我们远离这些相当抽象的理论建设的高地，回归到社会政策的"真实世界"中来。

我们还没有准备好，为正处于集约式增长阶段的社会主义经济提供一幅社会政策制度与手段的蓝图；鉴于本章的目的是理论分析，我们不得不将构想有关政策建议的任务，留给其他人。在本文的最后部分，我们将运用上述理论见解，力图对今天匈牙利社会政策争论的核心问题予以关注（我们希望是以一种"建设性的批判"的方式进行）；我们的主要目的是想证明：我们自己的理论建构与当前这一争论，不仅具有经验上的联系，同时也具有理论上的关联。

将经济再分配与福利再分配彼此分离开来的思想——这一点对于我们当前的分析至关重要——与费尔格及其在匈牙利科学院社会学研究所社会政策研究小组中的同事们所提出的关于社会政策改革的建议,并非是相互背离的。从我们的分析观点来看,他们关于制度改革的提议,其最重要的内容在于:

(1)这一提议的提出者们建议创立一套新的社会福利制度体系。他们请求在最高的内阁层次上,建立起代表福利利益的制度性措施;事实上,他们期待能够创立社会福利部以取代传统上由工会全国委员会(National Council of Trade Unions)所承担的大多数社会政策职能;这一部门还将能够对从国家到地方社区的各个层次的全国性社会福利制度网络的运作予以监督。

(2)这一提议坚持认为,社会福利部门应该拥有自己的预算(用我们的术语来说就是它必须独立于"经济再分配")。社会政策研究小组的成员们倾向于建立一个高度分权的财政体系;在这一体系中,地方各级福利组织自己能够对各种福利资金的配置予以强有力的控制。该提议希望通过对财政和决策结构进行分权化的改革,减弱福利体制的官僚特性;他们还提出了对福利机构进行"民主控制"的各种建议。

在我们看来,这些建议都是朝着"正确方向"迈进,尽管它们或许还说不上是"足够的激进"。无论是创立一个拥有自己的全国网络的新社会福利部,还是从中央政府预算那里为社会福利谋得一小杯羹甚或是切得一大块蛋糕,这一设想依旧没有超出"统一的再分配体系"(unified system of redistribution)的框架。我们认为,这就是自由主义经济改革者们仍然对社会改革的思想持怀疑态度的原因;这也是他们为什么怀疑这样的改革将成为软预算约束的一种新的潜在来源的原因。基于我们自己的理论前提,我们乐意去鼓励社会政策的改革者们,在如何挑战"统一的再分配体系"问题上,参与和设计更具创造性的思路。

数年前,一群政治异议分子创立了一个名为 SZETA(帮困协会)[1] 的私人慈善组织(匈牙利当局从来都没有承认该组织),它代表对现有制度设置的一种挑战。SZETA 的创立者是一群年轻的社会学家,他们中的绝大多数在著名社会批判家伊斯特万·喀迈尼(István Kemény)的指导下,从事一个应对贫困和吉普赛人(gypsies)问题的研究项目。SZETA 创立的初衷,是去帮助研究者们在实施调查过程中所遇到的贫困者。该组织募集资金、食物、衣物,并发起募款运动,如慈善音乐会和展览等。他们甚至通过地下渠道非法出版了一本书,其内容包括一些知名知识分子(由于

---

[1] 该名称为匈牙利语的缩写,英译为"Association to Assist the Poor"。——译者注

政治审查的原因)不被容许出版的作品;这一出版物以数倍于普通书籍的价格出售,其收入也被用于慈善事业。

SZETA 中的活跃分子不仅将这些捐赠分给穷人,他们还开始以压力群体的身份捍卫穷人、残疾人以及被迫害者的利益,并以个人身份提供法律援助并游说政府机构。1984 年夏季,我们访谈了一位名叫盖博·哈瓦斯(Gabor Havas)的 SZETA 组织的核心成员。盖博·哈瓦斯告诉我们,有时候甚至是饱受挫折的官方社工,也会向他寻求帮助。当社会工作者意识到他们遭遇到官僚的繁文缛节时,他们就会找他并将他"推到风口浪尖"(put him on the case),因为这些社会工作者们知道:作为独立于官僚结构之外的人,他或许能够更有效地突破繁文缛节(盖博·哈瓦斯本人并非专业社工,而是一名从事研究的社会学家)。统治集团曾试图将该组织整编到现有的政治组织框架中去。政府也曾经计划将 SZETA"安置"(house)到所谓的"全国阵线"(The National Front)中去,该机构是共产党创立的一个中央直属组织(umbrella organization),目的是进行群众动员。譬如,"全国阵线"会组织议会和地方政府选举,并积极参与组建文化俱乐部和志愿者组织,促进社区发展等。SZETA 成功地抵制了官方的这一整编尝试;其积极分子坚持认为,独立于各级官僚组织和国家机构,正是他们的福利活动取得成功的源泉。

当然,SZETA 是由一小群人所创造的一个乌托邦,它并不能作为国家社会福利体系的一种蓝图。但我们之所以强调该组织,是因为它强调与现有的国家机构的制度性分离。相信私人途径能够解决国家社会主义社会中的福利问题,显然是幼稚的。SZETA 中的积极分子自己也不会倡导这种办法;他们只是在特定的环境下做了一些力所能及的事情:毕竟,对社会制度框架进行立竿见影的改革,从政治上来看是不可行的。不过,如果让我们在 SZETA 类型的制度和建立一个新的社会福利部之间进行选择的话,我们将站在 SZETA 这一边。在我们自己详尽的理论阐释中,我们已经发展出了这样一种思想——经济国家与福利国家的分离。从这一观点出发,可以看出创立社会福利部这一设想的主要问题在于:该部门将会过多地沦为国家经济机构的一部分;而在这样的一种整合性的制度体系中,经济再分配的利益以及国家作为雇主和所有者的利益,将永远占据主导地位,而社会福利部将不过是一个次要角色,一个最弱小的合作者。当然,尽管类似 SZETA 这样的慈善组织独立于经济国家,但它终归是对公共问题的一种私人性的而非公共性的解决之道;因此,从长远来看,它未必能够确保自己获得必要的资源,确保组织的稳定性和活动的公正性。

尽管我们对 SZETA 的许多方面颇为欣赏,但对用私人慈善事业的办法去解决社会福利问题尤其是国家社会主义条件下的社会福利问题的做法，我们还是有若干保留意见的。SZETA 的活动范围终归有限，且随着时间推移，它会开始逐渐失去资金来源。一些 SZETA 的创始人，可能会对该组织作为自治的在野政治运动的潜力而不是济贫抱有兴趣；随着对该运动的政治兴趣消退，其资金来源将减少。很难设想，一种有效的福利体系能够建立在自愿捐赠而非强制性征税的基础之上。我们之所以批评设立社会福利部的想法，是因为它可能会过多地沦为经济国家中的一个必要组成部分。而 SZETA 的优势与劣势，正在于它是完全外在于国家的。特别是在国家社会主义经济体系中，并不存在赢利性收入或者说这种收入的数量并不大；因此从长远来看，很难想象私人慈善事业能够募集到充裕的资金，并实现不同阶级或社会群体之间收入的实质性转移。毕竟，公共问题需要公共的解决之道。

最后，我们希望对福利再分配的财政自主性问题予以若干评论。社会福利政策的建议者们强调，有必要创造一种独立的福利预算。从我们的理论观点出发，我们并不认为这样做就足够。清晰地分离经济国家与政治国家以及经济再分配与福利再分配，或许还要求它们各自具有不同的收入来源以及独立的预算。在经济再分配体制中，经济国家扮演的角色是"所有者"；国家基于其财产权从其企业中抽取利润和财政收入，并将这些剥夺来的剩余价值用于确保总资本（*Gesamtkapital*）的最大化，也就是处于再分配控制之下的财富的最大化。捷尔吉·马库斯等人将这种做法称为国家社会主义经济的"目标功能"。另一方面，福利再分配体制下的政治国家履行其对公民的"社会契约"。因此，至少从理论的角度来看，福利资金的来源应该是税收和来自公民和各类组织的自愿捐赠。在当前的国家社会主义社会，政府预算的主要来源是从企业征收来的财政收入；而在大多数东欧国家，个人所得税在政府财政收入中扮演的角色并非十分重要。此外，这两种不同类型的政府收入并没有得到区别对待而是被纳入到同样的预算中去了。从我们的理论观点出发——我们相信个人所得税应该是福利再分配资金的主要来源——可以得出两个政策性结论：(1)个人所得税的大幅度增长是不可避免的；(2)来自企业的财政收入与来自个人所得的税收，不应该被混淆到同一个预算中去。理想的状态是，应该存在着两种资金：一种资金主要由来自企业的财政收入组成，并被用于发展经济，另一种资金则由各种税收构成，其用途将具有社会的性质（福利事业仅仅是其中的重要组成部分）。

特别有趣的是，社会改革者们对于个人所得税角色的扩张显得颇为忐忑。他们怀疑，引进恰当的累进制税收体制，只会使新一轮的收入不平等增长的浪潮被合法化。他们倾向于认为也应该向各种公司组织征收福利费。"再分配是多多益善的"的口号也被应用到了这里：我们不要为了社会福利事业而放弃动用企业的利润。

　　只要经济的国家和政治的国家还没有实现分离,只要用于经济再分配和福利再分配的资金还没有分开,我们就会依然关注个人所得税增长的问题:因为在这样的情况下,我们有理由怀疑,税收性财政收入的增长或许会被用于补贴陷入困境的经济并导致预算约束的软化,而不是被用于满足各种福利需要。我们认为,只要能从财政上将这两种功能清晰地分离开来,个人所得税增长的好处就会超过坏处。

　　这种建立在个人所得税基础之上的福利再分配机制,其优势何在?(1)就我们的看法而言,这似乎是保护福利部门免于与其他更强有力的对手(如重工业等)争夺资金的唯一途径;它还能够将社会政策从作为经济政策的仆人的地位中解救出来,并确保对福利问题的考虑不至于屈从诸如劳动力需求等问题的考虑。(2)个人所得税为对政治国家进行民主控制,提供了"物质基础"。不要忘记,美国革命是在这样的口号中开始的:"没有代表权,就不得征税"。[1] 对于东欧的民主革命而言,"没有代表权很可能导致没有税收权"的警告,或许正当其时。或许,一个国家的民主运转,确乎需要一种合适的税收体制;当然,这仅仅是一个必要条件而非充分条件。我们的一些同事对我们的"再分配不公正"理论提出了批评,其理由是认为我们并没有对所谓民主控制问题予以足够的重视。对这些批判者而言,在一个民主的国家里,这种再分配所导致的不平等是能够被克服的。我们只在一定程度上同意这种看法。只要经济和福利再分配被混淆为一种单一的体系,经济再分配就会压倒福利再分配,且各种民主机制也很可能被操控和利用。只有在福利再分配成为一个建立在收入税基础之上的独立体系的条件下,我们才倾向于认同批判者们的意见;也只有在这种条件下,民主控制才是有意义的,才可能成为决定该体系公平与否的一个关键因素。(3)或许,这种建立在个人所得税基础上的福利再分配体系最为直接的政治优势是,它联结了社会改革和经济改革,提供了一个共同的规划。科尔奈也会同意这样的看法,即统一的、得到严格执行的普遍的税收体制,不会导致预算约束的软化(Kornai, 1980)。只要各种福利花销的资金建立在得到普遍定义和严格使用要求的税收的基础之上,那么无论这种花销增长到何种地步,经济改革者们应该也不会反对。而一旦社会改革者们接受了这种将福利体系建立在所得税基础之上的思想,他们应该也能够支持自由主义的经济改革。

　　正如我们在上文所指出的那样,本文的主要目的之一,是希望探求一种可能将社会改革和自由主义经济改革结合起来的"平台"。社会改革者

---

[1] "没有代表权,就不得征税"(No Taxation without Representation)是独立战争期间北美殖民地人民喊出的最为响亮的口号。该口号原本是英国政治的基本原则。英国贵族在其与王室的斗争中,曾经使用过这一口号。——译者注

们能否接受这样一种策略,即一方面站在支持福利再分配的立场,另一方面对官僚的再分配调节机制持批判的态度？本章的结论是:要想获得整个改革运动的成功,这种将社会改革和经济改革整合起来的尝试,不仅是可能的,更是必须的。市场力量的扩张以及因市场而引发的各种不平等的再次浮现,产生了一种如此复杂的社会冲突体系,以至于只有设法化解市场所导致的无效率和不平等,经济改革才能够继续进行下去。要么是将社会改革与经济改革统一起来,要么是改革的停滞,这正是东欧所面临的真实选择。

参 考 文 献

Bauer, Tamas, 1982, "A masodik gazdasagi reform es a tulajdonviszonyok", The second economic reform and ownership relationsi Mozgo Vilag II(1982).

Bluestone, Barry and Harrison, B. , 1982, *The Deindustrialization of America: Plant Closing, Community Abandonment, and the Dismantling of Basic Industry*(New York: Basic Books, 1982).

Boroczfy, Ferenc, ed. , 1983, *Velemen-vek, Vimk Lakaspolitikankrol*[关于住房政策的意见与争议](Budapest: Kossuth Kunyvkiado, 1983).

Boros, Anna, 1982, "Masodik gazdasag-retegzodes"[第 二 经 济——分 层] in *Elmeletek es Hipotezisek*[理论与假设], ed. Tamas Kolosi(Buda-pest: Tarsadal-omtudomanyi Intezet, 1982).

Central Statistical Office, *Statisztikai Evkonyv, 1981*[1981 年度统计年鉴](Budapest: Kozponti Statisztikai Hivatal, 1981), p. 292.

Central Statistical Office. -/980 Evi Nelsz tntlalas. 35. A. Lakotelepek Fobb Adati[1980 年人口普查,第 35 卷:关于新建住房的数据](Budapest: Kozponti Statisztikai Hivatal. 1983). pp. 396—97.

Connor, Walter D. , 1979, *Socialism. Politics and Equality*(New York: Columbia University Press, 1979);以及 Zsuzsa Ferge, "A Society in the Making", p. 174.

Daniel and Temesi, "A lakaselosztas hatasa". p. 699.

Daniel, Zsuzsa and Temesi, Jozsef, 1976—1980, "A Iakaselosztas hatasa a tarsadalmi egyenlotlensegekre, 1976—1980"[住房分配对社会不平等的影响,1976—1980].

Daniel, Zsuzsa, 1982, "Berlakas, jovede-lem, allami redisztribucio"[租借住房、收入与国家再分配],Gazdasag 4(1982), pp. 25—42.

Erik, O. , 1985, *Wright, Classes*(London: New Left Books, 1985).

Fehér, Ferenc, Heller, Agnes, and Markur, George, 1983, *Dictatorship over Needs*(Oxford: Basil Blackwell, 1983), pp. 56—65.

Fehér, Heller, and Márkus. *Dictatorship over Needs*. p. 68.

Ferge, 1971, *A Society in the Making*, pp. 168—169. See also P. J. D. Wiles and S. Markowski, "*Income Distribution under Communism and Capitalism: Some Facts about Poland, the UK, the USA and the USSR*". Soviet Studies 3(1971).

Ferge，et al. ，"*Javaslat a szocialpolitikai*".

Ferge，Zsuzsa，1979，*A Society in the Making*（White Plains. N. Y. ：M. E. Sharpe，1979）. pp. 281—287.

Ferge，Zsuzsa，1982，et al. ，*Javaslat a Szoc？iulpolitikui Rendszer Modositasara*［关于修改社会政策组织体系的建议］. Manuscript（Budapest：Institute of Sociology，Hungarian Academy of Sciences，1982）.

Gabor，István R. Gabor and Galasi，Peter，1981，*A Ma-sodik Gazdasag*［第二经济］（Budapest：Kozgazdasagi es Jogi Konyvkiado，1981）.

Hankiss，Elemer，1982，"*Kinek az erdeke？*" In whose interest"（Heti Vilaggazdasag）. November 27，1982.

Harloe，Michael and Paris，Chris，"The Decollectivization of Consumption：Housing and Local Government Finance in England and Wales，1979—1981". *Cities in Recession*，ed. I. Szelényi（London：Sage，1984）. and Ivan Szelényi. ed. ，*Cities in Recession. Critical Responses to the Urban Policies of. the New Right*（London：Sage. 1984）. pp. 6—13.

Hegedus and Tosics，*Housing Classes*，p. 488.

Hegedus，Andras，1964，"Humanizacio vagy optimalizacio？"［人道化还是最优化？］*Valosag*（1964）.

Hegedus，Jozsef and Manchin，Robert，1982，*Udules，ingatlanpiac*［房地产市场和娱乐］，Manuscript（Budapest：Institute of Sociology，Hungarian Academy of Sciences，1982）.

Hegedus，Jozsef and Tosics，Ivan，1983，"Housing Classes and Housing Policy：Some Changes in the Budapest Housing Market"，*International Journal of Urban and Regional Research*，vol. 7，no. 4（1983），pp. 467—94.

Henderson，Ronald，1974，*Poverty in Australia*（Canberra：Government Publishing Services，1974）.

Hoch，Robert，1972，"Elet-szinvonal tervezes es artervezes"［生活标准计划与价格计划］，*Gazdasag*（December 1972）.

Holland，Stuart，ed. ，1978，*Beyond Capitalist Planning*（Oxford：Basil Blackwell，1978）.

Javorka. ，E. ed. ，1970，*Eletszinvonal a Mai Tarsadalomban*［当前社会中的生活标准］（Budapest：Kossuth Konyvkiado，1970），p. 345.

Kolosi，Tamas，1984，*Status es Reteg*［身份与分层］（Budapest：Tarsadalomtudumanyi Intezet，1984）. p. 208.

Kolosi，Tamas，1982，*Elmeletek es Hipotezisek*［理论与假设］（Budapest：Tarsadalomtudomanyi Intezet. 1982），p. 50.

Kolosi，Tamas，1983，*Struktura es Egyenloseg*［结构与平等］（Budapest：Kos-suth Konyvkiado. 1983），p. 149.

Konrád，George and Szelényi，Ivan，1979，*The Intellectuals on the Road to Class Power*（New York：Harcourt，Brace and Jovanovich，1979），pp. 47—63.

Kornai, *Burokratikus es piaci*, p. 191—95, 307, 1027, 1035, 1037.

Kornai, Janos 1983, "A nemzetek egeszsege"[国家的健康], *Valosag* 1(1983):1—12.

Kornai, Janos Kornai, 1980, *Economics of Shortage* (Amsterdam: North Holland Publishing Company, 1980).

Kornai, Janos Kornai, 1983, "Burokratikus es piaci koordinacio"[官僚的和市场的协调机制], *Kozgazdasagi Szemle* 9(1983), pp. 1025—37.

Kovacs, Janos Matyas, 1984, "A reformalku surujeben"[在"讨价还价的改革"的中心], *Valowg* 3(1984), pp. 30—55.

Ladanyi, Janos, 1975, "Fogyasztoi arak es szocialpolitika"[消费者价格和社会政策], *Valosag* 12(1975), pp. 16—19.

Lane, David, 1982, *The End of Social Inequality*? London: George Allen and Unwin, 1982, p. 58.

Manchin, Robert and Szelényi, Ivan. , 1985, "Eastern Europe in the Crisis of Transition", *Social Movements versus the State: Bew, ncl Solidarity*, ed. Bronislaw Misztal(New Bruns-wick, N. J. : Transaction Books. 1985).

Pauker, Felix, 1973, "Income Distribution at Different Levels of Development: A Survey of Evidence", *International Labor Review* 2—3(1973).

Polanyi, Karl, 1957, "The Economy as Instituted Process", in *Trade and Market in Early Empires*, ed. K. Polanyi(Glencoe, Ill. : The Free Press, 1957).

Polanyi, Karl, 1957, *The Great Transformation*(Boston: Beacon Press, 1957).

Polanyi, Karl, 1957, *The Great Transformation*(Boston: Beacon Press, 1957).

Polanyi, Karl, 1957, "The Economy as Instituted Process", in *Trade and Market in Early Empires*, ed. K. Polanyi(Glencoe, Ill. : The Free Press, 1957).

Rupp, Kalman, 1983, *Entrepreneurs in Red*(Albany: State University of New York Press. 1983), pp. 223—29.

Sarkozy, Taniau, 1983, "Szervezetrendszeri adalekok az allam gazdasagi szerepcnek ujracrtekelese. hez"[对一个关于国家经济角色再评价的组织学考量], *Valo. cag* 10(1983), pp. 14—16, 1—22.

Szalai, Julia, 1984, *Az Egeszsegugy Betegsegei* [医疗体制的顽疾], Manuscript (Budapest: Institute of Sociology, Hungarian Academy of Sciences. 1984).

Szego, Andrea, 1984, "Vita a reform-alternativakrol"[关于各种改革选择方案的争论], *Kritiku* 6(1984), pp. 3—5.

Szego, 1985, "Gazdasag es politika", p. 88. and David Stark. "The Micro-politics of the Firm and the Macro-politics of Refiirm-New Forms of Workplace Bargaining in Hungarian Enterprises", *States vs. Markets in the World System*, ed. Peter Evans, Dietrich Rueschemeyer, and Evelyn Hubert Stevens(Beverly Hills: Sage Publications. 1985).

Szego, Andrea, 1983, "Gazdasag es politika-erdek es struktura", *Economy and politics-interest and struc-turc Medvetune* 2—3(1983), pp. 49—92.

Szego. *Gazdasag es politika*. pp. 79—89.

Szelényi, Ivan, 1978, "Social Inequalities under State Socialist Redistributive Econo-
mies", International Journal of Comparative Sociology 1(1978), pp. 61—87.

Szelényi, Ivan, 1983, *Urban Inequalities under State Socialism* (Oxford: Oxford
University Press, 1983).

Szelényi, *Urban Inequalities*, pp. 43—84.

Szemle, 1984, *Statisztika*, pp. 687—701.

Szirmai, Peter, 1983, "Kisvallalkozasok"[小型企业], *Heti Vilaggazdasag*, July 23,
1983.

Tardos, Marton, 1982, "Program a gazdasagiranyitas es a szervezeti rendszer
fejlesztesere"[经济管理和组织体制发展项目], *Közgazdasági Szemle* 6(1982).

Vagi, Gabor, 1975, "Mit er egy kozseg, mit er egy megye?"[村落的价值何在, 郡
县的价值何在?]*Kozgazdasagi Szemle* 7—8(1975)。关于政策的后果, 可参见
盖博·维基的谨慎陈述:"Gabor Vagi, Versenges a Fejlesztesi Forrasokert."

Vilag, Mozgo, 1984, "*Interview with Derso Koszo entrepreneur*"(1984), pp. 93—104.

Zavada, Pal., 1983, *Gazdasagi Reform Szoeiulis Reform*[经济改革, 社会改
革]. Manuscript(Budapest: Institute of Sociology. Hungarian Academy of Sci-
ences. 1983).

中国社会政策

演变中的国家角色:中国社会政策六十年

岳经纶 *

【摘要】 本文从国家角色的视角,审视共和国成立以来我国社会政策演变的过程,探讨我国社会政策的基本特征,并进而分析其未来面临的主要挑战。本文共分为四个部分:第一部分回顾新中国成立以来到改革开放初期我国的社会政策;第二部分分析改革开放以来我国社会政策的发展与演变;第三部分讨论我国社会政策的基本特征;第四部分分析我国社会政策面临的主要挑战。本文的主要观点是随着我国社会政治经济状况的变化,国家在社会福利和服务中的角色发生了持续的变化,经历了从改革开放前的"国家垄断"(state-monopolizing),到改革开放后的"国家退却"(state-rolling-back),再到"国家再临"(state-rolling-up)的演变过程,从而令我国的社会政策发展呈现出明显的阶段性。在新世纪,面对经济改革过程中积累的种种社会问题,中国开始强化国家在公共福利和服务中的角色,新的社会政策体系正在形成之中。从长远来说,国家需要进一步强化自己的社会政策功能,推动社会福利意义上的统一的"社会中国"(social China)的形成。

【关键词】 社会政策 国家角色 福祉 公民身份 "社会中国"

The Changing Role of the State in Welfare Provision: Sixty Years of Social Policy Developments in China

Kinglun Ngok

Abstract Since the foundation of the People's Republic of China, the role of the Chinese state in welfare provision has been experiencing

* 岳经纶,中山大学政治与公共事务管理学院行政管理研究中心教授,社会保障与社会政策研究所所长。

本文得到教育部人文社会科学重点研究基地重大项目"中国社会政策的挑战与对策"(项目批准号:08JJD840203)、教育部新世纪优秀人才资助计划、中山大学"211工程"三期行政改革与政府治理研究项目、中山大学重大项目培育和新兴交叉学科资助计划项目的资助。

periodical changes in line with the changing socio-economic contexts. In Mao's era, the state played a monopolistic role in welfare provision and a relatively just social policy regime was established based on the dual socio-economic structure. Since the market-oriented economic reform and the transition from the planned economy in the late 1970s, China's social policy has been undergoing great changes. This article examines the changes of social policy in the context of China's market transition with the focus on the role of the state. This article will first review the social policy development in Mao's China. Then, it outlines the trajectory of the changes of China's social policy in the post-Mao era with the focus on new developments of social policy since 2003. At last, the basic features of and the future challenges for Chinese social policy are analyzed. It argues that China's social policy has been experiencing an evolution process of "state-monopolizing, state-rolling-back, and state-rolling-up" in the economic reform era in terms of the role of the state in welfare provision. It concludes that the Chinese state should strengthen its role in social policy, and promote the formation of a "social China".

Key words　Social policy, the role of the state, Wellbeing, Citizenship, "Social China"

在当代,影响社会政策发展的重要因素是对国家在公共福利中的角色的看法。一直以来,在社会政策领域,对国家的角色存在着两种明显对立的观点。一派意见支持政府在社会福利的提供方面扮演积极角色,认为社会政策是必要的。支持社会政策的观点一般基于人道主义理念、宗教理念、互助理念以及民主理念。一些持实用主义观点的人也支持社会政策,认为国家提供福利可以带来经济和社会效益。事实上,社会福利制度全面的国家一般都是富裕的国家。另一派意见则反对政府在社会福利中扮演积极角色,认为福利是个人的事情,国家最多只能提供安全网,对不能自助的人提供帮助。

从社会福利发展的历史来看,国家在福利提供中的作用随着工业社会的到来而不断加强,到第二次世界大战之后的福利国家时代达到顶峰。不过,由于西方工业化社会在 20 世纪 70 年代遭遇经济滞胀,福利国家对公共财政的压力拖累了西方国家的经济发展。因而,从那时开始,西方社会出现了反对政府在社会福利中的角色的思潮。虽然反对政府提供社会福利的观点一直都存在,不过,在经济全球化和福利私有化的当代,这种观点更有市场。在当代,福利的主要反对者是"激进右翼"势力。他们原则上反对国家提供社会福利,理由是社会福利违反了人们的自由。在实践上,激进右翼认为,社会政策,特别是福利国家有不良影响:在经济上,福利国家削弱国家经济竞争力,损害经济发展;在社会方面,福利国家鼓励依赖文化,诱使人们安于贫困。

纵观1949年新中国成立以来的中国社会政策发展历程,我们也可以发现国家在社会福利提供中的作用经历了显著的变化。在新中国成立后到改革开放初期,国家在社会福利提供中扮演了主导,甚至垄断的角色。在这一时期,新生的社会主义国家政权发动了全面的社会改革,推行了一系列进步的社会政策。国家注重社会公平和财富的再分配,在公共福祉的提供方面承担了相当大的责任。不过,由于经济发展水平比较低,而且城乡之间在制度安排与福利水平方面存在着比较大的差异(二元社会政策体系),社会福利和社会权利意义上的统一的中国并没有形成。自20世纪70年代末开始实施改革开放政策以来,为了改变落后的国民经济状况,我国经历了前所未有的大规模社会经济转型。随着经济体制从计划经济向市场经济的转型,我们的社会政策体系也发生了根本性的变化。随着发展经济成为国家的主要施政目标,公共资源主要流向基本建设和固定资产投资领域。为了配合发展经济的战略目标,国家对社会政策做了很大的调整和改革,许多过去由国家承担的福利和服务职能和责任转移给了个人、家庭、社会和市场。随着单位体制和人民公社制度的解体,社会保障制度的改革,社会政策领域的公共财政投入的下降,以及在教育、医疗、就业和住房等基本公共服务领域出现的社会化和市场化取向,我国原有的二元社会政策体系进一步碎片化,在整个中国几乎都找不到一项适用于全体国民的社会福利安排。其结果是,虽然我国社会整体生活水平随着经济的增长有了明显的提升,但是也形成了数量庞大的社会弱势群体,带来了严重的社会分化和众多的社会问题。进入21世纪后,在市场导向经济改革中累积起来的一系列社会问题,如城乡、区域、经济社会发展不平衡,以及与社会发展和民生密切相关的就业、社会保障、收入分配、教育、医疗、住房等问题日益突出。党和政府充分认识到了问题的严峻性和解决它们的紧迫性,提出了科学发展观和构建社会主义和谐社会的新理念,并且宣布我国到2020年要基本建立覆盖城乡居民的社会保障体系,实现全面建设惠及十几亿人口的更高水平的小康社会的目标。敏感的学者们开始意识到,中国公共政策格局正在由经济政策向社会政策转型(王绍光,2007),更有人欢呼中国进入了"社会政策时代"(王思斌,2004),或者是"经济政策与社会政策并重的时代"(张秀兰等,2007)。

本文旨在审视新中国成立以来我国社会政策演变的过程,探讨我国社会政策的基本特征,并进而分析其未来面临的主要挑战。在结构上,本文共分为四个部分:第一部分简析新中国成立以来到改革开放初期的我国社会政策;第二部分分析改革开放以来我国社会政策的发展与演变;第三部分讨论我国社会政策的基本特征;第四部分分析我国社会政策面临的主要挑战。

改革开放前我国的社会政策

以 20 世纪 70 年代末开始的经济改革为分水岭,我国社会政策的演变可以分为两大阶段:改革开放前的社会政策和改革开放后的社会政策。这里首先探讨改革开放前我国社会政策的情况。

在计划经济时代,在社会主义意识形态的指导下,我国在生产资料公有制的基础上推行公平优先、注重分配的社会经济政策。国家在实施优先发展重工业的经济政策的同时,在户籍制度的基础上,按照城乡分割的原则,在城乡建立并实施了两套截然不同的社会政策体系(见表 1)。这一时期,国家垄断和控制了重要的社会资源和每一个人的生活和发展机会,在高度组织化、集权化和单一化的社会结构中(梁祖彬,颜可亲,1996),建立了国家主导的、城乡二元的社会政策体系,形成了"二元的社会中国"。在这个二元的"社会中国"中,国家在福利中的角色具有二重性:既有制度性(institutional)的一面(国家通过单位体制为城镇居民提供比较全面的福利和服务),又有补救性(residual)的一面(对单位体制之外的城镇居民和农村居民只提供十分有限的救济和援助)。

表 1　改革开放前的社会政策

政策领域	城镇社会政策体系	农村社会政策体系
教　育	国家资助的义务教育	农村集体资助的教育
医　疗	非缴费型的医疗(劳保医疗与公费医疗)	农村合作医疗
就　业	固定就业(铁饭碗)	—
社会保障	非缴费型的劳动保险,"三无"人员救济	五保户政策
住　房	福利住房	—

在城镇,国家建立了一套以终身就业为基础的、由单位直接提供各种福利和服务的社会政策体系。在这种社会政策体系下,国家以充分就业为基础,将绝大部分城镇居民安排到全民所有制和集体所有制单位(主要是国家机关和企事业单位)中就业,对干部、职工及其家属提供覆盖生、老、病、死各个方面的社会保护,具体包括医疗服务、住房、教育、养老,以及各种生活福利和困难救济。国家建立的劳动保护体系使所有工人都享有就业保障,没有失业之虞。这套体系被称为"单位福利制度"、"单位社会主义"、"迷你福利国家",被认为是社会主义优越性的体现。在农村,在集体经济的基础上,建立了包括合作医疗制度、五保户制度等在内的集体

福利制度。农民作为公社社员享有一定的集体保障。

以下从社会政策的五大经典范畴来分别加以简单分析：

教育政策

1949 年新中国成立时，中国教育十分落后，绝大部分人口没有接受过正式教育，基本上是一个文盲国家。新中国成立后，共产党政府决定全面改造旧的教育制度，提出了新的教育理念，并着手创立新的教育制度。为工人和农民子弟提供教育成为新中国教育政策的首要任务（陈自立，1999）。为了实现这一任务，新政府采取的第一个措施就是对现有的大中小学实行国有化，并进行严格的控制。第二，新政府为工人和农民子弟建立了许多速成学校，包括小学、中学和业余学校。第三，开展大规模的扫盲运动，目的是提高劳动人民的文化水平。第四，建立了许多补习学校，为文化程度低的党员干部提供教育。第五，降低学费，使普通家庭能够负担得起教育开支。实施了这些措施后，越来越多的来自工农家庭的孩子得到了基本的教育。

在计划经济体制下，中国经济发展缓慢，国家财力有限，教育资源贫乏。因此，政府发展出了一套不平衡的教育政策，即：城市优先于农村，高等教育优先于基础教育。由于国家迫切需要人才建设社会主义新中国，高等教育作为国家发展战略的一部分因而得以发展。为了培养国家经济发展所需的技术人才和专家，中国发展起了以理工科为主导的精英化国有高等教育体系（Hayhoe, 1996）。无论是来自农村还是城市的孩子，只要有杰出的学术表现，就可以享受免费的教育服务。然而，这种不平衡的教育政策导致了农村教育与城市教育、基础教育与高等教育，以及自然科学与社会科学之间的不均衡发展。它对中国农村教育的发展产生了深远的负面影响，其效应影响到改革开放后中国教育的发展。

在计划经济年代，中国仿照前苏联的教育理论和管理模式。在前苏联模式的影响下，中国发展出了高度集中的教育体制，其特征是统一计划、统一管理、统一的教学大纲、统一的教材、统一的入学要求以及统一的毕业分配（郝克明，1998）。概言之，国家垄断了教育服务的提供、教育资金的筹措和教育活动的管理。高度集中的教育体制制约了教育者、教育机构和地方政府发展教育的积极性，因而窒息了我国教育的发展。

医疗政策

在计划经济时代，中国并没有建立在其他社会主义国家中盛行的全民公费医疗体制（科尔奈、翁笙和，2003）。中国的医疗政策建设基于集体主义的社会经济组织之上，即城镇地区的单位组织和农村地区的人民公社组织。在城镇，政府在单位组织的基础上推行免费医疗制度，即所谓的

"公费医疗"和"劳保医疗"。公费医疗覆盖国家机关和事业单位的正式职工以及这些工作单位的离退休者、在校大学生、革命伤残人士和在华工作的外国专家等特殊人群;劳保(劳动保险)医疗则覆盖企业的正式职工。公费医疗的资金来源是国家预算;劳保医疗的资金来源是企业的福利基金。公费医疗自 1952 开始实施,到 1956 年基本成形;劳保医疗制度在1951 年建立,开始是以一种社会保险的方式来运作,由工会以工资税的方式向企业征收并管理劳保金,然而自 1969 年以后,由于工会在"文革"中停止运行,社会保险制度被取消,劳保医疗变成了企业福利(严忠勤,1987:302—339)。公费医疗和劳保医疗为大多数城镇居民提供了医疗保障,其社会效果一直延续到 1990 年代中期。

改革前我国农村普遍实行的合作医疗制度兴起于大规模的集体化运动时期。它源自农业合作化时期农民的自发创造,本质上是一种社区医疗保险制度(顾昕,2009)。合作医疗制度在毛泽东本人的大力支持下,随着建设人民公社的热潮在全国迅速推展。20 世纪 70 年代,中国合作医疗取得了相当大的成功,合作医疗曾惠及大约 90% 的农村居民,被世界卫生组织和世界银行誉为"以最少投入获得了最大健康收益"的"中国模式"(世界银行,1993:210—211)。

就业政策

1949 年新中国成立后,政府决定废除国民政府实施的所有劳动法规和政策,依照社会主义原则推行新的劳动政策。社会主义劳动政策的主要目标是把雇佣劳动者变成生产资料的主人,并把他们从失业与资本主义的剥削中解放出来。为此,新政府制定了充分就业和终身就业政策,并为工人提供了全面的福利保障。由于国家垄断了所有生产资料,成了唯一的工作机会创造者和提供者(也就是唯一的雇主),劳动者要与生产资料相结合、取得就业机会,就必须通过国家的计划和安排。也就是说,劳动就业关系的建立是一种行政安排,而不是契约或法律关系。劳动者的劳动条件和劳动报酬自然也由国家来决定。获得国家分配工作机会的劳动者虽然最终要安排到某一具体的工作单位,如国有企事业单位、党政机关就要接受工作单位的具体管理,但是,用人单位仅仅是国家的附庸,没有决定工人数量和工资的权力。在国家的统一管理下,工人和单位管理层不被承认为独立的两方,它们之间不能就劳动条件和劳动报酬进行协商和谈判(岳经纶,2007a)。

工作被视为公民的权利和义务。国家承担为人民创造工作机会和提供工作岗位的责任。在"统包统配"原则下,中央计划部门制定劳动力使用的年度计划,然后通过全国各级政府的劳动部门分配到所有的工作单位。工人不能拒绝政府分配给他们的工作;各工作单位(主要是国营企业和集体企业)也不能拒绝接受政府分配给他们的工人。在终身就业(俗称"铁饭碗")制度下,政府保证工人的就业岗位,一旦被分配了工作,就不用担心失业。只有当工人严重违反劳动纪律或者犯罪时才会被开除。虽然工人的工作得到了保障,但是工资水平非常低,劳动报酬体系是建立在平均主义的原则上的。这种平均主义的工资制度被称为"大锅饭"。

在计划经济时代,我国的劳动政策具有鲜明的意识形态特征。在这一时期,中国劳动政策形成了一些具有鲜明特色的劳动制度:"铁饭碗"(就业制度)、"大锅饭"(工资分配制度)和"单位制度"。国家为工人提供家长式的全方位照顾,以此换取工人对社会主义事业的忠诚。然而,由于意识形态的原因,在统包统配的制度下,企业很难辞退工人,再加上平均主义的劳动报酬体系,导致国营企业冗员过多,工人缺乏工作积极性,以及企业生产效率低下。

社会保障政策

在计划经济时期,我国的社会保障主要由城镇单位和农村人民公社来提供。在城镇,作为对低工资的补偿,工作单位差不多承担了工人所有的福利需要,为工人及其家属提供了全面的社会保障。退休后,职工与他们工作单位的关系并没有结束,他们仍然可以获得医疗、住房和养老金等福利。对于城镇劳动者而言,他们在国营企业取得的福利待遇,就其全面性而言,可以与先进的西方福利国家相比。

在农村,为农民提供的社会保障制度包括自然灾害救助和生活困难救助。其中,五保户供养制度是中国农村集体经济条件下最基础的社会保障制度。1956年,中央政府颁布了《高级农业生产合作社示范章程》,规定农村生产合作社必须对老、弱、孤、寡、残社员提供保吃、保穿、保住、保医和保葬。对年幼者,合作社还要提供保教。因此,五保供养制度成为农村贫困人口的最基本安全网,而那些接受五保的人则被称为"五保户"(黄黎若莲,2001)。这种针对无依无靠无劳动能力的孤寡老人、残疾人和孤儿的基本社会保障制度一直延续到今天。此外,民政部门还提供退伍军人安置与优待抚恤(黄黎若莲,2001)。整体而言,农村地区的社会保障水平低下,覆盖的风险也很有限,农民绝大部分还是只能依赖集体与自己家庭所提供的福利(施世骏,2009)。

住房政策

在计划经济时期,我国在城镇实行国家供给住房的福利住房制度,住房成为国家或单位提供给职工的一种福利。政府主要是通过行政手段来调节住房的供应与分配,以福利分房与低租金的方式实行住房实物分配。住房的商品属性完全被抹杀,公房私租、私售被严格禁止,几乎不存在房地产市场。政府承担了几乎全部住房责任,垄断了城镇住房的投资、建设、分配和维护等所有领域。具体而言,当时住房政策的主要内容包括:公共住房由政府统一供应,住房建设纳入统一的国民经济计划和基建计划,由财政拨款支持,政府统一规划、组织建造,并担负着绝大部分住房维修和管理费用;公共住房的需求主体为国家机关事业单位和国有企业的职工,公共住房以近乎无偿的方式分配,实行低租金制度;确定分配面积大小和次序的依据主要是职位及职称、工龄及年龄的大小以及家庭人口的多少等(朱亚鹏,2009)。

然而,在住房福利行政分配和低租金体制下,住房给单位和政府带来了巨大的财政负担。由于没有市场机制的调节,政府的住房投资无法形成良性循环,居民住宅投资严重不足。加上人口数量的急速增长,住房需求日益增强,住房短缺和政府巨大的财政压力的矛盾日益尖锐,严重阻碍了城镇居民住房权利的实现。

小结

在计划经济时期,我国在城乡分割的基础上,形成了社会福利待遇差距明显的二元制福利体系,也就是一个社会意义上的"二元中国"。尽管如此,国家直接或间接地在社会福利提供中扮演了重要角色,城乡居民的基本福利需要,如教育、医疗、就业等,都得到了一定程度的满足,在城镇或农村内部没有出现严重的社会不公平问题。在计划经济时期,我国的基尼系数介乎 0.2—0.3 之间,属于世界上收入分配最平等的国家。在1949 年,我国文盲率超过 80%。从 1949 年到 1978 年,我国人均预期寿命从 35 岁提高到 68 岁,增加了 33 岁。到 1970 年代末,我国城市的文盲率下降到 16.4%,农村下降到 34.7%。美国经济学家萨缪尔森在其《经济学》的第十版中对当时我国的社会生活有这样的描述:"它(中国)向每一个人提供了粮食、衣服和住房,使他们保持健康,并使绝大多数人获得了教育,千百万人并没有挨饿,道路旁边和街路上并没有一群群昏昏欲睡、目不识丁的乞丐,千百万人并没有遭受疾病的折磨。以此而论,中国的成就超过世界上任何一个不发达国家"(转引自沙健孙,2006)。我国著名社会政策研究者关信平教授认为,改革开放前,我国政府非常重视通过国家和集体力量去建立基本的社会保障、公共医疗卫生、公共教育、公共住房、社会福利以及其他各项社会服务,在经济不发达的情况下保证了广大群众的基本生活需要,并在各项社会事业方面取得了超过当时经济发展条件的成就(关信平,2008)。

需要指出的是,与其他社会主义国家一样,计划经济时代我国的社会政策体系基本上是为"服务于经济目标而设计的",社会政策被视为完整的生产过程的一部分,是满足"工人"(而不是公民)需要的一种手段。企业履行了大多数社会政策的职责。充分就业政策保障了城市居民可以普遍享受社会福利和服务，尽管在水平和质量上存在差异。社会政策差不多是排他性的国家主义，几乎不存在市场安排，也没有什么非官办部门的捐献。除了福利分配和社会服务外，对基本消费品（食物、住房、能源、交通）的广泛补贴在某种程度上发挥了社会政策的功能，或者说是一种近似的社会政策（参见尼尔森，2006）。更重要的是，即使在强调社会主义意识形态的计划经济时期，国家也没有真正落实社会公民身份与社会公民权，反而是通过户籍制度强化城乡居民身份与福利权利的差异性（施世骏，2009）。

把社会福利和服务纳入就业制度是计划经济时期我国社会政策的一个最显著的特征，并且推动了单位制度的形成。作为计划经济时代我国的一种基本的社会经济制度，单位制度对我国城镇劳动者的工作和生活具有重要影响。大部分城镇工人和他们的家属都被纳入各种工作单位，如国营企业、国家机关、政府部门和其他事业单位。单位的功能就像一个自给自足的"迷你福利国家"。一般来说，工作单位具有以下基本特征：控制人事，提供公共设施，执行独立的会计和预算制度，建立在城市，属于公共部门（Lv & Perry，1997）。单位制度包括三项基本要素：终身就业（"铁饭碗"），平均主义（吃"大锅饭"）和福利全包（路风，1989）。单位在工人与国家的关系上扮演着某种特别的角色。著名社会学家华尔德（Andrew Walder）对我国国营企业的权威关系进行了深入研究，并提出了"有组织的依赖"（organized dependence）这个概念来描述工人与其单位的关系。具体来说，就是劳动者在政治上依赖工作单位的党组织和管理层以取得政治上的利益，在经济上依赖单位提供的工资收入和各种福利和服务，在个人关系上依附作为国家干部的上司（Walder，1986）。由于当时中国正在进行快速的工业化，需要大量资金，因而不能给工人提供较高的工资报酬。因此，在国家与工人之间形成了不成文的"社会契约"：国家（以家长的姿态）照顾工人及其家庭（包括生老病死），工人（以主人翁姿态）以低工资为国家工业化服务。

不过，由于在计划经济时期忽视了生产力的发展和经济建设，我国的城镇社会政策体系所带来的财政支出超越了国家经济的承受力，为国家和企业带来了沉重的负担，间接造成了国有企业的低效率。因此，在经济改革之后，作为计划经济时代社会政策体系核心基础的劳动就业制度及相关的福利保障制度成为经济改革的主要对象，我国社会政策体系开始进入全面变革的时期。与此同时，在农村，随着人民公社这一集体经济制度的瓦解，农村社会政策的经济基础不复存在，农村社会政策体系也进入重构时期。

改革开放以来我国社会政策的演变

自 20 世纪 70 年代末实行改革开放政策以来,为了改变落后的国民经济状况,中国开始了以发展经济为导向的大规模的社会经济转型。在这一转型期中,国家的施政重点转向经济发展,政府经济政策职能凸显,而社会政策则开始转向服务于经济政策,从而推动经济效率的提升和经济的增长。在减轻国家负担的考量下,随着单位体制的瓦解和农村集体经济的解体,再加上国家有意识地弱化了自己在公共福利提供上的功能和角色,旧的"二元社会中国"进一步消解,更加碎片化。在市场体系和第三部门还没有得到足够发展的情况下,国家不适当地从许多公共服务的提供中全面撤退,其结果是导致公众的许多基本需要得不到满足,并形成了庞大的社会弱势群体。直到进入 21 世纪后,社会政策缺失所导致的严重社会后果才开始得到党和政府的有效回应。此后,为了遏制日益严重的社会贫富差距、社会不公平等现象,党和政府开始重视社会政策的作用,出台了一系列新的社会政策,试图重构我国的社会保护体制,重建"社会中国"。整体来说,从 20 世纪 70 年代末至今,我国社会政策的发展经历了三个阶段。

第一阶段(1978—1992)　国家在调整中:社会政策的局部调整期

这一阶段是计划经济时代的旧社会政策的延续与新社会政策变革的酝酿阶段。在改革开放的最初几年,除了教育政策以外,我国社会政策体系没有出现大的调整,只是对原有的劳动保险制度进行了局部修补和完善。同时,随着劳动合同制度的初步实施,我国尝试对劳动就业及相关的保险制度进行改革。

为了解决"文革"后出现的严重城市失业问题,我国政府开始改革劳动就业政策,在 1980 年提出了"三结合就业方针",即"在国家统筹规划和指导下,实行劳动部门介绍就业、自愿组织起来就业和自谋职业相结合"的方针[1]。这一政策是对计划劳动制度统一安置就业的否定,打破了由国家完全解决就业问题的旧观念和旧体制。同时,也开始探索实施劳动合同制度。1986 年,国务院颁布了有关实施劳动合同制的四个暂行条例,以劳动合同制为基本内容的劳动就业体制改革正式启动,计划经济时代实行的固定就业制度开始动摇。为配合劳动就业体制改革,特别是劳动合同制度的实施,我国建立了失业保险制度。

从 1984 年起,随着我国城市经济体制开始改革,社会保障制度的改

---

[1]　参见《中国劳动人事年鉴 1989》,第 136 页。

革就摆上了党和政府的议事日程。1986 年六届人大四次会议通过的"七五"计划中提出："要通过多种渠道筹集社会保障基金,改革社会保障管理体制,坚持社会化管理与单位管理相结合,以社会化管理为主,继续发扬我国家庭、亲友和邻里间互助互济的优良传统"。此后,养老保险改革开始提上政策议程,上海等地开始进行城镇职工退休费社会统筹的试点工作。

扶贫政策是这一时期我国农村社会保障政策的重要内容。1986 年,我国在全国范围内开展了有计划、有组织的大规模开发式扶贫计划,旨在通过兴办经济实体、技术帮助、培训等方式,帮助农村贫困人口脱贫致富。到 1992 年底,全国农村贫困人口减少到 8 000 万。

随着"文化大革命"的结束,我国教育政策出现新的发展。1977 年,我国高等学校恢复了中断 11 年之久的入学考试制度,高等教育开始走上正轨。随着改革开放政策的实施,我国教育政策进行了重新定位,教育政策的目标转向为社会主义现代化和发展经济服务。为了实现这一政策目标,我国政府在 1985 年启动了教育体制改革。1986 年,国家颁布《义务教育法》,宣布实现九年义务教育的政策目标,并开始实行基础教育分级管理的体制,下放基础教育的财政责任。

因应改革开放之后单位福利功能的弱化,以及依托于单位的社会服务提供机制的失灵,我国在这一时期开始转向以"社区"取代单位来提供社会福利服务。1987 年,国家民政部正式提出开展城市社区服务。当年民政部官员在大连召开的社区服务座谈会上明确指出,"在政府的倡导下,发动社区成员开展互助性的社会服务活动,就地解决本社区的社会问题。"

第二阶段(1992—2002)　国家的全面退缩:社会政策的剧变期

这一阶段是我国社会政策体系的全面而急剧的变革时期,社会政策的各个主要领域都出现了重大转型。为了配合市场经济体制的建立,国家试图对计划经济时代建立起来的社会政策体系进行全面改造,并建构适应市场经济的社会政策体系。社会政策转型的主要表现是:国家从社会福利和服务领域中有计划地全面退出,教育、医疗、住房等领域出现了明显的市场化趋势(Wong and Flyn,2001)。

随着国有企业改革的深化,下岗失业问题成为我国劳动政策面对的首要问题。为了处理由国有部门释放出来的大量富余职工和城镇新增劳动力大军带来的失业问题,我国政府推出了"积极的就业政策",把创造就业岗位作为这一时期劳动政策的主要任务,利用各种政策措施增加工人特别是下岗职工的就业机会。为了保障下岗和失业职工的基本生活,我国政府建立了由"三条保障线"构成的安全网:第一条是失业保险制度,第二条是工作单位或再就业服务中心为下岗职工提供的生活补贴，第三条是最低生活保障制度（岳经纶，2007）。此外，各级政府还在城市社区普遍建立了就业与社会保障中心、社区服务中心、社区信息中心等就业服务机构。

当然，这一时期，最重要的社会政策变革是形成了以社会保险制度主导的社会保障改革思路。1992年，中共十四大召开，确定了建立社会主义市场经济体制的战略目标。为配合市场经济体制的建立，我国在1993年和1994年确定了社会政策（以社会保障为代表）改革的大思路。1993年党的十四届三中全会通过的《关于建立社会主义市场经济体制若干问题的决定》提出：要"建立多层次的社会保障体系"，"社会保障体系包括社会保险、社会救济、社会福利、优抚保障和社会互助、个人储备积累保障"。1997年，党的十五大报告指出："建立社会保障体系，实行社会统筹和个人账户相结合的养老、医疗保险制度，完善失业保障和社会救济制度，提供最基本的社会保障。"

这一时期我国社会政策变革的重点内容是各类社会保险制度的建立和完善，特别是养老保险制度。1997年，国务院颁发了《关于建立统一的企业职工基本养老保险制度的决定》，确立了企业职工基本养老保险制度，即基本养老保险费用由企业和个人共同负担，实行社会统筹与个人账户相结合。2000年，国务院选定在辽宁进行完善城镇社会保障体系试点，将做实个人账户、分账管理、个人账户与社会统筹相结合作为目标。

1980年代中期以来，在对公费医疗和劳保医疗制度进行改革的同时，我国政府也在积极探索建立新的医疗保险制度。这个阶段的改革重心在于建立统账结合（保险基金实行社会统筹账户与个人账户相结合）的社会医疗保险制度模式。1998年，国务院发布了《关于建立城镇职工基本医疗保险制度的决定》，出台了城镇职工基本医疗保险方案。该方案的政策目标是：建立医疗费用约束机制，以控制医疗急速上涨的趋势；加强职工基本医疗的保障力度，解决部分企业职工由于单位效益不好而不能及时报销医疗费的问题；为非国有企业员工提供医疗保障。基本医疗保险原则上以地级以上行政区为统筹单位，医疗保险费由用人单位和职工共同缴纳，其缴费率分别为职工工资总额的6％和2％。职工个人缴费的全部和用人单位缴费的30％左右划入个人账户。

在这一阶段，尽管提出了我国社会保障改革的大思路，并且开展了以养老社会保险为主要内容的改革，但是，在政策设计上仍然存在着从社会身份出发而不是从需要出发的倾向，路径依赖严重。社会保险的各个项目，如失业保险、养老保险、医疗保险等分险种在不同所有制的企业渐进推进，制度安排分散，不但给企业有选择地参保创造了机会，加大了制度运行的监督成本，而且直接导致社会保险分险种设定费率，综合费率过高，抬高了社会保险的制度门槛，阻碍了社会保障制度改革的顺利推进。

住房改革是这一时期我国社会政策变革的重要内容。早在 20 世纪 80 年代，我国已经开始进行住房改革的试点。自 1991 年开始，随着经济体制整体改革的推进，城镇住房改革进入全面起步阶段。1991 年 10 月，国务院住房改革领导小组提出《关于全面推进城镇住房制度改革的意见》，指出住房改革的总目标是：按照社会主义有计划商品经济的要求，从改革公房低租金制度着手，将现行公房的实物福利分配制度逐步转变为货币工资分配制度。1994 年 7 月，国务院颁布《关于深化城镇住房制度改革的决定》（国发［1994］43 号），标志着中国的住房改革进入全面深化阶段。由于福利性住房政策的事实存续导致住房市场的扭曲与住房分配不公的进一步加剧，国务院于 1998 年 7 月发布《关于进一步深化住房制度改革　加快住房建设的通知》（国发［1998］23 号），明确宣布从 1998 年下半年废除国家供应住房的实物分配制度，全面实行市场化供应为主的住房货币化改革，建立和完善以经济适用住房为主的多层次城镇住房供应体系。

第三阶段（2003 年以来）　把国家带回来：社会政策的重建期

在这一阶段，由于各类社会问题日益突出，我国社会出现了不和谐的因素，我国政府开始反思社会政策弱化所带来的社会后果，重新思考市场经济与社会政策的关系。随着教育、医疗、住房等社会民生问题日益得到政府的高度重视，社会政策在经济发展和社会进步中的作用被重新发现，我国进入了社会政策体系的重建期。

2002 年底召开的中共十六大试图重新解释"效率优先、兼顾公平"的含义，使用了"初次分配效率优先、再次分配注重公平"的提法。2003 年初爆发的"非典"疫情使我国政府充分认识到经济增长与社会发展不平衡所带来的危机和后果，促使我国领导人思考如何在经济和社会发展之间保持平衡这一重大问题。作为这种思考的结果之一是在 2003 年 10 月召开的中共十六届三中全会首次提出了"科学发展观"这一新的理念。到了 2004 年 9 月，中共十六届四中全会提出建构和谐社会的新理念。

2005 年 10 月召开的十六届五中全会通过了"十一五"规划的建议。《建议》在以往的经济建设、政治建设、文化建设之外，正式把社会建设列为党的重要工作之一。未来中国要"更加注重社会公平，使全体人民共享改革发展成果"。

2006 年 10 月，中共十六届六中全会通过的《关于构建社会主义和谐社会若干重大问题的决定》标志着中国社会政策时代的来临。可以说，《决定》不仅是构建社会主义和谐社会的纲领性文件，也是新世纪我国社

会政策的总纲,是我国社会政策的基本宣言。《决定》提出要着力发展社
会事业,完善社会管理,推动社会建设与经济建设、政治建设、文化建设协
调发展。到 2020 年,逐步扭转城乡、区域发展差距扩大的趋势,基本形成
合理有序的收入分配格局,基本建立覆盖城乡居民的社会保障体系;基本
公共服务体系更加完备。

　　2007 年 10 月召开的十七大对科学发展观和和谐社会建设进行了全
面阐释。十七大报告指出,"科学发展观,第一要义是发展,核心是以人为
本"。这与中国传统文化中"经国济民"思想十分相近,无论是经济建设还
是社会发展,终极目标都是增进人民的福祉。因此,在现阶段,追求经济
发展的次序由原来的"又快又好"调整为"又好又快",强调发展的质量提
升而不是简单的数量增加。报告指出,"必须在经济发展的基础上,更加
注重社会建设,着力保障和改善民生,推进社会体制改革,扩大公共服务,
完善社会管理,促进社会公平正义,努力使全体人民学有所教、劳有所得、
病有所医、老有所养、住有所居,推动建设和谐社会"。这是对重建中的我
国社会政策体系的一次较全面的论述。

表 2　近年来中国共产党有关社会政策的表述

2003.10	十六届三中	五个统筹 重新定义发展观
2004.09	十六届四中	提高构建社会主义和谐社会的能力 社会建设纳入重点工作范畴
2005.10	十六届五中	建设社会主义新农村 落实科学发展观
2006.10	十六届六中	构建和谐社会的六大要求 基本公共服务均等化 建立服务型政府
2007.10	十七大	加快推进以改善民生为重点的社会建设 学有所教、劳有所得、病有所医、老有所养、住有所居

　　以下我们从教育、医疗、就业、社会保障和住房这五大社会政策范畴
来分析重建我国社会政策的轨迹。

教育政策

　　2003 年之后,中央政府开始关注教育不公平问题,制定了新的政策
和措施促进城乡和地区间的教育公平,更多的教育资源被投入到农村教
育。2004 年,中央政府决定减免贫困地区义务教育阶段的学杂费。2005
年,这项政策延伸到西部地区的学生。2005 年新修订的《义务教育法》规
定:义务教育是国家统一实施的所有适龄儿童、少年必须接受的教育,是
国家必须予以保障的公益性事业,不收学费、杂费;国家将义务教育全面
纳入财政保障范围,农村义务教育所需经费,由各级政府根据国务院规定

分项目、按比例分担，并在财政预算中单列，引入"问责"机制，对政府义务教育资源投入不足的，限期整改，情节严重的，对其责任人员依法追究责任。2006年，国家宣布免除西部和部分中部地区农村义务教育学杂费，并决定用两年时间全部免除农村义务教育阶段学生学杂费。2007年，国务院宣布全国农村义务教育免费，建立健全国家奖学金、助学金制度。至2008年，全国城乡普遍实行免费义务教育。至此，1986年确立的义务教育制度终于在22年后首次在全国范围内普遍实行。

为了解决农民工子女上学难问题，2003年9月，国务院要求流入地政府负责解决进城务工农民子女的义务教育问题，并且要求流入地政府财政部门对接收农民工子女较多的学校给予补助，为以接收农民工子女为主的民办学校提供财政扶持。

医疗政策

自2003年"非典"疫情爆发后，我国政府开始加强公共卫生体系的建设；同时，开始推进城镇医疗卫生体制改革试点。2005年，我国基本建成覆盖省市县三级的疾病预防控制体系，同时开始扩大新型农村合作医疗制度试点。2006年，国家启动《农村卫生服务体系建设与发展规划》，大力发展城市社区卫生服务，深化医疗卫生体制改革。2007年，我国启动以大病统筹为主的城镇居民基本医疗保险，开始建设覆盖城乡居民的基本卫生保健制度，同时扩大国家免疫规划范围。

2002年10月，中共中央、国务院颁发了《关于进一步加强农村卫生工作的决定》，提出建立农村新型合作医疗制度。自2003年6月始，新型合作医疗政策试点在全国展开。建设新型合作医疗制度的目的是：重点解决农民因患大病而出现的因病致贫、返贫问题，推行方式是：政府组织、以财政补贴引导、支持农民自愿缴费，县为统筹单位，实行大病统筹为主、以收定支核定医药费报销比例、由县办管理机构支付。2008年，新型农村合作医疗制度在全国全面推行，农村三级卫生服务网络建设和城市社区医疗卫生服务体系得到进一步健全。

2009年4月，国务院相继公布了《关于深化医药卫生体制改革的意见》和《医药卫生体制改革近期重点实施方案（2009年—2011年）》，标志着讨论多年的我国医药卫生体制改革有了明确的政策目标和基本思路，也预示着我国医药卫生体制重大变革时代的来临。新医改方案的一个最显著的特点是突出了政府在医疗卫生领域的责任，强调了基本医疗卫生的公益性。新医改方案正视了国家在医疗卫生服务领域不适当撤退所带来的严重社会后果，决定通过强化政府责任来缓解"看病难、看病贵"的问题。

就业政策

由于人口基数大，新增劳动力多，我国政府长期以来非常重视就业政策。自 20 世纪 90 年代中开始大规模国有企业改革以来,促进下岗失业工人的再就业一直是我国的重要就业政策。21 世纪以来,我国政府加大了对就业再就业的政策支持和资金投入,多渠道开发就业岗位,采取展开多种措施帮扶"零就业家庭"和就业困难人员,如为弱势的失业工人提供特殊补助,为自谋职业者免除税负,为失业青年提供职业见习。为了保障劳动者合法权益,提高就业安全,我国在 2007 年通过了《劳动合同法》,并于 2008 年起实施。此外,我国在 2007 年还制定和颁布了《就业促进法》和《劳动争议调解仲裁法》。

从 2003 年起,农民工权益的保护开始成为劳动政策的重要内容。2003 年,中央政府接连发出 3 个有关农民工问题的文件。2003 年 1 月,国务院发出了《关于做好农民进城务工就业管理和服务工作的通知》(国办发[2003]1 号),提出了"公平对待、合理引导、完善管理、搞好服务"的政策原则。2004 年中央"一号文件"首次提出"进城就业的农村劳动力已经成为产业工人的重要组成部分",把农民工正式列入产业工人的队伍。2006 年 1 月 18 日,国务院常务会议审议并原则通过了《国务院关于解决农民工问题的若干意见》,重申农民工是我国产业工人的一部分,并保证逐步取消对农民工的不公正待遇,同时要求建立城乡统一的劳动力市场和公平竞争的就业制度。

社会保障政策

在 20 世纪 90 年代,我国城镇社会保障政策的重点放在国有企业下岗失业工人的基本生活保障上。自 90 年代末开始,社会救助政策开始得到重视,最低生活保障制度开始成为我国最重要的社会救助政策。2004 年,国有企业下岗工人基本生活保障向失业保险并轨;2005 年,探索建立农村居民最低生活保障制度。2005 年底,《国务院关于完善企业职工基本养老保险制度的决定》出台,扩大基本养老保险覆盖范围外,逐步做实个人账户,实现由现收现付制向部分积累制的转变,改革基本养老金计发办法是其主要内容。2006 年,国务院颁布新的《农村五保供养工作条例》,规定农村"五保"从农民集体互助向财政供养为主转变,并重申"农村五保供养标准不得低于当地村民的平均生活水平"。2006 年 12 月,全国农村工作会议提出在全国推行农村低保制度。2007 年,国务院颁发《关于在全国建立农村最低生活保障制度的通知》,要求年内在全国建立农村最低生活保障。2008 年,扩大农民工、非公有制经济组织就业人员、城镇灵活就业人员参加社会保险;加快省级统筹步伐,制定全国统一的社会保险关系转续办法。

此外,医疗救助制度也开始得以建立。2003 年,国务院制订了《关于实施农村医疗救助的意见》,主要是帮助农民中最困难的人员以及提供最急需的医疗支出。2005 年,民政部、卫生部、劳动保障部和财政部颁布

《关于建立城市医疗救助制度试点工作的意见》。

住房政策

虽然我国1998年的住房货币化改革提出了多层次住房供给体系，但是经济适用房和廉租房这类保障型住房的供应一直没有得到各级政府足够的重视，导致城市居民普遍感到"房价贵、住房难"。为了解决低收入阶层的住房困难，2004年以来，中央政府开始重视保障型住房的供应，强调要建立健全廉租房制度和住房租赁制度。2007年8月，国务院发布《关于解决城市低收入家庭住房困难的若干意见》（国发[2007]24号），指出解决低收入家庭住房困难是"政府公共服务的重要职责"，明确规定解决低收入家庭住房问题由省级政府担负总责，并对解决廉租住房面临的各种困难与问题的职责如资金来源问题做出明确规定。2007年，国务院要求特别关心和帮助解决低收入家庭住房问题；加大财税等政策支持，建立健全廉租房制度；改进和规范经济适用房制度；增加中低价位、中小套型普通商品住房供应。同年11月，建设部等九部委出台了《廉租住房保障办法》（建设部令162号），明确廉租住房的保障对象为"城市低收入住房困难家庭"。2008年，《政府工作报告》要求建立住房保障体系，加大廉租房、经济适用房建设的力度，以解决中、低收入家庭的住房问题。值得关注的是，《政府工作报告》首次把"建立住房保障体系"放在社会建设的章节之下进行叙述，使住房问题彻底脱离以往发展房地产经济的桎梏，成为重要的社会政策议题。

表3　我国当下主要的社会政策

政策领域	城镇社会政策体系	农村社会政策体系
医　　疗	缴费型的基本医疗保险（职工与居民）	新型农村合作医疗制度
社会保障	缴费型的养老保险，失业保险，最低生活保障，医疗救助	五保制度，最低生活保障，部分地区的养老保险计划，扶贫，医疗救助
就　　业	劳动合同制、积极的就业政策	农民工培训、就业服务
教　　育	免费义务教育	免费义务教育
住　　房	住房货币化，廉租房，经济适用房	为农民提供建房贷款

小结

在改革开放的经济转型期，我国社会政策经历了根本性转型。无论是劳动就业政策、教育政策、医疗政策还是住房政策，都经历了从国家主导向市场主导，再重新确立国家角色和责任的过程（表3）。城乡社会保障体制则经历了瓦解与重建的过程。在计划经济时期，我国基本上建立了一个城乡有别，但覆盖全体国民的社会保障体系。在改革开放之后，这个全国性的社会保障体系逐步瓦解，变得支离破碎，许多人失去了基本的社会保障。在 20 世纪 80—90 年代,我国社会政策经历了一次深刻的范式转移(莫家豪,2008)。这一时期,我国社会政策的变化可以归纳为:在价值上,从理想主义转向了实用主义;在政策目标上,从关注社会公平转向关心经济效率;在福利提供主体上,社会福利的主要提供者从国家/单位转向了个人和家庭;在福利提供机制上,从国家计划转向市场主导;在中央与地方的分工上,从中央主导转向地方各自为政(岳经纶,2007b)。值得欣慰的是,进入 21 世纪,我国社会政策似乎出现了一次新的范式转移。在经历了十余年的社会政策"失踪期"之后,我国政府开始"重新发现"社会政策。

当代我国社会政策的基本特征

任何国家社会政策发展都离不开特定的时空环境和人文环境,要受到经济、政治、社会、人口、文化和意识形态等多种因素的影响和制约。因此,当代世界各国的社会政策和福利模式各有其特征。中国是一个有着悠久文明的古国,是一个人口数量巨大、地域辽阔的大国,是一个有着巨大的城乡差别、地区差别的国家,更是一个处在大规模社会经济转型中的发展中国家。在这样的脉络中,我国的社会政策有其独特之处。我国社会政策最显著的特色是一个"变"字:在计划与市场之间"变",在国家与社会之间"变",在公平与效率之间"变",在城市与乡村之间"变",在中央与地方之间"变"。而不变的则是二元经济社会结构和户籍身份这一中国社会政策的载体。具体来说,尽管我国社会政策依然处在不断的演变中,但还是具有以下明显的基本特征。

碎片化社会身份基础上的"一国多制"

由于我国的社会政策体系建立在城乡二元结构、户籍制度和单位体制之上,因此,我国的社会政策体系比较复杂,而且破碎。以社会保障政策为例,其主要内容包括社会保险、社会救助、社会福利、慈善事业等几大部分;具体项目则包括:城镇基本养老保险制度,农村养老保险制度;城镇职工基本医疗保险、城镇居民基本医疗保险、新型农村合作医疗制度;城乡居民最低生活保障制度;失业、工伤、生育保险制度;社会救助;优抚安置;残疾人事业;老龄工作;防灾减灾;以及廉租住房制度。这些项目不仅存在城乡分野,而且在城镇中,还存在身份、所有制的差异,干部、工人和没有进入单位的居民,分别纳入不同的社会保护体制,享有不同水平和质量的福利和服务(岳经纶,2008a)。

可以说,我国现行的社会政策体系实际上是"一国多制"的框架安排。更进一步分析,可以发现这种"一国多制"的社会政策体系是以碎片化的社会身份而不是以统一的公民身份为基础建立起来的。这种碎片化的社会身份是国家根据户籍身份、阶级身份、所有制身份、职业身份、行政身份等要素建构起来的。

在社会身份本位基础上发展起来的社会政策存在着明显的"亲疏有别"：重城市，轻农村；重工人，轻农民（包括农民工）；重国有单位，轻非国有单位。社会政策设计主要考虑国有企业及其职工乃至所有的党政机关、事业单位工作人员的利益和需要，而较少考虑集体企业、私营企业及其职工、个体工商户，特别是没有就业的城镇居民的利益和需要。虽然也为农民以及农民工制定了一些社会保障政策，但广大的农民工还没有被全面纳入社会保障网。

重经济福利轻社会服务

社会政策既注重收入维持和经济保障，也重视社会福利服务。社会福利服务不仅包括教育、医疗、住房、就业等基本公共服务，还包括老人看护、残障人士照顾等个人社会服务。个人社会服务是现代福利国家的重要内容。

自改革开放以来，我国社会政策的重点放在城镇职工的社会保障制度上。而社会保障主要关注的是经济福利。正如郑功成（2002）指出的，所谓社会保障，其实就是国家依法建立并由政府主导的各种具有经济福利性的社会化的国民生活保障系统的统称。而社会保障的重点又放在由劳动者和用人单位缴费的社会保险上。可以说，社会保险"主宰"了我国的社会保障政策。相比之下，社会救济、社会福利、优抚安置等项目没有得到足够的重视，国家在这些社会保障项目上的投资极为有限，造成了资金投入与实际需要之间的严重不对称，导致社会救济对象和优抚对象保障标准偏低，基本需要得不到满足，生活相对贫困。

在我国，个人社会服务被理解为社会福利。而社会福利的主要内容是老年人福利、儿童福利、残疾人福利等，主要对象（受益者）是老年人、孤儿、残疾人、五保户等。目前，我国的福利服务对象十分有限。随着国民经济的发展和人民生活水平的提升，个人社会服务的需求将不断加大，需要社会保障政策作出及时的回应。有学者指出，在我国，过去把建立以社会保险为核心的社会保障制度放在优先位置，在一定程度上忽略了对最困难社会群体进行救助和提供服务（常宗虎，2001）。

重城镇轻农村

新中国成立后实施的工业化战略合理化了对农民的剥夺，也进一步加深了城乡之间的差别。在计划经济时期，农民主要依赖集体和家庭获得基本生活保障，我国为农民提供的社会保护十分有限。而在城市，国家为城市居民提供了包括教育、医疗、住房、就业和社会保障在内的全方位的社会保护。相应的,教育、医疗卫生和社会保障的公共资源主要流向城镇,而不是农村(徐道稳,2008)。其结果是在二元经济结构的基础上形成了城乡社会政策体系的二元化,以及农村社会发展严重滞后于城镇。我国的文盲和贫困人口主要集中在农村。农村的婴儿死亡率是城市的两倍。绝大部分农村劳动者长期缺乏任何养老保险,大多数农村老人没有社会化的养老服务。从 1991 年到 1998 年,我国社会保障支出占 GDP 的比重不到 1/10,其中,农村社会保障支出只占 GDP 的 0.1％到 0.2％。也就是说,占总人口 70％的农民只享有不足 3％的社会保障支出,而占总人口 30％的城市居民却享用了 97％以上的社会保障资源(徐道稳,2008)。进入新世纪以来,虽然国家加大了对农村的投入,加大了扶持与建立农村社会保障制度的力度,但是,社会保障制度的城乡落差并没有得到有效消解,在一定程度上反而强化了二元性,在"保障模式的二元性"之上还出现了"管理体制的二元性"及"保障内容的二元性"(施世骏,2009)。

失衡的中央与地方政府职责

实施社会政策、提供基本公共服务是现代政策的基本职能。在当代世界,政府是社会福利和公共服务的主要提供者。一般来说,政府在社会福利的提供上存在两种倾向:一是普遍性的社会政策,把福利和服务作为一种权利,向所有人提供,或者说至少向某个类别的所有人(如老人、儿童)提供;一是选择性的社会政策,只向为有需要的人提供福利和服务。普遍性的服务以相同的条件向所有人提供,其主要问题是高成本。相对而言,选择性服务通常更有效率:花钱少、效果好。不过,选择性服务要先认定服务接受者,管理上很复杂,行政成本高,而且划分标准很难控制。

社会政策的普遍性与选择性模式通常与中央政府与地方政府在社会政策提供(递送)体系职能分工与责任分担有关。各级政府在社会政策提供中的不同角色对公众福祉有直接影响。一般来说,中央政府在社会政策提供中的责任越大、角色越重,则国家的基本公共服务和社会福利的提供越均衡,也有利于建立大一统的社会保障和社会福利制度。

在我国,由于政府间财政关系复杂,财政支出高度分权化,社会政策的支出责任主要由地方承担。地方政府在有限的财力下,承担了社会政策的大部分支出,包括教育、公共医疗和社会福利支出。以 2004 年为例,90％以上的文教、科学、卫生、抚恤和社会福利支出都是由地方政府承担(表 4)。一项研究指出,县、乡两级政府提供了大部分重要的公共服务,具体来说,即 70％的教育支出,55％—60％的医疗卫生支出,100％的失业保险、社会保障以及社会福利支出等。县、乡两级政府基本上承担了占我国人口 75％的农村人口的公共产品供给(黄佩华,2003)。作为社会政策融资重要内容的社会保障的统筹范围主要在县和市两个范围内进行，社会风险分担和分散的社会化程度低。中央政府尽管在社会政策领域承担了相当的财政转移支付责任，但是，直接由中央政府承担的社会政策项目非常少见。几乎可以说，我国还没有一项适用于所有国民的社会福利安排。

表 4　主要支出类占预算内支出的比重及中央政府与地方政府分摊比例(2004)

	总量/亿元	占预算内支出的比重(%)	中央政府所占比重(%)	地方政府所占比重(%)
经常性支出				
行政管理费	5 252	19.2	15.5	84.5
国防支出	2 200	8.1	98.7	1.3
文教、科学和卫生事业费	5 403	19.8	9.6	90.4
经济服务	2 190	8.0	12.3	87.7
抚恤和社会福利支出	3 116	11.4	9.6	90.4
政策性补贴支出	796	2.9	52.5	47.5
政府债务利息支出	759	2.8	97.7	2.3
其他	2 915	10.7	29.0	71.0
资本性支出				
基本建设支出	3 438	12.6	39.1	60.9
企业挖潜改造资金	1 244	4.6	22.1	77.9

資料来源：《中国财政年鉴 2005》，转引自经济合作与发展组织《中国公共支出面临的挑战：通往更有效和公平之路》，北京：清华大学出版社，2006 年，第 33 页。

偏低的社会支出

社会政策意味着社会支出。而社会支出离不开公共财政与公共预算。社会政策是政府向人民提供福利的活动，涉及民生的方方面面，需要公共财政的支持。在发达国家，政府的社会政策活动，或者说，政府的社会开支是社会经济中的主要部分。欧盟成员国每年在社会政策上的开支平均大约占其国民生产总值的 30%。社会福利和服务的生产可以说是世界发达国家中最大的经济部门。

改革开放以来，我国一直处在经济体制转轨时期。在这一时期，国家财政不仅要提供公共产品与服务，还承担着发展经济的职能。在改革开放的初期，我国政府确定了"效率优先，兼顾公平"的政策导向，因此，公共支出结构偏向为效率服务，大量公共支出用于基础设施建设。这有力地促进了我国的经济发展，使得经济持续高速增长。但是，在以经济建设为主导的财政下，我国社会支出没有得到应有的重视。从我国公共支出的功能分类来看，财政资金用于行政管理支出所占比例过大，并且呈增加趋势;经济建设支出的比例虽然有所下降,但仍然偏高;教育、医疗卫生、社会福利等社会政策方面的支出比例虽然有所提高,但仍然偏低;国防支出所占比重比较稳定,但偏低;其他支出所占比重增长幅度较大(岳经纶,2008b)。

　　我们以财政支出功能分类中的"社会文教支出"作为我国的社会政策支出。社会文教支出主要包括用于教育、科学、卫生、文化、体育、广播等事业以及抚恤和社会福利救济、社会保障补助等方面的经费。表 5 显示,从 1995 年到 2005 年,这样测算的社会政策支出占预算内财政支出的比例变化不大,维持在 26%上下,其中 1999 年至 2001 年都保持在 27.6%的水平。不过,在这一时期,社会政策支出占 GDP 的比重有较大的增幅,从 1995 年的 2.89%增加到 2005 年的 4.89%,增幅达两个百分点。社会政策支出不足的后果是基本公共服务短缺,人民基本需要得不到满足,导致了巨大的"福利真空"或"福利断层"。

表 5　作为社会支出的社会文教支出及其在 GDP 中的比重　　单位:亿元

年　份	社会 文教支出	财政 总支出	国内 生产总值	占财政总 支出比重%	占 GDP 的比重%
1995	1 756.72	6 823.72	60 793.7	25.7	2.89
1996	2 080.56	7 937.55	71 176.6	26.2	2.92
1997	2 469.38	9 233.56	78 973.0	26.7	3.12
1998	2 930.78	10 798.18	84 402.3	27.1	3.47
1999	3 638.74	13 187.67	89 677.1	27.6	4.05
2000	4 384.51	15 886.50	99 214.6	27.6	4.41
2001	5 213.23	18 902.58	109 655.2	27.6	4.75
2002	5 924.58	22 053.15	120 332.7	26.9	4.92
2003	6 469.37	24 649.95	135 822.8	26.2	4.76
2004	7 490.51	28 486.89	159 878.3	26.3	4.68
2005	8 953.36	33 930.42	183 084.8	26.4	4.89

　　资料来源:根据《中国统计年鉴》(2006)整理。

　　即使用我国社会保障学界常用的指标社会保障支出来看,我国的社会保障总支出(社会保险基金总支出＋财政对社会保障的支出－财政对社会保险基金的补助)占国内生产总值的比较也偏低。图 1 显示,在 20世纪最初的几年,我国社会保障总支出占国内生产总值的比例基本上是在 4%—5%之间徘徊。

　　另一个衡量社会政策支出的指标是政府社会保障财政支出占财政总支出的比重,它反映了一个国家政府对社会保障事业的重视程度。根据《中国统计年鉴》的资料,从 2003 年到 2007 年间,全国社会保障财政支出占财政总支出的比重变化幅度不大,都保持在 11%左右。

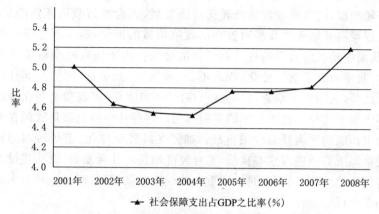

资料来源：2008 年的财政对社会保障总支出、财政对社会保险基金补助的数据来源于 2008 年财政总决算，其他年份数据来源于《中国财政年鉴》(2008)。

图 1　全国社会保障总支出占 GDP 的比例(2001—2008)

非政府组织在社会政策中的缺位

政府是社会福利和公共服务的主要提供者，但不是唯一的提供者。公民社会(非政府组织)不仅要参与社会政策的制定和规划，而且也是政府实施社会政策和提供社会服务的重要伙伴。当代社会政策非常强调混合福利，不仅重视市场机制和企业的作用，更重视第三部门在福利提供上的参与。发挥第三部门在社会福利及服务中的作用，既可改变自上而下的利益分配模式，又可以推动公民社会发展。

在我国公民，长期以来，政府主导了社会政策的制定和实施。在计划经济时代，国家排除了市场和社会在福利服务中的角色。改革开放以来，国家强调个人分担社会福利的责任，提出了社会福利社会化、市场化和产业化等政策主张。通过在社会福利提供中引入市场机制，国家不再包揽提供社会福利的责任，转而要求个人和家庭分担更大的责任。市场机制在教育、医疗、住房等领域日益成为主导者。可是，政府在强调了减轻国家责任、倡导社会服务的市场化的同时，并没有提升和加强公民社会在福利和服务提供中的作用。与此相联系的是，慈善事业的发展也没有得到充分的发展。由于得不到政府的有效培育和支持，我国的第三部门发展滞后。由于国家弱化了福利提供的责任，那些没有能力从市场中购买福利服务的人，也得不到公民社会组织的帮助，基本服务和需要得不到有效满足。

我国社会政策面临的主要挑战

自 20 世纪 70 年代末实行改革开放政策以来，为了改变落后的国民经济状况，我国开始了以发展经济为导向的大规模的社会经济转型。在这一转型期,国家的施政重点转向经济发展,政府经济政策职能凸显,而社会政策则开始失去其相对独立的政策领域的地位,转向服务于经济政策,从而推动经济效率的提升和经济的增长。由于国家社会政策职能的弱化,我国出现了贫富分化、收入不公、看病贵、上学难、房价高等社会问题。此外,我国也面临着诸如失业、移民、人口老化、家庭功能弱化等这些市场化和现代化过程中出现的共同问题。这些社会问题都是我国在市场转型中面临的重大社会政策挑战。如何在经济全球化、市场转型的社会经济格局下有效应对这些挑战,整合经济增长与社会发展,成功建设有中国特色的社会主义,不仅是一个重大的现实政策议题,而且也是重大的理论和学术课题。

就业问题

我国是人口大国,自然也是劳动力资源大国。劳动力大国的劳动问题首当其冲的就是就业问题。如何解决数以亿计的劳动人口的就业需要和吃饭问题,是我国政府面临的最大挑战。在整个经济改革时代,失业问题一直是中国政府面临的头号社会问题。可以说,就业问题影响了中国市场转型的规模、速度和进程,在某种程度上也形塑了中国的社会政策。2003 年,中国内地总人口达到 12.92 亿。全国 16 岁以上人口为 99 889万人,其中城镇人口 42 375 万人,农村人口 57 514 万人;经济活动人口76 075万人,劳动力参与率为 76.2%。2003 年,中国城乡从业人员达到74 432万人,其中城镇 25 639 万人,占 34.4%,乡村 48 793 万人,占65.6%。1990—2003 年,共增加从业人员 9 683 万人,平均每年新增 745万人。"十五"时期(2001—2005 年)劳动年龄人口增长最迅速,年均增长1 360万人。在劳动年龄人口持续增长的同时,尚有 1.5 亿农村富余劳动力需要转移,有 1 100 万以上的下岗失业人员需要再就业。受人口基数、人口年龄结构、人口迁移以及社会经济发展进程等诸多因素的影响,21世纪前 20 年中国仍然面临较大的就业压力。未来 20 年,中国 16 岁以上人口将以年均 550 万人的规模增长,到 2020 年劳动年龄人口总规模将达到9.4 亿人(国务院新闻办公室,2004)。2008 年,全国就业人员达到7.75 亿人,其中城镇就业人员达到 3.02 亿人(人力资源和社会保障部和国家统计局,2009)。这一庞大的劳动力规模意味着我国劳动力市场将长期面临劳动力总量供大于求的局面,失业压力将长期存在。

我国就业问题中的一个难点是大学生失业问题。伴随着我国教育体制改革的进程,我国的教育事业得到了长足的发展,普通高等教育招生人数逐年增长,从 1998 年的 108 万人增加到 2007 年的 565 万人,毛入学率则从 1998 年的 9.8% 增加到 2007 年的 23%。从 2001 年开始,我国每年有 100 多万高校毕业生加入就业的行列。然而,社会对大学生的需求并没有太大的增加。大学毕业生不仅就业难，而且就业质量低，收入低。近年来，许多低收入的大学毕业生在北京、上海、广州等大城市的城乡结合部或近郊农村聚居，形成为"大学毕业生低收入聚居群体"，被媒体和学术界成为"蚁族"（廉思，2009）。据调查，仅在北京地区，保守估计这个群体就有 10 万之众（廉思，2009）。低收入大学毕业生有沦为继农民工、下岗失业工人和农民之后的第四个弱势群体之势。

与此同时，就业不足和边缘劳工问题也日益突出。随着经济的全球化和国际竞争的加剧，我国的就业格局发生了明显变化，大量劳动者，包括城镇下岗职工和农民工加入非正规经济部门，成为从事非正规就业的边缘劳工。他们大都没有签订劳动合同，劳动关系不稳定，工资水平低，没有多少福利保障。如何保障这些劳动者的权益，是我国社会政策需要面对的重要问题。

人口老化

20 世纪末，中国 60 岁以上老年人口占总人口的比例超过 10%。按照国际通行标准，中国人口年龄结构已开始进入老龄化阶段。进入 21 世纪后，中国人口老龄化速度加快。2005 年底，中国 60 岁以上老年人口近 1.44 亿，占总人口的比例达 11%。60% 以上的老龄人口分布在农村地区。我国老年人口正以年均约 3% 的速度增长（国务院新闻办公室，2006）。自 2003 年以来的历年人口变动情况抽样调查样本数据显示，我国 60 岁和 65 岁以上的人口比重在不断稳步提升（表 6）。我国基本养老

表 6　全国人口年龄结构变化情况（2003—2008）

年份	抽样人数（人）	0—14 岁		15—59 岁		60 岁以上		65 岁以上	
		人数	比重 %	人数	比重 %	人数	比重 %	人数	比重 %
2003	1 260 498	256 344	20.34	850 885	67.50	153 269	12.16	107 049	8.49
2004	1 253 065	241 864	19.30	856 298	68.34	154 903	12.36	107 304	8.56
2005	16 985 766	3 321 026	19.55	11 455 373	67.44	2 209 367	13.01	1 541 057	9.07
2006	1 192 666	220 280	18.47	813 804	68.23	158 582	13.30	109 696	9.20
2007	1 188 739	212 726	17.90	813 804	68.45	162 209	13.65	111 211	9.36
2008	1 178 521	217 788	18.48	795 614	67.51	165 119	14.01	112 412	9.54

资料来源：2003 年数据为 2003 年人口变动情况抽样调查样本数据，抽样比为 0.982‰；2004 年数据为 2004 年人口变动情况抽样调查样本数据，抽样比为 0.966‰；2005 年数据为 2005 年全国 1% 人口抽样调查样本数据，抽样比为 1.325%；2006 年数据为 2006 年全国人口变动情况抽样调查样本数据，抽样比为 0.907‰；2007 年数据为 2007 年全国人口变动情况抽样调查样本数据，抽样比为 0.900‰；2008 年数据为 2008 年全国人口变动情况抽样调查样本数据，抽样比为 0.877‰。以上资料均出自《中国统计年鉴》。

保险仅覆盖 1.7 亿多人、15％的劳动人口。农民基本上未被纳入社会养老保险体系。到 2008 年,只有不到 5 595 万农民参加了社会养老保险,而领取养老金的农民仅为 512 万人(见图 2)。而未来 30 年,中国将从老龄化发展到高龄化,养老负担将越发沉重。中国作为世界上最大的发展中国家,如何在老年人口基数增大、人口老龄化加快而且发展不平衡的条件下,保障老年人的合法权益,促进老龄事业的发展,是社会发展中面临的重大问题。

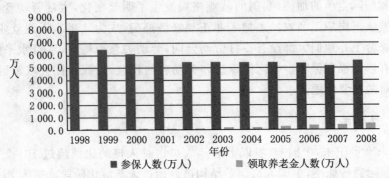

资料来源:《中国统计年鉴》。

图 2   全国农村社会养老保险基本情况(1998—2008)

农民与农民工的社会保护

农民占我国人口的大多数,是我国人口的主体。可是,长期以来,无论是在计划经济时期还是改革开放时期,我国社会政策都存在明显的城市偏向,忽视农民的社会保护。进入 21 世纪以来,尽管国家推出了建设社会主义新农村的重大政策,加大了对农村基础设施和公共服务的投入,在农村实施了免费义务教育,发展了新型农村合作医疗制度,但是,农村的教育、医疗、社会保障等各项社会服务都远远落后于城市,农民的社会保护还没有得到有效的满足。如何为广大农民提供足够的社会保护,是我国社会政策面临的长期问题。事实上,农村社会政策的发展直接关系到能否在 2020 年建立覆盖城乡居民的社会保障体系。

农民工是中国社会从计划经济向市场经济转型的产物,也是经济全球化时代中国工业化和城市化的产物。到 2008 年,全国农民工总量为 2.25 亿万人,其中外出农民工数量为 1.4 亿人。农民工已经成为我国产业工人的主体,也是经济快速发展的主要贡献者。

然而,我国的二元经济社会体制、户口制度、不合理的劳动力市场分割和国际分工体系等令农民工沦为社会弱势群体,不能成为真正的产业工人。我国的农民工不仅数量庞大,而且流动性强,工作和生活极不稳定。他们是血汗工厂的劳动主力军，工作时间长、劳动强度大、工作环境差、工资水平低，而且很少享有社会保障，也是各类工伤意外的主要受害人。他们在城市里工作和生活，但工资收入难以在城市中养家糊口，被迫与家庭成员长期分离，由此导致了一些新的社会问题。农民工外出打工，而他们的家庭成员则留在农村家乡，成为"留守妇女"、"留守儿童"和"留守老人"。有资料显示，在 1.4 亿外出农民工中，已婚者超过 1 亿，由此产生的"留守儿童"接近 6 000 万人，"留守妇女"接近 5 000 万人。他们要承受家庭残缺带来的身心伤害。而随妇女进入城镇的农民工子女则要面对上学难的问题。在 2008 年爆发的全球金融海啸中，农民工首当其冲，随着一大批出口加工企业的破产和倒闭，有 2 000 多万农民工失去工作。如何为农民工群体提供基本的社会保障和服务是我国社会政策面临的重大挑战之一。

不断扩大的贫富差距与贫穷问题

在计划经济年代，我国奉行平均主义的分配原则，虽然城乡差距大，但是社会整体贫富差距小，是世界上收入分配最平等的国家之一。改革开放以来，特别是 20 世纪 90 年代初以来，我国收入差距迅速拉大，出现了两极分化的趋势，成为了世界上贫富差距较严重的国家之一。自 1992 年以来，我国总体基尼系数一直等于或大于 0.4，2004 年达到了 0.441 8（程永宏，2007）。按照世界银行收入分配程度的国家排位资料，在 2005 年，我国在 120 个国家中排第 85 位。导致贫富分化的主要原因包括城乡差别、行业差别、低工资政策、不合理的税收制度以及腐败等。如何通过社会政策抑制贫富差距的扩大是我国政府必须解决的问题。

在贫富差距扩大的同时，贫困人口的总量仍旧很大。根据《中国全面小康发展报告（2006）》的资料，目前中国贫困人口约为 4 800 多万人，占总人口的比重大约为 3.7%。其中，全国农村贫困人口约 2 600 万人，城镇居民最低生活保障线下约有 2 200 多万人。如果根据国际贫困线，每人每日支出不足 1 美元为贫困，按照世界银行估计，目前中国约有 1.35 亿人还处在国际贫困线以下，相当于总人口的 1/10（求是《小康》杂志社，2006）。

失衡的社会结构

与贫富分化相联系的另一个问题是社会结构的分化。改革以来，中国社会不同阶层间的分化日益明显，我国社会结构发生了很大的变化。一方面，传统的产业工人阶级日趋边缘化，另一方面，农民工群体不能实现无产阶级化，而中产阶级则成长缓慢。可是，一个新兴的富裕阶层却在迅速崛起。2009 年 3 月 30 日，招商银行在北京的私人银行部对外发布了中国国内第一份私人银行报告。根据报告,2008 年中国可投资资产 1 000 万元人民币以上的高净值人群高达 30 万人,人均持有可投资资产 约 2 900 万元人民币,共持有可投资资产 8.8 万亿元人民币。2009 年,预 计中国高净值人群将达到 32 万人,高净值人群持有的可投资资产规模超 过 9 万亿人民币。而根据 2009 年 4 月 15 日发布的《2009 胡润财富报 告》,我国共有 82.5 万个千万富豪和 5.1 万个亿万富豪,每 1 万人中有 6 个千万富豪。京粤沪千万富豪人士占全国数量的 48%,千万富豪平均年 龄为 39 岁。

中国社会科学院社会学所"当代中国社会结构变迁研究"课题组 2001 年进行的全国抽样调查表明,中国的阶层结构大致可以划分为五大 社会经济等级、十大社会阶层(陆学艺,2002:9;2004:13)。按照这个分 类,占我国人口大多数的工人、农民等都处于社会较低阶层,当中包括居 住在农村的数亿农民、进城务工的 1 亿多农民工,以及城镇中数几千万下 岗、失业职工、退休人员和非正规就业的劳动者,这些人差不多占我国总 人口的 70%。在现有的社会政策结构中,他们很难有希望进入社会的中 上层。而企业家、政府官员、大学教授等这些经济精英、政治精英、知识精 英,由于都受过良好的教育,处于社会结构的上层,在经济、政治、社会系 统中占据首要地位,而且有可能通过利益关系形成特殊利益集团,不仅控 制了大量的社会财富,还能影响国家决策,从而实现既得利益的制度化。

结语:建设统一的"社会中国"(Social China)

新中国成立 60 年来,随着我国经济体制的转变,国家在社会公共福 利提供中的角色发生了明显的变化,与此相适应的,我国的社会政策体系 及社会保障制度也发生了深刻的变化。在改革开放前的计划经济时代, 尽管我国社会生产力水平落后,经济发展水平较低,社会物资比较贫乏, 但是,在社会主义平等价值理念的指导下,国家直接或间接地在社会福利 的提供当中扮演了支配角色,在生产资料公有制以及城乡分割的基础上, 建立了"国家支配型"(state-dominated)的二元社会政策体系。尽管城乡 福利水平较低,但城乡居民的基本福利需要,如教育、医疗、就业等,都得 到了一定程度的满足。不过,尽管计划经济时代的社会政策体系具有明 显的平等化倾向,但基本上是一种以社会身份而不是以公民身份为基础 建立起来的碎片化的社会政策体系,不仅存在城乡分野,而且在城镇中, 还存在身份、所有制的差异。这一体制的影响力一直持续到今天。改革 开放以来,我国的经济体制由计划体制向市场体制转型,国家在经济和社 会发展中的角色出现了根本性的变化,与此相适应,建立在计划体制之上 的社会政策体系和社会保障制度也发生了根本性的改变。这一时期,我国政府施政的基本理念是效率优先，兼顾公平。然而，实践表明，我们在坚持效率优先的时候，并没有有效地兼顾公平。应该说，公平与效率之间的失衡是我国经济改革开放时代的一个重大教训。为了加快经济发展，提升经济效率，经济政策差不多成为了国家的唯一功能。为了配合经济发展，国家从社会公共服务中全面退却（rolling back），国家的社会政策功能严重削弱。这一时期的社会保障制度和社会福利改革带有明显的市场化取向，使得社会政策沦为国家经济政策的附庸。然而，片面追求经济总量和增长速度的发展模式带来了许多社会问题和社会风险，导致了庞大的社会弱势群体的出现，对我国经济的可持续发展和社会和谐发展带来了不利影响。

进入新世纪，随着我国经济社会形势的变化，特别是构建社会主义和谐社会和科学发展观这些重大施政理念的提出和落实，党和政府充分认识到经济增长与社会发展不平衡的危机和后果，开始调整国家职能，逐步强化国家在教育、医疗、住房等社会公共服务领域的角色，出现了把国家带回社会政策领域的趋势（bringing the state back in）。相应的，社会政策开始成为我国公共政策的主流。

随着国家在社会政策领域角色的强化，新世纪我国社会政策的发展出现了一些令人惊喜的发展：首先，中央政府加大了在教育、医疗、就业、住房等领域的投入，中央政府的社会政策功能明显强化；其次，一些地方政府，特别是沿海发达地区正在全力推动打破城乡隔阂、职业分割的社会保障制度，出现了具有地域公民身份特色的福利地方化（welfare regions）（施世骏，2009）；第三，随着城乡免费义务教育的全面实现，全民医保制度的确立，普惠型社会福利制度的建设，以及社会保障制度城乡统筹的推进，以公民身份为本的社会政策体系（citizenship-based social policy）初露端倪。而这一切都有利于打破长期以来存在的城乡分割、职业分割、地域分割的碎片化社会政策体系，推动社会福利意义上的统一的"社会中国"（social China）的形成。当然，我国的社会政策体系还处在重构与重建之中，建立一个以公民身份为基础、以满足公民基本需要为目的、体现统一的"社会中国"之目标的完整的社会政策体系还需要长期而艰辛的努力。

参 考 文 献

Hayhoe, R. 1996, *China's Universities 1895—1995：A Century of Cultural Conflicts*. New York：Garland Publishing.

Lv, X and E. J. Perry, eds., 1997, *Danwei：The Changing Chinese Workplace in Historical and Comparative Perspective*. New York：M. E. Sharp, Armonk.

Walder, Andrew George, 1986, *Communist Neo-traditionalism：Work and Authority in*

Chinese Industry. Berkeley: University of California Press.

Wong, L. and Flynn, N. 2001, *The Market in Chinese Social Policy*, Palgrave Press.

陈至立,1999,《中国教育 50 年》,载《教育研究》第 9 期。

常宗虎,2001,《重构中国社会保障体制的有益探索——全国社会福利理论与政策研讨会综述》,载《中国社会科学》第 3 期。

程永宏,2007,《改革以来全国总体基尼系数的演变及其城乡分解》,载《中国社会科学》,第 4 期。

迪恩,哈特利(岳经纶等译),2009,《社会政策学十讲》,上海:上海人民出版社,格致出版社。

国务院新闻办公室,2002,《中国的劳动和社会保障状况》(白皮书)。

国务院新闻办公室,2004,《中国的社会保障状况和政策》(白皮书)。

国务院新闻办公室,2006,《中国老龄事业的发展》(白皮书)。

郝克明主编,1998,《中国教育体制改革二十年》,郑州:中州古籍出版社。

黄黎若莲,2001,《边缘化与中国的社会福利》,香港:商务印书馆。

黄佩华,2003,《中国:国家发展与地方财政》,北京:中信出版社。

顾昕,2009,《医疗政策》,载岳经纶、陈泽群、韩克庆主编:《中国社会政策》,上海:上海人民出版社,格致出版社。

关信平,2008,《社会政策春天中的理论思考》,载徐道稳,《迈向发展型社会政策——中国社会政策转型研究》,北京:中国社会科学出版社。

经济合作和发展组织,2006,《中国公共支出面临的挑战》,北京:清华大学出版社。

廉思主编,2009,《蚁族:大学毕业生聚居村实录》,桂林:广西师范大学出版社。

梁祖彬、颜可亲,1996,《权威与仁慈:中国的社会福利》,北京:香港中文大学出版社。

路风,1989,《单位:一种特殊的社会组织形式》,载《中国社会科学》1989 年第 1 期。

陆学艺主编,2002,《当代中国社会阶层研究报告》,北京:社会科学文献出版社。

陆学艺主编,2004,《当代中国社会流动》,北京:社会科学文献出版社。

莫家豪,2008,《改革开放以来中国社会政策范式的转变》,载岳经纶、郭巍青主编:《中国公共政策评论》(第 2 卷),上海:格致出版社,上海人民出版社。

尼尔森,克劳斯,2006,《东欧福利制度比较分析》,载本特·格雷夫主编:《比较福利制度——变革时期的斯堪的纳维亚模式》,重庆:重庆出版社。

求是《小康》杂志社,2006,《中国全面小康发展报告(2006)》,北京:社会科学文献出版社。

人力资源和社会保障部,国家统计局,2009,2008 年度人力资源和社会保障事业发展统计公报,http://www.cnss.cn/xwzx/jdxw/200905/t20090519_209479.html。

沙健孙,2006,《正确理解马克思主义的生产力观点》,载《马克思主义研究》2006 年第 9 期。

沈洁,2006,《社会保障与社会福利政策的理论结构及未来发展》,载杨团、关信平编:《当代社会政策研究》,天津:天津人民出版社。

世界银行,1993,《1993 年世界发展报告:投资于健康》,北京:中国财政经济出版社。

施世骏,2009,《农村社会政策》,载岳经纶、陈泽群、韩克庆主编:《中国社会政策》,上海：上海人民出版社，格致出版社。

施世骏，2009，《社会保障的地域化：中国社会公民权的空间政治转型》，载《台湾社会学》（第 18 期）。

王绍光，2007，《从经济政策到社会政策：中国公共政策格局的历史性转变》，载岳经纶、郭巍青主编：《中国公共政策评论》（第 1 卷），上海：世纪出版集团。

王思斌，2004，《社会政策时代与政府社会政策能力建设》，载《中国社会科学》第 6 期。

徐道稳，2008，《迈向发展型社会政策——中国社会政策转型研究》，北京：中国社会科学出版社。

严忠勤主编，1987，《当代中国的职工工资福利和社会保险》，北京：中国社会科学出版社。

岳经纶，2007，《中国劳动政策：市场化与全球化的视野》，北京：社会科学文献出版社。

岳经纶，2007，《和谐社会与政府职能转变：社会政策的视角》，载《武汉大学学报》（哲学社会科学版）2007 年第 3 期。

岳经纶，2008，《社会政策视野下的中国社会保障制度建设》，载《公共行政评论》2008 年第 4 期。

岳经纶，2007，《中国公共政策转型下的社会政策支出研究》，载岳经纶、郭巍青主编：《中国公共政策评论》（第 1 卷），上海：世纪出版集团，上海人民出版社。

张秀兰、徐月宾、梅志里编，2007，《中国发展型社会政策论纲》，北京：中国劳动社会保障出版社。

郑功成，2002，《中国社会保障制度的变迁与评估》，北京：中国人民大学出版社。

《中国财政年鉴》，历年。

朱亚鹏，2009，《住房政策》，载岳经纶、陈泽群、韩克庆主编：《中国社会政策》，上海：上海人民出版社，格致出版社。

福利体制理论在医疗卫生体系研究中的应用：
中国城市医疗卫生体制模式分析

杨　慧　梁祖彬*

【摘要】　源于福利国家模式划分研究的福利体制理论已经被广泛应用于国际或区域性社会福利模式以及单项或多项社会政策的比较研究中。但是医疗卫生体系却一直被这种研究忽略。本文以福利体制理论为依托，立足于医疗卫生的商品化和去商品化以及卫生服务公平性和不公平性两个维度，构建医疗卫生体制研究范式，进而尝试对中国城市医疗卫生体系的三个发展阶段进行模式划分。进行此种模式划分的风险性很大，但其价值在于能够抽离出中国城市医疗卫生服务体系筹资、供给和管理背后的政治经济学理念，对新一轮医疗卫生改革具有积极的理论启示和借鉴意义，同时也丰富了比较医疗政策研究理论。

【关键词】　福利体制　医疗卫生体制　去商品化　卫生服务不公平

Welfare Regime Theory in Health Care System Study: Analysis on the Health Care Regime in Urban China

Hui Yang & Joe Leung

Abstract　Based on the study of welfare states, Welfare Regime Theory has been widely adapted in international and regional welfare regime studies or in specific-policy comparative studies. However, the health care system has often been neglected. Enlightened by the welfare regime theory, this study formulates the Health Care Regime Approach based on the analysis of health care commodification and de-commodification, and analysis of health equity and inequality. Through this approach, three types of health care regime were identified in the devel-

---

＊　杨慧，香港大学社会工作与社会行政学系博士研究生，研究方向为社会工作和社会政策。

梁祖彬，香港大学社会工作与社会行政学系教授，研究方向为社会工作和社会政策。

此研究为 Competitive Earmarked Research Grant of the Research Grants Council of Hong Kong 资助项目，项目编号：HKU 7460/06H。

opment of health care system in urban China，namely the State Welfare Model，the Selective Welfare Model，and the Selective ＋ Residual Welfare Model. There is a great risk to make generalized categorizations on health care regimes，but it is valuable in terms of capturing the political economy behind the finance，provision and regulation of health care system. The approach can provide useful policy implications for the new health care reform in China. In addition，theories on comparative health policy studies are to be enriched.

Key words Welfare Regime，Health Care Regime，De-commodification，Health inequity

　　福利体制（Welfare Regime）是指在多元的社会和文化背景下衍生出的一整套能够对社会福利和社会分层产生重要影响的制度性安排、政策和措施（Gough，2004a：26）。福利体制理论其实就是关于这一整套制度性安排、政策和措施的研究范式或方法，特别是进行模式划分的方法。其优越性在于能够建立和检验产生这一整套制度性安排、政策和措施的假设，并挖掘出背后的政治经济学理念（Esping-Anderson，1999：73）。

　　虽然已经被广泛应用于国际或区域性社会福利模式以及单项或多项社会政策的比较研究中，但是福利体制理论在医疗卫生体系研究领域的应用却非常有限。本文力图拓展这方面的研究。下面将首先回顾福利体制理论的发展过程及其在医疗卫生体系研究中的应用，进而以福利体制理论为依托，立足于医疗卫生的商品化和去商品化以及卫生服务公平性和不公平性两个维度，构建医疗卫生体制研究范式，并尝试对中国城市医疗卫生体系的三个发展阶段进行模式划分。

福利体制理论的发展过程

福利国家体制研究

　　福利体制理论起源于福利国家体制研究。福利国家体制（Welfare State Regime）是一个系统交错的复杂统一体，主要涉及福利国家中国家和经济之间的政治经济关系及其所呈现的法律层面和组织层面的特征。它指的是"制度式的安排、规则与了解，指引与形塑同时发生的社会政策决策、支出发展、问题界定、甚至是公民与福利消费者的反应与需求结构"（Esping-Andersen，1990：80；艾斯平·安德森，1999：117）。

　　福利国家体制研究的里程碑当属《福利资本主义的三个世界》（Esping-Andersen，1990）。艾斯平·安德森认为之前关于福利国家体制的研究存在的不足之处,在于过分偏重对福利国家福利支出的比较。他主张福利国家体制研究要关注福利国家"做了什么",而不是"花了多少钱"(Esping-Andersen,1990:2)。根据对年金、疾病和失业现金给付三种收入维持保障项目的综合去商品化程度的评定,艾斯平·安德森将福利国家划分为"自由主义"、"保守主义"和"社会民主主义"三种模式。

虽然此研究极大地促进了福利国家研究和比较社会政策的发展,但是也遭到各方面的批判。一是对福利国家的整体福利体制进行模式划分的有效性受到质疑。Baldvin(1996)认为艾斯平·安德森划分出的几种福利国家模式并没有什么解释力,因为单纯通过几种模式的名字,我们并不能清楚地知道在这些福利国家到底发生了什么。Kasza(2002)指出,由于福利政策本身具有积淀性,而且不同福利政策的发展历史、制定过程、利益群体以及所受的国外模式的影响是不同的,所以一个国家福利体系内部不同政策的体制模式是不一致的,那么对福利国家的整体福利体制进行模式划分就没有什么意义了。此种批判激发了一系列关于福利国家单项社会政策的理论和实践研究,也逐渐发展成了福利体制研究的一个分支。二是此研究只分析了福利国家收入维持性保障项目的去商品化功能,忽略了服务性保障项目的去商品化作用(Abrahamson,1999;Kautto,2002;Bambra,2005c)。社会政策分为转移支付型和服务型两种(Abrahamson,1999),而且后者在福利国家中占的比重越来越大,收入维持性保障项目属于转移支付性社会政策,因而福利体制研究也要纳入对服务型社会政策的分析。在艾斯平·安德森之后,有很多学者尝试将服务性保障项目纳入福利国家体制研究中,他们对福利国家进行的模式划分与艾斯平·安德森所进行的有很多不一致的地方(Castles & Mitchell,1993;Korpi & Palme,1998;Daly & Lewis,2000;Arts & Gelissen,2002;Kautto,2002;Bambra,2005a,2005b,2005c)。三是针对去商品化这一指标的操作化等技术性问题进行的批判和修正(Castles & Mitchell,1993;Kangas,1994;Ragin,1994;Pitruzello,1999;Korpi,2000;WildeboerSchut,et al,2001;Van Voorhis,2003;Bambra,2005a,2006;Scruggs & Allan,2006)。四是此研究缺乏性别视角的分析(Siaroff,1994;Sainsbury,1994,1999;Bambra,2004)。第五方面是关于所研究国家的范围。Gough(2004a)认为鉴于这种研究范式的优越性,其研究范围应该由发达国家扩展至发展中国家和不发达国家。

福利体制研究

在将艾斯平·安德森关于福利国家体制的研究范式向发展中国家和不发达国家的体制研究进行扩展的过程中,Gough (2004a)提出了"福利体制(Welfare Regime)"的概念,并发展出了福利多元组合(Welfare

Mix)和福利结果(Welfare Outcome)两个研究维度(如表1所示)。福利多元组合是指各种制度性责任的分配和组合。除传统的国家—市场—家庭这一福利三角之外，社区也被纳入分析范围，因为社区在社会福利事业中发挥的作用越来越大，特别是在发展中国家和不发达国家，此外，相对应的国际因素的影响也是不能忽略的。福利多元组合这一维度为更广泛的政策研究提供了一个分析框架，通过这个框架研究者可以比较各种主体之间的责任分配及其相互作用，进而对各国的福利体制进行模式划分(Wood，2004:56)。福利结果主要是对人类福祉与不幸、保障与无保障状况的量度，主要涉及对贫困、需求满足和人类发展等社会问题的分析(Gough，2004a:36)。通过对福利多元组合和福利结果的分析，福利国家体制之外的两种福利体制模式——非正式保障体制(Wood，2004)和无保障体制(Bevan，2004a，2004b)也被识别出来。

表1　福利多元组合

		国　内	国　际
国　家		国内政府	国家组织，捐助国家
市　场		国内市场	国家市场，跨国公司
社　区		市民社会，非政府组织	国际非政府组织
家　庭		家庭	国际性家庭发展计划

资料来源：由 Gough(2004a:30)发展而来。

此外，关于福利多元主义的研究(The Mixed Economy of Welfare or Welfare Pluralism)也促进了福利体制理论的发展。与 Gough 提出的福利多元组合分析相似，这种研究范式也要求首先对国家、市场、志愿性组织和非正式组织四种元素或社会"主体"各自的责任和相互作用进行分析(Johnson，1999)。所不同的是，这种范式下的多元组合分析是整合了福利筹资、供给和管理三个维度的(Johnson，1999；Powell，2007)。通俗的说，就是对国家、市场、志愿性组织和非正式组织在社会福利的筹资、供给和管理中的责任和相互作用进行研究(如表2所示)。

表2　福利多元主义研究范式

元　素	维　度
国　家	供　给
市　场	筹　资
志愿性组织	管　理
非正式组织	

资料来源：由 Johnson(1999)和 Powell(2007)发展而来。

福利体制研究范式的优越性

福利体制研究范式具有较强的理论意义。首先,它可以将在关于某个或某些福利国家的各种统计数字之上建立的模式划分与关注社会发展动态的转型理论紧密地结合起来;其次,如果一个国家被划分到了特定模式群,那么这个国家福利体制的特点就很容易被推断出来(Kim, 2005)。这种理论对社会政策研究的启示在于:一,要关注公共、私有部门和家庭在生活资料的生产和社会福利分配方面的相互作用;二,不只是要研究制度安排的内容,还要纳入对其结果的分析;三,不仅要对社会政策做技术性剖析,还要挖掘其政治经济理念;四,要识别具有共同福利特征的国家(Gough, 2004a:26)。

福利体制理论在医疗卫生体系研究中的应用

鉴于上述优越性,福利体制理论或研究范式已经被广泛应用于国际或区域性社会福利模式以及单项或多项社会政策的比较研究中,但是在医疗卫生体系研究领域的应用却非常有限。近年来福利体制理论在医疗卫生体系研究中的发展表现为两个方面:一是以医疗卫生服务的去商品化程度为重要指标重新划分福利国家模式;二是检视社会福利模式与医疗卫生体系的结果,例如健康状况、卫生服务公平性等,之间的关系。

Bambra(2005a, b, c)认为医疗卫生服务是福利国家的社会福利不可缺少的组成部分,因而不应该被福利体制研究所忽略。她在利用福利体制理论研究医疗卫生服务方面做了大量的工作,例如提出了"医疗卫生去商品化(health care decommodificaiton)"的概念,并以此为指标对艾斯平·安德森《福利资本主义的三个世界》中所涉及的福利国家进行了重组(Bambra, 2005a)。她将医疗卫生去商品化定义为个人能否接近医疗卫生资源以及对医疗卫生服务的利用与否取决于其市场地位的程度和一个国家的医疗卫生服务供给对市场的依赖程度,并将其量化为三方面的统计分析。第一是私有医疗卫生支出占国内生产总值的比例,这反映出一个国家总体经济收入用于私有医疗卫生服务的比例;第二是私立医院床位在全国所有医院床位中的比例,这反映出一个国家对非公共医疗卫生供给的依赖程度;第三是医疗卫生体系覆盖人群的比例,这反映出一个国家公共医疗卫生所达致的医疗卫生资源的可接近性。选取这三方面的数据,是因为由此我们可以估算一个国家私有医疗卫生服务的筹资、供给和覆盖范围,进而对市场在整个医疗卫生体系中的地位和角色进行评估——从卫生支出和卫生服务利用的角度来看,如果私有医疗卫生服务的范围越大,那么市场在整个医疗卫生体系中的地位就越重要,这也就意味着医疗卫生去商品化的程度越低。在此基础上，Bambra（2005b）又以福利国家收入维持性保障项目的去商品化和医疗卫生去商品化的综合考量将福利国家划分为5种模式，即在艾斯平·安德森的划分基础上添加了自由主义子模式和保守主义子模式。

此外，一些学者（Wilkinson，1996；Coburn，2004；Navarro & Shi，2004；Raphael & Bryant，2004；Bambra，2005c；Dahl，et al.，2006）还从政治经济学的角度研究了社会福利模式与不同人群的健康状况以及卫生服务公平性的关系，指出社会福利去商品化的程度是决定国民健康状况的一个重要社会因素；社会福利去商品化的程度越高，国民的健康水平就越高。

总之，艾斯平·安德森的福利国家体制的研究范式完全可以作为医疗卫生服务体系比较研究的起点，而医疗卫生体系的研究也必将得益于福利体制理论的不断充实和发展（Bambra，2007）。利用福利体制理论对医疗卫生服务体系进行研究的发展方向应该是检视哪些福利体制模式能够产生更好的医疗卫生结果，分析具有相同福利体制特征的国家产生不同医疗卫生结果的原因，或对医疗卫生体制进行模式划分。

医疗卫生体制研究范式

本文正是要探索如何以福利体制理论为指导，对医疗卫生体制进行模式划分。文献回顾显示，关于卫生体系分类的研究很多，但是对医疗卫生体制进行模式划分的研究极少。根据医疗卫生服务某个或某些方面（筹资、供给或管理）的特征对卫生体系进行分类是比较医疗政策研究经常采用的研究方法。其中一些比较有代表性的分类（见表3）已被后来的研究者和政策制定者广泛引用，以解释国家之间医疗卫生服务安排和结果的不同。虽然医疗卫生体制模式研究也不可避免地要包含对医疗卫生服务筹资、供给或管理特点的分析，但是它与医疗卫生体系分类有本质区别。由福利国家体制研究扩展和丰富起来的福利体制研究启示我们，体制模式划分需要挖掘某一体系中各种关键性因素的不同组合模式所体现的政治经济学理念；而这种挖掘又是通过对这一体系某些核心目标的量度来实现的，例如福利体系的去商品化程度。医疗卫生体制是指在动态的政治、经济和文化背景下产生特定的医疗卫生结果的一整套价值理念、制度性安排和政策实践。相对应的，卫生体制模式研究也需要进一步挖掘医疗卫生服务筹资、供给和管理不同组合模式所体现的政治经济学理念；而这种挖掘也应是通过对卫生体系某些核心目标的量度来实现的。

表3　医疗卫生服务体系分类

研究者/机构	分类基础	类　　　型
OECD (1987)	医疗卫生服务的筹资和供给	国家卫生服务型(National Health Service) 社会保险型(Social Insurance) 私有保险型(Private Insurance)
Lassey 等 (1997)	医疗卫生服务的中央集权化程度	集权式计划和管理型(The centralized planning and management) 公共和私有混合国家卫生服务型(The mixed public/private national health service) 公共和私有混合社会保险型(The mixed public/private social insurance) 分权化管理型(The generally decentralized/pluralistic model)
Moran (2000)	医疗卫生服务的消费管理、供给管理和生产管理	命令和控制型医疗卫生国家(Entrenched command and control health care state) 组合主义型医疗卫生国家(Corporatist health care state) 供应型医疗卫生国家(Supply health care state)
Lee, Chun, Lee, &Seo (2008)	医疗卫生服务的筹资和供给	国家卫生服务型(National Health Service) 社会医疗保险型(Social Health Insurance) 国家医疗保险型(National Health Insurance) 私有医疗保险型(Private Health Insurance)

　　因此,本文构建了医疗卫生体制研究范式(Health Care Regime Approach)作为医疗卫生体制模式划分的研究框架(见图1)。此研究范式就是通过对医疗卫生的商品化和去商品化以及卫生服务公平与不公平性的分析识别医疗卫生体制模式。

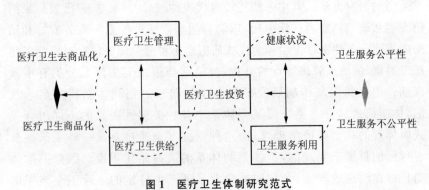

图1　医疗卫生体制研究范式

医疗卫生商品化和去商品化

在资本主义社会,个人的生存以劳动力的买卖为前提,人类的需求和劳动力是以一种商品的形式存在的。艾斯平·安德森(1990:86)将"去商品化"定义为个人和家庭脱离市场(更多情况下是被市场排斥)后仍能够维持一种被社会所接受的生活水平。从这种意义上来说，去商品化就是一种脱离劳动力市场的权利。福利国家赋予社会中的个人此种权利，提供一定的收入维持作为经济保障，从而使得个人获得了不依赖劳动力市场也能过活的自由。艾斯平·安德森(1990:54)认为劳动力的去商品化可以依据三个变量来量度。第一是关于享受资格的规定，即能否获得保障是严格地取决于统计调查的结果还是较宽松地以工作绩效或一定的供款为前提，还是说保障具有全民性，不论需求和供款状况怎么样，只要是这个国家的公民就都可以享受。第二是收入替代水平。如果国家提供的津贴低于一般国民的收入水平或不能满足社会可接受的水平，那么这种保障的去商品化程度较低。第三也是最重要的一个，就是保障覆盖的范围，即涵盖哪些社会风险。

之所以选择商品化和去商品化这一分析维度，首先是因为它在福利体制理论中具有重要地位。它在定义和评估社会政策发展方面的重要作用已经被很多学者认可(Esping-Andersen，1990，1996；Gough，2000a；Kim，2005；Bambra，2005a，2005b，2005c，2006)，而且已被广泛应用于福利体制模式划分和特定社会政策的研究中(Fawcett & Papadopoulos，1997；Room，2000；Holden，2003；Scruggs & Allan，2006)。商品化和去商品化同样可作为医疗卫生体制模式划分的重要维度。近年来，随着新自由主义的盛行，市场化、私有化机制在医疗卫生体系中不断扩展，医疗卫生服务商品化带来的后果已经引起了各国学者和政府部门的关注。医疗卫生的商品化和去商品化程度直接决定着保障人民基本健康的目标能否实现。

其次，商品化和去商品化的博弈也一直贯穿于中国医疗卫生体系发展的各个阶段。在当前中国医疗卫生体制转型的社会背景下，关于医疗卫生体制"市场化"和"伪市场化"的争论仍在继续(李先沛，1993；曹培文，1994；刘玉宽，1996；谭学书，2004；陈林，2005；谢子远，鞠方辉，郑长娟，2005；赵杰，2005；周健，2005；李丽，郭盛药，2006；欧运祥，2006；尤琛，2006；杜仕林，2007)。一方面，医疗卫生服务的商品化被认为已造成"看病难、看病贵"的难题；另一方面一些全国性和地方性的去商品化措施正在被逐渐引入，以期缓解人民的医疗负担，保障人民基本健康的权利。

本研究将医疗卫生商品化定义为：医疗卫生服务的利用与否，主要取决于本人的支付能力而不是实际需求。反之，如果实际需求在卫生服务利用与否方面的决定作用大于支付能力，那就实现了医疗卫生去商品化。与以往研究中商品化和去商品化的操作化不同，本研究要从定量和定性两个角度来剖析医疗卫生的商品化和去商品化。因为统计数字只能呈现一种事实形态,我们还需要挖掘产生这种事实形态的原因;而且事实有时候会被统计数字掩盖,比如单纯看公立医院在医疗服务机构中所占的比例,我们完全可以推断中国医疗卫生服务的供给具有公立性质,但现实是目前中国大多数公立医院是有"公立"之名无"非营利"之实。

此外,受福利多元主义研究的启示,医疗卫生商品化或非商品化的分析将要从医疗卫生服务的筹资、供给和管理三方面进行。其中筹资方面主要涉及政府卫生支出和个人卫生支出的比例,各种社会保险的覆盖率及补偿水平等;供给方面主要涉及公立和私立医疗机构的比例,公立医疗机构的目标和行为,医疗专业道德与操守的作用以及药品生产商与销售商的性质和目标等;而管理方面主要涉及政府或卫生部门与医疗机构的关系以及这种关系对医疗机构和医务人员行为的影响,政府或卫生部门与药品生产商和销售商的关系及对其行为的影响等。

卫生服务的公平性与不公平性

医疗卫生体制模式研究还需要纳入医疗卫生体系特有的评价性指标——卫生服务的公平性与不公平性。自20世纪70年代以来,卫生服务的公平性和不公平性就已经成为医疗卫生研究领域的核心话题。卫生服务的公平性已被世界卫生组织、世界银行、欧洲经济合作和发展组织以及各国卫生部门和卫生经济学家作为医疗卫生体系评估必不可少的指标。卫生服务的公平性或不公平性研究关注的是不同人群之间或同一人群内不同个体之间在健康状况,例如婴儿死亡率(Wagstaff,2000;OECD,2001)、预期寿命(Sihvonen, Kunst, Lahelma, Valkonen, & Mackenbach, 1998; Crimmins & Cambois, 2003)、可避免性死亡率(Australian Institute of Health and Welfare, 1998; Canadian Institute of Health Information, 2000)或其他身体健康指标(Gwatkin, 2000),或医疗卫生筹资,医疗卫生服务利用以及医疗卫生服务质量等方面的差距(Whiterhead, 1990; Culyer & Wagstaff, 1993)。

虽然卫生公平性一直被中国政府宣称为发展医疗卫生体系的基本准则,但是自20世纪80年代以来,卫生服务不公平性的问题已越来越严重。由图1所示,本文对中国城市医疗卫生体系公平性和不公平性的研究主要从健康状况、医疗卫生筹资和卫生服务利用三个方面来进行。健康状况不公平是指不同人群之间,尤其是不同收入群体间在某些卫生指标上的差距。宏观指标包括上述的死亡率、预期寿命等;微观指标包括两周患病率、疾病种类、卧床天数、对工作和日常生活的影响等。医疗卫生筹资不公平是指个人或家庭所负担的医疗卫生费用与其支付能力的高低不一致(Wagstaff, 2001)。它分为水平不公平和垂直不公平。当具有同等支付能力的个人或家庭需要支付不同等的医疗卫生费用时,医疗卫生筹资水平不公平就发生了；反之，不同等支付能力的个人或家庭支付同等的医疗卫生费用，会产生医疗卫生筹资垂直不公平（Wagstaff & Doorslaer，2000）。如果对医疗卫生服务的利用与否受到某些社会或经济条件的限制，则产生医疗卫生服务利用不公平（Whitehead，2000）。它首先涉及的是利用还是不利用的问题，其次是所利用服务的类型问题，例如公共医疗卫生服务、私有非营利性医疗卫生服务、私有营利性医疗卫生服务等。

中国城市医疗卫生服务体系的发展历程

伴随中国经济体制由计划经济向社会主义市场经济转型，城市医疗卫生体系也发生了巨大变化，近年来由于"看病难、看病贵"的问题不断加剧，新一轮医疗卫生改革逐渐拉开序幕。本研究将中国城市医疗卫生体系到目前的发展历程划分为改革开放前、改革开放后以及新医改三个阶段，从医疗卫生商品化和去商品化以及卫生服务的公平性和不公平性两个维度分析了各阶段的体制特征。

改革开放前的城市医疗卫生服务体系

新中国成立后的一段时期内，百废待兴，为了加快发展生产力、提高人民的生活水平，在"保就业、低工资、高福利"的社会安排中，国家几乎承担了全部的社会福利责任（不过这种福利责任主要是通过单位福利实现的）。这在医疗卫生服务领域的突出表现，就是建立劳保医疗和公费医疗制度及经营福利性公立医疗卫生机构。

劳保医疗和公费医疗制度是我国劳动保险制度的重要组成部分，前者是对企业职工实行免费、对职工家属实行半费医疗的企业医疗保险，后者是对国家和事业单位工作人员以及大专院校学生实行免费医疗的政府医疗保险（侯文若，叶子成，1998：29—35）。劳保医疗制度由当时的政务院在1951年颁布的《中华人民共和国劳动保险条例》确立，并在1953年和1966年修订。其对象为国有企业职工和退休人员，县以上大集体企业的职工和退休人员也可纳入。这些人员因病、因工或非因公负伤以及计划生育手术的全部诊疗费用、药费、住院费、手术费等都由企业负担，个人只需承担挂号费、出诊费、交通费和1/3的膳食费；她们的直系亲属就医时，企业可以负担1/2的手术费和药费。公费医疗随着1952年政务院颁布《关于全国各级人民政府、党派、团体及所属事业单位的国家工作人员实行公费医疗预防的指示》而实施，并分别在1952年和1965年进行了修改。国家和事业单位工作人员以及大专院校学生就医，除门诊挂号费和门诊费、交通费及膳食费由自己承担外，其他费用都可以由所在单位全额报销。这里需要强调的是，劳保医疗的资金来源于企业的职工福利基金，而公费医疗的资金来源于国家财政,所以这一阶段城市医疗卫生服务的筹资主要是公共投入,个人现金支出所占的比例是非常小的。

　　与劳保医疗和公费医疗制度相配套的是 1952 年之后陆续建立起来的庞大的公立医疗卫生机构体系——卫生部门所属医院、企业诊所或医院以及事业单位诊所或医院。这些公立机构都是福利性质的,医疗服务及药品基本都是按成本价收费,有的甚至还低于成本价。计划经济下的公立医院是卫生行政部门的附属物,在 20 世纪 50 年代实行"全额管理、差额补助、结余上缴"的财务管理制度,60 年代改为"分级管理、定额补助、预算包干",此外国家预算还纳入了所有医务人员的工资。除财务上实行"收支两条线"之外,公立医疗机构在自身建设、人事任免等方面也没有主动权,一切都在计划经济的管理框架内进行。

　　由此看来,改革开放前的城市医疗卫生服务体系在筹资、供给和管理方面都表现出了较高的去商品化。医疗卫生体系的筹资几乎全部来自于政府。一方面它为公立医疗机构提供财政补贴,比例一般高于其支出的30%(Zhou, Li & Li, 2005);另一方面它通过建立劳保医疗和公费医疗为患者提供补贴。计划经济体制下的高就业率保障了劳保医疗和公费医疗广泛的覆盖率。例如,在 1956 年,劳保医疗的覆盖率已经达到 94%,到 1978 年,其覆盖率仍高居 90%(National Bureau of Statistics,1987)。政府补助下较低的医疗服务和药品价格以及广泛的医疗保险覆盖率和较高的补偿水平使得个人卫生支出的比例非常低。在医疗卫生服务的供给方面,私有医疗卫生机构和药品生产商与销售商几乎没有发展空间,而公立医疗机构将卫生服务作为一种社会福利向大众提供。医务人员严格按照"救死扶伤"和"为人民服务"的宗旨行事,"统购统销"的药品供给机制也有效防止了药品流通过程中的趋利行为,以严格的行政计划和控制为特点的医疗卫生管理机制也保障了这一阶段医疗卫生服务的福利性。在这样的筹资、供给和管理机制下,中国发展出了当时世界上最大、最全面的医疗卫生服务体系,也成为世界上拥有最全面医疗保障体系的国家之一(WHO, 1987;Liu, Hsiao, & Eggleston, 1999;Tang & Meng, 2004;Wong, Lo, & Tang, 2006)。实际医疗需求而非支付能力在卫生服务利用与否方面起到了决定作用,医疗卫生去商品化得以实现。

　　此外,改革开放前的城市医疗卫生体系也实现了较高的卫生服务公平性。全体居民的健康状况都得到了改善。贫困居民与普通居民在多数健康指标方面有差距,但这并不是当时的医疗卫生体系造成的,有其历史原因。在当时强调社会平等的福利体系下,贫困居民得到政府各方面的救助,其中之一就是免费医疗。所以从当时卫生服务的筹资和利用来看,城市医疗卫生服务的公平性还是很高的。

改革开放后的城市医疗卫生服务体系

由于不再适应社会主义市场经济的发展，计划经济时期的城市医疗卫生体系经历了一系列筹资、供给和管理机制的改革。

在筹资方面的改革之一是政府历年卫生事业费占财政支出的比例以及历年政府预算卫生支出占卫生总费用的比例不断降低（见图2）。这造成了我国一直被世界卫生组织和世界银行所批评的较高的个人现金卫生支出比例（见图3）。改革之二是劳保医疗和公费医疗制度逐渐被城市职工基本医疗保险代替。保险经费不再完全由国家或单位负担，而是实行国家——单位——个人的共负制。通过建立个人账户和社会统筹，参保者的医疗费用在各种起付线、自付比例、封顶线的限制下得以部分报销。在医疗保险由原来的单位保险向社会保险转变的过程中，我国医疗保险

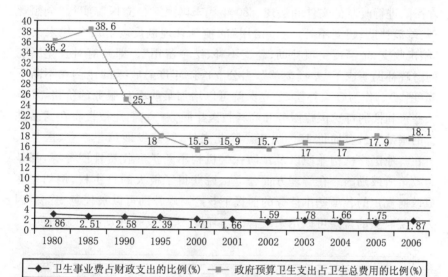

资料来源：卫生部，2008，2009a。

图 2　政府卫生支出

资料来源：卫生部，2008。

图 3　个人现金卫生支出占卫生总费用的比例

覆盖率在很长一段时间内呈迅速下滑趋势。例如,在1993,年约有27.28%
的城镇人口没有任何医疗保险,而到1998年(短短5年时间),这一比例就
增加了16.82%;2003年与1993年相比也增加了17.52%(卫生部,2002a,
2004)。2008年这一比例有所下降,但是也有28.1%(卫生部,2009a)。

　　在"公有制为主体,多种形式办医"的指导思想下,对私立医疗卫生机
构和私人医疗行为的严格限制逐渐松动。1980年,国务院批准了卫生部
关于允许个体开业行医问题的请示报告,私人医疗行为正式合法化。近
年来私立医疗卫生机构的数量有较快增长,但与公立医疗机构相比仍处
于弱势。这一点从其极低的病床占有率就可以反映出来。医疗卫生市场
仍然被公立医疗卫生机构垄断。为了解决计划经济时期的管理政策造成
的公立医院效益低下、政府财政负担不断加重的问题,国家相关部门从
70年代末到90年代初依照国企改革的指导思想相继出台了一系列对公
立医院进行改革的文件和法规。80年代末国家对公立医院实行"全额管
理、差额补助、超支不补、结余留用"的预算管理制度,到90年代末改为
"核定收支、定额或定项补助、超支不补、结余留用"。即政府对公立医院
的财政补助变成了"差额拨款",占公立医院年度总收入的比例在不断下
降(图4)。作为政策补偿,公立医院可以增加某些医疗服务的价格,发展
一些营利性的特殊医疗服务和高科技医疗服务。它们还被授权在药品进
价的基础上最多加价15%出售。除此之外,医院发展第三产业、医务人
员在其他医疗机构兼职以及预防保健机构不断扩展收费性服务等,都是
为政策所鼓励的。在管理方面公立医院获得了极大的自主权,例如在完
成政府规定的各项基本任务的前提下政府财政补助可以被任意支配。因
为医院收支的盈余可以用来改善医疗环境、医疗设备或发展奖金制度,绩

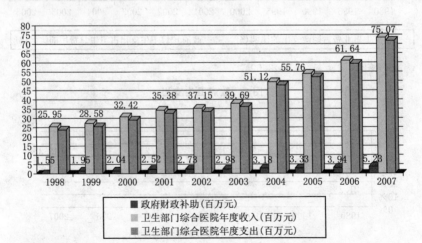

资料来源:卫生部,2003a, 2008。

图4　卫生部门综合医院年度收入和支出情况

效工资也就应运而生。不过事与愿违，当初致力于绩效改善的公立医院企业化改革在实践中逐渐被扭曲，其表现就是公立医院的"利益最大化"行为。例如，过度开药、滥用检查、滥用高科技、为得回扣避免用国家基本药物目录上的药品而多开贵药和进口药、增加门诊医疗的次数和住院天数等等，都不同程度地增加了民众的医疗负担。总之，借用《深化医药卫生体制改革指导意见（征求意见稿）》的民众反馈意见中关于公立医院的评价，它们是在"借公立之名行营利之实"。

关于改革开放后城市医疗卫生体系的供给机制，还有一点需要指出的就是药品生产和流通领域的变化。与医疗卫生服务领域类似，私有药品生产商和销售商已迅速发展起来。市场在这个领域发挥的作用越来越大，趋利行为也不断滋生。其中一些促成了上述公立医院的"利益最大化"行为。众多的流通环节也被指责造成了药价飙升。

上述医疗卫生体系筹资和供给机制方面的变化与当时管理机制的转变有很大关系。1979 年时任卫生部长钱信忠提出"卫生部门也要按经济规律办事"和"运用经济手段管理卫生事业"。此后几年随着一系列政策性文件的颁布，经济管理手段不断取代行政管理手段，公立医疗卫生机构获得了较大的经济、管理和人事等方面的自主权。药品生产和流通的自主权也逐渐从政府或卫生部门移交出来。但是相应的监管机制并没有很好地发挥作用。这一方面增强了医疗卫生服务和药品领域的效益，另一方面也为上述趋利行为创造了契机。

在这样的筹资、供给和管理机制下，医疗费用不断上涨，城市人口的医疗负担不断加重。1991 年到 1995 年间，全国综合医院门诊和出院病人人均医疗费用的年均增长率分别为 26％和 24％；1996 到 2000 年间分别为 15％和 11％（卫生部，2003b）。在接下来的 7 年里，综合医院门诊和出院病人人均医疗费用的年均增长率较前两个阶段都有所下降（分别为6.8％和 7.1％），但是人们的医疗费用负担并没有减轻；而且这两项年度增长率在 2008 年又被增加到了 7.6％和 9.9％（卫生部，2009b），可见形势并不乐观。因为全国综合医院绝大多数都在城市地区，所以从这些数字我们也可以看出城市医疗费用的增长之快。

高额医疗费用造成的结果就是医疗卫生服务的"不利用"。从图 5 和图 6 显示的两周非就诊率和医生诊断应该住院而未能住院率来看，中国城市的医疗卫生服务利用状况自 1990 年以来并没有得到有效的改善。此外，对必需医疗卫生服务的"自我中断"现象也需要特别关注。1998 年就全国来看有 42.1％的已住院者自己要求出院，他们当中有高达56.14％的人是因为再也没有能力负担高额的住院费用；而在城市，患者自己要求出院的比例为 36.47％，其中 45.72％也是因为经济困难（卫生部，2002a）。这种自我中断治疗的现象到 2008 年仍然非常突出，约有

36.8%的住院病人在未被治愈的情况下自愿出院,其中54.5%是因为无法负担医疗费用才做出这样不得已的选择(卫生部,2009b)。

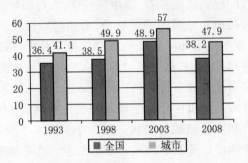

资料来源:卫生部,2002b,2005,2009b。

图5　两周未就诊率(%)

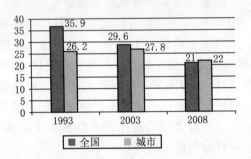

资料来源:卫生部,2002b,2005,2009b。

图6　医生诊断应住院而未住院率(%)

由上述分析可见,人们对卫生服务的利用与否已主要取决于个人的支付能力而不是实际的医疗需求,医疗卫生商品化程度较高。医疗卫生服务的商品化又使得卫生服务的不公平性不断突显。改革后中国医疗卫生服务体系的筹资公平性是一直为国际社会所诟病的,例如世界卫生组织(WHO,2000)曾将其列为第188位,在所有被比较的191个国家中排倒数第4位。城市不同收入人群之间在健康状况,医疗卫生服务筹资和利用方面日益扩大的不公平性也已经被众多研究不断分析和证明(陈家应,龚幼龙,黄德明,Lucas,2001;姚有华,冯学山,2004;陈定湾,何凡,2006;刘玉恩,2007;尹希果,付翔,陈刚,2007;Liu, Hsiao, & Egglestone, 1999;Gao, Tang, Tolhurst, & Rao, 2001;Gao, et al, 2002;Liu, et al, 2002)。

总之,改革开放后的城市医疗卫生服务体系在取得巨大成就的同时也造成了"看病难、看病贵"的问题,并使其日益加剧。直到2005年国务院发展研究中心课题组发表"中国医疗改革基本不成功"的论断,才开启了全国乃至世界性的中国医改大讨论,使得这一阶段中国医疗卫生服务体系存在的种种问题不断明朗。

新医改中的城市医疗卫生服务体系

中国的医疗卫生服务体系已经迎来了新一轮的改革。在关于医改的理论性大讨论进行得轰轰烈烈的同时,中央和地方也陆续采取了一些缓解"看病难、看病贵",扩展医疗保障的措施。

其中一些是针对医疗卫生服务的供给领域的,如对药品流通和定价进行整顿等,但是实施结果已经证明这些措施缺乏有效性,因而更加系统性的改革——基本药物制度、公立医院改革等——正在各方的利益博弈中酝酿并逐渐展开。

医疗卫生服务的筹资领域比较突出的改革措施,当属医疗救助制度和城镇居民基本医疗保险制度,以及其他一些针对特殊人群的医疗保障制度的建立。本文作者于 2008 年 10 月—11 月在北京市某城区进行了贫困人口的深度个案访谈,在此基础上评估了北京市城市医疗救助制度、"一老一小"大病医疗保险、城镇劳动年龄内无业居民大病医疗保险以及针对非正规就业人群的医疗保障安排的去商品化效果。访谈资料的分析结果显示:这些措施在贫困人口医疗卫生去商品化方面的功能不容忽视,因为它们的筹资机制(豁免、报销或补贴)降低了城市贫困人口对大病医疗卫生服务的利用与否取决于其支付能力的程度。但是这些保障项目存在的一些共同问题阻碍了它们去商品化功能的进一步提高。例如,主要覆盖大病住院医疗费用而将门诊检查和药品费用排除在外,限制了贫困人口对常见病和慢性病医疗服务的利用;"事后救助"或"事后报销"降低了贫困人口对医疗卫生服务的实际利用率;对低保边缘人群的关注程度较低;政策细节宣传不到位导致目标人群对各项政策的内容一知半解;以及"分类施保"将各类人群标签化,容易产生"耻辱烙印"等消极影响。这些措施致力于扭转城市贫困人口无医疗保障的困境,因而具有提高卫生服务公平性的巨大潜力,但是这种功能也因为上述问题而被减弱。

新医改在 2009 年已经取得了实质性进展。在国家发展与改革委员会对《深化医药卫生体制改革指导意见(征求意见稿)》向全社会征求意见的基础上,新医改指导文件——《关于深化医药卫生体制改革的意见》和《医药卫生体制改革近期重点实施方案(2009—2011 年)》于 2009 年 3 月颁布。国家基本药物制度于 2009 年 8 月实施,公立医院试点改革于当年 10 月拉开帷幕,其他重要领域的配套改革文件也在陆续出台。除此之外,一些涉及具体医疗保险项目或医疗保障措施的筹资、供给和管理的地方性改革也此起彼伏。所有的努力可以说就是为了实现医疗卫生服务的去商品化,提高卫生服务公平性,实现人人享有基本医疗卫生服务的目标。当然这只是新医改传达出的理念,其实现与否还取决于实际的政策执行过程。

中国城市医疗卫生体制的模式划分

由对中国城市医疗卫生服务在各发展阶段的商品化和去商品化、公平性和不公平性的分析上升到中国城市医疗卫生体制的模式划分,离不开对中国福利体制发展变化的梳理,这也是对中国城市医疗卫生体制政治经济理念的分析。

计划经济向社会主义市场经济转型带来的是中国整体福利体制的转变。关于中国福利体制的模式划分有几种观点:由社会主义向市场社会主义转变(Smith, 1989; Philion, 1998);由社会主义向有中国特色的社会主义转变(Li, 2002; Breslin, 2004; Huang, 2008);由普遍性的国家福利模式向选择性的社会化福利模式转变(Wong, 1998)等。

无论是归结为社会主义模式(Socialism)还是普遍性的国家福利模式(Universal and State Welfare Model),计划经济时期的中国福利充分体现了政府的主导作用,也正是这种主导作用,才使得较高的社会公平性得以实现。改革开放前的医疗卫生体系正是这种理念的产物:国家在医疗卫生服务的筹资、供给和管理中承担主要责任;在实现普遍就业的基础上提供普遍性的医疗保障;医疗卫生的去商品化程度及公平性较高。由此,我们可以将其总结为"国家医疗保障型体制(State Medical Security Model)"。

无论是归给为市场社会主义模式,有中国特色的社会主义模式,还是选择性的社会化福利模式,社会主义市场经济时期的中国福利体现的是政府责任缩减和市场作用扩大,进而造成社会不公平性加剧。改革开放时期的医疗卫生体系同样也是这种理念的产物:国家在医疗卫生服务的筹资、供给和管理中的责任逐渐减小,市场的作用不断扩大;普遍就业机制被破坏,医疗保障主要覆盖有正式工作单位的人群;医疗卫生服务的商品化程度及其不公平性较高。由此,我们将其总结为选择性医疗保障体制(Selective Medical Security Model)。

近来的新医改已频传增强国家责任的讯息。国家在医疗卫生服务的筹资、供给和管理中的责任有所扩大;除为有正式工作单位的人群建立主体医疗保障之外,还为不同弱势群体建立针对性较强的扩展医疗保障;医疗卫生服务的去商品化及其公平性正在恢复。我们暂且将新医改阶段的医疗卫生体制总结为选择性+剩余医疗保障型(Selective + Residual Medical Security Model)。

小 结

　　本文以福利体制理论为依托,立足于医疗卫生服务的商品化和去商品化,卫生服务的公平性和不公平性两个维度,构建医疗卫生体制研究范式,进而尝试对中国城市医疗卫生体系的三个发展阶段进行了模式划分。进行此种模式划分的风险性很大,但其价值在于能够抽离出中国城市医疗卫生体系筹资、供给和管理背后的政治经济学理念,便于从本质上把握这一体系的发展轨迹。此外它对中国新一轮医疗卫生改革具有积极的理论启示和借鉴意义。虽然新医改的指导性文件已出,但是各界关于新的医疗卫生体系的发展方向,关于筹资、供给和管理机制的指导原则等问题仍有诸多争论。对中国医疗体制模式发展变化的把握,启示我们一定要紧密结合时代的政治和经济背景来确定医疗卫生事业的发展准则。脱离了这种背景的理想模式注定会在实际操作过程中处处碰壁。从理论层面来看,对医疗卫生体制模式的识别将使得比较医疗政策研究更加丰富。比较医疗政策研究不仅可以由此从体系之间的比较上升到体制之间的比较,还可以进一步对某些国家在某一发展阶段的医疗卫生体制进行对照分析。有些国家在相同或相似的发展阶段具有不同的医疗卫生体制,而有些国家虽然具有相同或相似的医疗卫生体制却处于不同的发展阶段。对这些现象的探讨及规律的总结将促进比较医疗研究理论的发展。

　　由于中国"城乡分割"的发展特点,城市和农村的医疗卫生体制有显著的差别。本文只是对中国城市医疗卫生体制进行了模式划分,并没有纳入对农村医疗卫生体制的分析。对中国同一发展阶段城市和农村医疗卫生体制异同的比较,也是一个很有意义的研究课题,有利于完整把握中国医疗卫生体制的发展变化,可视为进一步研究的方向。

参 考 文 献

[丹]艾斯平·安德森,1999,《福利资本主义的三个世界》,台北:巨流图书公司。

曹培文,1994,《卫生改革不能搞市场化——兼评卫生改革的市场化主张》,载《江苏卫生事业管理》1994 年第 1 期。

陈定湾、何凡,2006,《不同社会阶层的健康公平性研究》,载《中国卫生经济》2006 年第 8 期。

陈家应、龚幼龙、黄德明,Lucas,2001,《经济收入和医疗保健制度对卫生服务公平性的影响》,载《中国卫生资源》2001 年第 4 期。

陈林,2005,《医疗卫生体制改革:非营利化、非国有化与市场化互不矛盾》,载《观察家》2005 年第 12 期。

杜仕林,2007,《医改的抉择:政府主导还是市场化? ——基于医疗卫生服务及其市场特殊性的分析》,载《理论与改革》2007 年第 2 期。

侯文若、叶子成,1998,《城镇职工基本医疗保险制度全书》,北京:言实出版社。

李丽、郭盛药,2006,《中国医疗体制改革的市场化研究》,载《当代经理人》2006 年第
　　21 期。

李先沛,1993,《关于医疗服务市场化的思考》,载《中国医院管理》1993 年第 2 期。

刘玉恩,2007,《我国医疗保障公平性研究》,载《中国初级卫生保健》2006 年第 7 期。

刘玉宽,1996,《医疗卫生改革不能走市场化、企业化之路》,载《中国卫生经济》1996
　　年第 9 期。

欧运祥,2006,《医疗市场化失败后的法律和伦理思考》,载《医学与哲学》2006 年第
　　1 期。

谭学书,2004,《医疗卫生事业不能走市场化道路》,载《成都行政学院学报》2004 年第
　　6 期。

卫生部,2002a,《国家卫生服务研究——1998 年第二次国家卫生服务调查》,http://
　　www. moh. gov. cn/menunews/C3. htm,2002-07-03.

卫生部,2002b,《1993 年国家卫生服务调查分析报告》,http://www. moh. gov. cn/
　　menunews/C3. htm,2002-06-24.

卫生部,2003a,《2003 年中国卫生统计年鉴》,北京:中国协和医科大学出版社。

卫生部,2003b,《1997—2001 年我国卫生事业发展情况简报》,http://www. moh.
　　gov. cn/publicfiles/business/htmlfiles/zwgkzt/pgb/200805/34846. htm, 2003-
　　01-05.

卫生部,2004,《卫生改革专题调查研究:第三次国家卫生服务调查社会学评估报告》,
　　北京:中国协和医科大学出版社。

卫生部,2005,《第三次国家卫生服务调查社会学评估报告》,http://cjb. wjtvu. cn/
　　Download. aspx? ID=1639,2005-01-03.

卫生部,2008,《2008 年中国卫生统计年鉴》,北京:中国协和医科大学出版社。

卫生部,2009a,《2009 年中国卫生统计提要》,http://www. moh. gov. cn/publicfiles/
　　business/htmlfiles/mohbgt/s8274/200905/40765. htm 2009-05-20.

卫生部,2009b,《卫生部公布第四次国家卫生服务调查主要结果》,http://www.
　　moh. gov. cn/publicfiles/business/htmlfiles/mohbgt/s3582/index. htm, 2009-
　　02-27.

谢子远、鞠方辉、郑长娟,2005,《"第三方购买":医疗服务市场化改革的路径选择及其
　　经济学分析》,载《中国工业经济》2005 年第 11 期。

姚有华、冯学山、2004,《关于改善我国卫生服务公平性的思考》,载《中国卫生资源》
　　2004 年第 1 期。

尹希果,付翔,陈刚,2007,《城镇居民收入差距对医疗保健消费影响研究》,载《中国卫
　　生统计》2007 年第 2 期。

尤琛,2006,《中国医疗体制改革——市场化的困境》,载《重庆交通学院学报(社科
　　版)》2006 年第 1 期。

赵杰,2005,《政府主导或是医疗市场化》,载《瞭望新闻周刊》2005 年第 26 期。

周健,2005,《医疗改革必须坚定走市场化道路》,载《北方经济》2005 年第 12 期。

Abrahamson, Peter, 1999, "The welfare modeling business", *Social policy and Ad-*

ministration，33(4)：394—415.

Arts，Wil，& Gelissen，Jone，2002，"Three worlds of welfare capitalism or more"，*Journal of European Social Policy*，12(2)：137—158.

Australian Institute of Health and Welfare，1998，*Australia's Health* 1998：*the sixth biennial health report of the Australian Institute of Health and Welfare*.

Baldwin，Peter，1996，"Can we define a European welfare state model?" in Bent Greve (ed.)，*Comparative Welfare Systems*. London：Macmillan.

Bambra，Clare，2004，"The worlds of welfare：illusory and gender blind?" *Social Policy and Society*，3 (3)：201—12.

Bambra，Clare，2005a，"Worlds of welfare and the healthcare discrepancy"，*Social Policy and Society*，4 (1)：31—42.

Bambra，Clare，2005b，"Cash versus services：'worlds of welfare' and the decommodification of cash benefits and welfare services"，*Journal of Social Policy*，42 (2)：1—19.

Bambra，Clare，2005c，"Health Status and the Worlds of Welfare"，*Social policy & Society*，5(1)：53—62.

Bambra，Clare，2006，"Research note：Decommodification and the worlds of welfare revisited"，*Journal of European Social Policy*，16(1)，73—80.

Bambra，Clare，2007，"Going beyond The three worlds of welfare capitalism：regime theory and public health research"，*Journal of epidemiology and community health*，61(12)：1098—1102.

Bevan，Philippa，2004a，"Conceptualising in/security regimes"，in Ian Gough，et al (ed.)，*Insecurity and Welfare Regimes in Asia，Africa，and Latin America：Social Policy in Development Contexts*. Cambridge，UK：Cambridge University Press.

Bevan，Philippa，2004b，"The dynamics of Africa's in/security regimes"，in Ian Gough，et al (ed.)，*Insecurity and Welfare Regimes in Asia，Africa，and Latin America：Social Policy in Development Contexts*. Cambridge，UK：Cambridge University Press.

Breslin，Shaun，2004，*Capitalism with Chinese Characteristics：the Public，the Private and the International* . Asia Research Centre or Murdoch University Working Paper No. 104.

Burau，Viola，& Blank，Robert H，2006，"Comparing health policy：an assessment of typologies of health systems"，*Journal of Comparative Policy Analysis*，8(1)：63—76.

Canadian Institute of Health Information，2000，*Health Indicators* 2000.

Castles，Francis G，& Mitchell，Deborah，1993，"Worlds of welfare and families of nations"，in Francis G，Castles (ed.)，*Families of Nations：Patterns of Public Policy in Western Democracies*. Aldershot：Dartmouth.

Coburn，David，2004，"Beyond the income inequality hypothesis：class，neo-liberalism, and health inequalities", *Social Science and Medicine*, 58(1):41—56.

Culyer, Anthony J, & Wagstaff, Adam, 1993, "Equity and equality in health and health care", *Journal of Health Economics*, 12(4):431—57.

Crimmins, Eileen M, & Cambois, Emmanuelle, 2003, "Social inequalities in health expectancy", in Jean M, Robine et al (ed.), *Determining Health Expectancies*. Chichester: John Wiley and Sons.

Dahl, Espen, et al., 2006, "Welfare state regimes and health inequalities", in Johannes Siegrist & Michael Marmot (ed.), *Social Inequalities in Health*. Oxford: Oxford University Press.

Daly, Mary, & Lewis, Jane, 2000, "The Concept of Social Care and the Analysis of Contemporary Welfare States", *British Journal of Sociology*, 51 (2):281—98.

Esping-Andersen, Gøsta, 1990, *Three Worlds of Welfare Capitalism*. Cambridge: Polity Press.

Esping-Andersen, Gøsta, 1996, *Welfare States in Transition: National Adaptations in Global Economies*. London: Sage.

Esping-Andersen, Gøsta, 1999, *Social Foundations of Postindustrial Economies*. New York: Oxford University Press.

Fawcett, Helen, & Papadopoulos, Theodoros N, 1997, "Social exclusion, Social citizenship and decommodification: an evaluation of the adequacy of support for the unemployed in the European Union", *West European Politics* 20(3):1—30.

Gao, Jun, Qian, Juncheng, Tang, Shenglan, Eriksson, Bo, & Blas, Erik, 2002, "Health equity in transition from planned to market economy in China", *Health Policy and Planning*, 17(suppl 1):20—29.

Gough, Ian, 2004a, "Welfare regimes in development contexts: a global and regional analysis", in Ian. Gough, et al(ed.), *Insecurity and Welfare Regimes in Asia, Africa, and Latin America: Social Policy in Development Contexts*. Cambridge: Cambridge University Press.

Gwatkin, D R, 2000, "Health inequalities and the health of the poor: What do we know? What can we do?" *Bulletin of the World Health Organization*, 78(1): 3—17.

Holden, Chris, 2003, "Decommodification and the Workfare State", *Political Studies Review*, 1(3):303—316.

Huang, Yasheng, 2008, *Capitalism with Chinese Characteristics: Entrepreneurship and the State*. New York: Cambridge University Press.

Johnson, Norman, 1999, *Mixed Economies of Welfare: a Comparative Perspective*. New York: Prentice Hall Europe.

Kangas, Olli, 1994, "The Politics of Social Security: On Regressions, Qualitative Comparisons, and Cluster Analysis", in Thomas Janoski & Alexander Hicks (ed.), *The Comparative Political Economy of the Welfare State*. Cambridge: Cambridge UP.

Kasza，Gregory，2002，"The illusion of welfare regimes"，*Journal of Social Policy*，
    31(2)：271—287.

Kim，Yeon Myung，2005，*The Re-examination of East Asian Welfare Regime—
    Methodological Problems in Comparing Welfare States and the Possibility of
    Classifying East Asian Welfare Regimes*. Paper presented at the Workshop on
    East Asian Social Policy. The University of Bath.

Korpi，Walter，2000，"Faces of inequality：gender，class and patterns of inequalities
    in different types of welfare states"，*Social Politics：International Studies in
    Gender，State & Society*，7(2)：127—91.

Korpi，Walter，& Palme，Joakim，1998，"The paradox of redistribution and the
    strategy of equality：welfare state institutions，inequality and poverty in the
    Western countries"，*American Sociological Review*，63：662—687.

Lassey，Marie L，Lassey，William R，& Jinks，Martin J，1997，*Health Care Sys-
    tems Around the World：Characteristics，Issues，Reforms*. N. J.：Prentice
    Hall.

Lee，Sang-Yi，Chun，Chang-Bae，Lee，Yong Gab，& Seo，Nam Kyu，2008，"The
    national health insurance system as one type of new typology：the case of South
    Korea and Taiwan"，*Health Policy*，85(1)：105—113.

Moran，Michael，2000，"Understanding the welfare state：the case of health care"，
    British Journal of Politics and International Relations，2(2)：135—160.

Li，Xing，2002，"The Transformation of Ideology from Mao to Deng：Impact on
    China's Social Welfare Outcome"，*International Journal of Social Welfare*，8
    (2)：86—96.

Liu，Yuanli，Hsiao，William C，& Egglestone，Karen，1999，"Equity in health and
    health care：the Chinese experience"，*Social Science and Medicine*，49：
    1349—1356.

Liu，Gordon G，Zhao，Zhongyun，Cai，Rrenhua，Yamada，Tetsuji，& Yamada，
    Tadashi，2002，"Equity in health care access to：assessing the urban health
    insurance reform in China"，*Social Science & Medicine*，55(10)：1779—1794.

Navarro，Vicente，& Shi，Leiyu，2004，"The political context of social inequalities
    and health"，*International Journal of Health Services：Planning，Administra-
    tion，Evaluation*，31(1)：1—21.

National Bureau of Statistics，1987，*China Social Statistics 1987*. Beijing：China
    Statistics Press.

OECD，1987，*Financing and Delivering Health Care：A Comparative Analysis of
    OECD Countries*. Paris：Organisation for Economic.

OECD，2001，*OECD Health Data 2001*. Paris：Organisation for Economic.

Philion，Stephen，1998，"Chinese welfare state regimes"，*Journal of Contemporary
    Asia*，28(4)：518—536.

Pitruzello，S，1999，*Decommodification and the Worlds of Welfare Capitalism：a*

Cluster Analysis. Seminar article WS/90, Florence: European University Institute.

Powell, Martin, 2007, "The mixed economy of welfare and the social division of welfare", in Martin Powell (ed.), *Understanding the Mixed Economy of Welfare*. Bristol: Policy.

Raphael, Dennis, & Bryant, Toba, 2004, "The welfare state as a determinant of women's health: support for women's quality of life in Canada and four comparison nations", *Health Policy*, 68(1):63—79.

Ragin, Charles C, 1991, *Issues and Alternatives in Comparative Social Research*. Leiden: brill.

Sainsbury, Diane, 1994, *Gendering Welfare States*. London: Sage Publications.

Sainsbury, Diane, 1999, "Gender, policy regimes and politics", in Diane Sainsbury (ed.), *Gender and Welfare State Regimes*. Oxford: Oxford University Press.

Scruggs, L. & Allan, J. (2006). Welfare-state decommodification in 18 OECD countries: a replication and revision. *Journal of European Social policy*, 16(1): 55—72.

Siaroff, Alan, 1994, "Work, welfare and gender equality: a new typology", in Diane Sainsbury (ed.), *Gendering Welfare States*. London: Sage Publications.

Sihvonen, A P, Kunst, A E, Lahelma, E, Valkonen, T, & Mackenbach, J P, 1998, "Socioeconomic inequalities in health expectancy in Finland and Norway in the late 1980s", *Social Science & Medicine*, 47(3):303—315.

Smith, Richard, 1989, *Class Structure and Economic Development: The Contradictions of Market Socialism in China*. Ph. D Thesis, University of California.

Tang, Shenglan, & Meng, Qingyue, 2004, "Introduction to the urban health system and review of reform initiatives", in Bloom Gerald & Shenglan Tang (ed.), *Health Care Transition in Urban China*. Burlington, Vt. : Ashgate.

Van Voorhis, Rebecca A, 2003, "Different types of welfare states? A methodological deconstruction of comparative research", *Journal of Sociology and Social Welfare*. 29: 3—18.

Wagstaff, Adam, 2000, "Socioeconomic inequalities in child mortality: comparisons across nine developing countries", *Bulletin of the World Health Organization*, 78(1):19—29.

Wagstaff, Adam, 2001, *Measuring Equity in Health Care Financing: Reflections on and Alternatives to the World Health Organization's Fairness of Financing Index*. Development Research Group and Human Development Network, World Bank.

Wagstaff, Adam, & van Doorslaer, Eddy KA, 2000, "Equity in health care finance and delivery", *Handbook of Health Economics*, 1:1803—1862.

Whitehead, Margaret, 1990, *The Concepts and Principles of Equity in Health*. EUR/ICP/RPD 414 7734r. WHO working paper.

WHO, 1987, *Evaluation of the Strategy for Health for All by the Year* 2000：
Seventh Report on the World Health Situation. World Health Organization.

WHO, 2000, *World Health Report* 2000—*Health Systems*：*Improving Performance.* World Health Organization.

Wildeboer Schut, J M, Vrooman, J C, &. de Beer, P, 2001, *On Worlds of Welfare. Institutions and their Effects in Eleven Welfare States.* The Hague：Social and Cultural Planning Office of the Netherlands.

Wilkinson, Richard, 1996, *Unhealthy Societies*：*the Afflictions of Inequality.* London：Routledge.

Wong, Chack-kie, Lo, Vai Io, &. Tang, Kwong-leung, 2006, *China's Urban Health Care Reform*：*from State Protection to Individual Responsibility.* Lanham, Md.：Lexington Books.

Wong, Linda, 1998, *Marginalization and Social Welfare in China.* London：Routledge.

Wood, Geof, 2004, "Informal security regimes：the strength of relationships", in Ian Gough, et al（ed.）, *Insecurity and Welfare Regimes in Asia, Africa, and Latin America*：*Social Policy in Development Contexts.* Cambridge, UK：Cambridge University Press.

Zhou, H. S., Li, Y. Q., &. Li, W. P. (2005). The policy evolvement of public hospitals. *Chinese Hospital Management*, 25(8)：9—13.

社会政策执行中的地方政府间竞赛与评奖：
地方激励理论及其在改善环境卫生中的实践

张咏梅　李秉勤*

【摘要】　本文主要讨论了地方政府之间的竞赛与评奖在推动当地政府投资和在特定社会政策领域公众参与的作用。同时，也比较了地方政府间竞赛与评奖与其他激励模式例如消费者选择和标杆分析法之间的优势和劣势。本文认为，地方政府间竞赛与评奖非常有利于创造一种地方认同感，从而引导服务提供者和社会公众实现社会政策的目标。本文以西宁地区在组织竞赛以改善环境卫生的经验为例，说明竞赛与评奖非常有利于提高公共意识和公众参与。它可以用来鼓励贫困地区参与发展过程。

【关键词】　地方政府间竞争　激励　公共卫生　西宁

The Competition and Awards between Local Authorities in Social Policy Implementation： Local Motivation Theory and Its Application in Improving Environmental Hegiene

Yongmei Zhang　Bingqin Li

Abstract　In this paper we examine the role of competitions and awards between local authorities in motivating local government investment and public participation in certain social policy areas. The advantages and disadvantages of competitions/awards between local authorities and other motivation models such as consumer choice and targeting/benchmarking are compared. We argue that competition/awards between local authorities are particularly good at creating a local identity that bringing service providers and the public together to achieve a social policy goal. We use the experience of Xining in organising competitions to improve public hygiene as an example to show that competitions/

---

　*　张咏梅，兰州大学社会学系副教授；李秉勤，伦敦经济学院社会政策学系讲师。
　本研究在调研和资料收集过程中得到青海省人民政府办公厅张永吉的大力支持，特此表示感谢。本论文中涉及的所有观点均来自作者本人，如有疏漏，由作者本人负责。本论文在写作过程中还得到伦敦经济学院社会政策系 Julian Le Grand 教授的指教，一并表示感谢。

awards are particularly good at enhancing awareness and public partici-
pation. It is potentially used to inspire poor areas to be engaged in the
process of development.

Key words　Competition Between Authorities，Motivation，Public
Hygiene，Xining

研　究　背　景

一个城市的环境卫生状况不佳，不仅有碍观瞻，还会严重影响公众健
康，例如：有可能导致传染病蔓延(Abdullah, et al., 2003)或严重破坏儿
童健康(Smith, et al., 1998)。从世界各国的历史来看，环境卫生状况的
改善对人口死亡率下降和人口预期寿命提高作出了很大贡献(Woods,
1991；Goubert, 1984)。因此，在许多国家，特别是发达国家，环境卫生都
是公共健康政策中的一个重要内容。

多年以来，我国在城市环境卫生的推广上付出了很大的努力，但至今
仍然存在很多问题。随地吐痰、乱扔垃圾的行为，外加臭气熏天的公厕和卫
生肮脏的小饭馆曾经是中国城市卫生形象最典型的一幕。许多地方的政
府都曾采取措施处罚随意破坏环境卫生的行为。但是强制执行的成本比
较高，而且对破坏环境卫生的行为并没有形成必要的道德约束和社会压力。

另一个问题是，热衷于促进经济增长的地方政府不一定愿意大量投
资于公共产品和服务。要改善环境卫生，地方政府的积极投入十分重要。
地方政府不愿投入的原因很多。首先，改革开放以来，经济快速增长成为
考核干部的重要指标，官员的升迁与此挂钩。以物质形式表现的基础设
施投资，如高速公路和高楼大厦，可以作为经济发展成就的明显标志，同
时还能够吸引私人投资者并促进经济增长(Zhang and Zou, 1998；Lan,
2002)。相比之下，环境卫生在很多人的眼里是一个成本因素，对于地方
官员来说没有什么吸引力。即使环境卫生改善有助于经济发展，它的作
用也常常是间接的，并且需要一定的时间才能显现出来。因此，对地方官
员来说，投资于环境卫生，不如投资其他领域更有吸引力。其次，不是所
有的政府官员都意识到环境卫生的重要性，在这样的环境中成长起来的
人就有可能对环境是否清洁不那么敏感(沈荣华，2004)。第三，有些地方
即使希望着手改善环境卫生，也有可能不知从何入手。虽然另一些地方
政府已经在改善环境卫生方面取得了显著成绩，但是如果没有适当的传
播渠道，他们的经验并不一定会得到其他地方的关注。从这个意义上看，
改善环境卫生的关键是要解决如何才能激励地方政府和社会公众的投资
与积极参与，并使得好的实践经验得到有效传播的问题。

在国际上，很多国家都进行了准市场改革，在公共部门引入竞争和对

公务人员的问责机制,还有的推出达标措施,目的就是为了提高地方投资公共服务的积极性。那么,这些措施是否有可能用于城市环境卫生的改进? 我国在这个领域里面的实践和国外的公共部门改革从理论上看是一个什么关系? 本文将评述国际上比较常见的中央对地方政府的激励措施,并用地方竞争与之相比较,探讨地方竞争的优越性和局限性。最后,以西宁创卫活动作为案例来具体展示地方参与竞争的做法和效果。

文献回顾:关于改善公共服务的激励机制的研究

国际上这些年公共部门改革的一个重要特点是:引入问责机制和消费者/用户选择。目的是为了政府官员更有动力改善公共服务(Besley and Ghatak, 2003)。这两类措施的原理如下:

问责机制

问责机制从本质上看是建立一个目标体系来判断公共部门服务效果的优劣,并根据判断的结果对有关的责任人员进行奖惩。问责机制中的目标体系可以是不同的形式:(1)由上级政府人为地确立一定的目标;(2)参照类似的私营部门的经营状况来确立公共部门的目标体系(Martin,2000)。有研究者认为,这些目标无异于设立"人为的竞争对象",以挑战现有的服务提供者。这样的目标体系和奖惩制度就是为了督促服务提供者像私营业主一样积极地改善服务(Glennerster, 1991; Grimshaw, et al., 2002; Le Grand, 1991b)。这些目标在实践上有一定的局限性,它们是用来遵守或者追逐的,只要达到了预定的目标就算万事大吉。结果是,公共部门的服务提供者不一定有动力去超越这些目标(John, et al.,2004)。因此,制定目标体系的决策者或是作为参照的私营企业才是政策创新的源泉,而不是执行任务的地方公共部门。从长远来看,如果公共部门只是单纯地追求由外界确立的目标与规范,会就失去创新的能力和意愿(Le Grand, 2006)。

消费者的选择机制

消费者[1]的选择是指在某个服务领域中建立一套准市场的机制,给予服务用户如同消费者一样的选择权(Le Grand, 1991a)。在这样的制度中,服务提供者所能够获得的资金是根据服务对象的数目来确定的。如果消费者对服务不满意,决定离开某个提供者,那么后者所能够争取到

---

[1] 在公共服务提供中,这个消费者可以是服务用户。

的运营资金也就相应地减少。因此，消费者行使选择权会给服务提供者
造成压力，促使其改善服务。消费者选择的另外一个好处是，由于需要做
出选择，消费者不得不主动地获得更多的服务信息（Matosevic, et al.,
2008；Fotaki, 1999）。对消费者来说，自然就是一个受教育的机会，从而
会更加关注服务的改善。

　　但是，消费者选择模式有一定的局限性。Boyne(1996)指出，一些公
共服务部门处于自然的垄断地位（比如：乡村地区的服务机构稀少），消费
者并没有什么实质性的选择余地。结果，服务供方还是没有动力去改善
服务。对此，一些国家的政府采取了相应的措施来降低垄断者的权力，比
如在某一个地方引入更多的服务机构，形成对现有机构的直接竞争，或者
通过为消费者提供便利和廉价的公交服务来扩大他们的选择范围（Boy-
ne, 1998；McGuire, et al., 1987）。但是，即便有这些措施，依然有不少
不易打破的垄断格局。

　　从理论上讲，在消费者选择模式中，消费者并没有帮助服务部门提高
服务质量的义务。消费者了解、监督服务的兴趣固然会大大提高，但是这
种兴趣是"被动的"，并不是出于积极参与的考虑。同时，要让消费者选择
的压力得到实现，消费者要及时放弃他所不满意的服务供给方。

上述理论应用于环境卫生领域的缺陷

　　再回到我们在文章开头提到的几个有关环境卫生所面临的障碍。一
个人选择居住地的时候，往往出于多种考虑（Li, Duda and An, 2009），一
个人很难仅仅因为环境卫生问题就搬家。所以，人们很难对地方环境卫
生部门进行有效的选择[1]。

　　再退一步而言，即使消费者选择能够实现，环境卫生的维护也需要居
民的配合。这与消费者选择模式中鼓励放弃的道理并不相容。也就是
说，当一种服务需要消费者本人做出一定的贡献才能获得期望的效果时，
消费者选择模式基本上是无能为力的。

地方政府间的竞赛

　　地方政府间的竞赛在国际上也是应用非常广泛的一种政策手段：是
指上级政府设立奖项，地方政府之间相互竞争以便获得奖项[2]。类似的

---

　　[1]　有人认为通过地方选举有可能实现不同党派之间的竞争。但是，地方政府选举中具
有决定意义的问题挺多。单凭一项环境卫生状况很难能够对哪个政党发生决定性的影响。

　　[2]　需要注意的是，这里所谈到的不是不同的服务提供者，比如学校、医院之间的竞争，而
是不同的地方，比如城市、乡镇之间的竞争。

竞争评奖有:奥运会和世博会主办城市的竞争、世界文化遗产、卫生城市(区、街道)的竞争评比等等。Boyne(1996)指出,在以前的文献中,地方政府之间的竞赛没有得到足够的认识。他对英国的竞赛活动作出如下总结:地方政府之间的竞赛有助于提高地方政府系统的效率和反应速度。要想使竞赛发挥作用,需要大量的地方政府机构参与,这样才可以形成真正的竞争压力。我们认为,竞赛作为一种提高地方积极性的做法,可以有几个作用。

第一,上级政府为奖励活动出资,但是参与竞争的成本由参加者(或者是参加者所在地的社会成员)付出。根据奖项的设立,奖励可以是物质的,也可以是非物质的。因为只有少数参加者获奖,即使地方政府所获奖励的数额超出它自己的参与开支,上级政府所投出的奖金总额也不会超过各个地方因为参加评奖活动所投入的资金总量。因此,上级政府可以用不多的奖励诱使地方政府更多地投入。从这一点来看,评奖活动很适合组织者并不拥有大量资金的情况(Frey, 2007)。当然,地方政府参与竞赛评奖完全可能不是出于改善服务的动机。比如地方政府可能是为了:(1)改变地方形象;(2)提高官员的个人政绩,等等。虽然参赛的动机不同,但是从设奖的上级政府角度来看,如果一个奖项能够从各个角度调动地方政府的积极性,从而实现地方投入的增加,即使参赛"动机不纯",也应该算是实现了最初的目标。

第二,地方政府之间的竞赛有助于发现好的经验和鼓励创新。参赛者并不十分清楚其他的参赛者将会有何种表现,因此只能尽最大的可能做好。这样,参加者会想方设法地获得更好的结果。例如,Richards 和 Wilson(2006)的文章里就提到,文化城市类的竞赛使得地方政府官员花更多的时间考虑如何确立一个地方的文化特色,并且鼓励各种创意。可是,在参加竞赛之前,他们往往没有积极性去这么做。

第三,竞赛有利于增进公众意识和参与。众所周知,竞赛能使地方政府管辖区域的社会成员形成群体认同。尽管社会成员可能来自于各种不同的背景,甚至有可能存在利益上的冲突,但是,当他们面对一个共同的目标——赢得竞赛时,就会产生为本地争光的自豪感和集体荣誉感,这样地方政府就变成了公众利益共同体的代表,与公众配合共同完成竞赛。这与消费者模式中政府与公众之间监督与被监督的对立关系大不相同。

当然,地方政府之间的竞赛所适用的范围是有限的。Boyne(1996)除了提到参加者的个数以外,还谈到竞赛效果的持续性问题。和其他的激励机制不同,竞赛往往是一次性的活动,发生在特定的时间。如果竞赛的结果得不到保持,那么竞赛的实际作用也就会大大削弱。而且竞赛必然涉及裁判,裁判的权力有可能导致寻租行为甚至腐败。

在我国,竞赛评奖的应用非常广泛。中国地域辽阔,政府机构层级

多、地方政府数量多,恰好具备开展竞争的条件,而且竞争可以设立多个
层次,保证参加者在较长时间内不懈努力。从这些竞争活动中所积累的
经验和教训是其他国家所没有的,并有可能对国际上公共服务领域中的
激励理论提供重要的借鉴。

我国地方政府间的竞赛评比

在计划经济时代,政府间的竞赛就得到了广泛的应用。在 20 世纪
70 年代的时候,由于引入市场经济机制,政府间的竞赛有所减少。但是
随着改革的深入,各种竞赛活动在政府管理体系内又再度盛行。

从 20 世纪 50 年代到 70 年代,政府经常开展广泛的竞赛活动。竞赛
与政治利益紧密相连,例如竞赛一般不提供货币性奖励,而是进行具有政
治价值的荣誉性表彰,或职位升迁。市场经济的到来使得市场竞争在很
多领域取代了公共部门的竞争,从某种程度上看,在改革初期,坚持强制
性的竞赛会使政府行为与市场导向的经济体制发生冲突,因而在相当一
段时间内,政府对于设立竞赛是比较谨慎的。

但是,20 世纪 80 年代后期特别是 90 年代以来的财税改革大大削弱
了中央政府对地方开支的控制能力,加上退税的引入,更向地方政府发出
了一个很强的信号:多缴反而不如少缴。结果,原本是为了提高地方征税
积极性的改革措施反而使得地方政府在征税上变得更为消极。而中央政
府为了弥补地方公共开支的不足,不得不将财政收入中的很大一部分归
还给地方,降低了中央的再分配能力(Qian and Roland,1996,1998)。
中央政府征税权力弱化意味着中央无法像过去那样直接命令地方政府提
供某种公共服务。特别是地方政府更愿意将资金投入有经济效益的方面
而非提供社会服务,从而导致财政收入用于健康、教育的比例不断下降
(Wong,2000)。

20 世纪 90 年代以来,为了刺激地方政府投资于公共事业,竞赛在越
来越多的领域得到重新利用。根据 2007 年出版的统计数据,国务院下辖
的 65 个部门和组织开展了 2 115 项评比,如加上省级政府和低一级的政
府,则全国共有 70 305 项竞赛评比(国务院纠风办,2007)。当然,这个数
字中包括各种类型的评比,不仅限于政府竞赛。但是足以说明竞赛作为
一种政策工具的影响力。

实践中产生的问题

显然,如果不能合理运用竞赛,会引发一系列问题。第一,众多的评
比对基层政府和社会成员有可能造成不必要的压力。为克服滥用评比,
中央政府决定限制评比的数量。整顿评比之风最有力的时期在 1996 年
至 2006 年期间(中华人民共和国国务院办公厅,2006)。但随着时间的推

移,各种评比又悄然兴起并且再次蔓延。

第二,由于各承办竞赛评选的组织并不掌握资金,竞赛参加者需要各方面的支持。资金来源可以是多个方面的:(1)直接向上一级的主管部门申请财政支持;(2)挤占原计划用于其他用途的资源;(3)地方政府自己筹集资金;(4)利用各种闲置资源,比如志愿者。考虑到大部分参与者不会在竞赛中取胜,所以参赛的费用要么由参与者自己解决,要么由资金赞助方承担。这样的结果有可能给地方财政和社会成员造成沉重的经济负担(陈丽敏,郭亚,2007)。

第三,有的时候,竞赛组织者把最优的结果与最大的投入混淆了。结果是,获得奖励的是那些投入最大的参赛者,但是结果可能并没有鼓励最有效率的参赛者。

第四,竞赛可能会给寻租行为和腐败创造机会。很多评判过程很大程度上只能依靠地方政府官员面对面的报告和实地考察。这样的竞赛无形中就变成了监察人员赚取额外收入的机会(董践真,2006)。这恐怕也是为什么有些官员非常热衷于开展各种竞赛。

然而,这些问题有可能通过竞赛的设计和制度设计来避免。在下文中,我们以创建卫生城市为例进行分析。

竞赛的实例:创建卫生城市活动

我国最早开始授予全国卫生城市称号是在 1989 年。这是一项基于自愿参与的评比活动。之所以开展这项工作,是出于公众参与的考虑(国务院,1989)。很快,又开始了"创建卫生城市活动"。自 20 世纪 80 年代以来,全国已经授予了 79 个国家卫生城市,18 个国家卫生区和 238 个国家卫生镇。

创卫活动的组织结合了达标和竞赛两个部分。首先,要成为卫生城市,每个城市都必须在以下方面达到最低标准:垃圾和粪便处理,污水处理,公共绿地面积,空气污染指数,害虫控制,烟草广告清理,食品安全零事故,无传染病疫情,规范性文件及居民满意率。只要符合这些标准,一个城市就可以申请参加评选。其次,在上述的环境指标之外,还有创卫宣传和居民参与水平等相对软性的指标。这些软性的指标是根据参赛者所能够达到的水平来确立的。大家表现都好,结果也会水涨船高。从这个意义上讲,它属于竞赛的范畴。

地方政府参与的动机

问题的关键在于为什么各个城市愿意参加创卫评比而且有信心得到公众的支持。这里答案是多层次的。

　　首先,卫生的环境的确对城市有利。尽管没有实证数据证明,但人们相信更清洁的城市能赢得竞争优势。这种信念在各个城市的创卫活动宣传文件中都可以看到。这个思路大致上来源于:卫生整洁的公共环境对外界是一种吸引力并且能提升城市形象。为了提升效果,各个城市会在评比的末期开展集中清理,这样城市的面貌能在几周之内得到大大改观。这使得环境卫生的改善从通常的潜移默化变成了很快可以看得见的政绩。这一点从主管官员的角度来看非常有吸引力。而从居民角度看,卫生整洁的公共环境确实也赏心悦目,绿地、空气质量和卫生设施,这一切的改善都能提高居民生活质量。因此,城市通过集体努力来清洁城市的行动往往比较容易为公众所接受。

　　其次,尽管评比根据自愿,但直接的上级政府通常会提名一个城市参与评比。例如,省政府指派一个省里的卫生城市去参加全国评选。在很多情况下,省政府可能会同意支付创卫活动的一部分费用。从理论上讲,一个城市的政府可以选择不参与,但是这个决定是否会给主管官员未来的事业带来不利影响则无从知晓。因此当上级政府把这一任务交托下来时,接受是最好的选择。

　　第三,在评选中获胜能为参评城市的主管官员带来一定的政治回报。在卫生部的创卫宣传文件中,明确地写着对贡献突出的个人也要进行奖励。为了确保评比能得到当地政府官员们全力支持,不同级别、不同部门的官员们常常得到这样的承诺:如果他们在创卫活动中的确表现积极并做出了积极的贡献,就能得到升职的待遇。一般而言,在评比的后期,许多城市都会做出公开承诺以赢得地方官员们更多的支持(戴立然,王文有,2007)。

活动的设计

　　全国范围内创卫活动已经持续多年,从设计上逐步完善起来,克服了很多一次性竞赛所面临的一些问题。除了参赛者需要在若干年内逐级评比之外,根据评比规则,每隔三年,上级管理部门将对以前的卫生城市进行抽查暗访,检查中不符合条件的将取消卫生城市称号。此外,评比期间候选城市名单公开以后有一个月的公示期,弄虚作假的将被取消参赛资格。这些措施在一定程度上减少了弄虚作假的因素,并有助于解决竞赛效果不易保持的问题。例如,河南焦作出现了弄虚作假的情况,被取消申报资格,并且在两年内不得申报,还通过全国爱卫会在全国范围内公报。这对其他参赛者产生很强的警示效果。

　　创卫活动中每个城市都提出方案。方案是根据城市自身的环境条件和能力而设计的。这样有助于调动一个城市利用特有的资源,比如人力、社区、地理特征等。特别是不发达地区,有机会凭借自身的优势获得一定的成绩。此外,在每年的评比中都会出现一些创新点,这些经验通过竞赛的宣传和学习过程在全国范围内得到认识,成功的经验很快会被新的参加者模仿或改造后使用。

　　从上述角度看,竞赛有可能从激励地方政府投资和公众参与上发挥重要作用。本文的最后一部分就从这两个角度来探讨它对不发达地区环境卫生改善的影响。

青海省西宁市"创卫"的案例

　　为充分理解地方上如何对上级政府组织的竞赛活动作出反应,我们用青海省西宁市的创卫作为一个案例来进一步分析地方政府竞赛的优势和问题。和西部省份的许多城市一样,西宁的经济发展程度远远落后于东部城市。自改革开放以来它并没有经历太大的变化,并且也只是在发展西部的国家政策到位后才开始加快增长。然而,正如一些学者指出,东西部的差距产生的原因很多,单纯靠实行再分配,并不足以缩小东西部省份的差距。何况受财政体制的限制,现在中央政府再分配的能力有限,不足以大大缩小东西部的差距(Zhang, 2004)。因此,我们选择这个西部城市作为分析的案例,看它如何在全国范围内参与竞争。西宁的经历对如何利用竞赛活动调动欠发达地区的积极性和创造性,实现地区发展很有启发性。

调研方法

　　这一案例研究中使用的数据是笔者于 2008 年 10 月 19 日至 20 日,在西宁参加评比的视察阶段收集的。笔者搜集了 4 种资料用于本项研究:(1)官方文件;(2)笔者在实地考察中的观察所得;(3)官方统计数据;(4)对 32 家商户和 99 位个人[1]的两类问卷调查。问卷调查旨在了解创卫评比活动是否成功地将卫生城市的目标与动机传达给了公众,公众是否支持创卫及他们有没有感觉到评比为改善城市公共卫生环境带来了作用。我们访问商户的原因是他们的经营场所为公共场所,无论在公共卫生还是社会秩序方面,他们都是政府部门关注的重要对象。在 2008 年的评比中,商户被认为是改善城市街道状况的关键治理对象之一。基于上述原因,我们派人到西宁市两个有代表性的街道市场访问:民主路市场和水晶巷市场。抽样方法为从每 5 家商户中抽取 1 户的等距抽样。结果表明 32 家商户中有 6 家是从其原来的街道农贸市场被搬迁到这两个更有组织的市场的。

---

　　[1]　为了保证访谈发生在创卫检查期间内,我们的访谈时间严格控制在这两天里。原计划访问 100 位个人,但是其中一位受访者的回答中缺少基本信息,我们只能放弃这份问卷。

被调查的个人是在市中心的 6 个主要交通街口拦截的。抽样过程中我们尽量涵盖城市人口中不同性别、年龄的人群以使样本具有代表性。根据西宁的统计数据,男性人口与女性人口的比例为 52:48。我们将被访者划分为三个年龄段的人群:18—30 岁,31—60 岁,61 岁及以上,其在我们样本中的比例为 3:5:2,这一比例是基于西宁人口年龄结构分布的统计数据。6 名访员被派往几个行人集中的街道路口,他们在街上拦下可能符合我们抽样标准的行人,经过询问确认后对该人进行调查。访员们是来自兰州大学哲学社会学院的专业学生,调查之前研究人员对他们进行了调研方法的培训。

西宁市自 1999 年起决定参加卫生城市的评选,而它的起点相对较低。根据当地居民反映,创卫以前西宁的街道脏乱差严重,随地倾倒垃圾、吐痰和随意排污的现象非常严重。2003 年,为达到参加评比最低标准,西宁制定了创卫活动方案,参加了一系列地方性的创卫活动。2005 年西宁市获得了省级卫生城市的称号。2008 年西宁终于通过了参加全国评比的最低标准并提出了参评申请。2008 年 6 月创卫攻坚阶段开始。2008 年 9 月 19 日至 21 日,全国爱卫会调研组对西宁市进行了暗访。根据这项活动的计划,暗访人员独立地收集资料。在这三天中,全市处于高度警觉状态。结果是西宁通过了第一阶段的评比并可以进行 2008 年 10 月的正式评估。但是 10 月的评估结果并不令人满意。西宁市政府的领导决定继续参加 2009 年初的评比,评比结果尚未公布。

在西宁提出参加全国评比的申请之前,该市已用了近 10 年的时间重点开展人均绿地面积、空气质量、垃圾回收及减少噪音方面的工作。在实施卫生城市评比活动之前,大部分农贸市场交易主要都在缺乏任何保护措施和卫生条件的户外进行;而自这项活动开展之后,大约 65 家农贸市场的管理变得有组织了。一些农民获得了自己的摊位,一些则搬进了有顶棚遮蔽的市场。管理人员向摊贩们颁发了经营许可,但要求他们负责保持市场环境的整洁。过去,服务行业的大部分小商小贩都达不到爱卫会制定的卫生标准,创卫活动要求商贩们在以下方面做出改善:污染控制,污水处理,垃圾清理,噪音的降低,食品安全保证以及防火措施的引入。消灭蚊蝇、蟑螂、老鼠也是创卫活动的内容,目的在于消灭蚊蝇老鼠易于出没的卫生死角。

研究成果

资金情况

参加全国卫生评比所用的资金最主要的来源是公共部门:省政府,地方政府的各部门,区政府及国有企业。2008 年是创卫的决赛阶段,这一时期创卫活动资金来源的情况是一个很好的例子。

　　根据西宁市政府保存的资料,青海省政府共拨付了约 8 亿元的资金以提高基础设施建设和促进整体社会发展。这些资金中的一部分用于小规模的城市建设项目以及改善生态环境的基础设施建设。省交通厅为西宁背街小巷改造投入 4 000 万元,省卫生厅专门为西宁创卫投入 1 000 多万元。

　　2008 年西宁市政府各部门总计投入了约 4.35 亿元的资金,区政府及国有企业的投入则超过 1.5 亿元。这些资金的来源及用途如表 1所示。

表 1　西宁市政府及区政府的资金投入情况

资金来源	用　途	金额(百万)	备　注
城管局	市容环卫	54.24	
交通局	小规模城市建设	318.54	
商务局	农贸市场改造	51.01	
林业局	绿地整治	11.50	
小　计		435.29	
城　区			
城东区		55.62	
城中区		46.14	
其中:城中区直属单位		5.933 万	
城西区		14.13	计划投入 2 332.18 万
城北区		23.63	
东川工业园区		12.54	
总　计		596.60(百万)	

资料来源:西宁市政府,2008,《2008 年创卫工作全市资金投入情况统计》。

　　私营经济部门和个人是创卫资金投入的另一类重要来源,其中包括:(1)政府鼓励私营经济部门和个人的捐赠。这些资金主要是用于对环卫工作者加班加点工作的象征性报偿。这种做法主要由社区发起。举例来说,商户捐款感谢在市场工作的清洁工人;居民捐款回报他们居住小区的环卫工人。(2)不符合卫生和要求的个体经营者必须自筹资金新建或添加有关的设施设备。这种投入数额没有实际的统计数据,但是可能数量很大,如有些业主需要修建新的通风设备和排污系统、甚至重新装饰门脸;也可能较少,如清理一下摊位。(3)政府要求一些企事业单位和私营业主,尤其是位于主干街道的,向公众开放卫生设施,如厕所、饮用水等。

　　公众的参与

　　除了资金捐助,大批来自不同背景的公众也参与到创卫活动中。比如,学生和志愿者会做一些面向公众的教育和监督工作。在周末或节假日,公众会由雇主、居委会及学校组织起来到公共场所打扫卫生、散发传单或开展街头宣传。

除了上述志愿活动,地方政府还要求每个家庭和商户都保持好各自门前的环境卫生;如果墙上的乱涂乱写或非法广告保留超过 14 个小时,业主或物业管理者将受到处罚;商店的标志或招牌必须定期清洁或者重新修建。

所有这些活动都需要公众和政府机构积极配合和相互理解,要通过坚持不懈的努力才有可能实现。至少是在最后的评审结束之前,发挥了重要的作用。

宣传教育

创建卫生城市活动的一个重要目标是让公众更加关心环境卫生。毕竟,如果公众根本没有意识到保持公共环境卫生的重要性,或自认为个人行为对环境的影响有限,那么他们对卫生的公共环境要求就会很低,主动配合保持环境卫生的行为也不大可能发生,更不用说作出义务奉献。因此环境卫生的长久维护在于提高公众意识。对西宁来说,教育也扮演着重要的角色。

为了能够让创卫活动深入民心,西宁市设置了报纸专栏、电视节目及热线电话来发布新闻,传达信息及公布投诉。学校里对学生进行集中宣教,并把教育体系的作用延伸到社会的其他领域。例如:教师让小学生们把有关信息带给家长,并组织家长和师生的座谈会;学校还组织学生进行义务劳动;让中小学生作为义务监督员对成人的不文明行为进行劝告。在居民区,居委会发挥了很大的作用,社区通过文艺表演、传单、板报、画廊及广播的形式进行宣传和吸引公众参与。为激发群众的参与热情,相关部门还举办了关于卫生城市的电视知识竞赛和摄影比赛。

宣传的效果根据我们对个人的调查,在 99 名被访者中有 67 人了解创卫的目的,有 32 人表示不清楚。56 人说他们对创卫的动机表示理解。其中,53 人认为创卫的目的是改善生活环境和提升西宁形象,而且他们相信这对市民也有好处。只有两位被访者对创卫的动机表示怀疑。他们认为,创卫完全是为了政府的利益。1 名被访者认为创卫不过就是响应上级号召。尽管有这些不同观点,只有 3 个人明确表示西宁根本就不应该参加创卫。这个结果表明西宁市民对城市能够变得更干净还是有一定的期盼。在这 99 人中,67 人至少参加了一项与创卫有关的活动。在 32 家被访的商户中,22 家知道创卫的目标;30 家知道西宁参加创卫的动机;24 家参加了至少一项创卫活动。

调查中得出的参与率与西宁市政府(2008)公布的数据十分接近。然而这一比例还是低于其他获得全国卫生城市称号的高达 75% 的参与率。西宁市政府总结的时候认为参与水平低、缺乏有新意的宣传方式,公众的参与热情没有充分得到调动。尽管已进行了大量高强度的宣传,很多民众还是对此不大注意。很多人还是只了解皮毛，对分配下去的一些任务不及时完成或完成质量不高。

创卫的机会成本

创卫攻坚阶段的工作强度非常大。尤其是在调研组暗访期间，所有可能影响暗访结果的活动都被暂时延迟。这使得创卫的机会成本凸现出来。以下是这一阶段中机会成本的几种表现。

首先，居民和商铺经营者的生活会变得很不方便。比如，所有不正规的路边市场都必须停业，之前在这些地方经营的商贩们不得不搬到更正规的市场。根据我们调查，在 32 家商户中有 6 家不得不搬迁，8 家商户表示创卫给他们的经营带来了消极影响。由于创卫期间各种经营和运输活动受到严格控制，一些小商户发现很难保证稳定的货源，经营成本也要比平常更高。被访的 99 位居民中，29 人认为创卫使他们的生活变得比过去更不方便。最大的困难就是买菜不方便，这主要是因为路边市场（早市）被取消，居民不得不到更远的地方去买菜。许多路边市场和店铺过去一直能经营到晚上 10 点，但在检查阶段他们必须在晚上 8 点停业，有不少居民抱怨下班回家后没有地方买菜。

其次，小商户们经常要接受各级官员的检查。商户们必须做到随时随地检查都要干净整洁，这给做小本生意的人带来了很大的负担。有些检查人员只对商户们是否在卫生上做到完美无缺感兴趣，全然不考虑在如此的卫生标准下商户们是否还能够继续经营。因此，创卫期间许多小餐馆停止向顾客提供餐巾纸，也不再让顾客使用卫生间，目的是为了保证卫生不遭到破坏。这种做法使得市民从支持变成了怀疑：这样不计代价的努力是否真的能坚持下去。不提供餐巾纸和卫生间这样的短期办法，说明人们已经对创卫活动产生了一定抵触情绪。

第三，创建卫生城市的活动过程中，西宁还进行了大量的城市改建活动。西宁市长发表在《西宁工作通报》（2008）上的讲话中提到：创卫工作取得成功需采取的步骤，包括五方面工作，其中的一项就是加快拆迁安置，而这项工作的目的是"为发展提供更大的空间"。这个思路中包含了一个假定，城市卫生状况不佳与老旧建筑有关，因此老建筑应该拆除。但是，这个说法存在一定的问题。首先，卫生并不等同于视觉上的"新"。老建筑的脏乱和居民的生活和卫生习惯有关系，和建筑物本身的年代是否久远无关。即使有些老建筑并不卫生，但是完全可以通过清扫实现卫生状况的改善。而且，清扫的成本会大大低于拆掉老建筑。另外，在过去 10 年中，西宁已经被大规模重建，现在已经很难见到 20 世纪 80 年代以前的建筑了，而正被拆迁的房屋很多都是才建于 20 世纪 80 年代甚至 90 年代。

结　论

　　向服务提供者施加竞争压力和授予消费者权力,或者通过建立类似
于市场的机制和目标/标准体系是近年来国际上提高公共部门的服务效
率和质量的重要措施。但是,这些措施并不一定适用于环境卫生领域。
主要原因在于:(1)由于地域限制,居民不可能轻易地选择用脚投票;(2)
环境卫生需要居民参与维护,消费者选择无法保障居民的积极参与;(3)
地方政府不一定有积极性投资维护良好的环境卫生。

　　本文通过对不同类型的激励机制进行深入分析,认为多数以市场为
主导的激励手段无助于克服上述几项约束。本文分析了地方竞赛的特点
并提出这样的观点:政府间竞争的优势在于它有能力在当地不同社会成
员之间形成一种人为的群体认同。地方政府间的竞赛根据政府的管辖范
围确立竞争对手,把一个地方的政府及各种社会成员联合起来,创造了可
供他们共同追求的目标,能够产生相当大的凝聚力。如果组织管理得当,
有可能大大提高公众参与水平,并且改善公共教育的效果。

　　特别是,如果竞赛的设计中考虑到发挥落后地区的竞争优势,比如文
化或者人力上的优势,就有可能在一定程度上帮助欠发达地区的政府和
居民建立起一定的自信心。同时,竞赛能够把其他地方已经成功的做法
有效地传播到欠发达地区。虽然竞赛有可能由于地方政策执行者认识上
的偏差造成一定的负面影响,但是这都可以视为学习过程中的教训。虽
然参赛者并不一定最终获得胜利,但是由竞争带来的提示和灵感有可能
对政府和居民的思维定式产生突破,深远地影响了当地的发展轨迹。

　　从中国创卫的效果看,创卫首先使得参赛城市的公共环境卫生支出
大大增加。这些投资除了省、市、区级政府的拨款之外,还包括企业赞助
和个人缴费及捐款。除去货币性的支出以外,还投入了大量的人力(包括
志愿者和专职工作人员)和物力(例如很多单位开始对外开放公共卫生和
饮水设施)。

　　创卫活动最重要的成绩除了大大改变卫生状况以外,恐怕还是公众
的参与。从理论上看,竞赛活动本身具有通过树立群体荣誉感,实现集体
认同的作用。创卫活动也不例外。在整个活动中,政府、企业、居民成为
一个具有合作精神的团队。民众有机会出谋划策或者直接以志愿者的方
式对创卫有所贡献。在创卫成功的城市中,民众对创卫的了解和支持率
均达到70%以上。从长远来看,创卫活动有助于增进公众对环境卫生的
认识和偏好,从而对环境卫生的改善形成舆论压力。

　　当然,和所有政策工具一样,这种竞争方式也有其弱点,尤其是在政
策设计有缺陷的情况下。在创卫活动中也暴露出很多问题。这些问题有

一些是地方性的,也有一些是参加者共同的。例如:尽管创卫活动促成了社会各个成员的认同,但是也需要认识到这种认同感比较脆弱,需要认真维护。在实践中有些地方政府把这种支持视为理所当然,不考虑公众将为此付出的代价,那就很容易出现原本是同一个利益共同体的官民关系相互脱离甚至形成不必要的对立。当市民最初的热情支持变成埋怨和不满时,竞赛带来的宣传效果就会被严重削弱,弄虚作假的行为就会增加。因此,创卫过程中政府有必要在竞赛评比与当地的其他活动之间保持一定的平衡。

这些问题产生的原因可能是某些地方政府以为计划经济时代用来应付上级检查的方法现在仍然适用,也可能是他们对创卫的目的产生了误解。但是,一项长期的竞赛活动如果设计得好的话本身就可能成为群众反映心声的重要渠道。比如,在以前的创卫活动中,有些城市的居民利用互联网或者热线电话的渠道向上级揭示了地方政府的弄虚作假行为,这样的城市最终被取消了参赛资格。面对这样的问题,也有的城市政府意识到了网民的作用,请他们来对创卫活动进行直接的监督。这样就有可能逐步确立新型的互动的官民合作关系,有助于地方发展。

此外,从政策的设计角度看,竞赛的激励作用很大,就意味着竞赛所要达到的目的和评选的标准需要设计得更加精确。否则,当竞赛的资金能够被其他的利益群体轻易截获的话,就有可能偏离竞赛的初衷。在竞赛结束后,不仅需要对成功者的经验加以宣传,对以前那些失败者的教训也应当给予认真的分析,可能的话还可以提供给其他参加者学习。

最后,本文只是从竞赛的激励作用出发,没有进一步考虑竞赛项目的增多有可能对地方参赛者造成的压力。对此,我们将另文撰述。

参 考 文 献

陈丽敏、郭亚,2007,《规范基层政府非税收入管理四步走》,载《中国财政》2007 年第 9
    期,34—36。

戴立然、王文有,2007,《关于我市创建国家卫生城活动的几点建议》,载《大庆社会科
    学》2007 年第 4 期,54—59。

董践真,2006,《纠风剑指评比达标》,载《瞭望周刊》2006 年第 20 期,15—17。

国务院,1989,《关于加强爱国卫生运动的决定》,1989 年 22 号。

李树春,1994,《克服"等靠要",自力更生求发展》,载《中国财政》1994 年第 10 期,
    27—28。

沈荣华,2004,《提高政府公共服务能力的思路选择》,载《中国行政管理》2004 年第
    223 期,29—32。

Abdullah, A. S. M., et al., 2003, "Lessons from the Severe Acute Respiratory Syn-
    drome Outbreak in Hong Kong", *Emerging Infectious Diseases*, 9, 1042—1045.

Besley, T. and Ghatak, M., 2003, "Incentives, Choice, and Accountability in the

Provision of Public Services", *Oxford Review of Economic Policy*, 19, 235—249.

Boyne, G. A. , 1996, *"Competition and Local Government: A Public Choice Perspective"*, Urban Studies, 33, 703—721.

Boyne, G. A. , 1998, "Bureaucratic Theory Meets Reality: Public Choice and Service Contracting in Us Local Government", *Public Administration Review*, 474—484.

Fotaki, M. , 1999, "The Impact of Market Oriented Reforms on Choice and Information: A Case Study of Cataract Surgery in Outer London and Stockholm", *Social Science & Medicine*, 48, 1415—1432.

Glennerster, H. , 1991, "Quasi-Markets for Education?" *The Economic Journal*, 101, 1268—1276.

Goubert, J. , 1984, *"Public Hygiene and Mortality Decline in France in the 19th Century"*, Pre-Industrial Population Change The Mortality Decline and Short-Term Population Movements, Estocolmo, Almquist and Wiksell International, 151—159.

Grimshaw, D. , et al. , 2002, "Going Privately: Partnership and Outsourcing in Uk Public Services", *Public Administration*, 80, 475—502.

John, P. , et al. , 2004, "The Bidding Game: Competitive Funding Regimes and the Political Targeting of Urban Programme Schemes", *British Journal of Political Science*, 34, 405—428.

Lan, Z. , 2002, "Local Government Reform in the People Republic of China: Stipulations, Impact, Cases and Assessment", *Chinese Public Administration Review*, 1, 209—219.

Le Grand, J. , 1991a, "Quasi-Markets and Social Policy", *The Economic Journal*, 1256—1267.

Le Grand, J. , 2006, "The Blair Legacy? Choice and competition in public services", in LSE Health and Social Care: London School of Economics: 26/04/2009: http://www. lse. ac. uk/collections/LSEHealthAndSocialCare/documents/ByProfessorJulianLeGrand. pdf.

Li, B. and An, X(李秉勤、安祥生), 2009, "Migration and Small Towns in China-Power Hierarchy and Resource Allocation", *IIED Working Paper*, Forthcoming.

Li, B, Duda, M. and An, X. (李秉勤、杜达、安祥生), 2009, "Drivers of Housing Choice Among Rural-to-Urban Migrants: Evidence from Taiyuan", *Journal of Asian Public Policy* (forthcoming)

Li, B. and Piachaud, D. (李秉勤、皮亚寿), 2006, "Urbanization and Social Policy in China", *Asia-Pacific Development Journal*, 13, 1—26.

Martin, S. , 2000, "Implementing' best Value': Local Public Services in Transition", *Public Administration*, 78, 209—227.

Matosevic, T. , et al. , 2008, "Motivation and Commissioning: Perceived and Expressed Motivations of Care Home Providers", *Social Policy & Administration*,

42, 228—247.

McGuire, R. A. , et al. , 1987, "The Determinants of the Choice between Public and Private Production of a Publicly Funded Service", *Public Choice*, 54, 211—30.

Qian, Y. and Roland, G. , 1996, "The Soft Budget Constraint in China", *Japan & The World Economy*, 8, 207—223.

Qian, Y. and Roland, G. , 1998, "Federalism and the Soft Budget Constraint", *American Economic Review*, 88.

Smith, M. A. , et al. , 1998, "Evidence That Childhood Acute Lymphoblastic Leuke-mia Is Associated with an Infectious Agent Linked to Hygiene Conditions", *Cancer Causes and Control*, 9, 285—298.

Wong, C. P. W. , 2000, "Central-Local Relations Revisited the *1994* Tax-Sharing Re-form and Public Expenditure Management in China", *CHINA PERSPEC-TIVES*, 52—63.

Woods, R. , 1991, "Public Health and Public Hygiene: The Urban Environment in the Late Nineteenth and Early Twentieth Centuries", *The Decline of Mortality in Europe*, 233—247.

Zhang, T. and Zou, H. , 1998, "Fiscal Decentralization, Public Spending, and Economic Growth in China", *Journal of Public Economics*, 67, 221—240.

Zhang, W. , 2004, "Can the Strategy of Western Development Narrow Down China's Regional Disparity?" *Asian Economic Papers* 3:1—23.

转型时期中国城镇亚贫困问题
与相关社会政策研究

姚建平*

【摘要】 城镇亚贫困者是那些收入高于绝对贫困线但低于相对贫困线的人。由于我国目前城镇社会两极化非常严重,加上最低生活保障线的标准过低,亚贫困群体具有相当大的规模。城镇亚贫困问题是我国改革开放以后在社会经济转型过程中逐渐形成的。这些社会转型因素主要包括劳动收入分配制度改革、劳动就业方式的改变、社会保障制度改革、住房和教育制度的改革等等。本文在分析亚贫困问题产生的制度根源基础上,提出应当按照群体分类的原则分清目前城镇不同就业群体的社会政策受益,在此基础上依靠改革和完善社会政策体系来应对城镇亚贫困问题。

【关键词】 亚贫困 社会政策 低保 贫困线

Urban Sub-poverty and Social Policies in the Transformation Periodof China

Jianping Yao

Abstract Urban sub-poverty people are those whose income higher than absolute poverty line but lower than relative poverty line. There are a huge number of sub-poverty people in city because the wealth distribution is polarizing since 1980s and official poverty line is too low. Urban sub-poverty issue is resulted from social and economic transformation since reform and open up policy was adopted in 1980s. These reforms include income redistribution policy, labor and employment policy, social security, housing and education policy etc. Based on the analysis of causation, this article suggest that social policy system reform is the answer of sub-poverty issue after considering the difference of social policy benefit offer to different working group.

---

* 姚建平,华北电力大学人文与社会科学学院副教授,主要从事公共政策、社会保障的教学和研究。

本文为本人主持的国家社会科学基金项目"转型时期中国城镇亚贫困及其相关社会政策研究(06CSH020)"的阶段性研究成果。

Key words   Sub-poverty, Social Policy, Dibao, Poverty Line

引　言

目前世界各国的贫困线有绝对贫困标准和相对贫困标准两种。发达国家大都采用相对贫困标准,即要让贫困者分享社会发展的成果,保证他们过上"可接受的生活水平"。而发展中国家大都采用绝对贫困标准,我国的低保线也属于绝对贫困标准,低保金主要考虑的是家庭食品开支。基于相对贫困标准和绝对贫困标准思考,在我国当前城镇社会必然存在这样一个群体:他们的收入高于绝对贫困线但低于相对贫困线,即相对贫困人口。在本文,这些相对贫困人口被称为亚贫困人口。本文为什么采用亚贫困而不是相对贫困一词,主要是考虑到亚贫困问题的不可视性(invisible),这包括两个方面:第一,亚贫困者往往被公众漠视。由于亚贫困者并非绝对贫困者,他们只是我们周围的普通人,并且和我们一样工作生活,因此很容易被社会公众所忽视。第二,亚贫困者被社会政策漠视。在中国当前的社会政策体系下,政府主要关注的是城镇最贫困的那部分人,制度建设和供给也主要围绕这部分人,例如最低生活保障制度、廉租房和其他社会救助政策等。而对于有工作、有一定收入的人,在社会政策层面上的重视明显不够,这使他们很容易成为社会政策的盲点。改革开放后,我国城镇在经历了 20 世纪 90 年代由于下岗问题而引起的突发性"城市新贫困"之后,绝对贫困人口在近 10 年的时间里一直稳定的 2 000—3 000 万人左右(即城市低保覆盖人数)。与绝对贫困不同,城镇亚贫困人口规模随着我国改革开放的深入却在不断扩大。本文从我国社会转型这一时代大背景出发,结合城市居民最低生活保障制度建设的具体实践,探讨城镇亚贫困问题产生的深层次制度原因,并提出通过社会政策体系改革与调整来应对。全文分为七个部分:第一部分回顾我国改革开放以后城镇反贫困的历程,分析城市居民最低生活保障制度的建立对于认清城镇亚贫困问题的重要意义;第二部分考察贫困线与城镇亚贫困之间的关系,并指出改革开放以来我国城镇亚贫困人口规模呈不断扩大的趋势。第三部分分析我国劳动分配制度改革,指出其对城镇亚贫困问题形成所产生的影响。第四部分分析非正规就业规模的扩张与城镇亚贫困之间的关系。第五部分论述我国社会保障制度改革,尤其是单位保障功能的弱化和农民工社会保障的不完善对于城镇亚贫困的影响。第六部分指出住房和教育制度改革导致城镇居民负担加重,在一定程度上也推动了城镇社会的"亚贫困化"。第七部分提出我国城镇亚贫困问题的缓解必须依靠社会政策体系的调整和完善。

城市最低生活保障制度的建立与亚贫困问题的出现

中国是一个深受贫困问题蹂躏的国家。中国古代社会的每一次天灾人祸无不使人民饥寒交迫、流离失所。新中国成立后,党和政府致力于大规模社会、经济建设,为解决贫困问题做出了重大努力,但是在相当长的一段时期里,中国的贫困问题主要表现为绝对贫困,广大人民群众依然在为吃饱穿暖担忧。一直到改革开放后,我国反贫困问题才迎来了重大转机。以城市居民最低生活保障制度(以下称为"低保制度")的建立为标志,改革开放以后我国的贫困问题及反贫困战略可以分为三个阶段。

第一个阶段是 20 世纪 80 年代初期改革开放开始,到 1993 年 6 月上海市首先进行城市居民最低生活保障制度的试点为止。在这一阶段,我国贫困问题主要表现为绝对贫困和农村贫困。政府和社会把反贫困的重点放在农村,采用的主要手段是扶贫。尽管新中国成立后我国政府就开始了扶贫历程,但是真正着手解决农村贫困地区问题并形成制度性扶贫战略是在 20 世纪 80 年代,并成形于 20 世纪 90 年代中后期。1984 年 9 月,中共中央、国务院联合发出了《关于帮助贫困地区尽快改变面貌的通知》,该文件明确指出了"七五"期间贫困地区的发展目标:即解决大多数贫困地区人民的温饱问题,使贫困地区初步形成依靠自己力量发展商品经济的能力,这可以说是扶贫战略的起步阶段。到 1994 年 4 月,国务院正式公布实施了《国家八七扶贫攻坚计划》。该计划明确要求集中财力、物力和人力,从 1994 年到 20 世纪末用 7 年的时间基本上解决 8 000 万贫困人口的温饱问题,并改变贫困地区经济、文化和社会的落后状态,缓解乃至消灭贫困,这可以看作是我国扶贫制度的基本定型。由于政府的持续扶贫努力,加上改革开放贫困地区的经济发展,使得我国农村的贫困人口总数迅速降低。改革开放前,占全国总人口 80% 以上的乡村人口普遍处于贫困状态,其中 30.7% 的人口处于极端贫困状态。经过十多年的发展,到 1992 年时我国农村贫困人口已经下降到 8 000 万人,贫困发生率也由 1978 年的 30.7% 下降到 8.8%(国家统计局,2007:43)。

第二阶段是 1993 年 6 月上海首先进行城市居民最低生活保障制度的试点,到 2002 年城市居民最低生活保障制度在全国建立。在这一阶段,我国农村地区的贫困人口继续大规模减少,贫困发生率也不断降低。到 2003 年农村贫困人口已经下降到 2 900 万,并且贫困发生率自 1999 年开始基本上稳定在 3%—4% 之间,既没有显著增长也没有显著下降。尽管中国农村的贫困问题仍然比较突出,但在这一时期整个社会对贫困问题的关注点开始从农村转向因企业改制而带来的大规模下岗工人身上。20 世纪 90 年代以来,贫困突然变得像流行病一样在我国城市里爆发,以至于国内外学者纷纷认为中国出现了所谓的"城市新贫困"阶层。城市新增的贫困人口主要是那些不适应市场竞争,形成亏损、停产、半停产甚至破产企业中的下岗、放长假、停发或减发工资乃至失业的职工家庭和离退休人员家庭。为了应对由大规模下岗工人带来的城市贫困问题,政府决定采取新的反贫困社会政策,其中最重要的举措是建立低保制度。低保制度从 1993 年开始在上海试点,到 1999 年 9 月国务院颁布了《城市居民最低生活保障条例》并于 10 月 1 日正式实施,标志着我国城市低保制度真正建立。低保制度建立以后很快在全国铺开。根据民政部公布的数据,截至 2002 年底,全国共有 2 064.7 万城镇居民、819 万户低保家庭得到了最低生活保障。其中:在职人员 186.8 万人,下岗人员 554.5 万人,退休人员 90.1 万人,失业人员 358.3 万人,上述人员家属 783.1 万人,"三无"人员 91.9 万人(民政部,2002)。低保制度在全国实施后,实际上已经成为我国城镇居民的"安全网",为保障城市贫困居民的基本生活发挥了极其重要的作用。

第三阶段是 2002 年至今。在低保制度推行之初,受保人数比较有限。1996 年,全国接受低保的城市居民只有 84.9 万。但 1999 年国务院颁布《城市居民最低生活保障条例》以后,受保人数随着低保制度的完善迅速增长。1999 年低保覆盖人数为 265.9 万,2000 年增长了近一倍,为 402.6 万,2001 年又增长了一倍多,达到 1 170.7 万,2002 年在 2001 年的基础上再次翻倍,达到 2 064.7 万,并且基本上保障了城镇所有贫困人口,从而实现了应保尽保。此后一直持续到 2008 年,我国城市低保人口总数基本上维持在2 000—3 000 万人左右,既没有继续大规模增加也没有大规模减少(见表 1)。

表 1　1996—2008 年我国城市居民最低生活保障制度覆盖人数及年增长率

年　份	保障人数 (万人)	年增长率 (%)	年　份	保障人数 (万人)	年增长率 (%)
1996	84.9		2003	2 246.8	8.8
1997	87.9	3.5	2004	2 205.0	−1.9
1998	184.1	109.4	2005	2 234.2	1.3
1999	265.9	134.8	2006	2 240.9	0.3
2000	402.6	51.4	2007	2 272.1	1.4
2001	1 170.7	190.8	2008	2 334.6	2.8
2002	2 064.7	76.4			

资料来源:根据民政部《民政事业发展统计报告(1996 年—2008 年)》整理而成。

低保人数的稳定说明我国城市贫困问题已经基本得到了遏制,20 世纪 90 年代以来的由于大规模下岗工人的出现而带来的城市贫困危机也已基本过去。但是,这并不意味着城市贫困问题已经得到解决。相反,正是由于低保制度的推行,使我国城市贫困问题进入了一个新的历史阶段。

低保人数的稳定说明当前我国已经解决了城镇贫困者的基本生存问题，对城市最贫困群体的社会政策制度的主体建设基本完成。但低保制度的建立使我们能够非常清楚地看到另一类型的贫困开始大规模在城市出现。这些贫困者的收入大都高于贫困线，因此无法申请城市低保。但他们面临的贫困风险远远高于城市其他社会阶层，一些人甚至有随时陷入贫困线以下（成为低保对象）的可能。在本文，这一社会阶层称为"亚贫困群体"。从我国目前社会政策体系来看，这一庞大亚贫困群体的普遍缺乏应有的社会保护。

贫困线与城镇亚贫困人口的扩张

城镇亚贫困问题的出现主要是由于我国最低生活保障线标准过低，导致绝对贫困线与相对贫困线之间的人口规模过大。目前世界上采用的贫困线确定方法主要有市场菜篮子法、恩格尔系数法、国际贫困线法、1美元贫困线法和2美元线法、生活形态法等。其中市场菜篮法、恩格尔系数法、1美元线法和2美元线法是绝对贫困定位，国际贫困线法、生活形态法是相对贫困定位。笔者认为采用国际贫困线法来确定我国当前城镇亚贫困人口规模是一种比较理想的方法。国际贫困线法由国际经济合作与发展组织提出，以一个国家或地区社会平均收入的50％—60％作为这个国家或地区的贫困线。例如，许多研究使用社会平均收入的50％作为贫困线（Fuchs，1967）。

按照国际贫困线的定义，凡是收入不到平均收入的50％，就属于贫困人口。这种贫困线确定方法的优点是贫困者分享了社会发展的成果，并且通常国际贫困线法所确定的贫困人口数量要高于其他方法确定的贫困人口数量。由于国际贫困线确定的是收入不到平均收入50％的人口数量，而这些低于社会平均收入的50％的人既包括绝对贫困人口也包含非绝对贫困人口，所以要确定亚贫困人口规模实际上就是去除国际贫困线下的绝对贫困人口。以国际贫困线为上线，以低保线作为下线，就可以确定我国城镇相对贫困人口规模，具体计算公式如下：

$$\text{低于社会平均收入50％的人口数（国际贫困线）} - \text{低保人口数（绝对贫困线）} = \text{亚贫困人口数}$$

由公式可知，相对贫困人口的规模取决于低保线与国际贫困线之间差距有多大。实际上，由于国际贫困线（社会平均收入的50％）是一个相对固定的值，因此，亚贫困人口的规模取决于低保线覆盖的人口。低保线覆盖的人口越多，那么亚贫困人口越少，反之亦然。以2001年和2002年的情况为例，全国36个中心城市低保标准（贫困线）基本上仅相当于当地社会平均收入的 20％左右(见表 2)。

表 2　2001 年和 2002 年 36 个城市居民最低生活保障标准

城　市	1998 年贫困线(元)	2001 年			2002 年		
		低保标准(元/月)	平均工资(元/年)	M 值[a](％)	低保标准(元/月)	平均工资(元/年)	M 值(％)
北　京	260	280	16 536	20.3	290	19 509.33	17.8
天　津	249	241	12 672	22.8	241	14 453.95	20.0
石家庄	209	182	10 360	21.1	182	11 607.26	18.8
太　原	135	156	8 446	22.2	156	9 700.86	19.3
呼和浩特	152	143	7 860	21.8	153	12 439.08	14.8
沈　阳	184	195	9 799	23.9	205	11 615.31	21.2
大　连	184	221	12 703	20.9	221	14 303.39	18.5
长　春	153	169	10 744	18.9	169	12 327.32	16.5
哈尔滨	157	182	9 143	23.9	200	10 403.14	23.1
上　海	303	280	18 820	17.9	280	26 169.32	12.8
南　京	186	180	14 775	14.6	220	17 211.73	15.3
杭　州	249	220	15 531	17.0	300	18 962.07	19.0
宁　波	249	215	16 743	15.4	260	19 940.36	15.6
合　肥	178	169	94 332	21.5	169	10 804.39	18.8
福　州	201	220	11 660	22.6	220	13 511.35	19.5
厦　门	201	315	15 279	24.7	315	16 676.8	22.7
南　昌	151	143	9 416	18.2	143	10 770.45	15.9
济　南	214	208	11 244	22.8	208	12 709.35	19.6
青　岛	214	200	11 530	20.8	210	14 953.62	16.9
郑　州	159	169	9 649	21.0	180	11 332.75	19.1
武　汉	190	195	9 727	24.1	210	11 314.48	22.3
长　沙	179	200	10 690	22.5	200	13 001.67	18.5
广　州	255	300	20 237	17.8	300	23 533.41	15.3
深　圳	255	319	23 039	16.6	344	25 939.8	15.9
南　宁	209	183	9 306	23.6	190	11 119.9	20.5
海　口	205	221	11 655	22.8	221	13 056.35	20.3
成　都	167	156	11 009	17.0	178	13 489.76	15.8
重　庆	184	169	8 768	23.1	185	10 399.08	21.3
贵　阳	178	156	8 589	21.8	190	10 646.43	21.4
昆　明	197	182	10 763	20.3	156	12 733.95	14.7
拉　萨	186	170	—		170	—	
西　安	168	156	9 500	19.7	180	11 164.7	19.3
兰　州	152	156	9 498	19.7	172	10 590.19	19.5
西　宁	124	155	9 026	20.6	155	12 226.66	15.2
银　川	174	160	9 274	20.7	160	10 951.34	17.5
乌鲁木齐	148	156	10 638	17.6	156	12 945.31	14.5

　　a.表中 M 值的计算方法是:M 值＝城市最低生活保障标准÷前一年度职工平均工资

　　资料来源:吴碧英,2006,《中国城镇经济弱势群体救助体系构建研究》,北京:中国经济出版社,第 100—101 页。

　　M 值是考察救助后的贫富差距,计算方法与国际贫困线法类似。对于一个完全依靠低保金生活的家庭,M 值可以反映其生活水平与社会平均水平的差距。从表 2 可以看出,2001 年和 2002 年我国主要城市的 M 值仅为 20%左右(即贫困线相当于社会平均工资的 20%)。由于近年来我国平均工资不断上涨,而低保标准却没有显著增加,这导致 M 值不断下降。例如,2008 年第四季度北京市的低保标准为 390 元/月,职工平均工资为 46 507 元/年,M 值为 10.06%。上海市市的低保标准为 400元/月,职工平均工资为 49 310 元/年,M 值为 9.5%。重庆市的低保标准为 231 元/月,职工平均工资为 23 098 元/年,M 值为 12%。天津市的低保标准为 396.67 元/月,职工平均工资为 34 938 元/年,M 值为 13.6%。低保线相当于社会平均工资的 10—20%,这与国际贫困线标准(社会平均水平的 50%)相差甚远。或者说低保线与社会平均工资的 50%之间尚有 30—40%的差距。由此可以说明,我国介于低保线和国际贫困线之间的相对贫困人口规模相当大。而且,如果低保标准的调整跟不上平均工资上涨幅度的话,亚贫困人口的规模还会继续扩大。

　　除了国际贫困线以外,世界银行的 1 美元线和 2 美元线也可以用来测量我国亚贫困的状况。从 20 世纪 90 年代开始,世界银行在测量贫困时采用每天的平均消费支出(当无法获得消费支出时,用收入代替)。按照 1993 年的购买力平价(PPP),通常将家庭平均每天消费支出 1 美元作为贫困线(简称 1 美元线),或者更为准确的表述是每人每月 32.74 美元。同时,世界银行通常还使用家庭平均每天消费支出 2 美元作为贫困线(简称 2 美元线),更为准确的表述是每人每月 65.48 美元(Ravallion & Chen,2007)。2008 年,世界银行以 2005 年的购买力平价(PPP)进行测算,又公布了每天生活费不足 1.25 美元的世界贫困人口状况。为了估计我国改革开放以来亚贫困状况的变化趋势,这里以 1 美元线为亚贫困的下线(绝对贫困线),以 2 美元为亚贫困的上线[1],来计算我国亚贫困人口数。具体计算公式是:

2 美元贫困线以下的人口数－1 美元贫困线以下的人口数 ＝ 亚贫困人口数

---

　　[1]　世界银行的 1 美元线和 2 美元线都是绝对贫困定位,考虑的是维持生存所必须的消费支出,只是 1 美元线适用于低收入的发展中国家,而 2 美元适用于中等发展中国家。尽管 2 美元线并非相对贫困线(即不是以其他社会成员的生活水平为参照),但为了考察我国改革开放以来高于绝对贫困线的低收入人口(亚贫困人口)的变化趋势,这里仍然以 2 美元线作为亚贫困的上线进行计算。尽管这种计算并非十分准确,但是由于我国改革开放后的社会财富两极化问题比较严重,使我国在绝对贫困人口大规模减少同时也在绝对贫困线周围形成了大规模的低收入群体。这个问题在社会政策上的表现是:官方贫困线(低保线)标准稍微提高,就有可能产生大量符合资格条件的低保对象。因此,这里采用 2 美元线作为亚贫困的上线进行亚贫困人口估算还是十分必要的。

　　世界银行按 1 美元线和 2 美元线公布过我国从 1981 年到 2005 年的贫困人口数和贫困率。根据以上计算方法,那么我国 1981—2005 年的绝对贫困人口数和亚贫困率可以分别计算出来(见表 3):

表 3　按世界银行贫困线计算的亚贫困人口数和亚贫困发生率(1981—2005)

年　份	1981	1984	1987	1990	1993	1996	1999	2002	2005
2 美元线贫困人口数(百万)	972.1	963.3	907.1	960.8	926.3	792.2	770.2	654.9	473.7
1 美元线贫困人口数(百万)	730.4	548.5	412.4	499.1	444.4	288.7	302.4	244.7	106.1
亚贫困人口数(百万)	241.7	414.8	494.7	461.7	481.9	503.5	467.8	410.2	367.6
亚贫困人口数/1 美元线贫困人口数	0.33	0.76	1.40	0.93	1.08	1.74	1.55	1.67	3.46
2 美元线贫困率(%)	97.8	92.9	83.7	84.6	78.6	65.1	61.4	51.2	36.3
1 美元线贫困率(%)	73.5	52.9	38.0	44.0	37.7	23.7	24.1	19.1	8.1
亚贫困发生率(%)	24.3	40.0	45.7	40.6	40.9	41.4	37.3	32.1	28.2

　　注:相对贫困线人口数、相对贫困人口数/1 美元线贫困人口数和相对贫困率是笔者计算得到的。
　　资料来源:Shaohua Chen & Martin Ravallion, 2008, "*The Developing World Is Poorer Than We Thought, But No Less Successful in the Fight against Poverty*", World Bank Policy Research Working Paper, No. 4703, August.

　　从上表可以看出三个非常重要的趋势:(1)改革开放以来,我国介于 1 美元线到 2 美元线之间的亚贫困人口数总体呈上升趋势。1981 年亚贫困人口数是 2.42 亿,1987 年时增加到 4.95 亿,1996 年时到达最高点为 5.04 亿。此后开始有所下降,到 2005 年时降为 3.68 亿。可见亚贫困人口规模并没有随着社会经济的发展而减少,反而不断上升。(2)1 美元线绝对贫困发生率不断下降,从 1981 年时为 73.5%,到 2005 年下降到只有 8.1%。而亚贫困发生率却恰好相反,即呈上升趋势。在 1981 年时是历史最低点(24.3%),到 1987 年时已经上升到最高点(45.7%)。此后开始有所下降,但 2005 时仍然达到 28.2%。这也说明,改革开放以来的绝对贫困状况已经大幅度改善,但是亚贫困状况却恶化了。(3)在 1981 年时,亚贫困人口数远远低于 1 美元线下的绝对贫困人口数(两者之比为 0.33:1)。此后亚贫困人口数开始上升而 1 美元线下的绝对贫困人口数则大幅度下降,在 1987 年时亚贫困人口超过 1 美元线下的绝对贫困人口,两者之比达到 1.40 比 1。1996 年时两者之比进一步上升到 1.74 比 1,到 2005 年时达到最高点为 3.46 比 1。这也进一步说明,改革开放以来的社会经济发展的使最底层的贫困人口生活状况大为改善,但亚贫困人口的生活状况相对于全体社会成员来说反而有恶化趋势。改革开放后中国在减少绝对贫困人口方面所取得的成就是十分显著的,也赢得了全世界的广泛赞誉。与此同时,由于财富分配两极化等原因中国城乡社会在稍高于绝对贫困线周围却形成了一个庞大的低收入群体,即亚贫困人口。根据世界银行公布的数据,2005 年中国日均生活费低于 1 美元的人口数是 1.06 亿,日均生活费低于 1.25 美元的人口数是 2.08 亿,日均生活费低于 2 美元的人口数是 4.74 亿,日均生活费低于 2.50 美元的人口数是 6.46 亿。也就是说,如果贫困线在 1 美元的基础上提高 0.25 美元,贫困人口将增加一倍。如果贫困线提高到 2 美元,那么贫困人口差不多是原先的 5 倍。如果贫困线提高到 2.50 美元,那么贫困人口将大约是原先的 6.5 倍。

劳动收入分配制度改革与城镇亚贫困

　　亚贫困的本质是不同社会阶层之间的收入差距问题。在计划经济时代下,我国城镇社会并不存在显著的亚贫困阶层。正是因为改革开放后社会各阶层收入差距的拉大才使城镇亚贫困问题逐渐突出。因此,对于亚贫困问题根源的探讨首先要从分析我国劳动收入分配制度的演变开始。而劳动收入分配制度改革引起的收入差距扩大又主要表现在两个方面:一是企业工资制度改革引起的岗位收入差距和行业收入差距,二是非劳动要素收入分配引起的收入差距。

　　企业工资制度的前期改革是施行工资总额与经济效益挂钩(简称“工效挂钩”)。早在 1978 年 5 月,为了贯彻按劳分配原则,调动职工积极性,国务院发出了《关于施行奖励和计件工资制度的通知》,要求在调查研究和总结经验的基础上,有条件地施行计件、奖励制度。1983 年,随着国营企业施行利改税,一些试行利改税的企业,奖励基金改由从税后留利中提取,企业奖金开始同经济效益联系起来。1984 年 10 月,党的十二届三中全会通过了《中共中央关于经济体制改革的决定》以后,在企业工资改革方面采取了一个重大步骤:即企业职工奖金由企业根据经营状况自行决定,国家对企业适当征收超限额奖金税,并指出今后将采取必要措施,使企业职工的工资和奖金同企业的经济效益的提高更好的挂钩。同时在企业内部,要扩大工资差距、拉开档次、充分体现多劳多得、少劳少得的原则。改革开放初期实施的奖金和计件工资,以及此后试行的“工效挂钩”等措施并没有触及传统企业基本工资制度,反而在实施过程中产生了一系列的摩擦和矛盾。1990 年春,原劳动部开始酝酿改革企业基本工资制度,1992 年发布了《岗位技能工资施行方案》,以施行企业岗位技能工资制。岗位技能工资制主要由技能工资和岗位(职务)工资两个部分构成,这是国家确认的职工基本工资。企业还可以根据生产经营特点在岗位技能工资的基础上,补充计件工资、定额工资、浮动工资、提成工资、奖金、津贴等,使企业工资分配既要反映技能差别和岗位差别,又体现职工的实际贡献。"工效挂钩"和岗位技能工资制改革只是劳动收入市场化改革的开始。1993年12月,原劳动部在《关于建立社会主义市场经济体制时期劳动体制改革总体设想》中提出:企业工资制度改革的目标是建立"市场机制决定、企业资助分配、政府监督调控"的新模式,其内涵是:市场机制在工资决定中起基础性作用,通过劳动力供求双方的公平竞争,形成均衡工资率;工资水平的增长依据劳动生产率增长、劳动供求变化和职工生活费用价格指数等因素,通过行业或企业的集体协商谈判确定;企业作为独立法人,享有完整意义上的分配自主权。政府主要运用法律、经济手段(必要时采用行政手段)控制工资总水平,调节收入分配关系,维护社会公平。在此后的企业工资改革过程中,随着现代企业制度的建立,除了国有企业继续施行工效挂钩等办法外,许多企业根据自己的经营特点采取了各具特色的工资收入分配制度,一些企业开始探索生产要素参与分配,主要形式包括试行经营者年薪制、持有股权(包括股票期权)等分配方式。

　　企业工资市场化改革的直接后果是不同岗位和技能的劳动者收入差距不断扩大。从理论上讲,在同一行业中每个人从竞争的市场中获得的收入取决于他的岗位和技能。一般说来岗位越重要、技术水平要求越高,那么他所获得的劳动收入也会越高,反之亦然。在传统计划经济时代,由于收入分配政策上的平均主义,尽管不同岗位和技能的劳动者之间的收入也存在差异,但是这种差异很小。随着企业工资市场化改革推进和深入,企业内部的工资收入差距开始拉开。1999年4月北京市劳动局首次公开发布的部分职业工资指导价位。在32个职位中,各职位的工资价位分别以高、中、低三个档次发布。其中,总会计师的高位数为67 890元/年,中位数为28 322元/年,低位数为9 939元/年;而一般会计人员的高位数为34 496元/年,中位数为14 057元/年,低位数为6 731元/年。又如,高级车工的高位数为19 237元/年,中位数12 113元/年,低位数为4 688元/年;推销员的高位数为37 361元/年,中位数为10 140元/年,低位数为4 584元/年。再如,保洁员的高位数为16 409元/年,中位数为7 344元/年。据北京市劳动局透露,此次发布的各职位工资价位只是指导性信息,供用人单位和劳动者参考,不是劳动行政部门的规定的工资标准。在实际中,各单位的工资差距会更大些(信卫平,2000:67)。企业工资制度改革的后果带来了企业内部分配不平等,特别是一些企业采用以职位价值为基本薪酬制度,高级管理人员职务工资是一般员工的几倍,奖金和福利差距在几十倍以上,不仅偏离了按要素贡献分配和按劳分配的原则,而且使员工收入差距显著扩大,一些低收入员工甚至面临生活困难的窘境。

表4　1999年和2006年各行业不同经济类型职工年收入

行业	排序	1999年职工年收入	1999年该行业不同经济类型职工年收入			排序	2006年职工年收入	2006年该行业不同经济类型职工年收入		
			国有经济	城镇集体经济	其他经济			国有经济	城镇集体经济	其他经济
金融、保险业	1	12 046	12 249	9 088	18 648	2	35 495	34 727	21 694	42 687
科学研究和综合技术服务业	2	11 601	11 543	8 771	15 671					
电力、煤气及水的生产和供应业	3	11 513	11 239	9 834	13 856	4	28 424	28 145	19 880	29 663
房地产业	4	11 505	10 475	10 516	14 693	11	22 238	21 324	15 625	23 181
交通运输、仓储及邮电通讯业	5	10 991	11 345	5 707	14 241	8	24 111	23 723	11 062	27 578
其他	6	10 068	9 762	8 135	20 548					
卫生、体育和社会福利业	7	9 664	9 899	7 826	16 618					
社会服务业	8	9 263	9 054	6 621	12 785					
国家机关、政党机关和社会团体[1]	9	8 978	8 982	7 985	—	10	22 546	22 608	14 129	11 765
地质勘探业和水利管理业	10	8 821	8 843	7 636	8 439					
教育、文化艺术和广播电影电视业	11	8 510	8 590	5 750	12 781					
建筑业	12	7 982	8 734	6 296	9 540	16	16 164	18 166	11 428	167

[1] 1999年统计年鉴中的"国家机关、政党机关和社会团体"在2006年时已改称"公共管理和社会组织"。

（续表）

行业	1999年排序	1999年职工年收入	1999年该行业不同经济类型职工年收入			2006年排序	2006年职工年收入	2006年该行业不同经济类型职工年收入		
			国有经济	城镇集体经济	其他经济			国有经济	城镇集体经济	其他经济
制造业	13	7 794	7 611	5 327	9 316	13	18 225	20 117	10 978	18 394
采掘业	14	7 521	7 732	4 545	7 651	7	24 125	24 827	13 626	24 513
批发和零售贸易、餐饮业	15	6 417	6 678	4 802	9 001	15	16 516	16 648	10 355	17 941
农、林、牧、渔业	16	4 832	4 813	4 878	6 740	18	9 269	9 145	9 789	12 677
科学研究、技术服务和地质勘察业						3	31 644	30 023	23 058	40 707
信息传输、计算机服务和软件业						1	43 435	32 747	24 058	53 807
租赁和商务服务业						6	24 510	20 804	14 204	34 514
水利、环境和公共设施管理业						17	15 630	15 517	11 948	20 388
居民服务和其他服务业						14	18 030	20 548	12 170	17 410
教育						12	20 918	21 027	15 338	23 099
卫生、社会保障和社会福利						9	23 590	24 298	17 325	21 225
文化、体育和娱乐业						5	25 847	26 374	14 169	22 712

资料来源：根据《中国统计年鉴》(2007年电子版)表5—19和《中国统计年鉴》(2000年电子版)表5—21整理而成。

　　除了同一企业和同一行业内部的职工收入分配差异之外,不同行业间的收入分配差异也在不断拉大。在改革开放前,行业间的收入分配差距也存在,但由于当时的收入水平普遍偏低,因此这种差距并不明显。改革开放以后,行业差异日益显现。到 20 世纪 90 年代末期,行业间的差距已经非常大了(见表 4)。

　　从上表可以看出,1999 年,行业间的差距已经非常大。收入最高的行业分别是金融保险业,科学研究和综合技术服务业,电力、煤气及水的生产和供应业。这三个行业 1999 年的职工平均工资分别是 12 046 元、11 601 元和 11 513 元。而收入最低的采掘业,批发和零售贸易、餐饮业,农、林、牧、渔业,1999 年职工年平均工资分别只有 7 521 元、6 417 元、4 832 元。最高的金融保险业的职工年平均收入是最低的农、林、牧、渔业职工年平均收入的 2.49 倍。从职工收入差距的行业分布情况来看,收入排在前几位的大都是带有一定垄断性的行业,而传统的制造业、采掘业和农林牧渔业排到了最后几位。进入 21 世纪,行业间的收入差距进一步拉大。到 2006 年时,收入最高的行业分别是信息传输、计算机服务和软件业,金融保险业,科学研究、技术服务和地质勘察业,这三个行业的平均工资分别是 43 435 元、35 495 元和 31 644 元。而收入最低的建筑业,水利、环境和公共设施管理业,和农、林、牧、渔业年平均收入只有 16 164 元、15 630 元和 9 269 元。最高的信息传输、计算机服务和软件业的职工年平均收入是最低的农、林、牧、渔业职工年平均收入的 4.69 倍。

　　除了劳动收入以外,非劳动要素收入在很大程度上进一步扩大了城镇各阶层的收入差距。在要素产权性质既定或相同的前提下,企业收益分配与要素投入数量与质量、要素的稀缺程度、要素的流动性有很大的关系。当前我国的实际情况是普通劳动力素质不高,劳动力供给超过需求。在这种状况下,劳动者能安安稳稳地拿到工资已属不易,实际中很难拿到"剩余收益"。与此同时,私人企业"剩余价值率"过高,其主要原因是把工人工资压到最低程度。而我国劳动力市场的现实情况是长期处于强资本弱劳工(劳动力供大于求)的格局,导致劳动报酬的收益不断降低。例如,工资总额占 GDP 的比重在 1980 年、1990 年和 2000 年分别为 17%、16% 和 12%。2000 年到 2003 年,这一比重略有上升,徘徊在 12%—12.5% 之间(宋晓梧,2005:5)。由于劳动报酬不断下降,而城镇低收入者往往主要是通过出卖劳动力从市场获得劳动报酬作为主要收入来源,因此劳动报酬的市场化改革客观上恶化了低收入者的生存状况。这一点对于城镇亚贫困群体的形成有重要影响,因为亚贫困者大都靠出卖劳动力挣工资以维持生活。而更重要的是,随着我国城镇居民收入水平的提高,货币积累的规模会越来越大,富裕者可以将货币转化为资本获利,这无疑也会进一步扩大原有的收入差距,使得富者越富、穷者越穷。

　　除了合法的劳动收入和要素收入之外,由于目前我国市场经济体制尚处于完善过程中,社会监督机制不健全,非法收入渠道的存在也成为我国城镇居民收入差距拉大的另一个原因。非法收入渠道主要包括:一是少数政府官员利用职权大肆攫取国家财富。他们凭借所掌握的行政权力进行设租、寻租,进而导致以权谋私、贪污受贿。二是一些不法之徒通过各种非法途径大肆敛财。在巨大经济利益的诱惑下,一些人通过种种非法手段,如非法集资、走私、贩毒、股市欺诈、生产假冒伪劣商品等手段获取不正当收益,发不义之财。陈宗生和周运波对中国城市地区违法和非正常收入对收入不平等状况的影响进行了研究,他们拿出私营企业主偷税漏税、官员腐败和公款消费等部分的比例,将这些非法收入加在正常收入之上,并重新计算收入排列情况和基尼系数。结果显示:所有类别的违法和非正常收入(illegal and abordinal incomes, IAIs)总体上使城市收入不平等状况幅度平均上升了 32%。在 1992 年,不平等的增长率至少是 23.68%。到 1995 年,最多时达到 44.17%。如果将最穷的 10% 的人收入和最富的 10% 的人收入进行比较,我们可以看到:1988 年加上各种违法和非正常收入后的基尼系数是 0.314(只考虑正常收入不平等状况的基尼系数是 0.231)。这意味着最富的 10% 的人得到了总收入的 28.56%,而最穷的 10% 的人得到了总收入的 3.2%。1999 年的基尼系数是 0.425(只考虑正常收入不平等状况的基尼系数是 0.336),意味着最富的 10% 的人得到了总收入的 44.89%,最穷的 10% 仅得到 2.01%。最穷和最富的人之间的收入差距从 1988 年的 25.36% 增长到了 1999 年的 42.88%(Chen and Zhou, 2005)。通过比较不难发现,违法和非正常收入使得最富的人的收入增长比最穷的人要快得多,这在一定程度上也加剧了中国社会的贫富分化,加重了城镇社会下层的贫困程度。

就业方式改变与城镇亚贫困

　　在我国当前的社会政策体系下,低保接受者往往是那些没有劳动能力的人。而亚贫困者绝大部分是有劳动能力且从事一定收入性工作的人,但他们的工作主要是非正规就业。那么什么是非正规就业呢? 非正规部门和非正规就业在国际上是个专门的概念。国际劳工组织认为:"非正规部门指从事商品和服务的生产和流通的很小规模的单位,主要由在发展中国家的城市地区中的独立工人和自谋职业的生产者组成,其中一些也雇用家庭劳动力和少量雇用工人或学徒;这种单位在只有很少资金或者根本没有资金下运营;它们运用低水平的技术和技能;因此它们经营的生产力水平低；一般只能为在其中工作的人员提供很低和不定期的工资，以及高度不稳定的就业。"（陈淮，2000）李强针对北京地区的农民工提出的"非正规就业"定义是："所谓'非正规就业'，就是没有取得正式的就业身份、地位不很稳定的就业，传统上大陆叫'临时工'。对于外来民工来说，主要是指两种情况，一种就是上述的临时工，虽然农民工所在的单位是正式单位，但是农民工只做临时的工作，与正式职工在收入、福利上均有明显差别；另一种情况则是，农民工所在的单位本身就是非正式的单位或者称非正规部门。"（李强、唐壮，2002）虽然并非所有的非正规就业者都是贫困者，不过总体看来，非正规就业与贫困密切相关，且两者高度重合。"国际劳工组织在关于《摆脱贫困》的报告中提到，非正规经济和贫困经常有重叠现象。2006 年，在劳动者中的贫困人口比例，如按人均每天 1 美元的全球贫困线衡量，东南亚和太平洋为 13.6％，东亚为 9.5％，南亚为 32.1％。如贫困线按每人每天 2 美元计算，这一比例要升高，东南亚和太平洋为 51％，东亚为 37.5％，南亚为 77.4％。这些工人收入不足以使其自身和家庭摆脱贫困。这一趋势在亚洲以不同模式明显表现出来，一些地区创造的大部分工作特征是收入低、工作环境差、生产力低，与非正规经济相关。"（梁忻，2007）非正规就业与贫困的关系更多地表现为社会排斥（social exclusion）。英国的克莱尔说："人们往往从经济、社会、政治等不同方面同时遭到剥夺。没有收入通常是因为没有资产或没有进入劳动力市场的渠道。健康状况不良或缺乏教育既是经济状况低下的原因，也是经济状况低下的结果。"（克莱尔，2000）在中国，非正规就业者往往难以参加与就业相关的社会保障制度，例如社会保险和住房公积金。农民工作为城镇非正规就业的主要群体之一，由于他们没有城镇户口，因此往往面临着比其他城镇非正规就业者更严重的社会剥夺。例如，他们无法获得只提供给城镇居民的工作机会和就业培训机会，难以参加社会保险，没有资格申请廉租房和经济适用房，他们的子女很难进入公立学校就读，等等。社会排斥的存在大大降低了非正规就业者通过自身努力摆脱贫困的可能性，从而加深了他们的贫困程度。

我国城镇亚贫困者增长同时也明显伴随着非正规就业者规模的显著增加。国际货币基金会（IMF）的研究表明，在过去 12 年（1980—2001 年），尽管到 2001 年为止国有企业工人几乎下岗了一半，剩下的工人总数还不到 4 000 万（从 1980 年的 6 700 万下降到 2001 年的 3 950 万），但是总的工作岗位还是以每年 3％（或者 650 万）的速度增长。从 1995 年开始，集体企业的就业岗位同样也在显著下降。但国有企业和集体企业减少的工作岗位被私有部门的工作岗位（包括外资企业）所抵消，私有部门的工作岗位（包括外资企业）从 1980 年到 2001 年底创造了 1 750 万工作岗位。同一时期还增加了 7 500 万个无法具体说明的工作岗位，这些工作岗位主要是非正规部门（例如街头商贩、建筑业和家庭服务业），很难被统计部门准确统计（Brooks & Tao, 2003）。表 5 是《中国统计年鉴》上从 1978 年到 2007 年城镇就业人员数的变化情况。

表 5　1978—2007 年城镇就业人员数　　　　（单位：万人）

年份	小计	国有单位	集体单位	股份合作单位	联营单位	有限责任公司	股份有限公司	私营企业	港澳台商投资单位	外商投资单位	个体
1978	9 514	7 451	2 048								15
1980	10 525	8 019	2 425								81
1985	12 808	8 990	3 324	38						6	450
1990	17 041	10 346	3 549	96				57	4	62	614
1991	17 465	10 664	3 628	49				68	69	96	692
1992	17 861	10 889	3 621	56				98	83	138	740
1993	18 262	10 920	3 393	66			164	186	155	133	930
1994	18 653	11 214	3 285	52			292	332	211	195	1 225
1995	19 040	11 261	3 147	53			317	485	272	241	1 560
1996	19 922	11 244	3 016	49			363	620	265	275	1 709
1997	20 781	11 044	2 883	43			468	750	281	300	1 919
1998	21 616	9 058	1 963	136	48	484	410	973	294	293	2 259
1999	22 412	8 572	1 712	144	46	603	420	1 053	306	306	2 414
2000	23 151	8 102	1 499	155	42	687	457	1 268	310	332	2 136
2001	23 940	7 640	1 291	153	45	841	483	1 527	326	345	2 131
2002	24 780	7 163	1 122	161	45	1 083	538	1 999	367	391	2 269
2003	25 639	6 876	1 000	173	44	1 261	592	2 545	409	454	2 377
2004	26 476	6 710	897	192	44	1 436	625	2 994	470	563	2 521
2005	27 331	6 488	810	188	45	1 750	699	3 458	557	688	2 778
2006	28 310	6 430	764	178	45	1 920	741	3 954	611	796	3 012
2007	29 350	6 424	716	170	43	2 075	788	4 581	680	903	3 310

资料来源：《中国统计年鉴》（2008 年电子版），根据表 4—2 整理而得。

从上表可以看出，改革开放以前城镇就业主要集中在国有单位和集体单位，个体所占的比例极少。改革开放初期，国有单位和集体单位的就业岗位有一定的增长。国有单位的就业人数到 1995 年达到最高点：1.126 亿，集体单位就业人数在 1991 年达到最高点：3 628 万，此后开始不断下降。国有单位到 2007 年的就业人数只有 6 424 万，10 年差不多减少了一半。集体单位到 2006 年只有 716 万，仅相当于 1990 年代初期的 1/5。与此同时，私有部门的就业岗位开始增加。在所有新增就业岗位中，增幅最大的是私营企业和个体企业。2006 年两者就业人数总和达到 6 966 万，占总就业人数的 26.89%。私营企业和个体企业是非正规就业的主体,由此可见,大规模非正规就业者的存在是城镇工作贫困者阶层形成的主要原因。胡鞍钢的研究也进一步证实了我国非正规就业的增长。他将非正规就业定义为三部分人:即城镇就业中的私营企业从业人员,个体经济从业人员,以及以从事非正规就业的农业转移劳动力为主的未纳入统计部分的从业人员。他认为我国非正规就业大规模增长主要出现在"九五"时期和"十五"期间。这段时期城镇总就业比重迅速上升,成为推动我国城镇就业的主渠道,主要表现在:第一,城镇非正规就业呈现高增长,大大超过全国城镇就业增长率。1990—2004年间,全国城镇就业增长率为3.2%,累计增长了55%;城镇非正规部门就业年平均增长率为12.5%,累计增长了421%;城镇私营和个体经济部门年平均增长率为16.2%,累计增长了722%;城镇未统计非正规就业(主要是农村转移劳动力)年平均增长率为11.0%,累计增长了333%。第二,非正规就业对城镇新增就业贡献最大,还抵消了传统正规部门摧毁的就业岗位。在"九五"期间(1996—2000年),传统正规就业累计减少4 659万人,从2000—2004年继续减少1 994万人,合计减少了6 653万人。从1995年以来中国非正规就业迅速增长,创造的就业岗位远高于传统正规部门消失的就业岗位。在"九五"期间城镇非正规就业累计增加6 856万人,2000—2004年又继续增加3 973万人,合计增加了10 829万人。这一减一增,1996—2004年期间净增加4 176万人(胡鞍钢、赵黎,2006)。

社会保障制度改革与城镇亚贫困

传统社会保障改革解体是城镇亚贫困问题产生的重要制度原因之一。计划经济时代下的社会保障制度是一种几乎没有漏洞的设计。1950年代中后期,随着社会主义改造的完成,与社会主义计划经济相配套的社会保障制度逐步确立。在城市,政府奉行的是一种"高就业低工资"的社会保障模式。绝大部分人都通过就业自动获得社会保障。有工作单位的人(包括家属),其生、老、病、死都靠单位和政府解决,剩下的所谓"三无人员"则由政府通过民政福利进行救助。这种社会保障模式,体现了让人民当家作主和平均主义的社会主义理念。它强调社会成员"生养死葬有依靠",让国家与集体成为个人的保护伞,让人人都享有平等生活。在这种保障模式下,城市贫困人口只是单位保障网所不能涵盖的极少数边缘群体。

20世纪80年代实行改革开放以来,社会主义经济建设取得了令人瞩目的成就。但与此同时,改革开放和政治、经济体制转轨逐渐破坏了原有的单位保障制度的存在基础,其保障功能急剧下降甚至不复存在了。单位保障功能不断弱化的主要原因是由于传统单位体制与市场经济有明显冲突的地方:第一是政企分开。企业与政府脱钩,使企业成为真正自负盈亏的实体,减轻单位对贫困职工的保障责任,国家作为单位系统总负责人的角色也逐渐淡化。第二是市场机制的引入开始改变单位办社会的状况。单位为了在市场竞争中站稳脚跟,必须从生产单位和社会单位的双重身份中挣脱出来。单位专注于生产,而将社会保障和社会福利事务分担给国家和其他社会组织。20 世纪 90 年代以来,大量城市下岗工人的贫困化就是单位保障功能弱化的显著表现之一。根据全国总工会在1989 年在 12 个省市进行的一次调查,人均月生活费低于 30 元的特困职工占职工总数的 2%,大约为 280 万人,其家庭人口约有 1 036 万人,占1988 年底城镇人口总数的 5.16%。而 1992 年 6—11 月进行的全国总工会第三次工人阶级队伍状况调查表明,全国已有 5% 的职工家庭实际生活水平过低,陷入贫困状态。贫困家庭人口总数约为 2 000 万左右(洪大用,2003)。世界银行对中国贫困现状的估算表明,我国 20 世纪 80 年代的城市贫困发生率不到 1%,而到 1998 年中国城镇贫困率上升至 4.7%(李实、佐腾宏,2004:47)。从社会保障的角度来看,城市大规模贫困人口的出现显然与我国社会转型密切相关。吴福龙指出,城市新贫困的产生是由于制度的分离,即旧制度的功能(尤其是社会福利与工作紧密相连)被市场转型所腐蚀,而基于公民权基础上的新制度并没有建立。社会群体(包括非正规就业和失业者、下岗工人和农民工)在市场转型的过程中被边缘化,他们掉进了国家—工作单位福利供给制度和脱离了工作单位福利的新型城市劳动市场制度之间的缝隙中间(Wu,2004)。因此,城镇新贫困人口可以说是那些在社会保障制度改革中被边缘化、被抛出了原来单位保障的群体。

　　农民工也是城市亚贫困的主要群体之一。农民工是伴随着我国改革开放后的工业化、城镇化进程而产生的。计划经济时代下,户籍制度的引入实际上是在城市与农村之间设立了一堵"看不见的墙",目的就是阻止劳动力从农村流向城市以保证城市居民的就业和相关福利。由于户籍是当时在城市居住、就业、获得教育、健康以及社会保障等服务的前提,因此可以说户籍制度在缓解了城市就业压力的同时也剥夺了农村居民就业及发展的机会。改革开放以后,大规模的农民工在城市出现,为他们带来了发展机会的同时,也改变了城市贫困的基本格局,农民工开始成为城市贫困和亚贫困的主要群体之一。进城的农民工自身较低的文化水平使他们难以获得较好的工作,而只能在体制外寻找那些不受保护的边缘职业和底层职业,因此所能获得的收入有限。再加上户口问题带来很多政策障碍,使他们就业、培训、居住、子女教育、社会交往等多方面面临比城市居民更多的困难。例如,很多针对城市失业者的职业培训并不给农民工提供机会。一些城市要求外来人口就业必须"五证俱全(暂住证、就业证、婚育证、出租房屋安全合格证、经商许可证)等等"。而社会保障制度的排斥性使他们较城市居民陷入贫困和亚贫困境地的可能性大增。以社会保险为例,社会保险在预防贫困问题上发挥着重要作用。养老保险通过政府强制性地将个人收入进行储蓄或再分配,以保障老年收入和避免老年贫困的发生。医疗保险和工伤保险是通过补偿个人由于疾病或工伤带来的收入损失来预防贫困,失业和生育保险则是通过补偿个人失业或生育期间的收入损失来避免个人失业或生育时陷入贫困的境地。实际上,社会保险是第一道反贫困屏障,这也符合当初贝弗里奇最早的构想。贝弗里奇在其《贝弗里奇报告——社会保险及其相关服务》中指出,"要消除贫困,首先是要改进国家保险。现行的社会保险方案涵盖了所有导致收入中断或丧失的主要因素……为了防止因谋生能力中断或丧失导致贫困,有必要从以下三个方面对现行社会保险方案做一些改进:一是扩大覆盖对象范围;二是扩大覆盖风险范围;三是提高待遇标准(贝弗里奇,2004:4)。"大量农民工在碰上疾病、工伤、失业、年老等社会风险时,由于没有社会保险,往往比城镇居民更容易陷入困境而不能自拔。随着我国社会保障制度的改革和完善,20世纪末期各地就开始积极探索和建立农民工社会保险制度。但是由于目前农民工社会保险的覆盖面仍然较低,其反贫困功能十分有限。根据人力资源与社会保障部的《2007年劳动和社会保障事业发展统计公报》的数据,2007年年末参加基本养老保险的农民工人数为1 846万人,年末参加医疗保险的农民工人数为3 131万人。参加失业保险的农民工人数为1 150万人。参加工伤保险的农民工人数为3 980万人。从农民工参加社会保险的情况来看,即使参加人数最多的工伤保险也不到4 000万。而当前我国农民工总数一般估计在1—2亿之间。假如按照1.5亿对农民工的社会保险覆盖面进行估计的话,那么工伤保险的参加人数还不到30%,而医疗保险、养老保险、失业保险的覆盖面则更少。

除了就业和社会保险以外,来自农村的流动人口还面临其他问题:首先,尽管农民工已经进入了城市,但是他们的家还在农村。这使得他们必须支付更多的通讯成本,也必须忍受和家人交流不便的痛苦。其次,即使农民工的家庭搬入城市,由于种种制度限制的存在,他们在住房、生活成本和子女教育方面必须支付更多。此外,由于农民工家庭在城市缺少社会关系、难以获得各种社会服务,因此面临社会排斥(Liu and Wu,2006)。农民工在城市所处的边缘地位,加上他们因为没有城镇户口而不能享受和城镇居民一样的社会福利和社会服务,因此他们很容易陷入贫困或亚贫困状态,成为城市贫困和亚贫困群体最重要的组成部分。

住房、教育改革与城镇亚贫困

住房制度改革对城镇低收入者的影响

在新中国成立之初,我国实施"统一管理、统一分配、以租养房"的公有住房实物分配制度。城镇居民的住房主要由所在单位解决,各级政府和单位统一按照国家的基本建设投资计划进行住房建设,住房建设资金的来源主要靠政府拨款,少量靠单位自筹。单位以低租金将住房作为一种福利分配给职工居住。这种体制的特征是:(1)住房属于福利品而不是商品。(2)国家垄断住房投资和建设。(3)工作单位对住房进行管理和分配。所有的公共住房都是以出租的方式给住户。这些公共住房的租金非常低,大约只占生活成本的 0.17% 到 1.52%。因为租金太低,公共住房建设和维护完全没有利润,政府不得不对此进行补贴。因此在毛泽东时代,住房建设的投入严重不足(Gu, 2002)。改革开放以后,传统福利分房制度的弊病不断暴露,这些问题主要包括:(1)住房短缺。1982 年对 237 个城市的调查显示,城市人均住房面积只有 4.4 平方米,甚至比 1950 年还少(4.5 平方米)。整个 20 世纪 80 年代,人均住房面积不足 2 平方米的家庭达 55 万户。(2)住房毁损严重。整个 20 世纪 80 年代,有大约 300 万平方米的住房受损而没有修缮。(3)住房分配不公平。住房通过管理机构和单位分配给工人、知识分子和政府职员,这给了掌握住房分配权力工作人员滥用职权的机会,他们往往将住房优先给领导、亲戚和朋友。以上海市为例,1985 年上海人均住房面积是 5 平方米。但是 18.9% 的家庭住房人均面积只有 0.37 平方米,而 12.2% 的家庭人均住房面积达到 15 平方米。(4)国家财政负担严重。国家除了要负责住房的建设和维护以外,由于职工的工资不足以付租金,国家还要给职工发住房补贴。整个 20 世纪 80 年代,国家每年要拨款 200—300 亿元用于住房建设,100 亿元用于住房维护和租金补贴(Xu, 1993)。正是在这种情况下,政府开始进行住房改革,寻求建立新的住房制度。

从 1980 年开始,我国城镇住房制度改革可以分为五个阶段:第一阶段是 1980—1985 年,改革的主要内容是鼓励私人建房和进行公房出售试点。第二阶段是 1986—1990 年,改革的主要内容是提高租金、发放补贴,将租金提高到原有水平的 10 倍以上,同时未租房职工发放相当于工资 25% 的补贴。第三阶段是 1991—1993 年,改革的主要内容是出售公有住房,职工以标准价购买部分产权。第四阶段是 1994—1997 年,改革的主要内容是建立住房公积金制度,实施国家安居工程及经济适用房建设。第五阶段从 1998 年开始,改革的主要内容是停止住房实物分配,实行货币化分配(宋晓梧,2005:177—180)。目前我国城镇居民都是通过从市场购买的方式来获得住房。政府在停止直接为居民供给住房的同时,并不直接干涉住房市场。除了在为少数低收入群体提供政策性住房外(如廉租房和经济适用房),对房地产业基本上停留在宏观政策调控层面。即使在近年来住房价格不断上涨,城镇居民面临住房压力的背景下,政府也没有放弃宏观调控的政策取向。

住房制度改革带来的效用是十分显著的。房地产业的发展不仅让政府卸下因福利分房而背上的沉重财务负担,而且也很大程度上解决城镇居民住房问题,满足他们的住房需求。但是住房市场化带来的负面效应也随着改革的推进不断显现。判断住房价格是否合理的重要指标之一是住房价格与家庭年收入的比例。一般认为,一套住房价格相当于一个家庭年收入的3—6倍是比较合理的区间。在2002年10月,对我国35个城市住房价格收入比调查的资料显示:住房价格收入比最高的城市是北京、沈阳、贵阳、西安和贵州5个城市,都在10倍以上。住房价格收入比最低的4个城市是郑州、西宁、济南和宁波,在5—6倍之间,其他26个城市则在6—10倍之间(高天虹,2003)。住房市场化改革以后的高房价对亚贫困群体的生活影响尤其明显。由于亚贫困群体主要是低收入者,他们对于不断上涨的房价显然无能为力,相当多的人很难直接从市场上购买商品房。以上海市为例,2002年,上海城市居民人均可支配收入达到13 250元,然而家庭可支配收入在3 000元以下的中低收入居民占总数的39.2%,这些中低收入居民住房拥挤,基本上不能人均拥有一间住房,人均住房面积在10平方米以下,住房条件较差,住房极其简陋,住房成套率较低(王成超,2004)。

针对中低收入者购买住房困难的情况,我国政府在住房改革过程中出台过一些相关支持政策。1998年7月3日,国务院在《关于进一步深化城镇住房制度改革加快住房建设的通知》(国发[1998]23号)中提出"对不同收入家庭实行不同住房供应政策。最低收入家庭由政府或单位提供廉租住房;中低收入家庭购买经济适用房;其他收入高的家庭购买、租赁市场价商品房。"按照当初住房制度改革的思路不同收入阶层应该都有住房保障,也就是所谓保证"居者有其屋"。但是当时这一思路并没有充分考虑到制度之间的衔接会出现问题,导致部分收入阶层在制度的缝隙中难以获得住房保障。亚贫困群体住房问题显著的表现之一就是所谓"住房夹心层"问题。从我国住房保障政策的思路来看,最低收入者应该有资格申请廉租房,较低收入者可以申请经济适用房,中等收入以上者可以购买商品房。所以夹心层应该有两类:一是不符合廉租房政策标准,而又买不起经济适用房的社会"夹心层"人群。这是亚贫困者中收入较低的"夹心层。"二是不符合经济适用房的政策标准,而又无力购买商品房。这是亚贫困者收入较高的"夹心层"。这些夹心层即使勉强从市场购房,也往往导致他们的生活水平受到严重影响。

教育制度改革对城镇低收入家庭的影响

回顾新中国成立以来的教育制度的发展历史,可以发现:居民家庭教育支出是在改革开放后逐渐增多。在改革开放前,由于城镇各单位自己兴办从幼儿园到中学等各种教学实体,因此基础教育的主要投资主体是各个单位。而当时的高等教育属于精英教育模式,不仅能上大学的人数少,而且国家承担了高校大学生的主要费用,对于贫困大学生采取人民助学金制度予以补贴,以帮助他们完成学业。因此,能够接受高等教育的学生也不会给家庭造成负担。在这种教育投资格局下,居民家庭的教育投入实际上很少。但是改革开放以来,我国教育制度发生了重大改变,导致居民家庭教育支出占家庭总收入的比例越来越大。首先,义务教育阶段支出增加。1986年我国颁布了《中华人民共和国义务教育法》,在法律上明确界定了义务教育的性质。但是,城镇居民家庭义务教育阶段费用支出负担实际上并不是学费,而是与择校、特长班等相关收费。由于义务教育在重点学校制度的框架下精英化和市场化倾向越来越明显,基础教育质量的城乡差距、地区差距、阶层差距逐渐扩大。在这一背景下,城镇居民只能支付高昂的择校费、赞助费等以便让自己的子女获得更好的教育资源。由于优质教育资源迅速向优势阶层集中,城镇低收入阶层子女义务教育质量面临严重问题。其次,较之义务教育,高中阶段教育市场化倾向更加明显,招生收费政策在学生就读重点高中上起的作用也越来越大,因此对于城镇居民家庭的压力也相对较大。第三,20世纪80年代末以前我国实行免费的高等教育。1989年我国高校开始试行收费以后,收费标准逐年提高。高等教育不仅不再是"免费午餐",而且越来越成为城乡贫困家庭的沉重负担,贫困学生因缴纳不起学费而选择退学的事例也经常出现。尤其是近年来高等院校乱收费的现象屡禁不止,一定程度上加重了城乡居民家庭的教育负担。

城镇居民家庭教育支出负担加重除了以上原因外,国家投入不足是最重要的因素之一。尽管我国教育投入在改革开放之后应该说取得了很大的进步,尤其是对农村地区的投入增加取得的成就更加明显。但是纵观我国改革开放后的教育财政支出的发展,可以发现教育投入明显不足,这表现在两个方面:(1)教育财政支出占GDP比重过低。1990—2002年我国教育财政支出占当年GDP的比重在波动中呈下降趋势,1990年为2.3%,1995年上升到2.5%,但在1995—2002年间却从2.5%下降到2.1%,下降了0.4个百分点,甚至比1990年的2.3%还低0.2个百分点。与国际相比,我国教育财政支出占当年GDP的比重也明显偏低。2002年我国教育财政支出占当年GDP的比重为2.1%,仅相当于当时世界平均水平的 47.7%,是高收入国家的 38.18%,是中等收入国家的48.34%,甚至仅相当于低收入国家的 65.63%。(2)教育财政支出占财政总支出的比重近年来有下降趋势。1999 年教育财政支出占总财政支出的比例为 27.6%,到 2004 年只有 26.2%,5 年下降了 1.4 个百分点(王广深、王金秀,2008)。除了投入不足以外,公共支出的区域不平衡也进一步加剧了教育不平等的状况,加重了城镇居民(尤其是贫困和亚贫困家庭)的教育负担。中国有远比 OECD 国家和一般中等收入国家更加去中央化(decentralized)的体制。中国有一半以上的财政支出发生在省级以下(sub-provincial)的政府。在中国,地方政府在财政支出的差异要超过大部分的 OECD 国家,这种差异随着各省经济的增长而逐渐显现。从 1990 年到 2003 年,最富省份的人均 GDP 与最穷省份的人均 GDP 之比已经由 7.3上升为 13。最富省份的人均公共支出是最穷省份的 8 倍。省级以下政府层面的财政支出差距更大。最富的县在服务供给上的人均支出是最穷的县的 48 倍。公共支出的差异会转变为社会结果。例如,2003 年最富的省高中入学率接近 100%,而最穷的省不到 40%(Dollar,2007)。教育支出增加对于不同收入阶层的影响是不同的。对于高收入者来说,教育支出的增加并不会对基本生活水平增加影响。对于最低收入的贫困家庭(例如低保户)来说,由于自身生计尚难维持,教育支出的增加必须依靠政府和社会的帮助才能应对。而对于亚贫困家庭来说,由于难以获得外界帮助,他们往往通过减少日常消费支出来积累教育资金,因此会显著降低他们的生活水平,加深他们的贫困程度。

城镇亚贫困相关社会政策体系的反思和调整

城镇亚贫困问题的缓解必须依靠社会政策体系的调整和完善。例如,针对亚贫困者收入不足问题,可以考虑引入负所得税方案;为避免重大事件导致收入中断(如退休、疾病、工伤、失业、生育),就必须完善社会保险;为避免因子女教育和住房问题导致生活水平显著下降,政府必须出台帮助中低收入者家庭的教育政策和住房政策。

目前我国社会政策的群体受益状况

在贫困群体的社会救助问题上,目前世界各国通常的做法是划定官方贫困线,然后对收入低于贫困线下的公民进行救助。但是仅考虑收入来确定亚贫困者的社会政策的受益是远远不够的。由于我国目前城镇社会政策仍然带有一定的身份差别,尤其是跟就业方式密切相关,因此亚贫困者的社会政策受益需要一个考虑各种需求的综合性评价方案。在我国当前城镇社会,收入相近的劳动者由于社会政策受益的不同,会导致他们所面临的社会风险可能相差非常大。以下案例是三个在不同劳动部门就业的亚贫困劳动者(假设他们的工资性收入都在 1.5 万元/年左右)的社会政策受益可能出现的典型状况(见表 6)。

表 6　不同就业领域的亚贫困者社会政策受益情况

	个案 A(正规部门就业的城镇居民者)	个案 B(非正规部门就业的城镇居民)	个案 C(农民工)
退休金/养老保险	有	无	无
公费医疗/医疗保险	有	无	无
工伤保险	有	无	无
失业保险	有	无	无
生育保险	有	无	无
住房公积金	有[a]	无	无
最低生活保障	有潜在资格[b]	有潜在资格	无资格
经济适用房	有资格[c]	有资格	无资格
廉租房	有潜在资格	有潜在资格	无资格
子女接受城市义务教育	有资格	有资格	无资格

注:a. 表示拥有这项社会政策受益。b. 表示目前没有这项社会政策受益,但是随着收入状况的改变,有资格申请这项社会政策受益。c. 表示目前有资格申请这项社会政策受益。

表 6 基本上反映了我国当前城镇这三大亚贫困群体的社会政策受益情况的基本格局。[1] 从表 6 中可以看出,尽管三个案例可能拥有相近的收入,但是他们的社会政策受益明显不同。社会政策受益实际上可以转化为潜在或延期收入,进而导致他们面临的社会风险不同。例如,退休金或养老保险受益可以在退休后转为现金收入。公费医疗或医疗保险在生病时就可以转为支付医疗费用的货币收入。工伤保险、失业保险和生育保险同样可以在参保者面临工伤、失业和生育风险时转化为减少风险损失的货币收入。住房公积金在我国的现阶段实际上可以看作一种为购买或装修住房的定期储蓄。经济适用房政策和义务教育政策对城镇亚贫困者来说无疑也是极其重要的,这两项政策将为他们节省大量开支。而当亚贫困者沦为贫困者时,申请廉租房和最低生活保障也可以节省开支或带来收入。与城镇亚贫困对象相比,社会政策的潜在收益对于城镇贫困对象的确定影响要小一些,因为我国官方贫困线以下的人收入通常太低,

[1]　需要说明的是,由于我国目前的社会政策体系并不统一,表 6 中所列的情况只是一种典型状态而非绝对情况。例如,在部分城市由于推动城乡社会保障制度一体化建设(例如广州和深圳),农民工也有可能参加城镇居民基本养老保险、医疗保险、工伤保险等,而部分城市还为农民工单独建立了社会保险制度(例如北京、上海和成都等)。此外,部分农民工还可能在农村参加新型农村合作医疗。在非正规部门就业的城镇居民也可以参加社会保险,尽管他们的缴费并不是依托工作单位。

且很少有其他形式的收入。而亚贫困群体就不一样，他们除了社会政策受益的差异之外，如果加上资产收益、实物收益、他人赠与等，亚贫困群体之间的实际差异将会很大。因此，在社会政策制定时如果不充分考虑政策对象的真实需求差异，那么不仅会造成社会资源的浪费，而且容易形成福利依赖和福利欺诈，从而患上"福利病"。

社会政策体系的调整与综合运用

经过 30 年的改革开放和与之相伴随的政治、经济和社会制度建设，我国社会政策体系的框架已经基本确定。不过在未来一段比较长的时期内，我国社会政策体系仍然会处在不断改革和调整的重要阶段。从当前我国城镇亚贫困所涉及的相关社会政策领域来看，主要包括收入保障、就业保障、社会保险、住房保障、教育保障等方面。从群体分类来看，当前我国城镇亚贫困主体主要是在非正规部门就业的劳动者，也包括少量在正规部门就业的低收入劳动者。由于不同的群体及其家庭情况的差异，不同的家庭可能符合一个项目条件，也可能同时符合几个政策项目的资格条件。因此在未来的社会政策体系的改革过程中，实际上就是要设计和执行符合不同亚贫困家庭特征的政策项目。同时，亚贫困者的相关社会政策与贫困者的社会救助政策关系十分密切，因此在社会政策体系设计时必须充分考虑到两者之间的衔接问题。综合以上思路，我国未来城镇亚贫困者的具体相关社会政策框架及路径图可以表示如下：

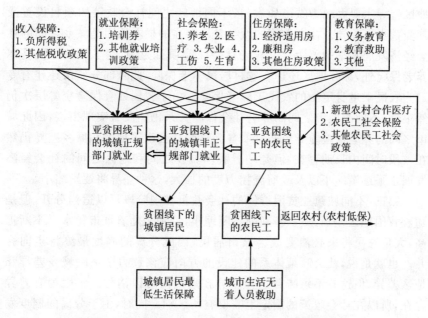

图 1　城镇亚贫困者、贫困者构成及社会政策路径图

　　根据图 1,再结合我国当前社会政策建设的现实情况,笔者认为可以从以下几个方面来思考我国未来一段时间内亚贫困群体社会政策体系的发展趋势:

　　第一,未来社会政策体系的建设目标将是人人都有基本保障,实现这个目标的基本手段是允许不同群体对于具体社会政策项目有一定的选择性,因而社会政策必然存在群体差异。当前的城镇三大主要亚贫困群体——农民工、城镇非正规部门就业者、城镇正规部门就业的低收入者——的社会政策差别将缩小,但选择性将有所扩大。由于我国当前城镇亚贫困群体在职业和收入等方面都会有明显差异,因此不同群体间的社会政策适用项目就可能会不相同。但为了实现人人都有基本保障的目标,必须设计出水平不等、层次不一的项目供城镇亚贫困者进行选择。这种社会政策的选择性主要表现在农民工和城镇非正规部门就业者身上。农民工的选择性最强,他们的社会政策项目不仅可以在城乡之间进行选择,还可以一定程度上随着职业的流动在城市之间进行选择。城镇非正规部门的就业者也有一定的选择性。非正规部门的就业者根据自己的职业特点和收入特点可以就某些项目选择参加还是不参加。相对而言,正规部门的就业者社会政策项目主要由所从事的职业自动获得,几乎没有个人选择的空间。由于社会政策项目存在一定的选择性,因此不同的群体之间的差异在一段时间内将长期存在。但从长远来看,这种群体差异是趋向于逐渐缩小,项目的统一性将逐渐增强。

　　第二,社会政策的地区差异和城乡差异仍然长期存在。城乡差异和地区差异主要表现为城市和农村、不同地区之间社会政策的项目设置及其受益水平差异。社会政策的城乡差异存在的根本原因是城乡之间的社会经济发展水平的差距。以养老社会保险项目为例,除了城镇居民基本养老保险外,部分地区还建有农村居民养老保险,此外部分城市还建有专门为农民工量身定做的农民工养老保险。由于我国社会保险统筹层次仍然很低,不同的城市之间的养老社会保险关系仍然没有实现衔接,因此城市之间的养老保险差异也非常明显。尽管社会政策地区和城乡差异仍然在一段时间内长期存在,但是随着我国城乡之间和地区之间的社会经济发展水平逐渐缩小以及政府调控力度的加大,这种差异将逐渐缩小。

　　第三,不同城镇亚贫困群体的社会政策在现阶段可以适当分开,但是随着我国地区差异、城乡差别的不断缩小,特别是随着城市化水平不断提高,大量农民将来必然要成为城市居民,因此分离的制度最终将走向合并。也就是说,社会政策体系的建设的方向应该致力于消除城乡差异和地区差异,但这并不意味着这种差异在短期内可以消除。正因为有差异存在,所以在社会政策的制定上需要有所区别。同时,由于分离的制度发展趋势是最终走向合并,因此在社会政策的制定上需要预留出路,为将来制度的统一和衔接打好基础,这一点在社会保障上至关重要。否则的话,改革的成本将会因此而不断加大。

第四,在具体的社会政策项目数量上,总体是要呈增加趋势。这主要是因为随着经济的发展和人民生活水平的提高,社会政策体系的完善,一些新的政策项目可能会列入社会政策立法考虑范围,如负所得税、食品券、家庭津贴等。同时一些具有过渡性质的社会政策项目会逐渐消失。例如,农民工作为我国城市化进程中的特殊群体,其相关社会政策项目都具有一定的过渡性,这些项目(例如农民工社会保险)将随着我国城市化的完成或者取消或者并入其他项目。

第五,家庭友好型社会政策应是未来社会政策体系建设的方向。亚贫困的根源往往跟家庭结构与特征密切相关。以家庭收入结构为例,如果一个家庭完全靠一个人的收入支撑的话,在城市生活无疑是非常辛苦。尤其是当家庭规模偏大,出现上有老下有小情况时就更加艰难。更重要的是,由于收入单一和缺少积累,很多亚贫困家庭遇到的问题会随着时间的推移逐渐暴露出来。例如,随着小孩的逐渐长大,增加学费支出很容易成为亚贫困家庭生活质量恶化的重要原因。再如,有些亚贫困家庭住的是单位公房,而公房通常是免费或者是象征性的缴费。但是随着子女的成长,如何积累购买住房的费用也是困扰亚贫困家庭的重要问题。家庭人口结构同样也是亚贫困产生的重要原因。例如依赖性人口(包括需要赡养的老年人、未成年人,需要照顾的长期病人和残疾人等)会增加家庭开支从而导致亚贫困的发生。在这种情况下,社会政策的制定需要充分考虑家庭结构和特征。例如税收政策、社会保险受益和社会福利受益上可以考虑向单亲家庭、抚养未成年人的家庭、有需要照顾的长期病人和残疾人的家庭倾斜。在社会政策的项目设计上,可在当前的社会政策体系下引入一些家庭友好型项目,包括为残疾人、单亲家庭设计补贴项目,引入老年年金制度和儿童津贴等。

参 考 文 献

贝弗里奇,2004,《贝弗里奇报告——社会保险及其相关服务》,北京:中国劳动社会保障出版社。

陈淮,2000,《非正规就业:战略与政策》,引自劳动和社会保障部"年非正规部门就业研讨会"论文,北京:2000 年 10 月 14 日。

高天虹,2003,《北京现代化建设和体制改革中的住房价格问题研究》,载《北京建筑工程学院学报》2003 年第 2 期。

国家统计局农村社会经济调查总队,2007,《中国农村住户调查年鉴》,北京:中国统计出版社。

洪大用,2003,《改革以来中国城市扶贫工作的发展历程》,载《社会学研究》2003 年第

1 期。

胡鞍钢、赵黎,2006,《我国转型期非正规就业与非正规经济》,载《清华大学学报》(哲学社会科学版)2006 年第 3 期。

克莱尔,2000,《消除贫困与社会整合:英国的立场》,载《国际社会科学杂志》(中文版)2000 年第 17 卷第 4 期。

李实、佐腾宏,2004,《经济转型的代价——中国城市失业、贫困、收入差距的经验分析》,北京:中国财政经济出版社。

李强、唐壮,2002,《城市农民工与城市中的非正规就业》,载《社会学研究》2002 年第 6 期。

梁忻,2000,《2015 年亚洲将实现体面劳动　各国专家把脉非正规就业》,载《中国企业报》2007 年 8 月 22 日。

民政部,2002,《2002 年民政事业发展统计报告》,民政部官方网站 http://cws.mca.gov.cn/article/tjbg/200801/20080100009382.shtml。

宋晓梧,2005,《我国收入分配体制研究》,北京:中国劳动社会保障出版社。

王成超,2004,《上海中低收入居民住房问题及对策》,载《城市开放》2004 年第 9 期。

王广深、王金秀,2008,《我国教育财政支出结构分析及政策调整》,载《改革与战略》2008 年第 1 期。

信卫平,2002,《公平与不平——当代中国的劳动收入问题研究》,北京:中国劳动社会保障出版社。

Brooks, Ray & Tao, Ran. 2003, "China's Labor Market Performance and Challenges", *International Monetary Fund Working Paper*, (210):5—7.

Chen, Zongsheng & Zhou, Yunbo, 2005, "*Income Distribution during System Reform and Economic Development in China*", New York: Nova Science Publishers.

Chen, Shaohua & Ravallion, Martin, 2007, "Absolute Poverty Measures for the Developing World, 1981—2004", *World Bank Policy Research Working Paper*, (4211):1—24.

Dollar, David, 2007, "Poverty, Inequality, and Social Disparities During China's Economic Reform", *World Bank Policy Research Working Paper*, (4253):11—12.

Fuchs, Victor, 1967, "Redefining Poverty and Redistributing Income", *The Public Interest*, (8):88—95.

Gu, Edward X. 2002, "the State Socialist Welfare System and the Political Economy of Public Housing Reform in Urban China", *the Review of Policy Research*, 19(2):181—183.

Liu, Yuting & Wu, Fulong, 2006, "The State, Institutional Transition and the Creation of New Urban Poverty in China", *Social Policy an Administration*, 40(2):130.

Wu, Fulong, 2004, "Urban Poverty and Marginalization under Market Transition:the Case of Chinese Cities", *Internatinal Journal of Urban and Region Research*, 28(2):402.

Xu, Xinyi, 1993, "Policy Evaluation in China's Housing Reform", *Evaluation and Program Planning*, 19(1):40—41.

大学扩招与教育经费分配
——谁为高校扩招买单？

管 兵[*]

【摘要】 中国从 1999 年开始推行高等教育扩招,高等教育招生人数在短短几年内增长将近 5 倍,非常引人注目。迅速扩张带来的问题也非常之多,比如教育经费相关的问题。本文重点分析在现在的教育财政分配方式下,扩招会让原本就存在的地区间的财政不均衡问题进一步深化。大量扩招之后的地方高校和地方政府为应付财政经费和教育设施不足的局面,不得不从多方面渠道广开财源:地方政府提供土地、银行提供贷款等。这些措施有可能缓解经费不足的问题,但也有可能留下更多的隐患。本文最后尝试建议中央政府在政策上要促进教育的公平性,而非仅仅考虑效率。

【关键词】 高校 扩招 财政经费 地区差异

Higher Education Expansion and the Financial Burden: Who Pay for the Expansion of the Higher Education?

Bing Guan

Abstract The higher education in China has been expanded very fast since 1999. The student number of the higher education enrollment has increased nearly quintuple within seven years. It is a very significant change on the one hand; on the other hand, many problems remain or even become deteriorated. Educational finance problem is one among these problems. This article will analyze that after the tremendous change of the higher education, the finance inequality in different provinces will become more serious. Local governments and local universities have to resort to some strategies to deal with the financial shortage accompanied by the higher education expansion. For example, local governments will offer land to enlarged universities rather than money,

---

* 管兵,香港科技大学社会科学部博士候选人。本文在写作过程中,得到周飞舟老师、岳经纶老师、陈永杰老师、林宗弘博士的指导和帮助,在此表示感谢。

and local banks will be encouraged to lend money to the universities by governments. These ways can help the universities for awhile. However, there need certain parties to pay for these in the end. At last, the article suggests the central government should pay more attention to the education equality when it spends so much money on supporting some elite universities.

Key words　Higher Education, Expansion, Financial Burden, Public Governance

　　在 1998 年亚洲金融危机之后,若干学者建议高校扩大规模,其中以亚洲开发银行汤敏博士和亚洲管理学院左小蕾的方案影响最大。他们建议以每年递增 25%—30% 的速度,在 3 至 4 年内让高校的招生量增加 1 倍。新增学生自费,学费每生每年 1 万元。以此来增加 1 000 亿元的消费,给下岗工人腾出 500—600 万个工作机会等(邓科,2002)。1999 年,教育部颁布了《面向 21 世纪教育振兴行动计划》,计划宣称:到 2010 年实现大学毛入学率 15%。在制定"十五"计划时,这个目标被提前了 5 年,即 2005 年中国高等教育可以达到这个水平,即每年招生 400 万新生,在校生总数达到 1 600 万人。

　　中国高等教育在 1997 年的时候,刚好招生 100 万学生,1998 年是108.4 万人。从 1999 年开始大幅度增长,以年增长 50—60 万的速度持续到 2005 年。1999 年当年的实际招生人数比前一年显著增加了 47% 以上,显示了政府对高等教育扩招的决心。1998 的招生数为 108.4 万人,1999 年为 159.7 万人,2000 年为 220.6 万人,两年之内招生数目已经翻了一番。在 2004 年,招生数目达到 447.3 万人,提前超额完成原定于2005 年招生 400 万人的目标。在 2005 年学生招生数达到 504.5 万人,是扩招前的 5 倍左右。在总的在校学生数上,普通高等学校在 2006 年仅全日制(不包括成人教育和在职)本专科生已经达到 1 738 万人,加上全日制的硕士博士研究生达到 1 959 万人。到目前为止,中国大学在校学生规模已经稳居世界第一。

　　高校扩招雷厉风行,顺利超预期实现目标。一方面我们需要研究为何这项政策可以贯彻得如此顺利,推动高等教育扩招的各种力量在这一过程中都发挥了什么样的作用? 另一方面尽管高等教育在数量上快速增长,并不意味着在其他方面,尤为重要的是经费方面,也得到同比例的增长。我们需要审查的是,各个部门出于什么样的目的迅速推进高教扩张,而他们又分别履行了什么样的责任,尤其是经费责任。

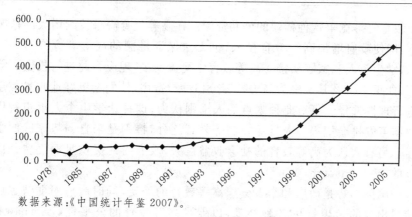

数据来源:《中国统计年鉴 2007》。

图 1　高等院校招生数:1978—2005 年(单位:万人)

作为公共物品的教育

　　教育在社会中的作用显然是非常重要的。尤其是进入工业社会以后,社会学家日益关注先赋因素和后天因素对个体的不同影响(Parsons,1940;Blau and Duncan,1967;Foner,1979)。先赋因素指的是像家庭背景、阶级出身等之类的与生俱来、不是自己努力能够达到的因素,后天因素则是通过后天努力可以达到的一些素质,比如教育等。社会学家认为:随着社会的不断进步,先赋因素对个体的影响逐渐减弱,而后天因素则日益重要。在这当中,教育越来越成为工业社会中个体改变命运的最重要的工具,同时对于社会整体而言,教育水平的提高则有利于生产力及社会整体发展水平的提高。教育在整体上作为一种公共物品,对于社会整体和个体都非常重要。

　　对于政府在公共物品提供中的责任方面,可以根据公共物品的特点分为三类:(1)公共物品的受益者超出了提供这种公共物品的政府的管辖范围;(2)提供公共物品的地方政府只能从中部分受益;(3)公共物品的好处完全在提供这种公共物品的政府的管辖范围内。教育显然是属于第二种情况,这种情况下,完全的集权和分权都不适合,不同层级的政府要分担不同的责任(Olson,1969)。以下以高等教育的经费承担方式为例进行探讨。

　　在传统观念中,政府被认为应该为高等教育提供全部经费,因为高等教育在这些国家被认为是政府提供的一种公共服务。然而,近期以来,高等教育的经费逐步演化为由学生、社会、国家等共同承担。相应的观点认为:学生、家庭和政府应该共同分担高等教育的费用(参见 Nyborg,2003)。理由有三,首先,政府用于提供公共服务的经费必定是有限的,高等教育要和其他重要的公共服务,比如医疗、基础建设,以及义务教育、高中教育等等竞争这种稀缺的公共资源。在高等教育需求持续增大的情况下,即使政府增加高等教育投入,也无法保证足额的高等教育经费。第二,学生个人和家庭从接受高等教育中受益良多,理应为此进行投资。第三,如果学生及其家庭为高等教育分担部分费用,他们会更好地收集信息进行理性选择。反对此种观点的人士则认为,这种让学生个人承担费用的制度安排会把很多人排斥在高等教育之外,特别是来自弱势家庭的学生。另有人认为高等教育的社会收益巨大,政府为此提供足额经费是应该的(Vossensteyn, 2004)。

　　国际趋势是政府和个人分担高等教育的经费,同时政府对弱势家庭背景出身的学生提供各种补助,以促进高等教育的公平性(Greenaway and Haynes, 2003)。对于政府而言,中央政府和地方政府因其位置不同而负有不同的责任。以美国为例,联邦政府并不在教育中负担很大比例的经费,总体上,联邦政府负担 8.5% 左右的教育经费,其中为小学和中学负担 6%,为高等教育负担 12.5% 左右(Hanushek, 1989:47)。联邦政府承担的教育经费的比例虽然不高,但作为中央政府承担着不可或缺的重要职能,主要有三项:第一,为特殊群体对教育的特别要求负担主要责任,比如教育和经济上的弱势家庭、残疾人等等,保证教育的公平;第二,联邦政府对研究、信息收集和传播承担主要责任;第三,联邦政府必须保证各地方政府能实现最低要求的教育发展水平,否则联邦政府必须更多地介入地方的教育发展工作(Hanushek, 1989)。联邦政府对高等教育的资助主要体现在为学生提供经济资助和优惠贷款项目。美国高等教育的主要经费来自于州政府,州政府的高等教育经费通常占到总体经费的 40% 以上。学生个人承担 15% 左右(The Sisyphean Task, 1997)。

　　具体到中国,有研究发现新自由主义倾向对中国教育发展的影响(Mok, 2006, 63—99; Mok and Lo, 2007)。现有的研究主要强调政府投入到教育的财政资源与世界一般水平相比较低。与此同时,政府鼓励社会团体和受教育者个体增大对教育经费的投入。我国从改革开放之后推行的"一部分地区、一部分人先富起来"的发展路线刺激了经济的发展,也导致或者加剧了地区之间的不均衡。地区不均衡首先表现在经济方面,但在高等教育方面也非常突出。由于地方经济差别巨大,以地方政府为主承担高等教育的经费,将会加剧地方高等教育发展不均衡。同时,如果按照美国联邦政府扮演的职能加以类推,我国中央政府的首要职能应该是推动高等教育受教育机会的公平性,尤其是在高等教育扩招的有利形势下,中央政府应该通过财政杠杆缩小地区的高等教育差异并保证个体受教育的公平。从下文的分析中,可以发现我国目前的教育经费政策未能很好地解决高等教育地区发展不均衡的问题。

笔者将具体分析高等教育扩招带来的教育经费不平等问题及中央政府和地方政府在高等教育财政拨款中扮演的不同角色。在本文中,笔者会首先介绍高等教育经费的具体政策及其潜在的负面影响。现有的分级拨款和专项补助制度让经费条件较好的重点大学更容易获取国家经费,而教育资源落后地区的、经费更显不足的地方大学则面临更加不利的境地。高校扩招让这一情况更加恶化,因为教育资源落后地区扩招的速度更快。然后具体分析高等院校在扩招之后弥补经费不足的途径。主要是两个方面:高等教育市场化和学杂费收入,地方政府的土地支持及银行贷款。通过数据分析,笔者发现:越是教育资源落后的地方,扩招的速度反而越显著,经费就更加困难。由于没有国家政策的优惠,这些地方性大学更加依赖学杂费收入,学杂费收入占学校总体经费的比例在一些地区达到55%。相反,发达地区和政策照顾地区的这一比例在15%到26%之间。与此同时,地方政府则把优惠转让土地作为支持高等教育扩招的手段,并鼓励银行给高等教育发展提供贷款。这些措施在短期内弥补了教育经费的部分不足,而长期来看则留下了问题。最重要的问题是在很大程度上限制了底层民众子弟接受高等教育的可能性。

中国教育经费的一般情况

从国际比较的角度看,我国的教育财政经费占国民生产总值的比例也是很低的。根据世界银行的统计,从 1975 年到 2002 年,绝大多数的国家教育开支占国内生产总值的比例都是高于 3% 的,中高收入以上的国家,绝大多数比例在 4% 以上,而高收入国家普遍在 5% 以上。即使是低收入国家,平均也基本上在 3% 以上。因此,教育界对我国过低的公共教育支出不满是有根据的。

表 1　各类国家的公共教育支出占国内生产总值的比例(%)

国家分类	1975	1980	1985	1990	1995	2000	2001	2002
高收入	5.59	5.45	5.1	4.49	5.15	5.25	5.42	5.73
中高收入	4.48	4.23	4.39	3.78	4.84	3.95	4.49	4.64
中低收入	3.49	3.23	3.2	4.04	4.29	4.3	3.53	3.53
低收入		3.11	2.76	3.22	3.52	3.17		

资料来源:World Development Indicator Database(此表引自岳昌君:2008)。

长期以来,中国教育界普遍感到经费不足。关心教育的人士对一个数字特别敏感,这个数字就是 4%。1993 年制定的《中国教育改革和发展纲要》中规定:到2000年,国家财政性教育经费支出占国民生产总值的比重要达到4%。同时还规定"要提高各级财政支出中教育经费所占的比例,'八五'期间逐步提高到全国平均水平不低于15%"(即全国平均而言,各级财政支出中教育经费所占的比例不低于15%)。同时在1995年颁布的《教育法》中也对教育经费作出了具体规定。该法规定了教育经费要保持三个增长:第一个增长是中央和地方政府财政预算内教育拨款的增长要高于同级财政经常性收入的增长;第二个增长是在校学生人均教育费用逐步增长;第三个增长是保证教师工资和学生人均公用经费逐年有所增长。《教育法》的规定比较模糊,三个增长只适用于教育经费较低的情况,当教育经费满足了教育发展的实际需要,仍要求持续增长实际上则失去了意义。在2006年3月国务院发布的《国民经济和社会发展第十一个五年规划纲要》提出:"保证财政性教育经费的增长幅度明显高于财政经常性收入的增长幅度,逐步使财政性教育经费占国内生产总值的比例达到4%。"然而在实际上,这个数字从来没有实现过。我们可以从图2中看出,从1992年到2005年,国家财政性教育经费尽管从每年不到1 000亿元增加到5 000多亿美元,增长了5倍之多,但与此同时,国民生产总值增长速度也相当快,所以财政性教育经费占国民生产总值的比例一直在3%以下,从未达到预定目标。而更重要的是,如果我们对教育经费构成进行历史分析,则可以看出一个明显的趋势是:财政性教育经费在整个教育经费的比例也越来越低(参见图3)。在1990年代初期,财政性教育经费在整个教育经费的比例维持在80%左右,从1997年之后,财政性教育经费比例持续快速降低,在2005年降到60%左右。与此同时,社会团体办学的经费以及学杂费收入持续快速增长,尤其是在1997年之后。学杂费占教育总体经费的比例从1992年6%左右增长到20%左右。学杂费的增长正意味着国家财政性经费的相对降低。

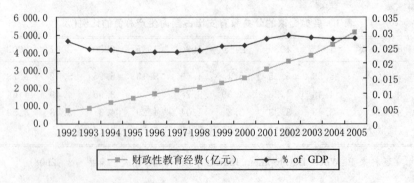

数据来源:《中国统计年鉴》(2007)。

图2　我国财政性教育经费增长趋势及其占 GDP 比例图

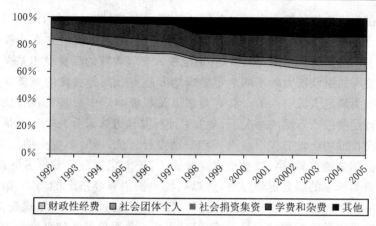

数据来源:《中国统计年鉴》(2007)。

图3　教育经费各种来源比例变化图

我国高等教育财政拨款模式

　　到目前为止,我国高等教育经历了三种财政拨款模式(易金生,2007)。第一是基数加发展拨款模式。就是按照学校规模和编制,确定拨款基数,每年再根据发展需要确定补充的经费。该种模式一直采用到1986年。这种模式适应于高校缓慢发展的时期,这一时期高校规模相对稳定,使用此种模式有其合理性。第二种是综合定额加专项补助模式。1986年颁发了《高等教育财务管理改革实施办法》,规定了该种模式。"综合定额"指的是经费总额根据有关"政府主管部门制定的不同层次、不同类型、不同地区学生平均生均经费的定额标准和高效在校生数来核定下达"。"专项补助"则是由财政部门和教育主管部门根据国家的政策导向和学校的特殊需要单独核定分配。与此同时,高等教育财政拨款也由中央统一计划拨款改为分级计划拨款。在中央统一计划拨款模式下,高等教育经费均由国家财政统一列支,财政部根据教育部和国家计委提供的教育事业发展计划,按照"定员定额"的核算方法分别给各部门各地区核定教育经费。在分级拨款模式下,则是根据学校的行政隶属关系,分别由中央和地方财政各自负担,实质就是中央财政只负责中央各部委所属的高校经费,而地方的高校经费需求则完全由地方财政供给。另一方面,专项补助在1990年代以后作用日益明显,尤其是在推进"211工程"、"985工程"、建设世界一流大学等项目下,少数大学享受了特别待遇。第三个模式是基本支出预算加项目支出预算模式。这次根据财政部在2002年的要求而采用的模式。但由于高校作为面向社会自主办学的独立法人,这一制度并未完全实施,目前仍以第二种财政模式为主(李永宁,2006)。

　　在分级拨款的综合定额加专项补助模式下,逻辑上会产生以下几种效果:第一是中央政府下放权力给地方政府,鼓励地方政府办高等教育,但由于经济发展水平差异巨大,各地能投入高等教育的经费也相差很大,地方政府的财政能力的不同必定影响地方政府办高等教育的积极性;地方政府为满足人民群众的受教育需求以及积极响应中央政策,在面临高等教育经费投入不足的情况下,会大力推行其他方式来弥补经费不足,比如为高校征用土地替代财政投入和鼓励银行贷款;同时学生交纳的学杂费将会越来越重要;第二,对地方高校而言,扩大招生意味着更多的以生均经费为标准的综合定额经费,所以高校对扩招有经济上的动力;第三,为争取专项经费,高校必定会大建新项目和跑项目;而在这方面优先得到照顾的肯定是资源相对充足、具有相对优势去争取项目的知名高校,地方高校在争取专项经费上处于弱势。如此一来,地方高校在财政上更处于不利的地位,将会更加依赖于国家财政经费之外的其他经费来源。

　　在分级拨款的财政制度下,中央财政拨款仅向中央部委所属的高校拨款,地方高校经费由地方政府负责。我们以2006年度为例,来看一下这种拨款模式的效果。首先,中央财政仅仅负责中央部门所属的高校,导致了中央拨款的地区不平等。中央拨款在全国31个省市自治区中,仅有20个省市自治区因为有中央部门所属的高校得到了中央政府拨款。以北京最为突出,该市获得的预算内事业性经费拨款总额是第2名上海2.5倍。而另外11个省自治区则完全没有中央所属的高校。第二,整体而言,由于地方高校占据了高等院校的绝大多数,所以地方财政对高等教育经费特别重要。地区经济和财政能力决定了高等教育的预算内经费因地区显示出巨大差异。从图4可以看出,在普通高校预算内生均经费和地方高校预算内生均经费两个指标上,西藏因为中央政府大力资助而居于首位,紧接着就是直辖市和东部发达省份,北京、上海和广东以明显优

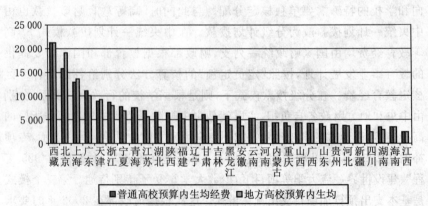

数据来源:《中国教育经费统计年鉴》(2007)。

图4　普通高校预算内生均经费和地方高校预算内生均经费地区差异图

势领先于其他省份。北京市的普通高校预算内生均经费是最低的江西省的 6.68 倍。仅仅考虑地方高校,北京市生均预算内经费更是江西省的 8.09 倍,差异更大。从图 4 亦可看出,除北京、上海、天津 3 个直辖市之外,在获得中央财政拨款的其他 17 个省(自治区),生均地方高校预算内经费都低于普通高校预算内生均经费。这说明中央财政拨款的力度要大于地方财政,从而可以拉高该地区普通高校的总体生均经费。没有获得中央财政经费的 11 个省自治区,除了西藏和青海,其余 9 个基本都位于生均预算内经费的最后面位置。

高等教育市场化和学杂费收入

与高等教育扩招相配合的是高等教育市场化趋势。从图 5 可以看出,尽管在绝对数上,国家财政性经费和预算内经费都在增长,但国家财政性经费在整个高等教育经费总额中的比例逐年下降,从 1996 年占总额的接近 80% 下滑到 2004 年不到 45%。而与此同时,学杂费增长显著,从 1996 年占总额的 15% 升到 2004 年的 31%。而各地在这方面还有着差异,一些地方可以得到较多的财政经费的资助,而有些学校不得不更依赖于学杂费维持办学,从表 2 可以看出这方面的巨大差异。西藏的学杂费收入所占比例最低,仅占到 13.4%。此外就是北京,占到 15.4%。超过 50% 的有 3 个省份,河北、海南、江西,这 3 个省份得到的预算内事业性经费拨款的比例也属于最低的几个省份(参见图 4)。最高和最低的相差达到 3 倍以上,地区差异相当明显。而预算内财政经费拨款的地区差异也非常明显,比例超过 50% 的有 4 个省市:青海、宁夏、吉林、北京。海南、江西、湖南的比例仅占 25% 左右,最高和最低相差 2 倍之多。

作为参考的是,在 1990 年美国公立大学的学杂费收入占总收入的 15.5%,私立大学占 39.6%。公立大学中联邦政府、州政府和地方政府投入占 55.7%,私立大学三级政府投入占 19.2%(王善迈,2000:138)。在 2006 年,就全国而言,学杂费收入已经占到总体教育经费的 32.55%,预算内事业性经费拨款占 41.54%。以受教育者作为消费者为自己的教育买单的角度来看,我国高等教育的市场化水平已经达到相当高度。根据以上资料,相对而言,中国的大学生的学杂费负担比美国公立大学的大学生还要重一倍,政府投入比例比美国公立大学少 14 个百分点(参见图 5 和表 2)。但学杂费的增长有一定的限度,昂贵的学费限制了低收入者的入学机会。在没有完备的奖学金助学金的体系下,高昂的学杂费有可能造成严重的机会不平等。同时,全日制本专科学生的数量增长非常快,在全日制学生的教育质量面临严重挑战的情况下,地方性的高等教育也不具备充分的条件去开展更多的以创收为主的培训项目。

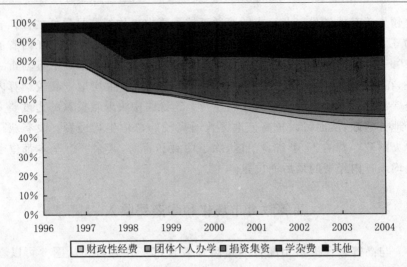

数据来源:《中国统计年鉴》(2007)。

图5　高等教育经费来源变化图

表2　2006年分地区高校经费来源差异

	预算内事业性经费占总体经费比例	学杂费占总体经费比例		预算内事业性经费占总体经费比例	学杂费占总体经费比例
江　西	0.250	0.557	四　川	0.345	0.337
河　北	0.355	0.536	云　南	0.454	0.334
海　南	0.281	0.513	甘　肃	0.497	0.328
河　南	0.409	0.435	广　东	0.402	0.326
广　西	0.405	0.420	新　疆	0.451	0.326
湖　南	0.246	0.419	吉　林	0.522	0.320
山　西	0.440	0.419	福　建	0.457	0.317
贵　州	0.417	0.413	宁　夏	0.546	0.268
山　东	0.378	0.407	青　海	0.679	0.266
湖　北	0.365	0.391	天　津	0.493	0.266
安　徽	0.411	0.388	上　海	0.495	0.261
黑龙江	0.336	0.378	江　苏	0.423	0.260
内蒙古	0.484	0.377	浙　江	0.342	0.255
重　庆	0.392	0.377	北　京	0.501	0.154
辽　宁	0.396	0.368	西　藏	0.380*	0.134
陕　西	0.443	0.337			

　　* 此数较低是由于西藏当年的基建拨款所占比例高达0.429。而其他省份的基建拨款比例均远低于0.1。

　　数据来源:《中国教育经费统计年鉴》(2007)。

　　而另一方面,尽管经费的绝对数量在增长,生均总体经费却并不看好。从图6可以看出:生均财政经费从2000年高校扩招之后,一直在下滑，从最初的生均 11 000 元左右降到 7 000 元上下。总体上，生均教育经费在 1999 年之前有大幅度的提高，但在扩招之后有所下滑，始终维持在 16 000 元左右。并且从图 6 亦可以看出，生均总体教育经费和生均财政经费之间的空隙越来越大，这些财政的缺口要么由受教育者个体承担，要么由学校想办法增加收入。在中央政府作出大学扩招的政策安排之后，财政上并没有为大学扩招全部买单，而是把扩招的大部分财政压力转嫁到受教育者个体、大学以及地方政府身上。

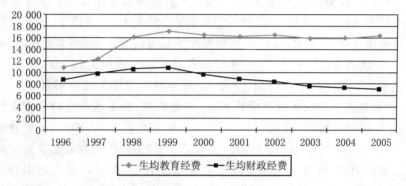

数据来源：《中国统计年鉴》(2007)。

图 6　生均教育经费和生均财政经费变化图

地方政府的应对之道

在分税制改革之后，地方政府的财政收入发生了相应的变化。其变化之一就是地方财政收入在分税制改革之后一直低于地方财政支出，地方财政尤其是县乡财政一直紧缺（周飞舟，2006）。同时地方政府的行为取向也发生变化，开始更为关注能为地方财政带来好处的经营活动。这中间最为重要的就是土地开发成为了地方政府的重中之重（周飞舟，2006，2007）。高校扩招需要地方的财政支持，尤其是对于缺乏中央支持的、教育资源较为缺乏的省份的高校。但地方财政捉襟见肘，并无可能提供所需的全部经费。在这种情况下，地方政府为大学提供土地成了通行的做法。再配合银行的贷款，高校扩招在硬件上得到一定程度的配合。

在地方政府为大学提供土地方面，大学城因为其规模大、口号响而广为人知。而实际上，并非仅仅是大学城在为大学圈地，同时进行的还有不计其数的单个的大学也在纷纷征地扩张，这种行为当然得到了地方政府的强力支持。这方面的统计数字不易获得，如果能统计出大学城加上各个大学自行扩张的总数目，必定相当巨大。第一个大学城开建于河北廊

坊的东方大学城,此后总数达 50 多个的大学城在各地纷纷上马(刘春侠,
2007;边济,2008)。据有关学者的不完全统计,仅这些大学城,总规划用
地就达到 110 万亩左右,居住人口约 379 万人,总投资额约为 2 023.3 亿
元(陶建宏,2008)。大学城建设是与两个进程基本上是同步的:大学扩招
和城市化开发。大学城建设一方面代表了地方政府对大学扩招的支持,
另一方面也顺应了地方城市化开发的需求。下面以河南省和郑州市为例
进行较为详细的介绍。

　　河南省仅有一所"211 工程"大学,其余皆为地方性大学。在高校扩
招的政策支持下,河南省高校的扩招速度非常之大(参见图 7,以下数据
来源与图 7 相同)。在 1998 年扩招初始年该省高校学生为 14.6 万,北京
同年为 21 万左右。到了 2005 年河南省高校学生规模达到 85.2 万人,7
年间增加了 70 万,年均增加 10 万人,而全国年均增长的也不过 50—60
万,河南省占了全国扩招规模的 1/6。与此同时,高等教育重镇北京市在
2005 年仅增加到 53.67 万,增长了约 1.5 倍。在 2005 年河南的高校数目
为 83 所,仅有一所"211 工程"高校;北京为 79 所,多数为重点扶持的高
校。如此对比,可以想见河南高校扩招速度之快,以及其运营的困难程
度。我们可以看一下该省高等教育最为集中的省会城市郑州市的整体教
育经费情况。该市在 2005 年获得财政性教育经费 339 501 万元(预算内
为 335 748 万元),占教育经费总支出约为 47%,学杂费收入 337 130 万
元,也大致占到教育经费总支出的 47%,并且大于预算内的教育经费。
另有不到 6%的经费来自于团体和公民个人办学和捐资集资办学等。该
市在 2005 年普通高等学校在校学生为 392 930 人,占河南省高校学生数
的 46%,当年招生数为 131 371 人。尽管没有获得郑州市高校的经费来
源数据,但我们可以分析出,郑州市高校经费来源更依赖学杂费,学杂费
在整体教育经费的比例肯定要高于 47%(河南省高校 2006 年的学杂费

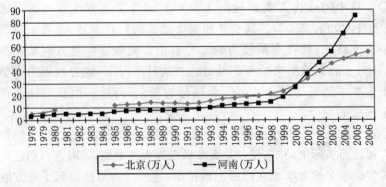

数据来源:《河南省统计年鉴》(2005),《北京市统计年鉴》(2007)。

图 7　北京市和河南省高等教育扩招趋势图

收入占总收入 43.5%，参见表 2）。这是因为义务教育和高中阶段的学杂费收入肯定相对较低，尤其是义务教育更主要依靠财政性经费。学杂费能占到 47% 的庞大比例，高校的学杂费贡献应是最大。

由以上的分析可以看出，第一，郑州市的高校非常依赖学杂费维持生计，扩招更显得至关重要。多招一个学生意味着双重收入：按人头计算的定额财政经费和学生自己必须交纳的学杂费。第二，地方政府并没有从财政上支持高校扩招。财政经费和学杂费数额相当，反映了财政经费的严重短缺以及整体教育经费的严重匮乏。但地方政府并非什么都没有做，郑州市从土地上对高校进行了大力支持，这也与地方政府迫不及待的征地愿望和土地开发需求一拍即合。

到目前为止，郑州已经建成 4 个大学城。在 2001 年 3 月初，郑州市规划部门规划了北部园区和西部园区两块大学城。西区以郑州大学和解放军信息工程大学为中心，其中郑州大学占地 4 200 亩，投资 19 亿元，设计规划本专科生 4 万人，研究生 2 500 人，解放军信息工程大学 3 700 亩。整体上大学城占地 1 242 公顷。郑州北边的桥南新区，也形成了一个面积达 2 150 亩的大学城，以中州大学、郑州师专、郑州铁路警察学校、河南省艺术学校等为主。在 2002 年，日本的一个设计师为郑州设计出一个所谓的郑东新区 CBD 方案，郑州市政府为吸引人气，把方案化为现实，在投资项目乏人问津的情况下，开始采取优惠政策吸引高校进入郑东新区。河南中医学院、郑州航空学院、河南教育学院、河南检察官学院等规划进驻，占地达到 1 万多亩，高校成了新区建设开发的主力军。在郑州南部属于新郑市龙湖镇政府的双湖经济工业园区，数个高校因为此地低价便宜交通方便也早已入住，成为郑州市南部的大学城（徐培鸿，2004）。最终，因为郑东新区的大学城，郑州市政府和河南省政府在 2006 年 9 月份被国务院通报批评。根据报道，从 2003 年到 2006 年，郑州市政府及有关部门违反土地利用总体规划和城市总体规划、违法批准征收集体土地 14 877 亩，用于龙子湖高校园区及郑东新区大学城建设（新华社，2006 年 9 月 27 日）。但大学城建设并没有因此停下来，截止到 2009 年 5 月份，郑东新区的大学城实际完成投资 20.94 亿元。开工建筑物 131 幢，总建筑面积 108 万平方米。已竣工投入使用建筑物 119 幢、总建筑面积 85.2 万平方米，入住师生累计达 6 万人[1]。

4 个大学城得以诞生，并不能说完全是浪费，蜂拥而至的高校学子确实需要地方容纳。地方财政虽然无力提供更多经费，但可以供应土地。高校扩招为郑州市的城市化建设作出了不可估量的贡献。同时也给市

---

[1]　参见：http://city.cctv.com/html/chengshijingji/c739fe58657eb838f1859cbf9a1ccde1.html，2010 年 1 月 26 日访问。

政府带来了巨额的财政收入：从农民手中征地花费甚少，而拍卖城市中心区的大学旧址获利丰厚。搬迁到南部大学城的河南机电学校的旧址在 2009 年 12 月 17 日被市政府拍卖出 4.7 亿元的价格，成为郑州市的新地王[1]。

用学杂费来建设大学城显然是杯水车薪，地方政府没有能力既提供土地又提供配套资金，银行在地方政府的鼓励支持下提供贷款是郑州市 4 个大学城发展的根本保证。当然也不排除一部分大学城只是打着大学城的幌子，实际上是进行商业开发套取更大利润（参见陈善，2005；高山、王静梅，2007）。

大学城土地由地方政府从农民手中廉价征收得来，开发的资金则主要由银行提供。中国社科院在 2005 年发布的《2006 年：中国社会形势分析与预测》揭露我国大学从银行的贷款保守估计为 1 500—2 000 亿元人民币。而根据厦门大学邬大光教授的调查统计，我国高校向银行贷款在 2 000 亿元左右，再加上工程未付款和校内集资款，可能会有 2 500 亿元左右（邬大光，2007）。

笔者没有关于郑州市高等教育的贷款数字，但我们可以以情况较为类似的甘肃省为例。"十五"期间，甘肃普通高校从"九五"的 18 所发展到 33 所，从 1950 年到 1997 年 47 年间，甘肃累计招收各类大学生 26.68 万人，而从 1996 年到 2002 年 6 年间，甘肃就招收了 30.34 万大学生。到 2005 年，甘肃在校大学生 22.95 万人，比 1998 年多出 17.54 万人，年均增长 22.96%。而甘肃高校的生均财政事业费从 1998 年的 5 031 元下降到 2005 年的 3 384 元。在财政拨款既定的情况下，学杂费也早已达到承受的极限，向银行借贷成了最有可能的选择。从 1999 年到 2004 年，甘肃普通高校共投入 60.75 亿元用于改善办学条件，中央和省财政投入仅占 11.24%，学校贷款比例达到 61%（狄多华，2007）。可以看出，甘肃的高校主要就是依靠银行贷款在办学，靠贷款来应付扩招带来的办学条件的压力。很多中西部省份面临与甘肃一样的境遇，尤其是从 20 世纪 90 年代后期以来，高等教育投资在"211 工程"、"985 工程"等名目下，越来越偏向少数位于大城市中的重点大学，中西部很多地区的高校得不到相应的扶持，同时这些地区又因区域内高校旧有规模有限而面临巨大的扩招压力，通常中西部的普通大学比重点大学扩招的比例幅度更大（邬大光，2007）。因此就导致这些地方性的大学更加依赖地方财政和银行贷款。这两者之间，地方财政更是靠不住，银行贷款几乎成了唯一可能的途径。

---

[1] 参见：http://big5. china. com. cn/gate/big5/house. china. com. cn/henan/view/114218. htm，2010 年 1 月 26 日访问。

讨 论 与 结 论

　　通过这两种方式，即受教育者为个人的教育买单，和地方政府的土地供应及银行贷款，高校扩招得以实现，高校学生规模以世界一流的速度攀升。在这个过程中，中央政府承担了一部分负担，但大量的扩招负担转嫁给了个人和地方政府。至于建设资金，相当大程度上转嫁到银行头上，高校要么以信用贷款要么以收费抵押贷款，完成这种不可能完成的任务。

　　对于高校来说，巨额贷款的后果之一就是高校无力还债，而这是显而易见的。一般高校除了财政经费和学杂费，并无雄厚的资本去赢利。这些财政经费和学杂费对于维持扩招之后的学校发展已经是捉襟见肘。在2007年3月，规模巨大的吉林大学自爆债务危机。行将无米下炊的财务处在该校校园网上征求建议来缓解财务压力。财务处自称从2005年起，每年支付的利息就多达1.5亿到1.7亿元。总债务高达30亿元。有些地区不得不另辟蹊径解决这些债务问题，一个办法就是卖地，比如在南京和浙江等地，通过置买位于城市中心地区的老校区来获得资金解决债务问题。而这一种方式很有争议，国土资源部则明确表示禁止高校卖地（陈文雅、李平，2007）。因此高校财务压力仍然是一个问题，最终由谁买单尚不可知。银行在这一过程中以信用担保或者收费权抵押贷款，则是相信高校不会破产，在地方政府的支持下，还款有保证。

　　在高校扩招这一过程中，偏向特定地区的配额制招生模式、中央所属大学和地方性大学的财政分割制度、大学地区分布的不均衡等等，都加剧了高等教育的地区不平等。而中央政府的一个重要职能就是要缩小高等教育的不平等，保证在不同地区的学生有比较公平的受教育机会。在当前高等教育在以赶美超英进行世界一流大学建设的政策导向下，中央的教育财政更多地向效率倾斜。同为公立大学，中央财政仅仅重点扶持位于少数地区的少数大学，而忽视规模更广泛的地方性大学。从财政需求上考虑，这些地方性的大学更需要财政的支持。这严重弱化了中央政府保证教育公平的重要使命，使教育不平等从制度上得到进一步强化。

参 考 文 献

北京市统计局、国家统计局北京调查总队编，《北京市统计年鉴2007》，北京：中国统计出版社，电子版网址：http://www.bjstats.gov.cn/tjnj/2007-tjnj/。

陈善，2005，《我国农村土地征收征用过程中存在的问题及对策——大学城圈地运动所引发的思考》，载《甘肃农业》2005年第12期。

陈文雅，李平，2007，《土资源部介入高校卖地还债事件》，载《经济观察报》2007年11月5日。

邓科，2002，《高校扩招陷入尴尬境地》，载《南方周末》2002 年 7 月 18 日。

狄多华，2007，《扩招带来巨额债务　甘肃高校凸显"破产"隐患》，载《中国青年报》，
　　2007 年 1 月 27 日。

高山、王静梅，2007，《大学城可持续发展的隐忧》，载《中国国情国力》2007 年第 1 期。

宫靖，2005，《江苏高校债务沉重　副省长挂帅推动校区卖地还债》，载《新京报》2005
　　年 8 月 24 日。

河南省统计局编，2005，《河南统计年鉴 2005》，北京：中国统计出版社，电子版网址：
　　www. ha. stats. gov. cn/。

李永宁，《高等教育财政政策的现状与建议》，载《财会研究》2006 年第 11 期。

刘玉森，范黎光，于连坤，于卫东，2002，《"因学返贫"的现状、原因及对策》，载《经济论
　　坛》2002 年第 14 期。

教育部财务司、国家统计局社会和科技统计司编，2007，《中国教育经费统计年鉴
　　2007》，北京：中国统计出版社。

王善迈，2000，《教育经济学简明教程》，北京：高等教育出版社。

邬大光，2007，《高校贷款的理性思考和解决方略》，载《教育研究》2007 年第 4 期。

新华社，2006，《温家宝主持召开国务院常务会议，严肃处理郑州市违法批准征收占用
　　土地、建设龙子湖高校园区问题》，2006 年 6 月 27 日。

徐培鸿，2004，《郑州何以撑起四座"大学城"》，载《大陆桥视野》2004 年第 3 期。

杨在军，2009，《脆弱性贫困、沉没成本、投资与受益主体分析——农民家庭"因学致
　　贫"现象的理论阐释及对策》，载《调研世界》2009 年第 6 期。

易金生，2007，《中美高等教育财政拨款模式的比较分析》，载《前沿》2007 年第 5 期。

岳昌君，2008，《我国公共教育经费的供给与需求预测》，载《北京大学教育评论》2008
　　年第 2 期。

中华人民共和国国家统计局编，《中国统计年鉴》1996—2007，中国统计出版社出版，
　　电子版网址：http://www. stats. gov. cn/tjsj/ndsj/。

周飞舟，2006，《分税制十年——制度及其影响》，载《中国社会科学》2006 年第 6 期。

周飞舟，2007，《生财有道：土地开发中的政府和农民》，载《社会学研究》2007 年第
　　1 期。

Blau, Peter M., and Otis Dudley Duncan, 1967, *The American Occupational Structure*. New York: Wiley, 1967.

Foner, A, 1979, "Ascribed and Achieved Bases of Stratification", *Annual Review of Sociology*, 1979, Vol. 5, pp. 219—242.

Greenaway, David, and Michelle Haynes, 2003, "Funding Higher Education in the UK: The Role of Fees and Loans", *The Economic Journal*, 2003, Vol. I13, No. 485, pp. F150—F166.

Hanushek, Eric A, 1989, "Expenditures, Efficiency, and Equity in Education: The Federal Government's Role", *The American Economic Review*, 1989, Vol. 79, No. 2, pp. 46—51.

Mok, Ka Ho, 2006, Education Reform and Education Policy in East Asia, London and New York, Routledge Taylor & Francis Group, 2006.

Mok，Ka Ho，Yat Wai Lo，2007，"The Impacts of Neo-Liberalism on China's Higher Education"，*Journal of Critical Education Policy Studies*，2007，Vol. 5，No. 1.

Nyborg，Per.，2003，"Higher Education as a public good and a public responsibility"，*Higher Education in Europe*，2003，Vol. 28，No. 3，pp. 355—359.

Olson，Mancur Jr.，1969，"The Principle of 'Fiscal Equivalence'：The Division of Responsibilities among Different Levels of Government"，*The American Economic Review*，1969，Vol. 59，No. 2，pp. 479—487.

Parsons，Talcott，1940，"An Analytical Approach to the Theory of Social Stratification"，*The American Journal of Sociology*，1940，Vol. 45，No. 6，pp. 841—862.

The Sisyphean Task，1989，"State Funding for Higher Education"，*Journal of Higher Education*，1989，Vol. 68，No. 2，pp. 160—190.

Vossensteyn，Hans.，2004，"Fiscal Stress：Worldwide Trends In Higher Education Finance"，*NASFAA Journal of Student Financial Aid*，2004，Vol. 34，No. 1，pp. 39—55.

社会行政在社会保障制度发展中的作用：
全民医保的"东莞模式"研究

朱亚鹏　岳经纶　肖棣文[*]

【摘要】　本文以东莞市社会基本医疗保险制度改革为例,集中讨论了社会行政对社会保障制度的影响和作用。本文共分为三大部分:第一部分梳理了东莞市社会基本医疗保险政策的发展历史;第二部分概括了东莞社会基本医疗保险模式的特征;第三部分分析了影响东莞医改模式形成的因素。本文的结论是:虽然较为丰厚的财政资源是东莞医保模式得以形成的前提,但是高效的社会保障行政体制才是东莞医保模式形成的关键因素。相对集中的行政权力、稳定而又位阶较高的行政机构、精干的行政队伍为东莞医改模式的形成提供了组织动力和制度保障。

【关键词】　社会行政　社会保障　医疗保险政策　城乡一体化东莞

The Role of Social Administration in the Development of Social Security System：
A Study of the Universal Health Insurance System in Dongguan City

Yapeng Zhu，Kinglun Ngok，Diwen Xiao

Abstract　Taking the social healthcare insurance system reform in Dongguan as an example，this article focuses on the role of social administration in promoting the reform of social security system in China. It is consists of three main sections. Section One reviews the historical development of social health insurance policies in Dongguan city. Section Two summarizes the features of the health insurance model of Dongguan. Section Three analyses the factors which influence the formation

*　朱亚鹏,中山大学行政管理研究中心研究员,政治与公共事务管理学院副教授;岳经纶,中山大学政治与公共事务管理学院/行政管理研究中心教授,社会保障与社会政策研究所所长;肖棣文,中山大学政治与公共事务管理学院硕士研究生。本研究得到了"东莞市基本医疗保险一体化课题"的资助。

of the universal health insurance model of Dongguan. The main argument of this article is that while the abundant financial resource is the precondition of the formation of the Dongguan Model of universal healthcare insurance system, a highly efficient social security administration system is the key to the formation of the Dongguan Model. The relatively centralized administrative power, the stable and higher order of the administrative department and an outstanding team of administrative staff offer an organizational dynamics and institutional guarantee for the formation of Dongguan model.

Key words   Social Administration, Social Security, Health Insurance Policy, Urban-rural Integration, Dongguan

近年来，随着科学发展观的落实和政府对民生事业的重视，社会保障、社会政策、社会福利等问题日益受到学界的关注，成为社会科学研究的显学。尽管社会保障或社会政策的研究文献层出不穷，但是，社会行政，或者说社会保障行政却没有得到足够的关注。社会行政是落实社会政策的一整套组织和行政安排。世界经验表明，不同国家的社会行政受其政体、福利国家发展，以及社会福利方案的变迁的影响，差异很大（林万亿，2006）。经验研究表明，社会保障行政对社会保障政策和制度的成功有着重要的影响（Baldock，2007）。本文以东莞社会基本医疗保险改革为例，讨论社会行政对社会保障制度发展的影响。

在医疗保险体制改革的先行城市中，东莞市率先走出了一条极具特色的道路。经过持续的政策试验，从 2008 年 7 月 1 日起，东莞市开始实行新型医保政策，按照统一制度、统一标准、统一基金调剂使用的原则将全市职工、按月领取养老金或失业金人员、全市灵活就业人员及城乡居民纳入统一的医保体系（东府〔2008〕51 号）。由此，东莞实现了企业职工医疗保险和居民医疗保险体制全面并轨，形成全市统一的医保社会统筹基金，建立了真正意义上的全市城乡统一的医疗保险体系（叶春玲，2009）。东莞成为全国首个建立城乡一体化医疗保险体系的城市。

与其他城市相比，东莞医保政策体现出明显的统一性和鲜明的公平性，形成了独特的东莞医保模式。首先，东莞不但打破了城镇职工和农（居）民的身份差异，而且在职工医疗保险制度设计之初就摒弃了本地人和外来工的区分，破除身份界限建立起统一的医保制度，在医保一体化的道路上走得更远。其次，就医保缴费和待遇而言，社保部门先后 9 次调整医保支付待遇，逐步统一了各参保群体之间的医保待遇，同时东莞各级政府在公共财政上对低保户、五保对象、重度残疾人和老年人给予特别倾斜,充分体现了普惠性和公平性。全民医保的"东莞模式"堪称我国医保改革中成功的典范。

本文认为,虽然较丰厚的财政资源是东莞医保模式得以产生的前提和保证,但是高效的社会保障行政体制才是东莞医保模式形成的关键因素。稳定而又位阶较高的行政机构、相对集中的行政权力、精干的行政队伍为全民医保的东莞模式的形成提供了组织保证。

东莞医保政策的创新过程:循序渐进,不断突破

在医疗保险体制改革的先行城市中,东莞率先走出了一条极具特色的道路。经过持续的政策创新,从 2008 年 7 月 1 日起,东莞市按照统一制度、统一标准、统一基金调剂使用的原则将全市职工、按月领取养老金或失业金人员、全市灵活就业人员及城乡居民纳入统一的医保体系(东府[2008]51 号),实现了企业职工医疗保险和居民医疗保险体制全面并轨,形成全市统一的医保社会统筹基金,建立了真正意义上的全市城乡统一的医疗保险体系(东莞市社会保障局,2008)。东莞成为全国首个建立城乡一体化医疗保险体系的城市。

1992—1998 年:医保政策探索调整阶段

早在 20 世纪 80 年代中期,东莞市就率先启动了在社会保险政策方面的探索,在医保体制改革方面的探索则始于 20 世纪 90 年代。1992 年3 月,东莞在没有被确定为广东省社保改革试点城市的背景下,主动开启医保改革之路。东莞市决定在全民、市属集体和部分外商投资企业中试行《东莞市职工医疗保险试行办法》,采用"部分个人专户,部分社会基金"的形式,实施社会统筹医疗保险模式。政策规定在职职工按工资总额的4.5%缴纳医疗保险费,其中个人缴纳 1.5%。同年 6 月,参加社会医疗保险的单位数 719 个,参保人数达到 8.22 万。此外,社会保险政策的主要执行者也在不断地对自身进行调整。一方面,1993 年东莞市社会劳动保险公司重组,成立东莞市社会劳动保险事业局,并在各镇下设社会保险所。另一方面,将工伤与医疗保险科分离,成立医疗保险科。通过强化社保部门的地位,明晰机构分工的形式为医疗保险政策的探索、创新提供制度基础。

然而,"社会统筹"医保模式的运行状况并不尽如人意。1993 年开始出现入不敷出现象。截至 1994 年底,超支医保资金已占到医保缴费总额的 38%,医保政策运行出现第一次危机。对此,东莞市一方面参照中央政府提出建立"统账结合"医疗保险政策模式的政策要求;另一方面,政策

制定者也在分析"统账结合"模式优缺点、总结地方经验的基础上,根据本地实际对医疗保险政策的发展方向再次进行了探索。

首先,东莞社保部门于 1994 年对先前执行的医保政策进行了调整,实行了医疗保险大病统筹模式。新政策规定,以大病住院医疗费用报销为主、兼顾特批门诊;取消普通医疗门诊报销;降低职工医疗保险基金征收比例,提高单位的参保积极性。其次,强力推动医保政策实施配套政策的制定和执行。从 1995 年起,在社保医疗定点机构中引入民营医疗机构,提高医疗服务供给市场的竞争力;加强对定点医院的监管,颁布《东莞市社会医疗保险大病病种目录》、《东莞市社会医疗保险自费药目录》等条例,避免医疗资源过度使用;建立社会保险参保单位年度检查制度,并稳步推动医疗保险的扩面工作。再次,规范医疗保险业务操作,提高医保政策的执行效率。1995 年,社保局引入计算机系统、1998 年,建立社保综合管理系统,并尝试与医院信息系统联网提高经办效率。此外,社保部门还适时提高医保待遇标准及公众的参保积极性。

1999—2003 年:医保政策框架基本形成阶段

随着东莞经济起飞,大量外来劳工不断涌入(参见图 1)。外来劳动力数量大、流动性强,使得开展基本医疗保险和全面建立个人账户存在困难。若要继续扩大医疗保险的覆盖面又不降低现有参保人员的医疗待遇,则必须进行创新,建立适合东莞实际的医保政策体系。

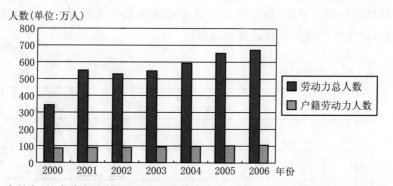

资料来源:东莞市社保局,2008,《东莞市社会保险志》,根据各年数据汇总而得。

图1　东莞市劳动力状况(2000—2006 年)

与此同时,东莞也积极回应新一轮全国范围的医疗保险体制改革,于 1999 年成立"城镇职工基本医疗保险制度改革领导小组"。在总结上一阶段医疗保险政策学习、探索的经验基础上,东莞形成了较明确的医保政策发展思路。同年,东莞市颁布《东莞市城镇职工基本医疗保险制度暂行规定》等一系列医改新政策，逐步形成了较为完善的医保政策框架。在 2000 年 4 月颁布的《〈东莞市城镇职工基本医疗保险制度暂行规定〉实施细则》中明确提出要在东莞医保政策中实行"综合基本医疗保险"加"住院基本医疗保险"的模式。在市属单位中实行社会统筹与个人账户相结合的方法，解决单位参保人员的基本医疗问题；在其他企业中实行住院费用社会统筹，不设个人账户。东莞市政府还规定，市属单位职工必须参加"职工补充医疗保险"、"子女住院基本医疗保险"。至此，包括基本医疗保险、补充医疗保险、公务员医疗补助、企业离休干部医疗保障和子女住院医疗保险在内的多层次医疗保险体系正式建立。

在此基础上，东莞市还进一步完善了医疗保险政策的执行机构与环境。一方面东莞市政府在机构改革过程中设立"社会保障局"，并在其下设社保基金管理中心，进一步整合各镇区社保经办资源组建社保分局。社保工作得到前所未有的重视。另一方面，社保局很好地完成了建立社保基金收支两条线、实现社保待遇社会化发放、组织社保工作人员业务培训等多项工作，为保证医保政策执行的稳定性打下了坚实的基础。医保覆盖面继续扩大、医保待遇支付水平稳步提高，至此，稳定的东莞医疗保险政策的基本框架已经搭建成形。

这一阶段的政策变迁在东莞医保政策的发展过程中显得尤为重要。日渐成型的医疗保险政策体体系不但满足了参保城镇职工的医疗需求而且扩大了医保的覆盖面；既保证了医保政策执行的效率，也兼顾了不同职工群体参保的公平性（参见图 2）。这套政策体系具有极强的稳定性和适应性，成为走向统一医保政策的基础。

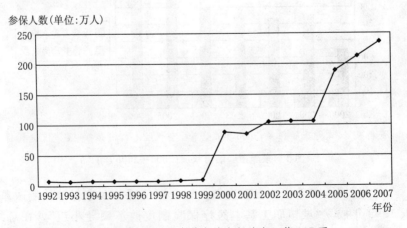

资料来源：东莞市社保局，2008，《东莞市社会保险志》，第 137 页。

图 2　东莞市 1992—2007 年职工基本医疗保险参保状况

2004—2008 年：突破城乡壁垒、实现医保全覆盖阶段[1]

在初步建立职工医疗保险体系后，东莞市将改革的目光投向了城市和农村居民。在新政策实施以前，由于农村合作医疗存在模式不一、参保人数较少，还存在保障水平不高以及抗风险能力差等诸多问题。为改变这种局面，早在 2003 年，东莞市就成立了农（居）民基本医疗保险协调小组，并将办公室设在社保局，力图进一步深化社保体制改革。同年 9 月，社保局承接了原来由卫生局负责的农村合作医疗工作。2004 年 2 月，东莞市召开了实施农医保的总动员大会，宣布要将农村合作医疗转变为农（居）民医疗保险制度。社保局再次成为主要的政策执行者。

农（居）民基本医疗保险制度参照职工基本医疗保险政策制定，实行全市统筹，其行政职能及基金管理由社保局及其经办机构负责。农（居）民保险坚持"低水平、广覆盖、保大病"的原则，并以 A、B 两个档次覆盖了所有村（居）委会。在此之后，东莞市一方面提高医保报销水平，另一方面增加对农（居）民的参保补贴，使所有居民以 B 档参保，完成对城乡居民基本医疗保险最终构建。这是一次突破城乡户籍界线的大胆尝试，参保人不再因户籍差异而产生保险待遇上的差别，较好地解决了医保政策中的公平问题。

在政府大力宣传和市镇两级财政补贴的支持下，城乡居民基本医疗保险政策推行也较为顺利。在 2005 年 7 月参保人数已达到应参保人数的94.54％，2007 年的参保率更高达 98.8％。2005 年，政府又发文将全市2.8万名低保对象纳入农医保 B 档保障范围。这一系列措施进一步扩大了医疗保障体系的覆盖面，从制度设计上保证所有人群都能被纳入医保体系。

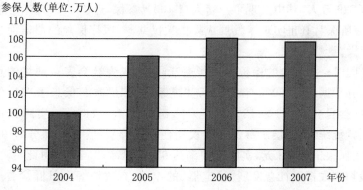

资料来源：东莞市社保局，2008，《东莞市社会保险志》，根据东莞市各镇街社保统计数据汇总整理而得。（注：桥头镇资料缺失）

图 3 东莞市农（居）民医疗保险参保情况（2004—2007 年）

---

[1] 详情请参阅："东莞实现医保覆盖"，《南方日报》，2007 年 8 月 16 日。

2008 年至今:走向统一基本医疗制度及其完善阶段

2008 年 7 月 1 日,东莞市颁布了新的医疗保险政策。新政策将职工基本医疗保险政策和城乡居民医疗保险进行整合,按照统一制度、统一标准、统一基金调剂使用的原则将全市职工、按月领取养老金或失业金人员、本市灵活就业人员及城乡居民纳入统一的医保体系(东府[2008]51号),全市统一的基本医疗保险制度由此形成。为保证新医保政策顺利实施,政府相继颁布《关于东莞市社会基本医疗保险用药、诊疗项目及服务设施有关问题的通知》等配套性文件,强化政策的可操作性和执行的稳定性。

东莞在完成统一基本医疗保险制度框架,构建迈出推动公共服务均等化进程坚实的一步的同时,并没有停止政策试验的脚步。他们不断完善统一基本医疗保险制度体系,提高政策质量。一方面,东莞市于 2008年 9 月开始实行社区医疗保险制度、建立社区门诊机构。全市规划设置34 个社区卫生服务中心和 342 个社区卫生服务站,当年即有 80% 以上投入运行。东莞市力图借此逐步形成较完善的家庭医生制度和逐级转诊制度,规范就医秩序,提高医保基金的使用效率。另一方面,从 2009 年 9 月1 日起,基本医疗保险还将十万名大中专在校学生纳入保障范围,进一步扩大覆盖面、消除各社会群体之间的差距。近年来,东莞医保参保人数每年净增 7.5% 以上。受实施医保城乡统筹运行的推动,2008 年全市社会基本医疗保险的参保人数已达 511.86 万人,新增参保人数 180 多万人次,较上年底增加 54.3%。参加医保的外来劳务工达 381.8 万人,占医保参保总人数的 71.4%。截至 2009 年 9 月底,基本医疗保险的参保人数已达 529 万人,其中实现了户籍人口 100% 参保,近 70% 的外来常住人口"病有所医",真正实现了发展成果由人民共享,医疗保险的覆盖面被进一步扩大。

同时医疗保险的保护性功能逐渐凸显,成为社会安全网络的重要组成部分。据统计,2008 年度,东莞"统账结合"层次参保患者次均住院医疗费(含自费部分)为 12 820 元/年,医保报销 9 860 元,实际报销率达77%;"统统结合"层次参保患者次均住院医疗费(含自费部分)7 941 元/年,医保报销 4 818 元,实际报销率达 61%(梁冰,2009)。由此可见,医保政策切实发挥了社会发展"稳定器"的作用,有效地解决了群众看病难看病贵的问题。更重要的是,新的基本医疗保险政策打破了城乡二元分割、整合了医疗资源、统一了医保待遇、扩大了医保覆盖范围,有利于促进社会公平,保证东莞社会经济和谐发展。统一基本医疗政策成型并获得良好的执行效果,不但对东莞社会经济发展产生了积极的推动作用,也标志着东莞医保模式的确立。

表1　2000—2008 年度住院医疗费医疗保险报销比例统计

参保方式	年　　　度	基本医疗统筹基金报销比例	社保基金实际报销比例
职工基本医疗保险	2000.5—2000.12	49.3%	51.6%
	2001.1—2001.12	53.0%	58.3%
	2002.1—2002.12	55.0%	62.2%
	2003.1—2003.12	59.9%	65.1%
	2004.1—2004.12	63.4%	69.3%
农(居)民基本医疗保险	2005.1—2005.12	63.6%	69.1%
	2006.1—2006.12	64.7%	69.1%
	2007.1—2007.12	65.8%	70.1%
	2008.1—2008.6	68.2%	72.0%
	2004.7—2005.6	41.0%	41.0%
	2005.7—2006.6	42.2%	42.2%
	2006.7—2007.6	43.2%	43.2%
社会基本医疗保险	2007.7—2008.6	49.8%	49.8%
	2008.7	65.9%	67.7%

　　注：社保基金实际报销比例指基本医疗保险、补充医疗保险和公务员医疗补助报销后的实际医疗费报销比例，基本医疗统筹基金报销比例仅指基本医疗保险的报销部分，不含补充医疗保险和公务员医疗补助。

全民医保的东莞模式：渐进统一、普惠公平

　　东莞市从零起步，经过近 20 年的不断探索和创新，逐渐建立起完善的"人人享有"的统一基本医疗保险体系，成为东莞市改革开放乐章中最动听的音符之一。到目前为止，东莞市已经完成了对城镇职工医疗保险和农(居)民医疗保险的最终并轨，形成了统一基本医疗保险制度，用"一个制度覆盖了所有人群"(张亚林、叶春玲，2009)。参保人在医保体系之下，遵循统一的缴费标准、使用同一个医保基金、享受相同的医保待遇(参见图2)。统一基本医保制度通较高的保险覆盖率和医疗费用报销率极大地缓解了参保人的医疗负担，为东莞织起了一张绵密而有效的"社会安全网"。

　　在东莞医保改革的进程中，社保部门一直将"扩大医保体系的覆盖面、确保参保人的基本医疗需求"作为改革的重要目标。一方面，各级政府通过增加社会保障性支出和加大对参保单位的稽查力度等方式稳步有序地扩大医保体系的覆盖面；另一方面，社保部门还在合理运营医保基金的前提下，先后多次提高医保待遇的核付标准，并新增了门诊医疗保障待

遇。依据最新的医保待遇标准,所有参保人皆可以享受门诊医疗保险待遇,门诊费用按照 60％报销;住院医疗保障的待遇标准更是高达 95％(参见表 2)。据统计,2008 年度,东莞"统账结合"层次参保患者次均住院医疗费(含自费部分)为 12 820 元/年,医保报销 9 860 元,实际报销率达 77％;"统账结合"层次参保患者次均住院医疗费(含自费部分)7 941 元/年,医保报销 4 818 元,实际报销率达 61％(梁冰,2009)。东莞医保改革极大地缓解了社会成员"因病致贫"、"因病返贫"的矛盾,对维护社会稳定具有重大的现实意义。

表 2　东莞市社会基本医疗保险筹资水平及待遇水平

参保人 类型	参保缴费		待遇支付		
	住院部分	门诊部分	住院部分	社区门诊部分	特定门诊
由用人单位办理参保的参保人	单位按上年度全市职工平均工资的 2％缴纳	按 10 元/人每月建立,其中单位负担 3 元,个人负担 5 元,市镇(街)财政补贴 2 元	医疗费用报销比例 5 万元以内的为 95％(达到退休年龄的报销比例为 100％),5—10 万元的为 75％(达到退休年龄的报销比例为 80％),年度报销额度为 10 万元	医疗费用报销比例为 60％,不设封顶线	医疗费用报销比例为 75％(达到退休年龄的报销比例为 80％),年度报销额度按病种不同 4 000 元至 6 万元不等
个人以灵活就业人员身份参保的参保人	个人按上年度全市职工平均工资的 2％缴纳	按 10 元/人每月建立,其中个人负担 8 元,市镇(街)财政补贴 2 元			
由村(居)民委员会办理参保的参保人	个人按上年度全市职工平均工资的 1％缴纳,市镇(街)财政按 1％补贴	按 10 元/人每月建立,其中个人负担 5 元,市镇(街)财政补贴 5 元			

资料来源:根据东莞医保政策文件整理。

　　东莞保持了"渐进统一"的改革节奏,不断破解医改难题,最终实现城乡统筹、职工与居民医保体制有效衔接。此外,东莞市的相关部门在走向统一的基本医疗保险的过程中,在机构设置、制度设计、配套改革方面进行了许多有益的探索,极大地提高了医保制度的运行效率。经过近 20 年的不懈努力,东莞已经勾勒出医疗保障发展的清晰蓝图,为其他城市和地区的医保改革提供了一个可参照的典型范例。

　　持续十余年的东莞医疗保险政策改革过程,最终走向了统一的基本医疗制度,形成了"人人享有"的东莞医保模式。具体的看,东莞医保模式具有以下一些突出的特点:

第一,全民医保。东莞医保模式秉承清晰的政策理念,率先实现"走向统一、覆盖全民"的政策目标。不同于其他地方,东莞在医保改革之始就坚持明确的理念、制定清晰的规划。在"修桥过河"的政策制定模式的影响下,东莞医疗保险体制改革做到了分步推进,平稳有序。不论是改革之初的"低水平、保基本、广覆盖"理念还是当前坚持的"保基本、多层次、可持续"发展方向,都以"满足参保人最基本的医疗需求,制度覆盖所有社会群体"作为政策制定的标准,将"走向全民统一医疗保险模式"作为最终目标。其次,从东莞医保政策的发展历程来看,东莞在医改的各阶段都能够提出领先的政策理念和超前的政策方案,大胆地先行先试,成为医改中的"领跑者"。

第二,普惠公平。东莞医保模式在制度上实现全民覆盖,在待遇上逐渐消除差别,实现了真正的公平。2008年7月1日,东莞完成各种医保制度的并轨,将全市职工、按月领取养老金或失业金人员、全市灵活就业人员及城乡居民纳入统一的医保体系。次年,东莞市又将10万名大中专在校学生纳入保障范围,不但从制度设计上实现全民覆盖,在政策执行中也不打折扣,力图做到人人参保。同时,社保局还在有效利用医保基金前提下,先后七次提高医疗保险待遇,缩小不同医保制度之间的待遇差异。现行的统一基本医疗保险政策一方面首次打破了城乡户籍限制、消除了本地人与外地人的参保差异,对所有参保人实行统一标准、统一基金调剂使用原则,做到人人平等;另一方面,统一基本医疗保险政策还有意识地向低收入群体和失业人员倾斜,确保他们也能"病有所医",彰显社会正义。

第三,政府主导。在东莞医保模式中,政府主动履行公共责任,发挥主导作用。东莞市各级政府在医疗保险政策变迁过程中履行各项职责的作用突出,对社保体制改革给予了高度的支持和配合。各级政府一方面加大对构建医疗保险体系的投入,实行"企业＋个人＋政府财政"三方缴费的模式,履行在筹资过程中所应承担的财政责任。仅2008年实行医保统一制度改革中,财政补贴占农(居)民参保缴费的50%,年度补贴就高达2.44亿元;另一方面,着力提高居民的参保观念和参保责任,推动企业和个人缴费,为医疗保险搭建制度平台,履行政府应当承担的服务责任。此外,针对无力缴纳医保费用的低收入人群,政府通过相关政策建立稳定的筹资机制,推行医疗救助政策履行政府应该承担的救济责任。

第四,集中管理。东莞医保模式注重优化制度,狠抓医药管理、执行机制、信息系统的改革,运行稳定高效。东莞在医疗保险改革的过程中,尤其注重与政策执行相关的配套改革,确保政策改革能够平稳有效地推进。最为引人注目的是,东莞市委、市政府对社保改革高度重视,积极推动整合社保经办资源、集中政策执行权、提高社保部门的地位、完善社保机构设置等一系列机构改革,为构建东莞医保模式提供了稳定的组织环境。在十余年的医保改革进程中,作为政策执行者的社保局根据政策需要,不但制定了详细的操作细则,而且出台了一系列针对参保人、医院、定点药店等相关群体的政策法规,使医保政策的执行能够更加顺畅。此外,社保局还投入大量的时间和精力研发适应社会保险政策运行的计算管理系统,通过技术改革助力政策创新。正是在强有力的配套政策改革的支持下,东莞医保模式才得以有序地构建起来。

东莞医保模式形成的原因分析

东莞在医疗保险改革道路上已经走在全国前列,并形成了自身独特的模式,开辟了一条医保改革发展的新路。东莞模式在制度架构上实现了城乡统筹,在经办操作上实现了城乡一致,在待遇标准上实现了城乡衔接,真正缩小了城乡贫富差距,维护了社会公平(张亚林,2008)。东莞医保模式为何能够成功,影响东莞成功的主要因素是什么,探讨这个问题,不仅有助于全面总结东莞医保政策改革的成功经验,还可以为推广东莞医保模式的可行性提供更全面的评估。东莞模式脱颖而出的主要原因,除了东莞独特的社会经济背景和丰厚的财政资源外[1],一个关键因素是其建立了独具一格的社会保障行政体制。

社会保障行政体系是落实社会保障政策的行政安排,涉及社会保障政策主管部门的组织结构、人力资源等。与中央政府及其他地方政府相比,东莞市的社会保障行政体系可以说是独具一格的,而正是这种独具一格的社保行政体系,为顺利推行社保政策的变革和创新提供了充足的行政能力和稳定的组织基础。

权力相对集中的社保管理机构

在中国医保政策改革的过程中,政策经办权仍然相当分散,对改革的推进十分不利。从政府体制的横向维度看:中国医保制度依然存在多轨并行的状况,医保资源、决策职权分布于卫生部、人保部等行政机构的结果。从中央政府与地方政府的纵向维度来看:在"条块管理"的政府机构

[1] 进入 21 世纪以后,东莞市地方预算内财政收入一直保持约 20% 的年增长率。2007 年市预算内财政收入 186.4 亿元,比上年增收 57.5 亿元,增长率达 44.6%,位居全省第一,并达到了近 5 年来的最高水平。镇街和村级财政实力也非常雄厚,以东莞市塘夏镇为例,全镇在 2005 年时就有 15 个居(村)可支配财政收入超千万元,有 3 个居(村)可支配财政收入超 3 千万。2007 年全市 32 个镇街可支配财政收入总额 159 亿元,增长 16.1%,平均每个镇街 4.97 亿元,村组两级可支配收入总额 182 亿元,增长 10.2%,平均每个村社区 3 078 万元,村组两级集体资产总值 1 041 亿元,净资产 804.5 亿元,两级集体资产总量约占全省的 38%。

结构下，中央政府层级的社保资源分离使得各地方的医疗保障政策项目
被交给不同的政府部门负责运行。在大多数地区，劳动保障厅（局）是社
会保障政策项目的主要负责部门，各级卫生部门则负责实施新型农村合
作医疗政策。此外，地方政府对其的重视程度和资源投入的差异成为各
地社会保障体系、保障水平呈现出不同面貌的关键影响因素。有学者也
将这种状况描述为"碎片化"的福利体制的外在表现之一（郑秉文，2009；
左学金，2010）。

在社会保障政策的经办机构设置方面，东莞市走了一条较为特殊的
道路。从东莞市社保机构的变迁和发展过程来看，较高的行政位阶和相
对集中的权力为东莞顺利地推行社保政策提供了稳定有利的组织基础。

早在1984年4月，东莞市就在劳动局下设"社会劳动保险公司"（以
下简称"劳保公司"）[1]，负责东莞市国有企业和市属企业退休人员养老
金社会统筹，开始了社会保险由专门机构经办的发展历程。1993年11
月，东莞市在"劳保公司"的基础上组建东莞市社会保险管理局，行政上隶
属于市劳动局，业务上接受广东省社会保险事业局指导[2]。1994年2
月，东莞市各镇区"社会劳动保险管理所"改变与各镇（区）劳动服务公司
合署办公的模式，成为市社会保险事业局的派出机构，继续完善社会保险
的纵向组织体系。至此，东莞市社会保险事业局正式确立其社保业务主
管部门的身份。

随着社保业务的不断拓展，社会保险事业管理局的重要性日益突出，
因此其获得的重视程度也在不断提高。1997年5月，"东莞市社会保险
事业局"改称"东莞市社会保险管理局"，升格为正处级事业单位，获得行
政管理权；更重要的是，在此次升格中社会保险管理局脱离了与市劳动局
的隶属关系，被划归市计划委员会领导和管理。这次机构升级和隶属关
系的调整，既给了社保局更大的权限、更多的资源，也让社保局脱离了与
劳动部门的关系，为以后的发展奠定了稳固的组织架构基础。与之对应
的是，在1998年，劳动部接管了原来由各自单位负责的养老保险等事务，
成立劳动和社会保障部，将社会保障事务纳入劳动部的主管范围。东莞
市作为地方政府则保持了社会保险管理局独立于劳动局的机构设置
特点。

2001年，东莞市社会保险管理局被列入市政府机构序列，将其更名
为东莞市社会保障管理局。与此同时，市府又将新组建的社会保险基金

---

[1] 东莞市前身属惠阳地区的一个县，1985年设立为县级市，1988年升格为地级市。
1984年时东莞依然是一个县级行政单位。

[2] 广东省社会保险事业局在2002年前为广东省社会保险的省级主管单位，2002后撤
销。（详情参见：http://www.gd.lss.gov.cn/gdlss/zwgk/znjs/index.htm）

管理中心划为社保局的直属单位,将农民基本养老保险管理委员会撤销业务纳入社保局管理。东莞市社保局正式脱离事业单位的身份,并被赋予了执行国家和省、市有关社会保险工作、养老保险工作的方针、政策、法律、法规,制定全市社保工作规划,管理、审核、监督社保基金运营,指导社保基金管理中心及各派出机构业务办理的行政职责。在这次政府机构改革过程中,社保局的地位进一步提高,成为拥有独立行政权力的机构,并掌握了对社会保障工作的主要内容——社会保险政策具体方案拟定的主导权。

2009 年,国务院推行"大部制"改革的背景之下,东莞市也进行了新一轮的行政机构整合、调整的改革。针对社保局是否应与劳动局整合形成人力资源与劳动保障局的问题,经过市委讨论,东莞市社会保障局的机构设置被继续保留,成为全省"独家"被列入政府机构序列的社会保障局。这一方面使得社会保障局持续地获得了对社会保险政策主导权,另一方面也可以明显地观察到社保局作为一个独特的机构设置所产生的影响力。

与其他地方政府横向的部门机构设置相比较而言,东莞市社保局的设置显得尤为特殊,是全省唯一一家社保局单独列入政府机构序列的社保单位。与东莞同处珠三角地区的广州、深圳市都是在劳动和社会保障局下设处理社会保障事务的专门机构;在社会保障政策发展较为完善的苏州、昆山等地则是由其劳保局下设的社会保障基金管理中心统一负责社保项目。这些不同名目的社保主管机构有一个共同的特点,即他们在性质上属于事业单位、行政关系上隶属于劳动和社会保障局[1]。这些事业单位性质的社保管理机构不但要接受劳动和社会保障局的领导,而且在部分城市社保项目也根据不同性质而划归不同的管理机构。比如,在杭州就由劳保局下设的社保局负责处理养老保险事务、由医保局负责处理医疗保险事务;广州市社会保障基金管理中心、医疗保险服务管理局和劳动保障信息中心为劳保局下属职级平行的事业单位。在这种机构设置状况之下,一方面,负责社保政策运行的组织机构无法获得相对独立的话语权,另一方面,由于不同负责单位之间缺乏相应的沟通机制,因此很难在执行社会保障政策、设计具体政策工具方面做到协调一致。

东莞市社保局在内部机构的设置方面,也有与众不同之处。东莞市在行政层级上为独特的市、镇两级模式,在市级政府之下没有县(区)级行政单位而是直接下辖 32 个镇(区)。相应的,社保局的纵向机构设置也分为两级,下设 33 个社保分局和社保基金管理中心(与社保分局合署办

---

[1]　深圳市的社会保险主管单位为深圳市社会保险基金管理局,广州市为了更好地执行医疗保险政策,还专门设立了广州市医疗保险服务管理局。

公)[1]。社保分局为社保局的派出机构，实行市镇双重管理：市社保局不
但对分局进行业务指导，而且控制了财政分配和人事任免权，分局的党务
工作则由镇（区）政府党委负责。社保局在搭建内部机构框架时实施垂直
管理体制，为保证市社保局出台的政策能够在镇（区）确实执行奠定了稳
定的组织基础。与之对应的是，广州等地社保部门内部的纵向机构设置
则遵循上级部门对下级部门只承担"业务指导"这一管理任务的原则，对
下级社保部门的实际影响较小。

东莞市社保局从劳动保险公司逐步发展演变为社会保障局的过程，
实际上也是部门逐步获得社保政策话语权的过程。1984 年成立之初，
"劳保公司"为股级事业单位，隶属于市劳动局；在接下来的十余年，随着
社保政策项目获得越来越多的重视社保局的行政地位也不断提升，最终
成为列入市政府机构序列的正处级单位。

相对稳定的行政领导与前瞻的政策理念

作为医保政策的决策者，东莞市政府历任领导在"制定适合东莞实际
的社会政策、确保东莞的可持续发展"问题上一直保持高度重视。作为改
革开放的前沿阵地，东莞市较早地感受到由经济、社会变迁所带来的社会
问题导致的社会压力。20 世纪八九十年代，东莞市的决策层敏锐地发现
社会需求的变化，率先进行社会保障体制改革。进入 21 世纪以后，东莞
市领导更明确地提出将社保改革作为"一把手工程"来抓。在每年向人大
代表会提交的工作报告中，历任市长也都将持续完善社保政策放在显著
位置。

作为医保政策的规划者，东莞市社保局的历届领导团队体现出高度
的稳定性和鲜明的创新性。自东莞市成立社会保险事业管理局以来，其
领导团队虽然历经三次调整，但具体负责医保政策规划的团队依然保持
了较好的稳定性。另外，新晋领导团队成员在带来医保发展专业知识的
同时，一致的医保政策规划理念也在他们当中得到了持续传承。在具体
政策的规划方面，他们大胆创新，将医保发展规律与东莞本地实际相结
合，提出了医保政策发展的"披萨饼理论"（详见表 3）。通过统一基本医
疗保险政策、社会医疗救助和补充医疗保险政策紧密衔接，政策规划团队
勾勒出东莞医保改革的清晰蓝图，成功地解决了医保体系运行的公平和
效率问题。

更重要的是，东莞医保政策决策者和规划者之间保持了长期的良性
互动。首先，东莞市的决策层在高度重视社保改革的同时，又给予了社保

---

[1]　东莞市下属共 32 个镇（区），为提高业务办理效率社保局在松山湖高新技术产业园区
亦下设了社保分局和社保基金管理中心，故有 33 个分局。

局充分的政策规划空间,并不加以干涉。在这种条件的帮助下,医保政策规划者的专业知识和创造性得到了充分发挥。其次,决策者和规划者之间搭建了良好的沟通桥梁。就东莞市分管社保工作的主要领导而言,他们对构建现代医保体系也有清晰的认识,能够对规划方案的超前性保持理解,并接受医保政策的创新。而且,自 2004 年后,原东莞市社保局李晓梅局长升任东莞市主管社保工作的副市长,这使得社保上下级间的交流沟通工作更加顺畅。最后,在东莞市决策层的统筹安排下,社保部门在横向上与农业部门、卫生部门、财政部门、税务部门,在纵向上与下属镇(区)政府都建立了无障碍式沟通机制。通过局级和科级的联席会议,社保部门与其他兄弟部门保持了充分的信息交流;同时在镇(区)政府的协助下,各项医保改革措施得到了充分执行。

表 3　"披萨饼"理论:三层级的医疗保障体系

层 级	项 目	特 点
第三层	多种形式的补充医疗保险	满足高层次的医疗保障需求
第二层	社会基本医疗保险(包括职工基本医疗保险、城镇居民基本医疗保险、新型农村合作医疗等)	保基本、广覆盖 体现公平公正
第一层	社会医疗救助	向特殊人群倾斜

注:第一层、第二层的目标是实现低水平、广覆盖、保基本,体现公平公正。这一部分要做大、做宽,像披萨饼的面饼,确保人人享有。第三部分是多种形式的补充医疗保险,就像披萨饼上的肉酱、水果,是对基本医疗保险的锦上添花,满足参保人更高层次的医疗保障需求。

资料来源:引自张亚林,"'人人享有'的东莞医保模式",载《政策研究》2010 年第 2 期。

精干、高效的社保经办队伍确保医保政策顺利执行

伴随着行政级别提高的是社保局的人员编制也在不断扩充。1993年撤销"劳保公司"设立"东莞市社会保险事业局"时,编制内的社保工作人员数由 20 名增至 35 名,并调整局内机构设置划分出 5 个科室,社保局已初具规模。1997 年则是社保局扩权的关键年份,在社保局升格为正处级单位脱离与劳动局的隶属关系以后,事业编制人员增至 47 名,增幅高达 35%,并新设稽查和征收两个科室。由于部门扩容,一大批"新人"进入社保局,为机构发展带来了新的动力。在接下来的十年中,社保队伍呈现明显的知识化、年轻化的特点。截至 2008 年,东莞社保队伍中本科以上学历人员比例超过 50%,30 岁以下占 64%(杨笑冬,2009)。

东莞社保局在打造运转高效、服务群众的社保队伍上投入了大量精

力。首先，社保局有针对性地在组织内部实施短、中、长期相结合的分层次培训计划。通过对领导干部进行有针对性的能力培训，定期对社保员工开展社保专业培训，如监察培训、专业操作人员培训等方式，用市场经济、现代科技、管理科学和领导科学知识武装干部职工的头脑，提高干部谋划能力，培养职工的服务意识和服务水平。除此之外，社保局还大力推进业务规范活动。借助开发新型社保信息管理系统的契机，社保局编写了《东莞市社会保险业务管理规程》一书，建立起全市统一的业务操作规范，将各职能部门需要经办的业务流程逐步理顺。此外，社保局又制定出《社会保障局12333电话咨询服务工作手册》《医疗生育保险业务服务要求》等规范社保服务的文本，强化服务的规范性。社保局还实行了严格的监察、考核、奖惩制度以保证业务规范顺利实施。

经过不断努力，东莞市社保局在社保队伍建设方面的成绩不但获得了上级部门的认可，而且东莞民众对社保部门也给予了极高的评价。2002年被劳动和社会保障部授予全国劳动和保障系统一等功集体；2005年被省社保局与省人事厅、劳动和社会保障厅授予全省社保系统"三优"文明窗口和全省劳动和社会保障系统先进集体；并已连续6年荣获"东莞市直机关先进单位"称号。在2009年东莞市组织开展的"市民评机关"活动中社保局获得第一名，并被评为全市"预防职务犯罪工作"先进单位；在2009年6月东莞阳光网开展的以"你对哪个行政机构服务最满意"为题的网上调查中得票率自始至终高居榜首；同年，东莞市社保局成为东莞市唯一被评为广东省年度"人民满意公务员集体"的政府机构。正是这样一支精干、高效的社保经办队伍成为医保政策能够顺利执行、东莞医保模式得以最终形成的组织保证。

结　　语

东莞模式是中国医保改革中的成功典范。东莞的经验不但得到人力资源和社会保障部和广东省劳动和社会保障厅的多次表扬，而且吸引了不少地方政府前来学习取经。在2007年7月国务院召开的全国城镇居民基本医疗保险试点工作会议上，东莞还受邀作为6个大会发言单位之一向全国与会代表作了经验介绍。

东莞全民医保模式对其他城市乃至全国的医保改革具有一定的借鉴作用。首先，东莞医保模式秉持的"广覆盖、保基本"政策理念与医疗保险发展的客观规律是相吻合的。这种理念应该成为当前医保改革追求的目标。第二，东莞将"维护社会公平"和"保证病有所医"作为制定医保政策的出发点，视医保政策为"社会安全网"的重要组成部分。这也值得其他地区的决策者在政策探索中加以重视。第三，东莞市政府在医保改革推

进过程中增加公共支出、提高对社保工作的重视程度都可以为其他地方
的改革提供借鉴。

　　然而,东莞医保模式的发展和成型也无法离开其独有的地域性资源。
首先,东莞高效的社会保障行政体制并非在短时间内形成的,它经历了十
余年时间的不断摸索、磨合才最终成型。更重要的是,这套行政体制保持
了长时间的稳定性。正是这种稳定的行政体制给东莞医保模式创造了政
策创新的空间、并保证后续政策变革得以开展和有效实施。东莞模式能
否移植到其他地方的关键在于相关政府能否实现社保行政资源的高度整
合。其次,东莞市是一个年轻且经济发达的城市。大量的流动人口不断
地涌入和涌出,使东莞市的人口平均年龄在很长一段时间都没有发生较
大变化。年轻的城市既意味着东莞面临因老龄化带来的医保压力较轻,
又意味着医保体系无需对尽管庞大但年轻健康的工作群体支付太多医保
待遇。因此,医保系统可以在保持较低缴费率的同时还能够维持较高的
医保待遇支付。医保系统运转的压力相应也较小。在其他地区和城市,
这种因人口流动而带来的地域优势并不一定存在,是否完全按照东莞模
式的方式去推动医疗改革同样需要审慎考量。

　　综上所述,东莞医保模式是在高效的社保行政体制下,政策决策者和
规划者在结合地方实际条件的基础上大胆创新的结果。东莞市推广东莞
医保模式主要应集中在宣传先进的政策理念、政策目标和制度设计。其
他地区在借鉴东莞经验时也不能忽视东莞模式赖以运行的地方性资源所
起的作用。

参 考 文 献

Baldock, J. 2007. "Social Policy, Social Welfare, and the Welfare State", in John
　　Baldock, Nick Manning, and Sarah Vickerstaff(ed.), *Social Policy*, Oxford:
　　Oxford University Press, pp. 6—30.

东莞市社保局,2008,《东莞市社会保险志》。

梁冰,2009,《东莞市基本医疗保险制度改革的实践与思考》,载东莞市社会保障局社
　　会保险政策研究室编:《政策研究》2009 年第 1 期。

林万亿,2006,《台湾的社会福利:历史经验与制度分析》,台北:五南图书出版公司。

杨笑冬,2009,《以人为本实现人才工作的体制创新》,载东莞市社会保障局社会保险
　　政策研究室编:《政策研究》2009 年第 1 期。

叶春玲,2009,《民生之路:惠及千万人的医疗保障服务——改革开放 30 年东莞市医
　　疗保险制度探索与思考》,载东莞市社会保障局社会保险政策研究室编:《政策研
　　究》2009 年第 1 期。

张亚林,2010,《"人人享有"的东莞医保模式》,载东莞市社会保障局社会保险政策研
　　究室编:《政策研究》2010 年第 2 期。

张亚林、叶春玲,2009,《统筹城乡医疗保险的东莞模式:因地制宜,用一个制度覆盖所

有人群》，载《中国卫生政策研究》2009 年第 12 期。

郑秉文，2009，《中国社保"碎片化制度"危害与"碎片化冲动"探源》，载《甘肃社会科学》2009 年第 3 期。

左学金，2010，《社保应去碎片化》，载《中国改革》，经济学家论坛：http://bbs. jjxj. org/viewthread. php? tid=100483&fromuid=0.

社会政策理论

全球化与福利国家的未来:议题与展望

吕建德*

【摘要】 近来在比较社会政策的研究中,全球化对于福利国家的冲击引起了很多关注。全球化是否导致了福利国家的退却?通过哪些途径对福利国家产生了冲击?先进国家在面对这些问题时如何根据不同的体制与制度特性而采取不同的回应策略?这些策略对于正在考虑扩张社会保障体系的后进国家有哪些启示?本文首先说明全球化的几个重要面向与相关理论,其次分析目前相关研究中对于全球化与福利国家关系的三重论点。接下来讨论不同福利体制在面对全球化挑战时的回应策略。结论部分指出这些策略对于后进国家福利扩张有学习借鉴之处,特别点出社会照顾可以作为创造当地就业与提升生活品质这一政策目标的有效途径。

【关键词】 全球化 福利国家 劳动市场 社会不均 全球治理

Globalization and the Future of Welfare State: Issues and Prospects

Jen-der Lue

Abstract The issues of globalization and welfare state have caught the wide attention among comparative social policy researchers and sparkled further debates. Does globalization undermine the foundation of welfare state and cause the retrenchment process? Through which mechanism does globalization exert the impacts on welfare state? How the advanced industrial countries respond to these common challenges given the diverse institutional conditions? What lessons can the late-developed countries can learn from these policy options? This article firstly examines the different dimensions of globalization based on empirical data.

* 吕建德,台北中正大学社会福利学系副教授,台湾地区社会福利学会秘书长(2008—2010)。

Secondly, three approaches for analyzing the relation between globalization and welfare state have been explored. Thirdly, the possible causal mechanisms of globalization on welfare state are analyzed. Fourthly, the diverse policy responses for addressing the increasing social inequality and insecure labor market in advanced countries are scrunitzed. This article concludes with the lessons for late-developed countries from these policies. The social care industry is particularly emphasized for its implication for creating local jobs and improving the quality of life.

Key words　Globalization, Welfare State, Labor Market, Social Inequality, Global Governance

　　金融市场扮演的角色与经济理论所指定的功能迥异,金融市场像钟摆一样地摆动,在响应外在震荡时可能大幅摆动,但最终还是要回归均衡点,而不论期间有任何震动,这个均衡点应维持不变。但情形并非如此,就如同我在国会所言,金融市场的表现像挂在吊车上拆房子用的铁球,由一个国家重击另一国,体质较弱的便不支倒地。

　　很难不做如下结论,国际金融体系本身就是促成这场熔解的要角,国际金融体系积极介入每个国家,而其他要件因每个国家而异,这种结论和一般人认知的金融市场只不过消极反映基本面,自难并行不悖。

——索罗斯(George Soros,1999)

导　言

　　伴随着全球经济在各领域进一步的整合,"全球化"已经形成一股形塑当代社会变迁的巨大力量。此一概念被广泛地使用在国际政治、经济、文化等各领域当中。全球化一词似乎在今日已经成为大家琅琅上口的一个流行语,但事实上作为一个被认识的对象,"全球化"在人们心中所浮现的图像却不尽相同。而此中认知的不同不仅浮现在一般大众与知识分子之间,即使社会科学研究者对此一新兴现象的认知也存在着相当大的分歧。事实上,全球化并没有一个全球都接受的定义。

　　通过当前国内外诸多学者的研究,我们已经可以逐渐清楚地描绘出"全球化"的一般图景及其影响,这对于厘清认知上的巨大分歧有莫大帮助。例如许多研究指出的,在政治层面全球化带来了民族国家的式微和超国家组织的兴起等现象;在经济层面上如庞大跨国企业带来的巨大产能,和颇具争议的全球不平等现象,以及牵连广泛的金融风暴等;再如文化层面中时常讨论到的地域文化的特殊性以及全球文化的普遍性问题等。

"全球化"（Globalization）使新自由资本主义从劳动和民族国家中解放出来,带来国际金融全球化、贸易与生产的国际化、劳动力跨国移动等新兴现象。全球化所带来的影响,主要表现在四个层面,分别是:金融全球化、贸易国际化、生产国际化以及劳动市场的变动。20 世纪 80 年代之前,企业的筹资管道主要是通过银行;自 80 年代之后,债券市场和衍生性金融商品的发达,以及跨国企业的生产增加,使得大量的资金转出与挹注的流动频繁。此外,科技与国际网络在线交易的发达,使得政府无法掌握确切的税收额度,另一方面,政府为了吸引外资,进而降低商业税赋负担,造成国家税收的减少。同时,握有资本的企业家,站在权力与利益的制高点上,为了寻求更低廉的生产成本,将生产部门移往劳动力成本较低的国家,因而造成低技术劳工失业的问题。

其次,全球化后的生产方式由大量生产的福特主义方式转向弹性生产的后福特主义方式,弹性化的工作,使原本以全职工作为主,转变为部分工时工作或临时工,增加了工作的不确定性。因此,就经济面而言,国际贸易资金更自由快速的流通,对于企业自由发展有很大的帮助,然而对于那些没有掌握生产工具的劳动阶级而言,却必须面临经济全球化所带来的新风险。

全球化:定义、范围与相关理论

在进入正文之前,首先,我们必须先了解到底什么是全球化。在这里,我对于全球化的定义是:某些超越于民族国家、领土国家有效管制范围活动（政治、经济与文化活动）持续进行的发展过程,此一过程促使个体、组织、部门间互相影响的密度、频率增加。这些定义里面要注意几个要点:第一,它是一个超越了民族或领土国家有效管制的运动;第二,这个活动是一个持续进行的过程（动态面）;第三,它使得个体之间互相影响的密度、频率增加（互动）。德国社会学家贝克（Ulrich Beck）认为全球化是距离的消失,被卷入全球化情境,经常是非人所愿意与未被理解的生活形式。贝克指出,全球化可被视为一种在经济、社会、科技、文化及生产消费"跨国化的发展过程",此一过程将使得原本属于国家的职权逐渐分散到非国家组织与行为者的手上,产业界与国家相对势力也会随之变化,同时也带来政府与产业、产业与产业之间相整合之力量,全球化一词在当前的社会已是不可被忽略的一部分。无论全球化是多么广泛地被应用,全球化最终所代表的意义如吉登斯（Giddens, 1990）的用语"空间与时间的转换"。吉登斯（Giddens, 1990）与罗伯森（Robertson, 1995）认为全球化的意义是意味着一个时空的压缩过程,或是经济和社会行动者与事件,在不同世界的范围都仍是紧密的接连。全球化包含一个宽广世界的延伸、冲击或是社会现象的接连或是在社会行动者之间知觉的趋势。信息和通讯技术普遍是这个时空压缩过程的核心场所。

　　身处在 21 世纪，经济与技术进步带来的影响力广泛地着力于我们的日常生活中，对世界的认知似乎不再如以往般由民族国家疆界区划而成的板块集合，而整合为一个共同的社会空间，个人对自身的认同似乎无法再如以往般局限于家庭或民族国家内，亦即个人不仅是民族国家概念下的公民，更是世界体系内的独立行动者（Held et al.，1999）。分析而言，全球化包括以下五大面向。

全球化的五大面向

全球贸易体制的兴起

　　全球贸易往来在 20 世纪初期黄金本位体制时达到历史高峰，历经了两次大战间的中断，而自 20 世纪 60 年代以来在布雷顿森林协议及 GATT 的架构下重新恢复。全球贸易依存度从 60 年代平均 25％ 上升到 1997 年的 45.19％。我们若将世界各国依其所得的程度分为高中低所得三类国家和地区，[1] 则在这三类中，以中所得国家和地区的贸易依存度最高，自 1970 年代起，其贸易依存度普遍在 30％—55％ 之间。这些中所得国家和地区藉由更进一步地被整合到世界市场中而提高国民所得并改善其生活，可以视为是全球化过程中的赢家。至于低所得国家，如同黄登兴（2001：3—4）所观察的，虽然在 60—70 年代中的贸易低存度普遍偏低，但自 20 世纪 90 年代初期起，在短短 6 年中却由 30％ 一跃成为 45％ 左右，其与世界市场整合的程度甚至超越了高所得国家和地区。这其中表现最为亮眼者几乎都集中于亚洲，如中国与印度这两大新兴经济体。

全球金融流动

　　国际资本以不同的形态在国际间移动，包含信用（贷款和债券）往来、投资（FDI、股票）与货币（外汇交易）的流动。随着布列顿伍兹体制的瓦解，固定汇率改为浮动汇率制，便利的通讯工具革新大大降低交易成本，大量的创新制度促成了国际金融市场高额的交易量。热钱投资的增加，特别是在证券投资。国际热钱使得投资者透过投资的弹性与多元组合而

---

　　[1]　根据世界银行定义，所谓的高所得国家，指 1998 年平均国民所得大于 9 361 美元者，符合此条件者有 50 个国家和地区。所谓的中所得国家指平均国民所得介于 760—9 360 美元之间，有 93 个国家和地区符合此一资格。平均国民收入所得低于 760 美元者则被归为低所得国家，一共有 63 个国家和地区（World Bank，2000）。此处转引自黄登兴，2001，Fn.1。

获得最大的利益，也让企业的集资管道多元化。利率水平逐渐由全球市场，而非由国内的央行决定。另一方面，由于汇率的变动幅度增大，投机者利用汇率的落差进行投资，如衍生性金融商品（期货、选择权）的流动。

在上述几种国际资本种类中，其中有价证券投资组合（例如股票、债券、外汇交易与银行借贷）比起直接海外投资（FDI）成长更加快速，而且有日趋不稳定的情况，其结果便是可能来得快，去得也快。国际金融资本移动速度增加始自 1974 年左右，在 20 世纪 80 年代中叶再度快速增加，热钱总流入的净值换算成每年在 OECD 国家 GNP 约为 3％（Simmons，1999），但在部分国家却更高，例如亟须大量资金投入带动经济发展的开发中国家。然而，由于私人投资促成国际热钱的快速流动，易受市场恐慌波动，例如 1997 年亚洲金融风暴受流言影响，投资人大举抽出资金，在东亚地区与全世界形成连锁效应。国际热钱的迅速流动，势必影响各国经济体系，政府若任凭国际资本在国内流动，却欠缺总体调控的能力，金融风暴可能再度引发。

全球跨国生产程度

据统计，目前全世界在 2000 年总计有 63 000 家跨国企业，其下在全世界拥有将近 80 万家的子公司（UNCTD，2001）。它们控制了全世界将近 75％的贸易往来，而其中有 1/3 是属于其内部的贸易往来（Held et al.，1999）。1990 年，全世界约有 40％的产品是由跨国公司制造的。跨国公司利用了 20 世纪 70 年代以来在金融及通讯技术上的革新而使得全球跨国生产变得更加可能。全球跨国生产的程度可以从产业内贸易程度来加以衡量，所谓的产业内贸易是指：一个国家既是某一个产业的出口者，又是某一个产业的进口者。产业上下游的垂直与水平分工，在过去封闭经济体下是以民族国家为界线而进行的。而在全球化的经济整合下则是进行跨国的生产活动。最有名的例子是全球最大的运动鞋供货商耐吉与号称每秒钟卖出两只的芭比玩具娃娃。根据美国与日本厂商的调查，他们估计，在美国有将近 35％—40％属于跨国企业的内部贸易往来。配合着通讯技术的革新与各国贸易障碍的去除等有利条件，使得跨国企业能在全球范围内寻找对其最为有利的生产要素的组合。

信息科技发展

正如同互联网的发展所明确显示出的，网络传递的内容无法被控制。吉斯斯就将全球化理解为一个由于通讯技术革新所带动的人际沟通方式的持续改变过程。此一过程改变人们对于时间以及空间感知的方式，进一步塑造了一种开放性的全球信息流通体系与文化，它要求国家的施政与企业的运营透明度必须提升，过去由国家所垄断的信息体系已经不可能再重返了，原因是封闭将付出严重的代价：不是经济上严重衰退，就是政治上要求开放的力量将会再次崛起，打开国家对于开放空间的封锁。

全球劳动力流动

劳动力的流动自古以来行之久矣，但在今日全球化脉络下，劳动力的流动却有逐渐走向区域化的趋势。若细观以北美、西欧及日本为中心的三大经济体系，不难发现劳动力的流动几乎皆是由较贫穷的南方地区移向较为富裕的北方地区，如墨西哥等中南美穷国的高级劳动力移至美国及加拿大、南欧及北非的劳动人口移至西、北欧、而东南亚国家则移至日本、韩国及台湾等经济富裕国家和地区。且在这三个区域内的流动的劳动力类型呈现两极化的倾向：具备专业性的劳动人口及低阶的劳动力(Kilot 1995)。

如果传统民族国家的特征(或优点)是在于一个疆域清晰的命运共同体，在其中我们可以进一步建立一个权利义务关系清楚的政治共同体的话，那么，这个特征将随着上述诸多跨国力量的浮现而使得这个共同体的维持越加困难。大前研一甚至认为民族国家是个不合宜的平均值(Ohame, 1990)。他认为在无国界的经济中，把民族国家当作主要分析单位元的统计模式已经严重过时了。他抨击以民族国家为主体所画成的地图在今日无国界经济中，只会对经济分析产生误导而已。他提出所谓"区域国家"的想法，认为这个新单位能回避国家主权的大旗和矫饰，换取对全球化动力的御控能力，进而满足本身的需求。他认为区域国家的目标是改善人民的生活，在方法上则是吸引并善用来自全球化经济的资源和人才。相反的，他批评传统民族国家的政策目标是要收买盘根错节的选区，满足某些人对主权陷阱的渴求，笼络握有选票的利益团体，响应要求贸易保护的呼声，让现有的政府继续执政。

全球化理论的三大论点

"全球化"的争论由来已久，诸如内涵、面向、起源以及影响范围，至今尚无定论。甚至今日的全球化趋势是不是一个崭新的现象，都仍处于众说纷纭的状态。Held 与 McGrew(1999)将这些全球化的争论归纳成以下三种主要的看法。一、超全球主义：全球化意味着人类的社会生活更进一步地涵盖在市场运作规则之下，而经济领域脱离了民族国家的治理范围。在国际分工以及新管理模式之下，民族国家的权力不再牢不可破，反而成了传递全球化种子的媒介。二、怀疑论：从 19 世纪以来的世界贸易、投资与劳动力移动的统计数据来看，全球化的程度还比不上金本位时代

(Hirst and Thompson, 1992)。同时,怀疑论者也否认民族国家在全球化日益兴盛的趋势下崩解毁坏,相反的,所谓"新的经济秩序"仍旧以民族国家为主轴,亦即国家的角色对全球资本流动涉入甚深,全球化所伴随而来的新管理模式只是过去的强权国家继续对外攻城略地的新形式而已。

三、转型主义:全球化是政治、经济与社会变迁的触发器,新的全球秩序在这个过程中于焉成形。经济自由化促使传统的国家疆域逐渐模糊,而国家权力也不再能全然主导经济力量,因此国家的管辖权力必然超脱既有的疆界,进而逐渐形成权力分散地方、国家与区域的"全球治理"机制。总之,对转型论者来说,"全球化"意指经济秩序、国家权威以及阶级体系的重新建构与调整过程。分析而言,这三种主要观点的论证如下。

超全球主义论

该观点主要是赞扬全球单一市场的出现,并认定全球竞争将带动人类文明的进步,在全球单一市场形成的过程中,生产、贸易与金融等逐渐无视于疆界而形成跨国网络,民族国家将丧失对经济活动的掌控;在另一方面,全球化亦代表了全球分工市场的形成,亦即每一个民族国家将沦为全球竞争市场网络下的定点。旧式的民族国家在无法及时提出对策以应对全球环境的变迁即无法藉由自身的力量来响应人民的要求,国家主权及合法性将逐渐的遭到侵蚀,取而代之者将会是如跨国企业等新形态的组织。超全球主义论的代表人物大前研一(Ohame, 1990)在其民族国家的终结一书中提出了"区域国家"这一概念,强调有经济潜力与经济实力的地区应摆脱往日民族国家的包袱,而为求确保经济发展成果而吝于与其他较落后的地区分享,该做法或许使某些具经济优势的地区累积足以应对全球化冲击的能量,但却无视于几个世纪来民族国家的发展过程中几历艰难而成形的国家公民权利,甚至更侵蚀当代民族国家之合法性的根基。

怀疑论

相较于超全球主义论者而言,怀疑论者并不认为全球化脉络下的经济体系是人类生活最佳的架构,并且从 19 世纪以来的世界贸易、投资与劳动力流动等统计资料来推论全球化的真实意义。怀疑论者抨击超全球主义论者对民族国家悲观的预测,并认为在未来国际互动增强的经济体系下,民族国家的角色并没有减弱,因为各民族国家政府将成为国际化的基本架构,这加强了国际化势力对民族国家政府规范权利的依赖。

转型论

转型论者并不否定全球化的存在,而将之视为一种由多种因素长期冲突整合的辨证过程,但在另一方面也不似超全球主义论者那般盲目信仰全球化的影响力。其论点主要放在全球化脉络下民族国家功能与权威的再造与重塑;即对转型论者而言全球化是一种主权、领土与国家权力间的"重置"关系。以世界贸易组织为例,该组织虽为一跨国的架构,但其权力基础却是立基在民族国家的权威之上,其运作之方针需得各成员国之协商同意;相反的,民族国家身处在此一跨国组织的架构下,亦无法再如往常般以期疆界对主权完整性作一严密的保护。

在本文中,我们并不如怀疑论者般否定全球化的真实意义,亦不跟随超全球化主义论者的脚步盲目信仰全球化的影响力,因此将从转型论者的观点来有限地认定全球化现象的存在,并以福利国家为对象观察民族国家应对全球化的对策。

全球化对于福利国家的影响与冲击

全球化的负面后果已经有相当多的讨论。首先是越来越多环境和生态的破坏,整个资本主义的跨国生产不断耗用资源,造成环境的破坏,这些环境的问题已经是跨全球的,例如巴西雨林、全球暖化、切尔诺贝利核电厂爆炸,这是和全地球人类息息相关的;第二,越来越多的经贸、人口移动、国际组织性犯罪增加造成国家疆域管制能力的降低。第三是国际疾病的传染。不同个体、组织、部门的互动越来越频繁,密度越来越增加,疾病也就跟着传染,最显著的例子是欧洲的疯牛病以及2003年的SARS风暴,都重创了当时亚洲各国的经济。

正如我们在本文开头部分所看到的,全球化在20世纪90年代之后成为热门的研究主题,包括从文化、经济、劳动等各个层面探讨与分析全球化所带来的各种社会、经济与文化等影响。其中,与福利国家最紧密相关的问题有两个,一是对于劳动市场的冲击,另一个则是对于所得分配的影响。全球化对劳动市场结构影响的因素主要在于国际比较利益原则的驱动之下,全球的资本、投资、劳动力的移动,以及全球商品的流动与商业的分工,进而对劳动市场产生作用与影响。首先,在国际贸易中,农工商品在不同国家之间贸易,进而在比较利益的原则下,以原料、半成品与零组件的形态进行全球的贸易与流通;而跨国企业基于利润极大化的目标,在国际比较利益原则下,将管理、生产销售等工作以及将生产制造中的每一个过程予以分开,并分别在不同国家进行,同时利用国家间的不同管理规章,缴纳最少的税,雇用最少的工人,并进一步对国家有降税、降低劳动条件以及减少劳工保障与支出的要求。又基于反应市场快速变化的要求与移转风险,组织的弹性亦加大,企业的生产活动亦有重大的改变:即采取包括跨国契约外包、及时生产与少量多样的生产方式(Mishra，1999)。

此一变革对劳工的影响，即是所谓的工厂关闭及资遣员工的情形与数量增加了，意即劳工的就业市场有了结构性的改变，失业与薪资降低的风险增加了。在企业利润增加、生产销售增加的同时，工作机会却相对减少，且政府的税收也减少了。另一方面，政府为了吸引投资，增加就业机会，却不得不以减少税赋及降低劳动条件来吸引国际投资。其结果是国家的税收减少了、劳动风险提高了、劳工对社会安全的需求提高了，并进而形成国家间的降税竞争。在全球化的结构性影响之下，台湾劳动市场结构所面临的可能是劳动市场的自由化、弹性化、去管制化、和劳工的协商能力的下降，而这可能进一步加剧了劳工之间的所得不平等与就业的不安全(吕建德，2001)。

全球化对劳动市场的冲击直接反映在高失业率上。福利国家不仅需应对无法充分就业所带来的问题，还必须防止大规模失业的产生。在这段时间，各国对物价稳定或维持充分就业各有不同的政治着重点，但在其用来采用维持就业策略上，也有明显的差异。就经验上来看，到目前为止，并没有一个制度模式可以同时实现充分就业与持续的平衡成长。新工业投资所能带来的工作机会有限，为了维持国际的竞争力，降低劳动成本及解雇劳工是常见的做法。Streeck(1998)就提出竞争力重建的长期后果似乎是国内工业关系可作为社会安全来源的能力下降，且企业在承受人力过剩的压力时，对需求也会变得较不敏感。同时，公司竞争力的能力衰退及对劳动组织的瘦身，都将使很多过去在福特主义的工业关系中所强调的保障性功能外部化。至于国家在因应上，则需找到可重建社会福利支出的方法以满足让经济更具竞争力的需求。在福利国家中，工作数量下降连带的是政府为维持高工资替代率，处理退休人力过剩的能力。意即若要解雇劳工，常需要相关的提早退休方案等政策的配合才能有效解决，且不至于造成社会问题(Ebbinghaus，2004)。

全球化与福利国家：影响的途径与论点

如果我们追溯过去福利国家发展的历史脉络可以发现，福利国家的出现主要是响应在工业化下，快速的社会变迁所产生的集体风险问题。第二次世界大战后为福利国家的黄金时期，此时世界各国所面临的社会风险，多围绕在失业、退休与残疾所带来的所得危机，故社会政策焦点多在于经济安全、去商品化与对抗贫穷上。

西方各福利国家在面对全球化的冲击、各国之扩张与转变的方式上，主要可以区分为三种方式：

一、工业主义逻辑(logic of industrialism approach)；

二、权力资源论(power resources approach);

三、国家中心论(state-centered approach)。

工业主义逻辑主张经济发展为解释福利国家扩张最主要的核心,亦即西方各国随着工业化的发展,必然会面临相同的需求与社会结构上的转变,而福利国家为必然之解决路径。然而,由于对经济发展的重视,导致忽略了政治与社会层面的力量,也会使福利国家产生不同的变化,因此产生了权力资源论,其强调工会与左派政党力量之重要性。当左派政党与工会力量越强大的国家,其福利体制的发展越旺盛。而国家中心论者则认为,除了经济发展、政党与利益团体之间的结合,各国的宪政体制、立法程序与官僚制度也应该被当作解释福利国家发展的重要因素。

过去关于研究全球化对福利国家影响的观点,主要由两大理论阵营所主导,分别是"效率假设"(efficiency hypothesis)和"补偿假设"(compensation hypothesis)。不过值得探讨的是,是否真的如同"效率假设"所预测的,全球化是与福利国家成反比趋势,也就是说,当国家面对全球化所带来的激烈竞争时,必然会导致政府对跨国企业低头,采取减少劳动保障来换取提升企业的竞争空间,因此导致各国在福利政策上趋于一致的紧缩(Ohame,1990)。或是如同"补偿假设"所提出的,随着全球化的来临,人民与社会将产生不同的需求,而国家为了要补偿市场竞争所带来的不公平,反而会扩张福利支出(Cameron,1978;Garrett,1998;Rodrik,1997)。这些都仍然值得进一步以经验研究的方式来加以证实或证伪。Mishra(1999)就在整理了相关的辩论后,罗列了以下七大论点,来分析全球化对于福利国家的冲击与影响途径。

论点一:全球化降低了国家透过通货再膨胀化的财政手段追求充分就业与经济成长的目标,一国之内的凯恩斯主义因而无法被视作一个可行的选项。

论点二:全球化透过劳动市场弹性化,一个分殊的后福特主义式劳动力与分布式的工资谈判体系而导致了工资与劳动条件的不平等,全球竞争与资本在全球范围内的自由移动导致社会倾销与工资及劳动条件向下沉沦。

论点三:由于政府必须将赤字及债务降低,全球化对于社会保障与社会支出施加了一种向下调整的压力。另一方面,国家又以降低税负负担为主要政策目标。

论点四:全球化透过降低国家和衷共济及合法化所得的不平等的手段弱化了社会保障在意识形态上的基础,特别是维持最低水平的要求。

论点五:全球化弱化了社会伙伴与组合主义的制度结构,因为它将原先均衡的权力结构从劳工与国家身上转移到资本家身上。

论点六：全球化藉由排除中间偏左的取径而使国家的政策选择大为受限，就此意义而言：它意味了意识形态的终结。

论点七：全球化的逻辑与国家社群及民主政治的逻辑相互抵触，社会政策乃被视为全球资本主义与民主的民族国家两者间相互争辩的一项主要议题。

以上七大论点主要是争论全球化是否真的对福利国家有所影响，综合来说又可以分成以下三种不同的观点：

全球化对福利国家有负向影响。Mishra(1999)认为：在全球竞争压力之下，国家政府追求充分就业与经济成长的能力受限，并促进了薪资所得与工作条件的不平等，并且增加了政府对于社会保障与社会支出的压力，弱化了支撑社会保障的意识形态，削减了社会伙伴(social partner-ship)与劳、资、政的三角关系。

全球化对福利国家的影响有限。Pierson(1996，1998)则认为福利国家的压力来自国家的经济成长从制造业转型到服务业的过程，导致生产力下降，经济成长率也随之下滑，而侵蚀到福利国家的财政基础；而由于这些先进福利国家的体制多趋于成熟，福利的涵盖率高、支付范围广，这样的结果导致其财政问题愈益严重，而政策上的弹性也较小；加上近年人口老化，老人年金与健康照顾需求增加，而青壮年工作人口下降，提供福利财源的社会成员减少，两种问题相加，造成福利国家的主要危机。

全球化有助于福利国家发展。此观点认为全球化反而能促进福利国家的改革。不同福利国家所承受的全球化压力本来就不相同，而经济社会的全球化意味着风险社会的全球化，也隐含了全球层面与民族国家内部各相关部门间的调整与适应问题。在全球性有效治理机制未出现之前，民族国家还是必须面对挑战，负起主要响应责任(吕建德，林志鸿，2001)。所以全球化反而提供了福利国家改革的正当性。

从上述三种论点，我们可以得知过去对于西方福利国家面对全球化所发展的理论已经相当多元，并且仍然缺乏一致性的看法。而在发展中国家，在经济发展、民主化程度、工会组织化结社程度(unionization)等指标上都比发达西方国家低。加上其劳动力商品化和无产阶级化程度都较低，若采用过去研究西方福利国家的推论方式，似乎都无法合理地解释当开发中国家面对全球化冲击时，会采取何种社会支出的调节，是紧缩还是扩张？以下本文先就开发中国家在经过全球化转变后，其社会与经济产生的变化作为开端，来探讨其为何不能如同西方已开发国家一般，能够快速弱化并解决新兴的社会问题。

在目前关于开发中国家福利体系的产生及其特征的解释大概可以分

成两种截然对立的观点(Glatz and Rushermeyer, 2005)。一种观点是"趋同论"(convergency thesis),这种观点认为后进发展国家的福利体系受到开放经济的影响,正在并且也即将趋同,这包括上述的"效率假设"与"补偿假设"。但是对于开发中国家福利体制的讨论,有部分学者认为"效率假设"所提出的经济开放造成对社会政策缩减的影响,并非如同一般所认为的是首要影响的因素。他们认为真正影响的原因在于经济制度"突然的开放",与政治结构上"旧制损毁、新制未兴"的情形有很重要的关联,过去苏联共产政权的瓦解以及拉丁美洲遭遇的金融危机,就是很好的例子。在"补偿理论"中 Garrett 和 Nickerson(2005)则提出资本流动(capital mobility)和公共支出(public expenditure)之间存在着正向的关系,而民主化又加强了这两者的连结。此种说法主要是以对外经济开放来提升国内的所得,当国家的资本提升,便有更多的资源去制定更多的社会安全福利制度。从长远的方向来说,教育的普及与提升就是增加人力资本的重要措施。

对于开发中国家福利的发展另一种解释观点则是"趋异论"(divergency thesis),这种观点强调开发中国家之间政治或经济的不同情况造成了显著的福利体系差异。这种差异不仅是因为对外经济开放程度的高低而影响福利支出水平,而是在根本上福利体系和支出项目的重心都存在系统性差异。然而,趋异论的观点也不断受到考验与质疑,有部分学者认为:事实上,无论是东亚国家或是拉丁美洲国家,福利体系的建立和发展有很大部分都是在威权政体下完成的,许多国家都是继承前威权政体的遗绪(Mares and Carnes, Forthcoming:5—11)。Mares 和 Carnes 就批评以民主化为主要变量是无法解释在过去威权体制下发展中国家的福利是如何产生,以及为什么目前民主程度类似的福利国家体系却如此不同。

Glatzer 和 Rueschemeyer(2005)提出了一个较为令人信服的论点。他们指出:无论是效率假设或补偿假设,都不是解释福利国家发展的决定因素,虽然两者都解释了全球化的压力下可能造成的福利输出结果,但是最终的结果都是决定于国内的要素。换言之,国内的要素才是形塑一国社会政策的关键。而这些所谓"国内的"因素包括:第一,国家的财富;第二,国家与社会的关系;第三,国家与经济的关系;第四,国与国之间的权力关系。如果以上四个要素被全球化所影响,那么就可以解释一国的社会政策如何受影响。由此可见,他们所强调的四个因素都和"国家"有密切的关系,换言之,也就是一国的"政治"具有关键的影响力,因此他们进一步解释影响一国政治背后的四个要素:第一,社会权力的均衡(如劳方与资方的关系);第二,政府行动的能力(如政府征税的能力);第三,国家的经济条件;第四,之前社会政策的历史遗绪。Garret 和 Nickerson

(2005)认为中所得福利国家形成的主要因素为全球化、民主化和大政府，他认为以上三个因素和福利国家的形成密切相关。

全球化与福利改革的政治经济学

1980 年代，随着弗里德曼(Friedman)货币主义的影响力越来越大，各国央行的主要政策目标变成是以维护本国货币稳定及压低通货膨胀作为主要的政策目标，至于是否因此而带来失业率的问题则变成是较次要的问题。

另一方面，在各主要国际性非国家组织(IMF，OECD，WB)与各全球金融玩家的期待下，国家必须采取下列几种政策以适应来自这些行动者的要求。第一，采取紧缩性的金融政策，以避免本国货币与他国货币(主要是美元)之间过于剧烈的变动，并进而影响了本国产品出口的竞争力。第二，缩减赤字与降低公债占全国 GDP 的比率，以维持国家在世界债券市场的债信评等。而以 1992 年马斯垂克条约的规定来说，有意愿加入的会员国必须符合公债占全国 GDP 的比例，方能取得加入的资格。第三，降低税负的负担以争取外资(FDI)在本国的投资，这部分调降的税负主要是公司的营利事业所得；另一方面，一般受薪阶级的所得税及社会保险(薪资税)则需调高，以弥补由于调降前者所造成的财政与预算缺口。换言之，原先由企业与劳动者共同支持的社会保障体系，已经随着企业在全球范围内到处移动可能性的增加而逐渐倾颓。国家财政的负担转移到移动能力较低的劳动者身上。数据显示，自从 1970 年代初期以来，在 OECD 国家中，个人薪资所得税与加值型营业税占国家征税所得比率节节上升。

第二次世界大战之后先进国家福利资本主义的体制无论在给付方式、组织架构与基本精神上有多大的差异，在二战后的发展基本上仍是基于"凯恩斯主义"的基本原理而建立起来的。凯恩斯主义强调政府通过总体经济的管理来维持经济景气(或对抗经济循环中的不景气)，创造有效需求并维持对于劳务与财货的购买力，其法宝是政府在扩张政策下所带来的充分就业。但是充分就业的基础是政府对于资本流动的有效控制。资本家之所以选择留在国内投资是因为政府的利率政策引导资本流向所致，而政府利率政策的有效贯彻又有赖于美国在战后所缔造的美金本位体制，也就是布雷顿森林协议。透过美金与黄金价格的固定，各国再将其本国货币与美金的汇率固定，如此形成各国央行间无形的一致的利率政策，它的效果是将各国资本留在国内并引导至创造工作机会的经济部门。同时，政府辅以适当的工资政策、财税政策与社会福利政策，进行初级与次级的社会所得再分配，使广大劳工能在经济成长的同时分享其成果。

二次大战后,在"黄金年代"所发展起来的福利国家乃是一个有效结合了经济成长与所得平均分配两大目标的制度安排,论者曾以"镶嵌的自由主义"(embedded liberalism)来说明这样的制度安排(Ruggie,1982)。它使得战后快速成长的经济果实得以通过某种机制分配到广大的劳工。政府之所以能够有效地贯彻上述政策,使其发挥综合性的效果(synergetic effect),主要则是有赖于工会方面的配合与所谓组合主义的制度安排。欧洲战后发展的福利国家事实上是建立在所谓的社会民主与统合主义体制之上。一方面,在政治体系上由一个主张财富再分配与社会正义的左派政党或"资本主义文明化"的基督教民主党为主要政党;另一方面,在劳动市场上,则通过统合主义式这种阶级妥协的制度安排来达成劳、资、政三方共赢的结果。

以北欧福利国家为例,劳动市场采取统合主义式(corporatism)的制度安排是维系福利国家得以有效运作的政治经济基础。所谓的统合主义,是指某种制度化的利益表达组织形态,利益的表达是透过对其成员具有垄断权(而这权力通常是由国家认可的)的组织来进行的(Schmitter,1979:20—22)。利益的表达经由某种制度网络,针对特定的议题,以集体协商的方式共谋解决办法。在瑞典的劳动市场,关于工资谈判与创造工作机会等重要议题常是通过两个分别代表资方与劳方的全国性组织(如著名的瑞典总工会与瑞典雇主总会),以集体协商及谈判的方式就经济(如薪资、劳动纪律与工时)、制度(如工会安全)和行政(如年资、劳动纪律与职业安全卫生事宜)展开。这样的体制是一个对于劳、资、政三方都有利的体系:劳方透过放弃激进的罢工行动与适度的工资政策(moderate wage policy)换取资方对于充分就业政策的配合与国家以福利政策保障的社会薪资;资方从中获得了有利的投资环境;国家则在工业和平中获得赖以征税的稳定经济成长与公民的政治合法性。

如上述分析所言,在二次大战后的所谓"黄金年代",人们首次相信一个人性化的资本主义是可能的:通过凯恩斯主义的总体经济管理,经济成长与"公平"的分配这两个目标是有可能结合在一起的。甚至在某些民主社会主义者眼中,凯恩斯式的福利国家被视为是可以和平过渡到社会主义社会的一种可能选择方案(Shalev,1983:27—49)。同时,民主国家与福利国家被容许结合在以民族国家为单位的国民经济体上。然而,凯恩斯式的福利国家之所以能成功,其先决条件其实还是在于美国挟其当时国内生产毛额占世界生产总值约50%,黄金储备占世界一半左右的庞大经济实力,以及美国当时在军事与政治方面的优势缔造的全球霸权。这个霸权体制使得它在有效支配的范围内,以民族国家为单位的国民经济体彼此之间能在汇率稳定且无贸易壁垒的有利环境下,进行对彼此都有利的国际贸易。这样有利的自由贸易经济环境曾经在 1870—1914 年间,在大英帝国霸权所缔造的"金本位体制"下出现过[1],经过两次大战的中断,而在战后又(曾经)在美国手上继续维持下去。换言之,维系福利资本主义体制的"一国凯恩斯主义",其成功反而是必须要以某个足以稳定国际金融与经济秩序的全球霸权秩序为其前提[2]。这正是波兰尼在《剧变》一书的第一篇中所描写的,19 世纪文明的根基其实主要是奠基在金本位制以及它所衍生的其他三个维系"百年和平"的制度(Polanyi, 1957,此处引自黄树民等译, 1989: 59—95)。

资本市场的全球化:凯恩斯式福利国家的瓦解

但是,好景不长。让左右两派都能接受的凯恩斯体制与布雷顿森林协议随着 20 世纪 70 年代开始所爆发的几个事件而瓦解。首先是美国为了支应越战所需的庞大支出而滥用了作为世界金融秩序中各国央行储备的美元,固定汇率制在美国滥用美元作为国际准备货币的特殊地位下,在越战后逐步宣告瓦解,取而代之的则是各国央行所无法有效控制的"欧洲美元市场"[3](Harold, 2000: 140—173)。从此以后,各国根本无法有效地预期货币的兑换率,利率政策也宣告失效。其次,两次石油危机之后所出现的"迟滞性通货膨胀",不仅使第三世界国家深受其害,西方工业国家也逐渐依赖于一个各国政府所无法控制的资本市场,因为利率乃是取决于各国投资人所期望的获利率。

在上述两个造成美元本位体制瓦解的原因中,主要还是要归咎于第一个因素,而它也创造了自今本位体制瓦解以来的第二次"剧变":一个各国央行无法控制的全球金融市场逐渐浮现(Sassen, 1991: 64—84),它使得各国经济政策中的主要法宝——利率与货币政策失效,反之,各国央行的利率与汇率反而是要随它的波动而随时作机动性的调整。

各国央行与财政主管机关对于这些全球玩家的约束能力其实相当有限。据统计,每天在国际金融市场上进行交易的金额高达一兆美

[1]　Hirst 与 Thompson 认为经济全球化事实上早在 20 世纪末就已经展开了,当时的世界贸易总量直到 20 世纪 80 年代中期才能赶上这个水平。参见 Hirst and Thompson, 1996: 19—50。

[2]　当然,我们也可以"理想主义的"期待这个全球秩序是由各国间基于平等互惠的原则所建立起来的国际谈判架构,左派社会民主主义者[如拉丰登(O. Lafontain)]即是抱着这样的希望(Lafontain, 1998)。类似思考也可参见 Mishra, 1999: 111—132 与 Hirst and Thompson, 1996(特别是 Chap. 7&8)。

[3]　在 20 世纪 60 年代,美国各大银行为了逃避本国所加注的诸多财政限制,而将某些业务纷纷转移到伦敦,形成了所谓的"欧洲美元市场"(Albert, 1995: 139)。1973 年第一次石油危机后,OPEC 产油国将其在油价高涨中所赚取的大量外汇转存与这些美国银行,更扩大了它的规模。

金[1]。面对这群富可敌国的国际投机客,国际货币基金会或国内只储备几十亿美元的各国央行(全世界各国央行总储备量则不过是7 000亿美元)像位于汪洋大海中的孤岛一样,在与国际投机客们对抗的每一场战役中都有落败的风险。由此而产生了两个后果:首先,国家的货币政策宣告失灵。今天一旦某国央行所设定的利率低于国际水平,其所导致的后果不仅会将资本吓离本国,因而导致了本国失业率升高;另一方面,各国彼此之间相互竞争,提出优惠条件,以求吸引具备全球快速移动能力的投资者(Scharpf,1996:215)。各国为了争取这些流窜于世界各地的庞大资金而竞相提出优惠条件,这些自20世纪80年代开始即行启动的相互竞争与解除管制政策,其结果,除了金融市场的自由化外,就是导致OECD各国税率级距大幅下调,因而严重侵蚀了福利国家赖以维系的税基(Steinmo,1994)。各国应对的策略只能透过将征税的目标由公司营业税转向较不具移动能力的消费税(Scharpf,1999:135;Garret,1998)。

这些在国际金融市场上的全球玩家(global player)还造成了全球分配正义的问题。他们具有快速移动的能力,并且在全球各处利用各国之间的汇兑差价寻找对其最为有利的短期投资。众所周知,诺贝尔经济学奖得主Tobin即倡言对于这些在全球金融市场上牟取暴利的活跃者们课征0.5%的交易税以符合分配正义的原则[2]。然而,由于到目前为止,"世界政府"的理想仍只停留在纸上谈兵的阶段,面临现实执行上的障碍。犹如Scharpf所指出的,当前西方民主政体在治理上所面临的困境在于:问题已经跨越地方、区域与国家的层次而演变成全球性的,然而解决问题的层面仍然只是停留在主权国家的层次上(Scharpf,1996:212)。

资本市场全球化对于各国财政政策的最后影响在于它在世界经济中创造了所谓"贬值的偏见"。Stewart将这个偏见归结如下:

"一个国家单方面地追求贬值政策,例如尽管其对于产出与就业等方面的影响,而仍尝试要通过降低货币供给的增长量,在达成本国贬值的目标相对来说较容易成功。……然而,如果一个国家只单独地寻求扩张性政策的话则较不容易达成这个目标。世界经

---

[1]　据统计,1994年时全球每天有一兆两千亿美元在股市中交易,1995年时一兆三千亿,1996年则升高为一兆四千亿,其中只有4%是投入在劳务与商品的交易商,其余96%则是流向投机性的金融与外币交易市场,参见Mueller,1997:810f.

[2]　最有名的例子是国际金融玩家索罗斯旗下的"量子基金",利用英镑贬值的压力加以操作,一举获取10亿美元的暴利。

济体系中正成形的压力将促使福利国家限制其采取单方面扩张的行动限度。……而这种由于贬值性压过扩张性政策所形成不均衡性的最终结果,主要是导因于在作为一个整体的世界经济中倾向于贬值的偏见所造成的。"(Stewart,1984:48,此处引自 Martin,1995:19)。

国家并不是不知道这些整日各处游荡,到处寻找获利可能性的国际投机客对于国民经济的严重影响;也试图寻求任何可能的途径来扭转颓势。问题是,在后凯恩斯主义的世界经济,国家能掌握的政策工具太有限了。"金融市场的壮大意味着国家货币当局乃至政府,都丧失了独立性。道理很简单,金融市场和金融活动越来越国际化,中央银行和财政当局越来越受国际资本移动的牵制,失去了对税收、利率、货币存量等重要经济杠杆的调节和控制权。"(Albert,1995:133—134)。德国前总理科尔尝试在 20 世纪 90 年代初期采取若干限制手段,其结果却只是加速了资本的外流。同样的例子也可见于法国 20 世纪 80 年代密特朗社会党政府金融管制措施的挫败。主要的原因乃在于国家自 20 世纪 70 年代以来已失去它对于货币市场管制的能力,而这又主要归因于美元本位体制的瓦解[1]。

经济生产的国际化及其后果:劳动市场的弹性化

凯恩斯式的福利国家的目标至此由于总体经济需求面管理的失效而宣告为不可能,取而代之的是中间与微观层次的调控(Cerny,1990:222)。国家已经不可能达成充分就业的目标(Offe,1995),取而代之的是国家能提供多少有利且具有竞争力的条件来吸引外资。国家在提高本国竞争力时必须采取若干措施,例如鼓励某些策略性产业,但同时解散不具备竞争力的夕阳工业。在此一转化到第三次工业革命的过程中,其代价就是造成某些所谓"不胜任"劳工的间歇性失业与随之而来的高失业率,这就是西北欧自 20 世纪 80 年代末期以来所经历的"结构性失业"困境。

更重要的则是技术条件的改变所引发的劳动市场弹性化趋势。在传统福特主义生产方式下,通过大规模工厂生产以及标准化自动化的生产方式制造出来了一批批在政治上具有强烈阶级认同,且生产条件一致化的劳工。他们拥有明确的政治忠诚并且组织强大的工会,透过

---

[1] 为了解决这个问题,德国前任财政部长 Lafontain 即在 Flassbeck 的建议下提出所谓的"汇率目标区域"模式,以求稳定欧元、美元及日币等三种主要国际通货之间的兑换率,参阅:孙志本,2000:13—15.

自战后国家对于劳动权的保障,自主罢工的权利,以及更重要的劳、资、政三方所组织成的统合主义式制度安排来保障一个接近于中产阶级生活水平的社会薪资(social wage)(Hicks,1999:127)。大量生产与大量消费是这个时代的重要特征。总而言之,福特主义式社会的主体大抵是由生产条件一致且具有坚定阶级忠诚的劳工所组成(崔之元,1997:152—156)。

随着20世纪80年代开始快速发展的计算机科技产业,提供了所谓家庭办公室成形的可能条件,许多按件计酬性质的工作或个人工作室应运而生。产业的主体也从传统的煤矿、钢铁或造船等劳力密集产业转向讲究赋予个别劳工较大自主性的高级技术密集产业与服务业部门的扩张,一个强调分殊化、多元化、个人化的社会形态乃因而出现。Piore与Sabel将这个从大量生产到弹性分殊化生产方式描写成由“福特主义”转变到“后福特主义”的变迁(Piore & Sabel,1984)。

过去是南方国家输出初级原料到北方国家,经过加工制成后再回销至南方国家。在传统福特式生产方式与凯恩斯式充分就业政策的保障下,全职劳工是劳动市场中的常态。但一方面随着现代生产自动化的技术革新,以及另一方面新兴工业国家(NICS如东亚四小龙)与后进发展中国家(如东南亚、拉丁美洲与东欧国家)等,利用廉价劳动力制造原本属于北方国家中低技术部门劳工所生产的产品。但无论是新引进的生产技术促使少数的高级技术劳工替换掉大量的低技术劳工,或后进发展中国家所生产极具价格竞争力的产品,其结果都使得这群劳工跌入结构性失业的漩涡中,另一方面工会组织率也因劳动分工多样化而遽减。综上,北方国家劳动力市场的改变主要是国际经济分工秩序的改变,以及部分为应对这个全球生产秩序改变所引进的技术变革所导致的(Martin,1997:37)。

上述两个在劳动市场上所出现的变化,他们在社会福利政策的意涵可以从两个方面来分析。首先是高失业率时代的来临以及所谓“新贫穷阶级”的出现。由于上述凯恩斯主义的失效而使得充分就业的目标宣告失败。企业纷纷出走,在不发达国家寻找廉价的劳动力,通过压低生产成本来提高产品在世界市场的价格竞争力。同时,由于信息与通讯科技的快速发展,提供了跨国企业在全球各地设置生产据点的可能性。产业外移的结果是导致欧美工业民主国家国内的失业率不断攀升,失业的人口则大部分属于在传统夕阳工业部门中工作的中高龄劳工。他们由于技术能力的问题而面临转行上的困难,即使施以职业训练,仍难与目前劳动市场上的主要需求配合。最后的出路不是在家里领取失业救济金,期满之后再往下“沉沦”,领取社会救助金,蒙受烙印,成为社会所指责的“福利依赖者”;或者进入劳动市场中低技术要求的阶层,赚取仅足以温饱的工资,成为广大“麦当劳式工作”(Mc-work)中产业后备军的一员。这群在产业结构变迁过程中,劳动市场上竞争的失败者不见得没有工作的意愿,问题是,他们所能接受的工作对于他们的阶层流动并无太大帮助。

结　语

全球化对于福利国家继续维系最大的挑战在于:一个国家的国民经济"被迫"暴露于开放的世界经济。过去是国家能通过某些制度与政策工具"管理"市场;在经济全球化的条件下,则是各个民族国家浮游于竞争日趋激烈的市场大海之上,失去了国家驾驭市场机能的能力,以及据以创造维系大众忠诚,保障公民福利权的资源。在经济日趋国际化的情况下,国家如果考虑采取某些凯恩斯式的政策手段来保护国内经济,结果往往适得其反。

经济全球化也同时意味着风险全球化,在赢家通吃、金牌全拿、优胜劣汰、弱肉强食的情况之下,世界性财富分配不均越发明显,但又缺乏世界性调控机制,只好寄托于民族国家。民族国家为增强本土竞争力量,势必补贴或塑造优厚投资生产销售条件,一方面增强本土竞争力,一方面吸引外资、外国高级技术,必将产生排挤效应,传统产业势必面临相对劣势条件,劳动薪资待遇以及失业问题将更明显地加大国家财政压力:税捐已达高点,增税不易,但社会与经济利益冲突加剧,如何加以平衡构成了对于福利国家能否继续维持下去的最大挑战。

国家制度与政策的响应(一)

艾斯平-安德森(Esping-Andersen)认为:后工业社会对传统凯恩斯福利国家的冲击,造成 20 世纪 80 年代以来福利国家的危机与调适,不同的福利国家体制所采取的响应也不同。新自由主义式福利资本主义的美国、英国及新西兰是采取解除管制,以市场导向为主的策略来响应福利国家的危机。欧洲大陆的组合主义式福利国家面对 20 世纪 70 年代以来就业率的下降,所采取的策略不像是英、美式的降低工资,而是以延长退休年龄来减轻保险费负担、私有化,以及弹性化劳动市场等策略,以保护其职业社会保险体制。北欧的社会民主式福利体制则采取微幅的调整,增加训练与福利提供的机会,微幅地调降福利给付,这是建立在新制度主义下的路径依赖理论的结果。

Gough(1996)以艾斯平-安德森福利国家三种体制为基础,分别讨论了三种体制在全球化下所面临的竞争威胁(如表 1)。Gough 认为社会福利的支出不必然会导致国家经济竞争力的下降,在高失业与工作形态不确定的情况下,一定比例的福利支出反而会使国家经济、政治发展更稳定,减少部分社会成本[1](Gough,1996)。然而,相关劳动保障的社会安全支出需求会增加,例如年金制度。一方面年金需求随着人口老化增加;另一方面,以职业为基础的年金保险却随着失业以及工作的不确定产生财源危机,欧盟在2003年的社会政策主要政策目标为年金的改革,试图为上述问题寻求解决方案。

在面临全球化所带来的劳动市场变迁的同时,要能调和就业及社会安全成为各国亟欲达成的目标。然而不同的福利国家类型,也会有不同的政策取向:

1. 自由主义的福利国家(以美国、加拿大、澳大利亚等盎格鲁-萨克逊国家为代表)

主要特色:双元福利,一以资产调查、社会救助政策为主,提供残补式的福利制度,福利服务对象以老、残、妇、孺(即不具任何作能力者)为主,且福利提供以基本生活的保障为限,强调当市场失灵时,人民才被鼓励从社会福利获取帮助。由于自由主义、资本主义的影响甚巨,强化了市场原则(看不见的手),市场机制的自由调节(根据需求与供给的调配),国家角色的弱化与消极化。采用资产调查的给付方式,以及少的社会福利服务,并高度仰赖私人的社会保险以应对经济的变化。此外其薪资政策则是以低工资为主要生产策略(Swank,2003)。

2. 组合主义的福利国家(以德国、奥地利、法国、意大利等欧陆国家为代表)

组合主义以职业类别作为社会保险设立与福利服务提供的基础,社会福利与阶层、阶级之间密不可分,使得历史传统得以留存。例如:强调传统的性别角色与分工(女主内—女性家务劳动的付出、男主外—男性养家者),其福利政策与租税制度都强化这种现象、强调不同职业之间的划分,利用不同的福利提供作为划分的基础、强调在社会福利提供方面,私人部门(家庭、小区、非营利组织等等)的角色重于国家。整合劳工、资本,以及维持长期稳定的劳雇关系,并提供以职业为基础的社会保障。此种体制提供重要的社会保障给劳工,为资方提供社会稳定性,并促进长期发展策略的合作关系。而此福利国家的职业基础是促使劳工获得工作所需的技能,并加强劳工与雇主间的长期职业承诺。

3. 社会民主主义的福利国家(以瑞典等北欧国家为代表)

主张社会权的普及,强调社会福利是每个公民皆有权利能够去获得与使用,并利用高度的所得转移来提供福利服务,藉以达到平等的落实。强调每一公民获取各种资源的平等性,不因个人的身份、地位、职业等而

---

[1]　所谓社会成本:疾病的成本、低教育水准的成本、犯罪的成本、不平等的强制成本等。见 Gough I. (1996)"Social welfare and Competitiveness.", *New Political Economy*,1(2):209—232.

有所差异。采用普及的福利方案、供给面导向的经济政策来强调工作的需要。并运用积极的劳动市场政策,提供资源,强化人力资源的培植,鼓励在职训练并提供职业服务。在所得维持方案部分,强调工作诱因,而在生产投资策略上,若企业愿将营利所得再投资,则减少其营利税。此外,亦对劳工提供充分就业的承诺,并增加社会保障。

表1 全球化下各福利体制面临的威胁与响应的策略

	自由体制的国家 (英、美)	保守体制的国家 (德国、意大利)	社会民主体制的国家 (瑞典、丹麦)
对竞争力最大的威胁	不平等(需求不稳定、教育质量不佳与社会分裂等)	欧洲共同体(EC)6个原始会员国与后来加入的欧陆国家差异大	高税率与非薪资劳工成本威胁国内的资本供给
改善方法	1. 透过教育的提升 2. 技术的改良 3. 提高经济的生产量	1. 选择性解除市场限制 2. 赋予保险福利制度(意大利的退休金) 3. 将社会成本导向更有生产力的结果	1. 给付的部分删减 2. 准市场(quasi-market)与私营企业的扩张

资料来源:整理自 Gough I. (1996)"Social welfare and Competitiveness", *New Political Economy*, 1(2):209—232。

市场中的企业或者是资本,获得了空前的移动能力,当然这方面是拜科技发展之赐。但是由于各跨国企业本身资产的雄厚,以及投资人分散在世界各地的特性,因此这一时期的跨国企业,已经没有早期在封闭民族国家中那么浓厚的民族色彩了,反倒是对于跨国企业而言寻觅低生产成本的国家以及可以大量出售产品的市场,成为他们四处争夺的对象。在此我们将描述由于资本家所占据的战略性地位的原因,而使得资本家在面对各民族国家政府以及各国公民时,能够拥有决定性的权力。

我们在下文将尝试指出,目前全球资本主义的最大危机在于它仍未寻找到全球市场的"社会镶嵌性",也因而无法找到让全球资本主义体制继续运作下去的制度性基础。这个观点主要脱胎于波兰尼的洞见,而由Jessop(1999),Rieger and Leibfried(1998)与艾斯平-安德森(Esping-Andersen, 1999)所继续发挥。根据他们的看法,19世纪以来资本主义经济的发展主要受惠于某种形式的社会安全体系,资本主义与福利部门的发展其实并非相互矛盾。相反,现代国家福利部门的出现提供了资本主义经济体系得以进一步发展的动力。因为福利部门使企业能以较有效率的方式将社会成本外部化到国家上;另一方面,它也使得自由贸易政策取得它的政治合法性(Rieger and Leibfreid, 1998)。根据 Jessop(1999)的观点,全球化意味了资本抽象/形式面向的强化,资本逸出了它原先的由民族国家所架构起来的制度疆界而在全球的范围内到处乱窜,并且一个在政治上取得霸权地位的新自由主义到处鼓吹解除管制而无视于它必须要寻找一个得以落脚的制度架构。

我们因而可以将自 20 世纪 80 年代以来启动的全球化视为一个仍不稳定的状态，它仍需要一个新的制度架构来让它着床，根本的问题在于后福特主义下所出现的风险能否在目前的社会安全制度下加以吸收。另一方面，则导致现行社会安全体制内在的体制结构与外在的后福特经济全球化之间的脱节而促使福利国家必须作出相应的变革（李碧涵，2000：9），而这个变革必须要寄望于某种形式的国际合作体系。当然，这个工作并不容易。首先，各国间的福利体制如同我们在第二节所介绍的，大抵就可分为四类，而每种体制下的国别歧异性又相当大。因而，即使是在货币统合上都已取的重大成就的欧体，所谓欧洲"社会模式"（social model）仍在争论之中（Leibfried，1997）。另一方面，各个参与谈判的国家也各有不同的利益。对外开放且贸易依存度高的小型经济体由于从贸易自由化过程中获得的利益较大，比起本身即具备庞大内部市场的国家对于谈判成功的兴趣自然较大。需要注意的是，在各个政策领域都突显了相当不同的结果（Scharpf，1999b：107）。最后，问题的症结不仅仅是自由贸易与国家干预之间的争议，另一个层面还牵涉到福利国家必须干预的正当性问题[1]。

2007 年发生的金融危机不仅对国家总体经济体系造成了莫大的冲击，同时间接影响其社会体系的运作。世界金融危机直接的冲击即是对经济体系的影响，包括其金融体系、出口贸易和劳动市场等等，其中对劳动市场的冲击更影响了个人与家庭生计问题，大量的失业人口浮现使得国家必须透过社会政策体系加以响应其所带来的影响。环顾目前世界各国社会政策对金融海啸的回应，大略可以归纳为下列三个部分：积极的劳动市场政策、劳动市场补偿性政策、紧急性社会救助体系。

综观以往金融危机对社会政策体系的影响，国家最直接的响应即是通过积极劳动市场政策解决失业问题，在这次金融海啸的冲击下，积极劳动市场政策同样成为主要的政策响应之一。其中以台湾地区为例，可以发现积极劳动市场政策可以区分为人力资本取向的职业与教育训练体系，主要希望能够藉此累积个人的人力资本，协助其重新回到劳动市场（如立即充电计划）；工作机会创造政策则是着重于政府对私部门企业的补贴，以协助

---

[1] 一个有趣的例子是德国联邦政府对于位处萨克森邦福斯（VW）汽车的补助所引发的争论。从欧体执委会的观点来看，这项补助已经违反了自由贸易中公平竞争的原则，但从德国联邦政府的观点来看，此举却是履行基本法中要求政府有义务采取必要措施以平衡全国区域均衡发展，并维持平等生活条件。同样的争议也可以在各国在 GATT 与 WTO 关于贸易自由化的谈判中发现。

私部门创造更多的就业机会，抑或是直接透过公部门（政府）开办暂时的公共就业方案。最后，则是工作福利模式，则是强调透过福利给付与对工作的强制要求的结合，让个人重新回到劳动市场（如就业津贴）。

其次，则是因为在失业率遽升的情况下，直接冲击的即是劳动市场中的弱势失业者，而且更为重要的是，因为在经济情况无法在可见的未来看到复苏的情况，许多补偿性的政策纷纷出炉，其中，最重要的即是失业救助与保险体系。像是台湾，即提出希望能够将领取失业保险给付的期限从原先的 6 个月延长到 9 个月。

第三，则是因为劳动市场情况的恶化，使得失业者家庭的生计直接受到冲击。各国对此所提出的各类政策即是紧急性的社会救助体系，希望能够除了既有的社会保险体系与社会救助体系之外，以紧急性的社会救助体系协助那些直接面临生计问题的家庭。台湾地区最明显的例子即是"马上关怀"方案，提供紧急性的一次性给付给予那些生计面临问题的家庭。

基本上，金融海啸或是危机对福利国家的影响，就目前先进福利国家而言，大多还是利用暂时性的社会方案，而非建立在长期性的思考底下，绝少有类似大萧条时代如罗斯福总统所建立的社会安全体系一般。

国家制度与政策的响应（二）

在全球化的过程里，到底谁是赢家、谁是输家？ Firebaugh（2003）从全球所得分配的角度观察，认为中国与印度是这一波全球化的主要赢家。他的论点认为近 10 年来的全球所得差距是下降的，主要原因在于由于经济全球化的发展，使得工业化也扩展至全球，使得全球所得的分配不均下降。Firebaugh 进一步推论在未来的四五十年中全球分配不均程度还会再继续下降，主要有两个解释因素。其一是由于中国与东南亚国家目前仍处于快速工业化，工业化的成果使中国、印度这些发展中国家的所得也上升；其二是以人口学的因素做解释，中国及印度目前及未来的四五十年的人口结构状态正值青壮年人口最多的时候，代表国家的劳动生产力会再提高，国家的总收入也相对提升。其实这两个因素的解释都建立在一个基本的概念上，所得分配如何越趋均等，那就是富者越贫，而贫者越富，前述的两个因素以这个概念作分析，发现原本所得水平较低的中国及印度所得提升，且老化指数也较目前富有的西方国家来得小，因此会达成贫者越富使全球国家间的所得差距缩小。

Firebaugh 的观察结果发现使全球所得不均度越趋平等的因素有三个：中国的所得成长高于世界的平均，南亚的所得成长高于世界平均，然而，较富有的西方先进国家的人口成长却低于世界平均。而另外造成不均度升高的因素也有三个，分别是：撒哈拉以南的非洲地区的负所得成长率低于世界平均，较富有的西方先进国家的所得成长高于世界平均，撒哈拉以南的非洲地区的人口成长高于世界平均。两个方向的拉力及推力作用下,最后还是偏向所得不均度的下降的结论发现,所得效果的上升与分配效果的下降促使全球不均度下降。另外,以分配效果来看,贫穷国家人口成长透过劳动比的增加,间接能使劳动市场影响所得不均下降。

Firebaugh 的研究推翻了许多习以为常的论点。原先的某些传统理论认为,因为全球化会影响国家间的关系,较富有的国家通过全球化获得更大的利益而造成所得不均,因此全球化会影响全球所得不均的上升。然而事实上使全球不均下降的功臣是发展中国家的工业化,而非原先论点所重视的信息科技产业(信息科技产业的进步在少数先进发达国家发展造成所得不均上升)或是西方后工业化科技的全球化,中国与南亚的工业化才是所得不均下降的主因。他也因而间接指出,中国与南亚是这一波经济全球化的主要赢家。

就输家而言,第一个是由于全球区域之间的不平衡发展而导致部分后进国家在发展上更加滞后(如撒哈拉以南的非洲)。第二个是先进工业国家低技术劳工的问题——所得中断、结构性失业。面对全球化所产的负面外部效应,有四种解决方案。第一种主张是让民族国家出面解决问题;一个是主张世界主义,民族国家已经失去它总体管制的能力了,应该将解决问题的权力交给国际组织,如联合国及类似欧盟的区域性组织。第三种观点是主张是交给市场解决就好,最后是主张仍然要有某种程度的重分配。依照这四个方案,两两相交可以得出四个解决方式。第一种是认为民族国家出面解决但是要通过市场,新右派的撒切尔、海德以及法国的勒庞持此观点。

另外一种看法是新自由主义,范围是全世界的,主要是跨国企业还有自由国际主义者如大前研一以及福山等,他们主张让世界自由市场自己来解决。在这个世界里,一个以全球为范围所建立起来的世界市场冲破了所有人为以及不合理的限制。生产的几个要素:劳动力、资本与土地等因素在全球范围内"有效率的"配置。支持这个计划的新自由主义者们更乐观地认为,藉由全球间产品,劳务,资金与劳动力的自由流通,全球的产品价格,利率与薪资水平将逐渐趋于一致,这种趋同的结果"长远而言"将对每一个人都有益处。在这样乐观的期盼下,他们认为所有有碍于自由化的壁垒都应该加以拆除。同时,即使在这个创造性的毁灭过程中会出现不平等的现象,那么这也只是短暂的现象,为了长远之后总体利得的增加,此一短暂的现象是值得忍耐的。不过,这些"新自由主义"的观点在2007 年的全球金融危机之后,似乎引起了许多批评与检讨。

还有一种看法,以走再分配路线的民族国家为主,这包括了老左派、民族社会主义者、欧洲的社会党及社民党等。这类观点讨论全球化、政党政治与经济之间的相互关系,他们的主要论点有以下三点(Garrett,

1998):

(1) 全球化过程中形成了一群中间偏左的选民。不过,各个国家的左右权力平衡仍旧存在着差异,劳动市场制度也是一样。

(2) 全球化增加了左翼政党寻求所得重分配与风险分摊的经济政策。市场整合并未减弱左派劳动力量与大政府之间的历史关系。

(3) 全球化增加了经济、政治与社会稳定对于投资的重要性。社会民主国家的总体经济表现仍旧不差,广泛来说,是因为结合了左派政党与整合的劳动市场制度而促进了薪资决定过程与社会的稳定性。

社会民主主义论者从经济学的"新成长理论"中获得理论支持,认为政府所推出的许多政策例如公共教育与职业训练等基础建设,不但有利于公民就业、改善未来生活,同时也可吸引资本增加投资。他们乐观地认为,结合有力左派政党的重分配经济政策,倘若有充分涵盖集体行动的劳动市场制度的配合,仍可在全球经济下有好的表现。

另外一派则是主张要走向世界政府,透过国际 NGO 组织,绿色和平组织,透过国际之间的互助活动来达成。有许多要求全球制度改革和全球社会政策的改变在过去的十年都是来自国际公民社会和学术社群的要求,他们的主张具体而言包含以下五点(Deacon, 2007; Deacon et al. , 2003):

(1) 全球租税权威的建立;

(2) G20 的扩张到包含区域的国家团体;

(3) 通过世界人民会议更进一步的强化联合国的民主化;

(4) 制定一个机制去让布雷顿森林协议制度更有责信地去面对接受贷款的国家;

(5) 模仿联合国安全理事会,建立一个有关经济与社会安全的会议。

表 2　在国家、区域与全球各层次治理的社会功能

功能/政策领域	国家政府	欧盟区域政府	现行的全球制度安排
经济稳定	中央银行	中央银行在欧盟区域内的协议	国际货币基金会/国际银行
财源提升	国家税制	消费税+政府捐赠	没有,EU 裁决的混合,特别全球基金,二者和多边 ODA
分配	税和所得移转政策+区域基金	在社会标准的结构基金	没有,特别的慈善家救助,债务救助和不同的价格
社会管制	国家法律和命令	EU 的法律和命令	温和的 ILO,WHO 的会议、UN 会议,志愿章程
社会权	法院救济、消费者执照、三者间治理	EU 卢森堡法院救济. 三者间治理	UN 的委托对人类权、但是没有合法的救济. 公民社会的监视

资料来源:Deacon et al. , 2003:22。

最典型的主张就是 Bob Deacon（2007）。他在 *Global Social Policy and Governance* 一书中就建议在全球社会政策的领域进行三个制度的彻底变革：联合国基金完全或部分的独立；全球人民会议的建立；创建一个类似于联合国安全理事会会的经济安全理事会，以作为谋求全球经济政策协调的制度机制。尽管在现有国际政治经济脉络下仍有实施上的困难，他的观点仍引起了比较社会政策学界的广泛讨论。

全球化促使贸易国际化、生产国际化、金融全球化，劳动市场的生产方式由传统福特主义式，以大量生产、大量消费的方式，转型至后福特主义式，以精致产业、质量取胜、弹性化的生产方式，并将劳动市场性质一分为二，形成竞争部门与保护部门。技术性劳工在竞争部门与雇主的利益较为一致，皆期望藉由全球化的竞争，增加获利空间；相反的，在保护部门的劳工多为低技术或非技术性劳工，这些部门大致包括公共部门与服务产业，他们的工作比较无法与跨国性企业接轨，且工作形态为低薪、工作时间零散不稳定，其中以低技术、中高龄男性劳工面临失业的危机最为严重。有鉴于此，这批低技术、中高龄劳工可能面临失业、自愿或非自愿性地提早退休。

值得注意的一点是全球化是否意味着一种单一化？是否如福山在《历史的终结》一书中所指的西方资本主义意识形态全面胜利下所带来的结果？若果如此，则在深入探究西方资本主义与民主政治扩张历程后，即可发现全球化这一现象可说是一道虚幻的曙光，看似存在却从未真实，其症结即在自由资本主义在经济全球化的扩张过程中无可避免的须针对不同的社会做出修正，而非彻底的消灭其原有经济制度以进行同化（Gray，1998）。我们可以确认的是地方与全球的关系并非是零合的竞争，地方的重组应以一个全球的面向来思考，而全球社会的形成也应视为多个地方文化彼此间的冲突整合的过程；因此全球化应视为一种"解地方化"与"再地方化"的过程，是一种全球与地方交互作用的一体化过程（Beck 1992；林志鸿、吕建德，2001）。

最后，我们应该怎样看待全球化？笔者的第一个看法是全球化基本上是好事：通过比较利益法则和自由贸易确实能够带来总体福祉的增加。但是有两个问题必须解决：第一，全球化会增加国际和国内不平等程度增加，笔者的解决方法跟新自由主义者不一样，新自由主义者认为要放任，由市场自由解决。笔者的看法是如果按照此方式，全球化并不是像西雅图（1999）认为全球化是不可逆的过程，而笔者认为继续走下去的话是可逆的，一些在全球化过程中被淘汰的不适任低技术劳工，轻则用通过民主的方式选出民族仇外的政府，重则运用贸易管制的措施抵制全球化的进展，例如 1933 年德国希特勒上台。当时希特勒用高关税壁垒阻断与其他

国家之间的贸易往来,将资源全部转到军火工业。短时间内确实解决了
经济问题,也解决马克通货膨胀和失业率的问题,但是这条路却必须付出
很大的代价。而在这两个极端之间有中庸之道,第一个,走福利国家的路
线,笔者必须要强调为什么介于老左派和世界主义之间,理由有两个,第
一,要解决全球化带来的不平等的问题,要透过所得再分配,但目光不能
仅仅在所得分配的问题上,而且还必须要把这些社会福利政策和工作结
合起来,也就是说,福利国家不能只是发钱的机器,不能只是做福利再分
配而已,这样会使得资本家跑得更快;二来,这样的方式对低技术劳工而
言长远来说也没有好处,在荷兰和丹麦有一些措施,比如说这些中高龄劳
工,不适任的劳工,透过积极的劳动市场政策,可以领取失业津贴、失业给
付、社会救助,但是同时也必须接受职业训练。职业训练有两个意义,不
只是培养技能,对失业者来说是种鼓励,让失业者和社会搭起桥梁。让失
业者重返社会,他就有生活的意愿。但对于中高龄失业者,职业训练有用
吗? 给予什么样的职业训练? 计算机训练、学语文的成本相当大,而所学
和社会需要是跟不上脚步的。就必须把这样的人引导到社会福利里面,
例如小区养老院和小区工作(软件和劳力的工作)。使他们和小区重新结
合,第二个步骤,用政策鼓励妇女劳动力充分释放,因为台湾本身妇女劳
动力很低,只有 48—50％左右,不像瑞典的 87％、德国的 60％左右,而妇
女加入劳动市场是有帮助的,因为以后的劳动市场不再以男生为主,因为
以后是走向服务业的社会。以后双薪家庭是正常,但对妇女来说是两头
烧,对妇女来说是不公平的,像瑞典,由国家出面兴建幼儿园、托儿所、养
老院,由国家发展家庭照顾产业,透过这些方式也可以聘用妇女,让妇女
有更大的动机和动力走出家庭,投入劳动市场,而这些产业对国家经济是
有帮助的。

参 考 文 献

李碧涵,2000,《市场、国家与制度安排:福利国家社会管制方式变迁》,发表于"全球化
　　下的社会学想象:国家、经济与社会"学术研讨会,台大社会学系/台湾社会学社
　　主办,台北:台湾大学。
黄登兴,2001,《全球化趋势与贸易变迁:引力模型下的图像》,发表于:"全球化的经济
　　与社会层面探讨学术研讨会","中央研究院"欧美所主办,2001 年 5 月,台北:
　　南港。
吕建德,2001,《从福利国家到竞争式国家:全球化与福利国家的危机》,载《台湾社会
　　学》,2001 年第 2 期,第 263—313 页。
林志鸿、吕建德,2001,《全球化下的社会福利政策》,见顾忠华主编,《第二现代:风险
　　社会的出路》,台北:巨流出版公司,第 193—242 页。
孙治本,2000,《全球化与民主政治、社会福利的前途:德国政界与知识界之相关讨
　　论》,发表于"全球化下的社会学想象:国家、经济与社会"学术研讨会,台大社会

学系/台湾社会学社主办，台北：台湾大学。

崔之元，1997，《第二次思想解放与制度创新》，香港：Oxford UP。

Albert，M. ，1995，庄武英，《两种资本主义之战》，台北：联经出版公司。

Beck，U. 1992. *Risk Society：Toward a New Modernity.* London：Sage.

Cerny，P. G. ，1990，*The Changing Architecture of Politics：Structure，Agency，and the Future of the State.* London and Newbury Park，CA：Sage.

Deacon，B. ，2007，*Global Social Policy and Governance.* London：Sage.

Deacon，B. ，E. Ollila，M. Koivusalo and P. Stubbs，2003，*Global Social Governance：Themes and Prospects.* Helsinki：Ministry for Foreign Affairs of Finland.

Esping-Andersen，G. ，1990，*The Three Worlds of Welfare Capitalism.* Cambridge：Polity Press.

Esping-Andersen，G. ，1990，*Social Foundations of Postindustrial Economies.* New York：Cambridge University Press.

Firebaugh，G. ，2003，*The New Geography of Global Income Inequality.* Cambridge：Harvard University Press.

Garret，G. ，1998，*Partisan Politics in the Global Economy.* Cambridge：Cambridge Uni. Press.

Garret，G. ，2000，The Causes of Globalization. *Comparative Political Studies.* 33(6，7)：941—991.

Garrett，G. and Nicherson，D. ，2005，"Globalization，Democratization，and Government Spending in Middle-Income Countries"，in Glatzer，G. and Rueschemeyer，D. (ed.) *Globalization and the Future of the Welfare State.* Pittsburg：University of Pittsburgh Press. pp. 23—48.

Giddens，A. ，1990，*The Consequence of Modernity.* Cambridge：Polity.

Glatzer，G. and Rueschemeyer，D. ，2005，"An Introduction to the Problem"，in Miguel Glatzer and Dietrich Rueschemeyer(ed.) *Globalization and the Future of the Welfare State.* University of Pittsburgh Press. pp. 1—22.

Gough，I. ，1996，"Social Welfare and Competitiveness"，*New Political Economy*，1(2)：209—232.

Gray，J. ，1998，*False Down：The Delusions of Global Capitalism.* New York：New Press.

Harold，J. 朱章才译，2000，《经济全球化》，台北：麦田出版公司.

Held，D. et al. ，1999，*Global Transformation：Politics，Economies and Culture.*

Hicks，A. ，1999，*Social Democracy and Welfare Capitalism：A Century of Income Security Politics.* Ithaca/London：Cornell Uni. Press.

Hirst，P and G. Thompson，1992，"The Problem of 'Globalization'：International Economic Relations，National Economic Management and the Formation of Trading Blocs"，Economy and Society 21(4)：357—396.

Hirst，P and G. Thompson，1996，*Globalization in Question：The International Economy and the Possibilities of Governance.* Cambridge：Polity.

Jessop, B. , 1999, "The Social Embeddedness of the Economy and Its Implications for Economic Governance", published by the department of Sociology at: http://. Lancaster. ac. uk/sociology/soc016rj. html.

Kliot, N. 1995. *"Global Migration and Ethnicity: Contemporary Case Studies"*, In Geographies of Global Change, eds. R. J. Johnston. et al. Oxford/Cambridge: Blackwell.

Lafontaine, O. , 1998, "The Future of German Social Democracy", *New Left Review* 227: 72—86.

Mares, I and Carnes, M. E. (Forthcoming) *"Social Policy in Developing Countries"*, Annual Review of Political Science, 12.

Martin, A. , 1997, *What does Globalization have to do with the Erosion of Welfare State?* Sorting out the Issues. Center for Social Policy Research, University of Bremen, Discussion Paper Nr. 1/1997.

Mishra, M. , 1999, *Globalization and the Welfare State*. Cheltenham: Edward Elgar.

Mueller, Hans-Peter, 1997, "Spiel ohne Grenze?" in: *Merkur* 51(9/10), pp. 803—820.

Ohmae, K. , 1990, *The Borderless World*. London and New York: Collins.

Offe, C. , 1995, "Vollbeschaeftigung? Zur Kritik einer falsch gestellten Frage", in: Die Reformsfaehigkeit von Industriegesellschaft, Bentele et al. . Frankfurt: Campus. pp. 240—249.

Pierson, P. , 1996, "The New Politics of the Welfare State", *World Politics* 48: 143—79.

Pierson, P. , 1998, "Irresistible forces, immovable objects: Post-industrial welfare states confront permanent austerity", *Journal of European Public Policy* 5(4): 539—560.

Piore, M. /Sabel, C. , 1984, *The Second Industrial Divide*. New York: Basic Books.

Polanyi, C. , 1957, *The Great Transformation*. Boston: Beacon Press.

Rieger, E. and Liebfried, S, 1998, "Welfare States limits to Globalization", *Politics and Society*, 26(3): 361—88.

Robertson, R, 1995, *Globalization: Time-Space and Homogeneity-Heterogeneity"*, in M. , Lash, S. and Robertson, R. (ed.), Global Modernities, Featherstone, London: Sage. pp. 25—44.

Rodrik, D. , 1997, *Has Globalization Gone too Far?* Washington D. C. : Institute for International Economics.

Ruggie, J. G. , 1982, "International Regimes, Transactions, and Change: Embedded Liberalism in the Postwar Economic Order", *International Organization* 36 (Spring): 379—415.

Sassen, S. , 1991, *The Global City*. Princeton: Princeton University Press.

Shalev, M. , 1983, "Class Politics and the Western Welfare State", pp. 27—49 in

Evaluating the Welfare State:*Social and Political Perspectives*, edited by Shimon E. Spiro and Ephraim Yuchtman-Yaar. New York : Academic Press.

Scharpf, F. , 1995, "Foederalismus und Demokratie in der transnatioalen Oekonomie", in: Politische Theorien in der Aera der Transformation, von Byeme, K. / Offe, C. (eds.), DVfPW Sonderdruck 1996. Opladen: Westdeutscher Verlag.

Scharpf, F. , 1999, *Regieren in Europa*: *Effective und Demokratisch*? Frankfurt/ Main: Campus.

Schmitter, P. C. , 1979, "Still the Century of Corporatism?" pp. 7—52, *Trends toward Corporatist Intermediation*, edited by P. C. Schmitter and G. Lembruch. London: Sage.

Simmons, B. A. , 1999, "The Internationalization of Capital", in: H. Kitschelt et al. , (eds.) *Continuity and Change in the Contemporary Capitalism*. Cambridge: Cambridge University Press. pp. 36—69.

Soros, G. 联合报编译组译 ,1999,《全球资本主义危机》,台北:联经出版公司.

Steinmo, S. , 1994, "The End of Redistribution? International Pressures and Domestic Policy Choices", in: Challenge November-December 1994, 9—17.

Streeck, W. , 1998, " Industrielle Beziehungen in einer internationalisierten Wirtschaft", pp. 169—202 in *Politik der Globalisierung*, edited by U. Beck. Frankfurt/Main: Suhrkamp.

Swank, D. , 2002, *Global Capital*, *Political Institutions*, *and Policy Change in Developed Welfare States*. New York: Cambridge University Press.

United Nations Conference on Trade and Development (UNCTD), 2001, *World Development Report*. Geneva: United Nations Conference on Trade and Development.

社会权利的历史分形与当代整合

郭忠华*

【摘要】　社会权利是公民身份权利的基本组成部分,旨在保障公民的基本生存权。通过与国家政权、民族主义、资本主义等因素的组合,社会权利在历史上表现出不同的模式。19 世纪后半期,社会权利与民族主义、威权政权的结合催生了德国威权主义的社会权利模式,社会权利在其中同时发挥着改善人民生活和提高威权主义政治合法性的功能。自由资本主义的社会权利模式是社会权利与资本主义之间的依附性组合,社会权利通过扭曲自身的价值取向而服务于资本主义的发展需要。福利国家模式则体现为社会权利与资本主义的对决性组合,社会权利在国家政权的保护下与资本主义处于"战争"的状态。20 世纪晚期至今出现的全球化、后民族国家和后工业主义等社会变迁使社会权利表现出整合发展的趋势,吉登斯的积极福利思想反映了这一趋势。

【关键词】　社会权利　公民身份　威权主义　资本主义　福利国家

The Historical Divergences and Contemporary Convergence of Social Rights

Zhonghua Guo

Abstract　Social right is one of the basic elements of citizenship rights. The aim of the social right is to guarantee people's survival rights. Through the combination with regime, nationalism and capitalism, social right exhibits different existing models in history. In the second half of 19th century, after social right combined with nationalism and authoritarian regime, it exhibited an authoritarian model in which social rights performed both functions of improving people's life and promoting legitimacy of the authoritarian regime. Liberal capitalism model of social right was the production of the adhering combination

---

＊　郭忠华,中山大学政治与公共事务管理学院副教授、行政管理研究中心研究员。主要研究方向为政治学理论、中国政府与政治。

本文为作者主持的广东省哲学社会科学基金项目(08YA-01)、教育部人文社会科学研究项目(09YJC810048)、中山大学"211 工程"三期行政改革与政府治理研究项目的阶段性研究成果。

between social right and capitalism in which the former distorted its own value to serve the latter's development. And welfare state model was the antagonistic combination between social right and capitalism in which social right got the regime's protection and set itself in a 'war-like' relationship with the capitalism. In the late 20th century, the trends of globalization, post-nation state and post-industrialisation drove the social right into a convergent development orbit which reflected by Anthony Giddens' positive welfare thought.

Key words　Social Right, Citizenship, Authoritarian State, Capitalism, Welfare State

　　社会权利又称福利权利，或者社会公民身份(social citizenship)。它与公民权利、政治权利一起构成了公民身份权利的三大要素。按照著名社会学家 T. H. 马歇尔的说法，社会权利指的是公民从享有某种程度的经济福利与安全到充分享有社会遗产，并依据社会通行的标准享受文明生活的权利(Marshall，1992:8)。从人类自由的角度来看，三大要素分别代表了三种不同的自由形态，即"免于国家干预的自由"、"在国家中的自由"和"通过国家获得的自由"(Bauman，2005:13—27)。社会权利的使命在于，通过建立福利、救济、保险、优抚等制度，提高公民抵御风险的能力，使之持续过上一种文明、体面和有尊严的生活。时下，关于社会权利的讨论虽多，但主要集中在社会权利的各个特定领域、社会权利模式的横向比较、社会权利的当代困境等问题上，很少注意社会权利的历时形态及其在当代的整合发展趋势。承接这一研究现状，本文探讨了社会权利的三大历史模式：威权主义政权下的社会权利、自由资本主义背景下的社会权利、福利国家背景下的社会权利。最后，以对吉登斯有关积极福利思想的讨论作为基础，探讨社会权利的当代走向。

一

　　福利国家尽管缘起于英国，但现代社会保障制度的系统建立却肇始于德国。因此，以德国作为分析的起点也就成为一种合理的选择。19世纪中后期，通过对丹麦、奥地利和法国的三次"王朝战争"，分崩离析达数百年之久的德国终于实现了统一。但是，作为民族国家建设的后来者，统一后的德国同时也面临着一系列严重的问题：第一，德国是在普鲁士的主导下实现统一的，普鲁士仅仅是德国众多邦国当中实力较强的一员。如何使其他邦国服从普鲁士政府的领导，把它看作是德国的中央政府，并培育出统一的、作为德国的国家认同，已成为俾斯麦领导下普鲁士政府的首要任务。第二,面对英、法等近邻出现的风起云涌的工人运动以及由此造成的政治动荡,面对本国工人运动不断高涨的苗头,如何避免重蹈其他国家的覆辙,提高本国的政治一体化程度,已成为普鲁士政府必须解决的问题。第三,德国的统一为推进工业化进程提供了契机,大批农村人口进入城市和工厂。但是,这一过程同时也带来了一系列严重的社会问题,如养老、失业、医疗、救济等。把所有这些问题综合在一起,集中体现在德国民族认同的建立、社会问题的消除和中央政府权威的加强上。俾斯麦及其后来的领导者清楚地认识到了这些问题,并采取各种行之有效的应对措施,这集中体现在:培育德国的民族主义情感以强化国家认同;建立完备的社会保障制度以消除由于工业化进程所带来的社会矛盾;压制其他公民身份权利(公民权利、政治权利)的发展,使容克地主阶级领导的中央政府免受其他阶级的挑战。

德国的统一给资产阶级和工人阶级的发展同时提供了契机。但与英、法等其他国家不同,德国资产阶级自产生之初,就经受着工人阶级和容克地主阶级势力的双重挤压,表现出明显的软弱性,不具有英、法资产阶级的革命性和进取精神。与此同时,在社会民主党的领导下,德国工人阶级的势力却开始蓬勃发展,并得到马克思、恩格斯等革命导师的指导。面对这种情形,以俾斯麦为首的中央政府娴熟地运用了胡萝卜加大棒的政策:首先,面对资产阶级的政治权利要求,表面上承认议会的合法地位,但却采用各种手段操纵和限制议会。例如,提高选举权的门槛,操纵选举过程,使议会或者被置于无足轻重的地位,或者成为服务于容克地主阶级政治统治的工具。面对工人阶级势力的高涨,则颁布《反社会主义非常法》等,打击社会民主党领导的革命运动。其次,以各种经济、社会保障政策拉拢资产阶级和工人阶级,使它们满足于投靠在容克地主阶级的怀抱中。例如,通过铁路、建筑等大规模基础建设,刺激民族经济的发展,使资产阶级在这一过程中尝到甜头,把资产阶级的经济利益与国家财政紧密地铰合在一起;对于工人阶级而言,则通过建立系统的社会保障制度来提高其政治认同和国家认同。1881 年,德国皇帝威廉一世颁布的“皇帝告谕”(又称《黄金诏书》)提出,工人因患病、事故、伤残和年老而出现经济困难时可以得到保障,有权得到救济,由此开启了社会保障制度建设的进程。在 1878—1911 年短短 33 年的时间里,德国政府还先后颁布了《童工法》(1878)、《医疗保险法》(1883)、《工伤事故保险法》(1884)、《伤残和养老保险法》(1889)、《女工法》(1891)、《遗族保险法》和《职员保险法》(1911)等。1911 年,又将各种社会保险法合并在一起,统称为《帝国保障制度》。社会权利一时获得长足的发展。

通过压制公民权利和政治权利的发展、推行民族主义的国民教育、推进社会保障制度建设,德国政府有效地化解了统一初期亟待解决的民族建设(nation-building)和国家建设(state-building)问题,但却使公民社会的发展置于病态的基础上。在正常情况下,民族国家的成长包括民族建设、国家建设和公民建设等三个维度(William,1998:10)。国家建设使民族国家建立起统一的、有渗透力的行政管理体系;民族建设加强了国家一体化的文化维度,使国家成员在情感上有机地团结起来;公民建设则使国家政权建立在民主的基础上,同时给民族主义注入理性的因素(肖滨,2007)。但在19世纪后半期和20世纪早期的德国,中央政府有意识地强化的仅仅是前两个方面,公民身份权利中的公民权利和政治权利则被看作是"民主政治的毒药"而遭到有意识的抑制。由此导致的结果是:侵略性民族主义得到了前所未有的发展、中央政权的集权化程度迅速提高。社会权利尽管在改善公民生活水平方面起到了积极的作用,但也成为中央政权换取政治合法性和民族狂热的工具。事实证明,中央集权的目标和民族主义的狂热如果没有受到公民身份权利的有效制约,由此导致的结果将很可能是灾难性的。就德国的情况而言,它们为法西斯主义的诞生提供了温床。法西斯主义是极权主义的表现形式之一,民族主义具有推动极权主义往"极"的方向发展的作用。"民族主义的重要性在于,它为极权主义的学说提供了'极'的一面"(Giddens,1985:303)。

　　时至今日,德国的情形已经发生了根本性改变。德国当时的情形曾经被马克思描述为:以议会形式粉饰门面、混杂着封建主义残余、已经受到资产阶级影响、按官僚制度组织起来、并以警察来保卫的、军事专制制度的国家。如今,这种国家已演变成以真正公民权利和政治权利为基础的现代民主国家——尽管其以"血统原则"为基础的、充满种族主义色彩的公民身份仍未改变。无论如何,从社会权利的角度来看,德国的情形都代表了历史上社会权利的发展方式之一。德国社会权利发展的特殊性在于:首先,发展动力方面,社会权利主要是中央政府自上而下有意识地授予的结果,来自底层的动力并不明显。其次,发展顺序方面,社会权利先于公民权利和政治权利而得到发展,从而不同于T. H. 马歇尔所刻画的公民权利、政治权利、社会权利依次发展的顺序(Heater,2001:13)。最后,发展目标方面,社会权利的发展目标显得较为复杂,既有解决由于资本主义市场经济所带来的问题的目的,更有转移公民对于其他公民身份权利的要求,提高威权主义政权合法性的意图。

　　德国的模式既给其他国家公民身份权利的发展提供了经验,也给公民身份研究提出了课题。从前一方面而言,德国的经验表明,社会权利是一种可以脱离公民权利和政治权利而单独得到发展的权利;与这一点相联系,社会权利的发展未必需要民主政治所铺就的舞台;同时,一种与公民权利和政治权利相脱离的社会权利,可以服务于威权乃至极权主义政权的需要。正因为如此,在理解19世纪德国社会权利的时候,必须避免形成这样一种误解,即认为那仅仅是一种局限于当时德国的孤例。不论是在 20 世纪传统的社会主义国家还是当今其他一些重要的威权主义国家,德国社会权利的发展情形都一再得到重复——尽管民族主义的炽烈程度可能比不上当时的德国,但在利用社会权利来巩固其威权政权方面却可能有过之而无不及。在那些国家,政治话语空间仅仅局限于社会权利领域,丝毫不能触及公民权利和政治权利,尤其是与之关联的国家政权领域。从后一方面而言,德国的情形给公民身份研究提出的问题在于:社会权利与其他两种公民身份权利之间有着更加复杂的关系,它未必是个人自由逻辑的合理延伸。它不仅"可以脱离公民权利和政治权利而孤立地从其自身出发得到发展和施行"(伊辛、布特纳,2007:98),而且可以沦落为专制统治者巩固国家政权、提高统治合法性的手段。

二

如果说 19 世纪后期的德国所反映的是威权主义背景下,社会权利得到长足发展的情形的话,那么,19 世纪早期的英国所反映的则是自由资本主义背景下,社会权利发生倒转的情形。从 17 世纪后半叶资产阶级革命完成到 18 世上半期,英国处在自由资本主义的发展阶段。前面有关德国的分析表明了社会保障制度从无到有、从稀少到体系化的发展过程,但那一时期的英国所见证的却更是一个相反的发展方向——传统社会保障制度不断遭到废除的过程。在卡尔·波兰尼(Karl Polanyi)看来,1834年《新济贫法》的实施,标志着英国正式建立起竞争性的劳动力市场和作为一种社会体系的工业资本主义(波兰尼,2007:87)。在此之前,英国已经存在着众多与社会保障相关的法律,如《技工法》(1563)、《伊丽莎白济贫法》(1601)、《居住权法》(1662)、《斯品汉兰德法》(1795)、《学徒健康和道德法》(1802)、《工厂法》(1833)等。尤其是被波兰尼赋予"战略意义"的《斯品汉兰德法》规定:只要工资收入低于该法律所规定的家庭收入数额,无论是否拥有工作,都可以获得工资形式的救济。在蓬勃发展的市场经济面前,它起到了保障人们"生存权利"的作用。"斯品汉兰德制度旨在防止老百姓变成无产阶级,或者至少是为了放慢他们变成无产阶级的速度。"(波兰尼,2007:87)但是,作为结果,"生存权利"终究没有抵挡得住苗壮成长的市场,社会权利从其最初的阵地上如潮水般地退却下来:1795 年,《居住权法》被废止,1813—1814 年,《技工法》中有关工资的条款被废止,1834 年,《斯品汉兰德法》正式被废除,同一年,《新济贫法》正式取代《伊丽莎白济贫法》等。资本主义正式越过"生存权利"的屏障而把所有社会个体卷入市场经济的惊涛骇浪中,让他们自己照顾自己。

　　但是，如果认为1834年至20世纪初的英国就是社会权利的蛮荒之地，则是一种错误的理解。从本质上说，传统社会保障制度的废除不过是为正常的市场体系打通道路，因为通过这些制度建立起来的保护性行动与市场经济体系的自我调节之间形成了致命的冲突。与狂浪推进的市场力量相比较，"生存权利"尽管已大大退却，但它并没有完全消失在历史的地平线之外。1834年颁布的《新济贫法》在社会权利的理念、对象和管理方面进行了调整：在理念上，确立政府负有实施救济、保障公民生存的理念；在对象上，取消"斯品汉兰德体制"的家内救济方式，把受救济者调整为被收容在习艺所中的贫民；在管理上，中央建立起三人委员会（后更名为济贫法部），在地方各教区、联合区组成济贫委员会，具体管理济贫事宜。《新济贫法》体现了社会权利变革的总体情形，《工厂法》则体现了工厂领域的社会权利，它促进了工作条件的改善。例如，限制童工的使用，为儿童提供受教育的机会；建立检查员制度（其中包括通风、温度和工作时间等规则）等，后来，该法案的保护对象还进一步扩大到妇女，检查的范围也扩大到照明、安全等领域。在劳动安全方面，1855年英国颁布世界上第一部关于安全准则的通则，1860年的《矿山管制和检察法》则对该通则作进一步细化，比如，禁止12岁以下的儿童从事采矿工作等。这些措施使工人的工作条件得到改善，尤其是保障了妇女、儿童的权益。因此，总体而言，那一时期反映的实际上更是社会保障制度从传统向现代的转型。通过这种转型，一方面为资本主义的发展扫清了道路。例如，《居住权法》的废除使劳动力的流动正式成为可能，《技工法》的废除打破了某些职业被限制在特定社会阶层的现象，《斯品汉兰德法》的废除则使统一劳动力市场的建立最终成为可能。所有这些对于资本主义的发展都有着举足轻重的意义。另一方面，这种转型也推动社会权利迈入现代的轨道，使之符合市场经济发展的需要。

　　但是，从社会权利的角度来看，这一转型同时也是一个充满痛苦感受的过程。随着《斯品汉兰德法》等诸多法律被废除，随着《新济贫法》的颁行，许多曾经植根于乡村、社区、城镇和行会成员身份中的社会权利也土崩瓦解。《新济贫法》尽管表明了现代社会保障制度的理念和管理方式，但也放弃了一系列对于"生存权利"来说至关重要的东西，尤其是对于工资领域的管制。更加重要的是，《新济贫法》表现出一种将公民与社会权利剥离开来的底蕴：社会权利不是公民的应得权利，而是个体不再成为公民的标志。与权利所蕴含的神圣和应得观念相比，《新济贫法》中的社会权利实际上更代表"羞辱"和"失格"（不再成为公民）。它把救济的对象调整为收容院的贫民，而不是社会中的普通公民，真正具有资格能力的公民是不能接受救济的，他必须以自身在市场中的成功来求得生存，接受救济也就意味着丧失作为公民的资格，成为与流浪汉、妇女、儿童等为伍的人。

T. H. 马歇尔指出:"烙在贫困救济上的耻辱表明了这个民族的深层情感:谁接受救济,谁就是在跨越从公民共同体到流浪汉团伙的门槛"(Marshall and Bottonmore, 1992:8)。《新济贫法》不是把公民与社会权利分离开来的唯一范例,《工厂法》等其他一些法律也表现出同样的倾向。如前所述,《工厂法》尽管使工人的劳动条件得到了改善,但是,这种保护并不是出于对公民地位的尊重,在保护对象上也更多偏向于作为非公民的妇女和儿童。对于公民来说,所能要求至多是"自由的雇用契约"得到强制性保护。"保护只限于妇女和儿童,并且妇女权利的捍卫者很快就发现这里暗含着侮辱:妇女受到保护就是因为她们不算公民。如果她们想享有完全的、可靠的公民身份,就必须放弃保护"(Marshall and Bottonmore, 1992:17)。其他诸如教育等领域的社会权利也表现出类似的倾向。

从《新济贫法》的实施到 20 世纪初,英国社会权利的发展情形给世人展示了一幅自由资本主义背景下社会权利的图景。在这一图景中,生存权利与市场经济的博弈以前者的败北和转型而告终,后者在打破前者桎梏的基础上获得长足的发展。综观这一时期,社会权利的特殊之处集中体现在以下几个方面:首先,与资本主义的关系方面,与此后许多学者所描述的社会权利与资本主义之间的"战争状态"相反(Gough, 1979:11),那一时期的社会权利实际上反而促进了资本主义的发展。社会权利后面隐含着公民必须努力参与市场竞争,而不是依靠福利求得生存的理念,只有那些无力参与市场竞争的非公民(non-citizen)才是救济的接受者。其次,在价值方面,社会权利蕴含着一种否定的价值。接受福利和救济是一件使人感到羞耻的事情,只有那些缺乏公民资格能力的人才会接受救济,真正的公民不仅不会寻求福利的保护,而且对救济持一种鄙视的态度。通过这种方式,古典公民身份那种将公域与私域相隔离、把后者看作公民活动领域的底蕴似乎以一种转化的方式得到反映(阿伦特,1998:57—68),尽管这里作为公民活动领域的市场在古典时代不仅不存在,而且即使存在,也属于私域的范畴。最后,发展动力方面,与前面所论述的德国自上而下的发展情形相反,当时英国的情形更表现为一种复合的动力:自下而上的破解以及由此而来的自上而下的调整。资本主义的发展首先打破了传统社会保障制度的束缚,国家再根据资本主义的发展需要重新进行调整。

与 19 世纪的情形相比,英国当代的社会权利已经发生了根本性变革,尤其是第二次世界大战之后,社会权利已从当年的消极形象转变成为一种"理所当然"的权利(Marshall, 1981:83)。但是,与德国的情形一样,英国自由主义资本主义时期表现出来的社会权利模式也不是一种仅仅存在于当时英国的现象,在那些自由主义持续处于支配地位的国家[1]，在那些随着社会主义阵营解体而转向市场经济的国家，甚至是改革开放初的中国，英国当时的情形都一再被呈现出来，尽管其中蕴含的伦理理念可能会有所不同。20 世纪 70 年代末我国启动了改革的进程，它一方面以政党和国家的力量培育出资本和市场，并且使它在劳动与资本的关系中处于强势地位；另一方面则迅速瓦解了与这种经济体制相配套的社会保障模式，把许多曾经衣食无忧的城市居民抛入市场经济的波涛中，让他们自己去求得生存。综观 30 年改革的历程，我国社会权利的道路可以勾勒为：市场化的推进，传统社会保障模式的瓦解，社会保障制度的缺位，新型社会保障制度的探索（董克用、郭开军，2008）。社会权利经历了一个鞍状的发展过程。从公民身份学术研究的角度来看，社会权利的这一历史模式提出的一个至关重要的问题在于：在以公民权利为载体的机会平等和以社会权利为载体的地位平等之间，应该如何实现二者的平衡。自由资本主义实践的是把前者置于支配地位的策略，由此带来的问题自不待言，但是，这并不意味着采取相反的策略就没有问题，接下来的内容将表明这一点。

三

19 世纪末以前自由资本主义的发展使社会财富在短时间得到充分涌流。马克思曾言："资产阶级在它的不到一百年的阶级统治中所创造的生产力，比过去一切世代创造的全部生产力还要多、还要大。"（《马克思恩格斯选集》，1972：256）但是，由于这种纯粹自由竞争的底板没有用社会权利的油彩加以涂抹，财富再分配（或者说社会不平等）问题从而变得越加严重。这一点从 1825—1933 年间资本主义经济危机的破坏力累进性提高这一事实中不断得到印证。社会不平等的加剧不仅危及资本主义本身的生存，而且不断催生极端平等倾向的社会主义运动，大有夷平整个资本主义大厦的趋势。在这种背景下，社会权利在与资本主义的较量中获得主动权，以社会平等和社会权利为核心的福利国家主导了政治舞台的话语。在 1945—1975 年的 30 年间，福利国家在西方资本主义世界几乎普遍得到建立。资本主义被看作是问题的渊薮，福利国家则被看作是解决问题的答案。除少数像哈耶克这样顽固坚持保守自由主义立场的知识分子外（哈耶克，1998），不论是发达福利国家（如英国、瑞典等）的政治精英

---

[1]　19 世纪的美国也表现出类似的情形，史珂拉在有关美国当时的选举权和收入权的演讲集中表现了这一点：只有拥有选举权和收入权的人才是公民，否则将沦落到与黑人、印第安人、奴隶、妇女等为非公民为伍，参阅 Judith N. Shklar, 1998, *American Citizenship：The Quest for Inclusion*, Harvard University Press.

还是尚待建立这一制度的国家（如美国）的政治精英，政治斗争的焦点都不是福利国家是否合乎需要和功能上必不可少的问题，而是建立福利国家的速度和方式问题（Offe，1984:147）。

实际上，福利国家是众多因素作用下的产物，其中，以下几种因素尤其表现得突出：首先，资本主义本身的原因。资本主义不能没有福利国家——尽管福利国家反过来可能使资本主义受到损害。"发达资本主义国家既需要、但又承受不起国家在福利领域不断增长的干预"（Gough，1979:14）。这里的分析将主要集中在"需要"的一面[1]。显然，每一个社会成员都具有不同的市场参与能力，如果没有社会保障的屏障，自由竞争的市场终将走向其反面，形成垄断、阶级分化等反市场的倾向，并加剧政治上的阶级斗争。这从 1929—1933 年的世界经济大危机中已经得到了集中的反映。要使所有社会成员都能积极地参与市场竞争，首先必须保证他们的生存底线，社会权利从而成为资本主义的必要因素。其次，更加直接的原因，战争推动了二战后社会权利的发展。20 世纪上半期是一个见证两次世界大战的时期，当青壮年男子都被征召参战之后，国家就必须负担起对他们妻子、子女、老人等的保障。同时，战争产生的大量退伍和伤残军人，也为社会权利的发展提供了理由。最后，尽管安东尼·吉登斯那双锐利的眼睛时刻在提示：不要把公民身份权利的发展看作是一种"自然演进的过程"，或者"不可逆转的趋势"（Gidden，1982:165—171），但还是有必要指出，社会权利的兴起与其他公民身份权利之间存在着逻辑上的关联。当公民的政治权利真正得到满足之后，应用政治权利来实现社会权利的要求显然是一种合理的选择，这表现在生产领域中罢工、组建工会、工资谈判等工业公民身份（industrial citizenship）的发展上，这些权利对于社会权利的改善有着至关重要的意义。正是在这些强力因素的推动下，贝弗里奇、凯恩斯等政策制定者们塑造了福利国家的制度构架，而理查德·蒂特莫斯和 T. H. 马歇尔等研究者们则开创了反思福利国家的学术研究。

不论对福利国家的支持者还是反对者来说，以简单的笔法勾画福利国家的具象都并非易事。艾斯平—安德森曾将"福利资本主义世界"描绘成"自由-市场类型"、"保守-大陆类型"和"社会-民主类型"三种图景（Andersen，1990），但这幅图景对于每一个国家来说实际上都更加复杂。然而，不论福利国家的表象如何，后面始终沉淀着一些共同的追求和政治哲学。首先，福利国家旨在改善工人阶级的境遇，使他们摆脱贝弗里奇所说的"五大巨人"，即需要、无知、贫困、失业和疾病（Roche，1992），过上一

---

[1]　有关福利国家与资本主义之间悖论性关系的专门分析，可参阅郭忠华：《从危机管理到管理危机——克劳斯·奥菲对福利国家政府管理的探究》，《武汉大学学报》2008 年第 1 期。

种体面的生活。蒂特莫斯指出，"作为一种逻辑上的结论，'福利国家'最终将转变成为一个'中产阶级国家'。"（Richard，1987：40）其次，"行政性再商品化"（administrative recommodification）。古典自由主义的原则尽管曾经使资本主义充满活力，但历史表明，它也使资本主义的存在越来越成为不可能。资本主义的存在以所有社会关系商品化作为前提，但资本主义的发展动力却使商品关系越来越趋于瘫痪。例如，自由竞争所导致的垄断阻碍了自由竞争本身，失业率的持续提高则使越来越大部分的劳动力持续撤出市场竞争。福利国家一方面希望通过全方位的社会保障政策把已经撤出商品关系的劳动者以人为的方式保护起来，使阶级斗争不至尖锐到危及资本主义的存在；另一方面则希望通过劳动培训、政策刺激、公共建设投资等方式修复已经非商品化了的市场，以此重建资本主义国家的存在基础。最后，倒转古典自由主义有关政府与市场的假设，把国家从与资本主义的"消极从属"关系中解放出来，积极干预资本主义经济，以此消除其固有的弊病。

在社会权利方面，福利国家政策体现在健康、就业、劳动、家庭、住房等广泛的领域，旨在为所有社会个体提供一张全面的、通过国家保障的安全网络。伴随着这样一种豪迈的宣言："伟大的日子终于到来了。你想要国家为个体公民承担更大的责任，你想要得到社会保障。从今往后，你已经拥有它们了"（Daily Mirror，July 5，1948），社会权利以一种强有力的方式逆转了与社会阶级的关系。前文的论述表明，通过扭曲社会权利所负载的价值和伦理，社会权利在自由资本主义时期实际上发挥着服务于资本主义的功能。但是，现在，社会权利却把自身置于资本主义的对立面，开始以自身的方式改造资本主义。在福利国家的背景下，作为结果平等的财富再分配取代作为机会平等的自然权利而居于主导地位。与此同时，社会权利还产生出新的含义：在自由资本主义的背景下，社会权利的目的仅在于减少社会底层阶级所遭受的明显苦难，并没有触及社会的上层，整个社会依然维持着完整的资本主义结构。但是，福利国家的社会权利却开始改造整个资本主义的社会结构，使之从以不平等为表征的"摩天大楼"转变成以平等为表征的"平房"。社会权利"不再像从前一样只满足于提高作为社会大厦之根基的底层结构，而对上层结构原封不动；它开始重建整个大厦，哪怕这样做可能会以摩天大楼变成平房的结局告终也在所不惜"（马歇尔，2007：24）。

福利国家堪称社会权利史上的特殊发展阶段，它以国家的力量把社会权利抬到历史的最高点。但是，与自由资本主义时期一样，这也不是没有问题的一种模式。到20世纪七十年代末，福利国家在经历了短暂的荣光之后，便从"解决问题的答案"变成了"问题本身"，而且这种旨在治愈资本主义疾病的方法反过来比疾病本身更加有害（Offe，1984，126）。20世纪末,政治光谱中的左右两翼同时对福利国家展开攻击。以新自由主义为代表的右派势力认为,福利国家既抑制了资本投资的动力,又抑制了工人工作的意愿。社会民主主义者则认为,福利国家对于解决工人阶级的问题来说是无效的,它不能从根本上消除工人阶级贫困的根源,同时,它还对工人阶级形成制度上的压制和意识形态上的欺骗。完全抹杀福利国家的成就显然是一种粗糙的做法,它不仅在实践上使社会底层的经济状况得到了巨大的改善,而且在理论上提出了有待进一步思考的问题:当把社会权利与社会阶级的关系从自由资本主义的实践中倒转过来的时候,社会权利的至上性到底能够走得有多远? 从社会权利的角度来说,福利国家与自由资本主义所实践的实际上是同一个问题,只不过是为了彼此相反的目的而已。

四

　　福利国家的社会权利模式毕竟是第二次大战后特定时代背景下的产物,反映了那一时期社会权利的主导范式。具体地说,构成这一范式的因素主要有:以民族国家作为分析视野;以工业主义作为社会背景,机器大生产是工业主义的主要特征;以传统的家庭模式作为潜在假设(即男性作为养家糊口者,女性则作为家庭的照顾者);在权利与义务的关系上,把权利置于考量的核心,忽视义务的重要性;主要关注由早期现代性所造成的问题,如贫困、失业、阶级冲突等(Roche, 2009:161—166)。但是,从 20世纪 70 年代开始,主导范式所依凭的这些要素发生了巨大的变化。首先,与民族国家联系在一起的是全球化的发展。全球化不断打破传统政治、经济、文化在同一民族国家内一定程度上齐步成长的格局,尤其在经济领域,民族国家越来越不构成全球经济网络的要点。其次,与工业主义联系在一起的则是后工业主义的发展。曾经作为现代化标志的机器大生产在新的时代背景下越来越显得过时和笨重,以知识和信息交换等作为载体的"无重经济"(weightless economy)越来越成为当代经济的特色(Quah, 1999)。实际上,随着网络社会的发展,世界本身也越来越表现为"无重世界",而不仅仅是经济。再次,与家庭联系在一起的则是社会结构的变化,妇女走出家庭而加入到就业市场,这在当今时代已成为普遍的现象。同时,与家庭结构变化联系在一起的还有核心家庭(nuclear family)、同性恋家庭等的兴起。所有这些在结构和伦理上都打破了传统社会权利赖以建立的家庭假设。最后,传统福利国家没有将女性运动、生态运动、和平运动等新社会运动所提出的问题纳入政策的视野。但在当今社会背景下,性别问题、气候变化问题、核扩散问题等显然已成为国家所不可忽视的问题。所有这一切表明,社会权利的福利国家范式已不能适应时代变化的要求，变革福利国家已成为大势所趋。

　　在探索福利制度的改革方面，当代思想家安东尼·吉登斯做出了有益的尝试。20 世纪 90 年代末，他所提出的"第三条道路"理论不仅对英国，而且对整个西方国家的政治发展都产生了举足轻重的影响，福利改革是第三条道路理论的重要组成部分。2007 年，他又出版《全球时代的欧洲》专著，专门就欧洲福利制度的绩效展开比较，为福利制度改革提供对策。除此之外，他还出版《新平等主义》等著作。吉登斯有关新平等主义的理念和积极福利的思想，反映了全球化、后民族国家和后工业主义背景下福利制度变革的趋势。

　　新平等主义以当今社会背景作为出发点，以对"旧平等主义"的反思作为基础，有针对性地提出适应时代变化要求的平等主义主张，这些主要体现在以下五个方面：第一，在公平与效率问题上，旧平等主义主要关注前者，即经济上的保障和再分配，新平等主义则充分重视后者的重要性，认为对于政府来说，生产效率的提高对于收入和财富分配具有持续的影响。第二，在地位平等与机会平等问题上，旧平等主义关注的主要是前者，主张通过消除阶级差别来实现所有社会成员的地位平等，新平等主义则更加关注机会平等，包括代际之间的机会平等。第三，在视野上，旧平等主义主要追求在民族国家的范围内实现社会正义的目标，新平等主义则充分考虑当今全球化的影响，充分重视全球化背景下文化、种族多样性的问题。第四，在权利与责任问题上，旧平等主义倾向于把权利看作是无条件的，忽视责任的重要性；新平等主义则充分重视责任这一端，把权利和责任同时引入福利制度改革中。第五，旧平等主义主要集中在收入再分配或者协议性工资政策上，即二次分配；新平等主义同时还关注财富和生产资料（productive endowment）的初级分配（Diamond and Giddens，2005：106—107）。从这种比较可以看出，新平等主义的理念一方面看到了旧平等主义存在的问题，另一方面也充分意识到了当今全球化等社会背景。尽管这种理念在实践中很可能使福利政策变得模棱两可，但其初衷无疑具有非常强的针对性。

　　秉承新平等主义理念的福利政策是一种"积极福利"的政策，它涵盖了一系列广泛的领域。首先，从"事后补救"的福利转变成"事前预防"的福利。"积极福利的态度应该是干预主义的或抢先的（pre-emptive），而不仅仅是补救性的（remedial）。干预主义指的是在任何可能的情况下，把问题处理在源头上，而不是遵循经典福利国家的方式——弥补风险和事后收拾残局"（Giddens，2007：100）。其次，从对外在风险的应对转变为对人为风险的应对，并充分利用风险的积极面。传统福利针对的主要是外在风险，具有明显的事后性。积极福利政策充分重视人为风险（manufactured risks）在当今社会所具有的影响；同时，积极福利政策不仅着眼于缩小或者保护人们免受风险的影响,而且还鼓励和帮助人们利用风险中所具有的积极而富有活力的一面,主动承担风险(吉登斯,2000:121)。再次,改革公民与国家之间的责任分担机制,实行"无责任即无权利"的原则。也就是说,政府承认自己对于公民的责任,包括对弱者的保护,但同时也强调公民必须承担起相应的责任。最后,将福利政策的重点转移到对教育和培训的投资上来,不仅关注经济方面的利益,同时还重视心理利益的培育,在可能的情况下,尽量投资人力资本领域,而不是直接提供经济资助,建立在积极福利基础上的国家是"社会投资型国家"。另外,积极福利政策还充分重视后现代主义的问题。例如,必须关注后工业社会出现的"后匮乏"(post-scarcity)问题,包括肥胖问题以及由此带来的心脏病、糖尿病等发病率增高的问题,培养人们健康的生活方式。同时,还必须把气候变化问题纳入公共政策的议程,使气候变化政策与其他公共政策融合在一起,形成"政治融合"等(Giddens,2009:69—70)。

新平等主义的理念和积极福利的政策并不是仅停留在纸面上的东西,作为英国新工党的高级智囊和前首相托尼·布莱尔的"精神导师",吉登斯的许多政策主张都对英国和其他发达国家产生着非常实际的影响。具体到社会权利上来,与自由资本主义和福利国家时期相比较,新平等主义、积极福利等主张表现出明显的融合趋势:一方面,希望保持自由资本主义时期的经济增长活力,使社会权利具有其可靠的物质基础;另一方面,又希望保持福利国家时期的社会正义,使所有社会个体都过上体面而有尊严的生活;同时,还充分重视当代社会变迁所带来的新问题,如全球气候变暖,肥胖症、糖尿病增多等。总体而言,积极福利主张具有明显折衷性和前沿色彩。对当今西方福利国家的改革来说,积极主张的确提出了许多有益的见解,如从对权利的强调转向对权利与义务的并重,将福利的重点转移到智力投资等领域上来等。当然,在实践中,这种带有明显折衷色彩的政策主张也不可避免地形成模糊不清、让人抓不住重点的感觉。左派人士认为,它声称"中左立场",实际上是新自由主义,是左派光芒掩盖下"一位不提手提袋的撒切尔夫人"(Ryan,1999:787—800)。右派人士则认为,它实际上是传统社会民主主义政策的继续,没有什么新鲜可言。更有人认为,要想搞清第三条道路的政治哲学,就像"跟一个充气的玩具人摔跤一样,你一把抓住了一角,所有的热气又冲向另一角"(The Economist,December 19,1998:47)。然而,无论如何,积极福利思想都反映了时代变化背景下社会权利发展的方向。现实已经表明,全球化、后民族国家、后工业主义等浪潮已经冲破了社会权利的传统模式,探讨新的社会权利模式已势在必行。

综合以上所有的分析,本文总结了社会权利的三种历史模式,即 19 世纪后半期以德国为代表的威权主义模式、19 世纪中后期以英国为代表的自由资本主义模式和 20 世纪中期的福利国家模式。以此为基础,以对吉登斯有关积极福利思想的探讨作为基础,表明当今社会权利日益整合发展的趋势。时至今日,有关福利、福利国家、社会保障等的研究有如汗牛充栋,它们对福利制度的类型(如《福利资本主义的三个世界》)、社会权利的特定领域(如住房、医疗、失业等)或者地区性社会保障政策(如东亚社会保障等)进行过有益的探讨,本文无意(也无力)穷尽对社会权利的所有分析。相反,本文只是从一种历时的视角出发,将分析的重点聚焦于西欧国家,对社会权利进行非常有限的分析——勾画社会权利在几个特定历史时期的表现。同时,本文没有说社会权利就只有这三种模式,但就已经论述过的三种模式而言,它们在社会权利的发展史上均打下了清晰的烙印,并且与当今福利制度改革紧密关联。通过清理这些模式,可以理解当今福利制度变化的历史根源。

参 考 文 献

安东尼·吉登斯,2000,《第三条道路》,郑戈译,北京:北京大学出版社。

董克用、郭开军,2008,《中国社会保障制度改革 30 年》,载《中国国情国力》2008 年第 12 期。

郭忠华,2008,《从危机管理到管理危机——克劳斯·奥菲对福利国家政府管理的探究》,载《武汉大学学报》2008 年第 1 期。

哈耶克 F. A. ,1998,《通往奴役之路》,北京:中国社会科学出版社。

汉娜·阿伦特,1998,《公共领域与私人领域》,载汪晖、陈燕谷(编):《文化与公共性》,北京:三联书店。

卡尔·波兰尼,2007,《大转型:我们时代的起源》,冯钢、刘阳译,杭州:浙江人民出版社。

《马克思恩格斯选集》(第三卷),1995,北京:人民出版社。

《马克思恩格斯选集》(第一卷),1972,北京:人民出版社。

马歇尔,2007,《公民身份与社会阶级》,载郭忠华、刘训练(编):《公民身份与社会阶级》,南京:江苏人民出版社。

肖滨,2007,《民族主义的三个导向——从吉登斯民族主义的论述出发》,载《开放时代》2007 年第 5 期。

伊辛、特纳,2007,《公民权研究手册》,王小章译,杭州:浙江人民出版社。

Andersen E. , G. , 1990, *The Three Worlds of Welfare Capitalism*, Cambridge: Polity Press.

Barbieri Jr. , W. A. , 1998, *Ethics of Citizenship: Immigration and Group Rights in Germany*, Duke University Press.

Bauman Z. , 2005, "*Freedom From, in and Through the State: T. H. Marshall's Trinity of Rights Revisited*", Theoria 44(108).

Daily Mirror, July 5, 1948.

Diamond P. and Giddens A. , 2005, "The New Egalitarianism: Economic Inequality in the UK ", in Anthony Giddens & Patrick Diamond eds. , *The New Egalitari-anism*, Cambridge: Polity Press.

Giddens A. , 1982, *"Class Conflict, Class Division and Citizenship Rights"*, in Pro-files and Critiques in Social Theory, Berkeley: University of California Press.

Giddens A. , 2007, *Europe in the Global Age*, Cambridge: Polity Press.

Giddens A. , 1985, *Nation-State and Violence*, Cambridge: Polity Press.

Giddens A. , 2009, *The Politics of Climate Change*, Cambridge: Polity Press.

Gough I. , 1979, *The Political Economy of the Welfare State*, London: The Mac-millan Press Ltd.

Heater D. , 2001, *What is Citizenship?* Cambridge: Polity Press.

Marshall T. H. , 1981, *The Right to Welfare and Other Essays*, Heinemann Educa-tional Books.

Marshall T. H. and Bottonmore, T. , 1992, *Citizenship and Social Class*. London and Concord, MA: Pluto Press.

Offe, C. , 1984, *Contradictions of the Welfare State*, London: Hutchinson.

Quah, D. , 1999, *"The Weightless Economy in Economic Development"*, LSE work-ing paper.

Roche M. , 2009, *Exploring the Sociology of Europe*, London: Sage.

Roche M. , 1992, *Rethinking Citizenship: Welfare Ideology, and Change in Mod-ern Society*, Cambridge: Polity Press.

Ryan A. , 1999, "Britain: Recycling the Third Way", *Dissent*, Vol. 46, no. 2.

The Economist, December 19, 1998.

Titmuss, R. M. , 1987, *The Philosophy of Welfare*, London: Allen & Unwin (Publishers) Ltd.

《中国公共政策评论》投稿须知

中国的公共政策研究学酝酿于 20 世纪 80 年代,起步于 90 年代,并在 21 世纪初随着公共管理和公共行政学科的带动下得到迅速发展。自 90 年代后半期以来,我国学界开始大量译介西方公共政策教科书和学术著作,同时,国内学者也开始出版有关公共政策的专著。在公共政策学术活动蓬勃发展的同时,我国政府也开始重视公共政策决策的科学化和民主化,各级政府每年都推出公共政策研究课题,推动了我国专业性的公共政策研究和咨询和发展。

解决各种公共问题的实际需要和公共政策实践的现实要求推动了我国公共政策学科的建设和发展。为推动中国公共政策的研究,提升公共决策的质量,解决公共问题,创建和谐社会,推动人本发展,教育部人文社会科学重点研究基地中山大学行政管理研究中心和中山大学政治与公共事务管理学院决定编辑出版《中国公共政策评论》。

本书的编辑方针是:推广政策科学的概念和理论,以关注中国公共与社会问题的解决为依归,既重视理论发展,又关注实际问题,集学术性、应用性和批判性于一体,探索中国的公共政策理论和规律,推动中国公共政策决策的民主化和科学化,提升公共政策的品质和公共治理的质量。

《中国公共政策评论》(Chinese Public Policy Review,缩写为 CPPR)每年发行一期。本刊发表原创性的理论和经验研究成果,以及综述和评论性论文。

欢迎国内外同行不吝赐稿,共同推动中国公共政策研究的发展。

一、来稿题材、体裁和字数不限,论文、评论、书评、译文、案例评析等,均在接收之列。字数一般以 8 000 字至 15 000 字为宜,有重要学术价值的论文不限字数。

二、来稿选取原则。本刊以学术性为唯一用稿标准。来稿要求主题突出、内容充实、观点明确、论证严密、语言庄重又不失文采、具有独到见解,有较高的学术价值或应用价值。

三、本刊采用学术刊物通行的注释体例(具体参照《中国公共政策评论》体例)。

四、来稿恕不退稿。如本刊在作者或译者投稿日起 2 个月内未加回复,可视为拒绝采纳该来稿。

五、来稿文责自负,本刊所载文章仅代表作者个人观点。

六、投稿方式：通过电子邮件形式或邮政渠道（见下附地址）。电子版请采用 word 文档格式，以附件形式发送。书面投寄请使用打印稿（A4 规格纸张），并同时将文章电子版发至本刊电子邮箱。

七、本刊有权对来稿进行删节，并保留将所刊论文在中山大学行政管理研究中心网页上登载的权利。

八、任何来稿视为作者、译作者已经知悉并同意《中国公共政策评论》的约稿条件。

本刊电子信箱：klngok@126.com；电话：020-84112127

通讯地址：广州市中山大学行政管理研究中心《中国公共政策评论》编辑部；邮编：510275

附：《中国公共政策评论》体例

一、稿件第一页应该提供如下（中文）信息：文章标题；作者姓名、单位以及联系方式；资助基金的名称或感谢语（若有的话）。作者介绍采取在作者名上加脚注，以上标＊标出，介绍作者所属机构及专业职称。例如：×××，××大学政治与公共事务管理学院教授，主要研究领域为公共政策。

二、稿件第二页应该提供如下信息：文章中文标题；150 字左右的中文摘要；3—5 个中文关键词；文章英文标题；200 字左右的英文摘要；3—5 个英文关键词。

三、全部参考文献置于文尾（文献体例参见第四、五点），并按照先中文后英文顺序排列，中文文献以姓氏拼音首字母为序，英文文献以姓氏首字母为序。在正文中按照如下方式标明所引观点或资料的来源：

A. 引用相关文献的观点但未直接引用作者原文，采用（作者，年份）的方式注明。中文作者应写出全名，英文作者写出姓氏。

B. 引用相关文献的观点并直接引用作者原文，需用""标出引用部分，并采用（作者，年份：页码）的方式注明。

C. 引用书中观点，采用（作者，年份：页码）；若直接引用原文，需用""标出引用部分。

D. 页码标注。例如：（张三，2004：157），（Lee，2005：268），（Lee & Mikesell，2005：268—270）。

E. 直接引用原文若超过 50 字，需将该原文单列出来，居中放置，左右各内移两字的空间，上下各空一行。

F. 文内若需注释，采用脚注，每页重新编号，编号序号依次为：[1]，[2]，[3]，……。

四、中文文献体例

A. 引用论文

王绍光、胡鞍钢、丁元竹，2002，"经济繁荣背后的社会危机"，《战略与管理》2002 年(6 月),第 3 期,第 26—33 页。

B. 引用专著

钱满素,2005,《美国自由主义的历史变迁》,三联书店。

艾尔·巴比,2005,《社会研究方法》,邱泽奇译,华夏出版社。

C. 引用编著

余晖、秦虹主编,2005,《公私合作制的中国试验》,上海人民出版社。

D. 引用文集

李惠斌,2000,"什么是社会资本",载李惠斌、杨雪冬编《社会资本与社会发展》,社会科学文献出版社。

E. 引用报纸文章

陆全武,1994,"国营企业改革中的几个问题",《经济日报》1994 年 8 月 20 日第 3 版。

F. 引用网页

王明亮,1998,"关于中国学术期刊标准化数据库系统工程的进展",http://www. cajcd. edu. cn/pub. txt/980810-2. html,1998-08-16/1998-10-04.

五、外文注释

A. 引用论文

Fountain, Jane, 1996, "The Virtual State: Transforming American Government?" *National Civic Review*, 90(4):241—252.

Zweig, D. 1985, "Strategies of Policy Implementation: Policy 'Winds' and Brigade Accounting in Rural China, 1968—1978." *World Politics*, 37(2), 267—293.

B. 引用专著

Mikesell, John, 1996, *Fiscal Administration*. New York: Harcourt Brace College Publishers.

C. 引用编著

Bill, Emmott (ed.), 2005, *Changing Times: Leading Perspectives on the Civil Service in the 21st Century*. London: Office of the Civil Service Commissioners.

D. 引用文集

Kamarck, Elaine, 2006, "Government Reform and Globalization", in Bidyut Chakrabarty & Mohit Bhattacharya (ed.), *Administrative Change and Innovation: A Reader*. Oxford: Oxford University Press.

E. 引用报纸文章

Robin, Toner, 2006, "New Hope for Democrats in Bid for Senate", *New York Times*, September 28, 2006.

F. 引用网页

Sidney，Smith，2000，In the Four Quarters of the Globe，Who Reads an American Book? http://www. usgennet. org/usa/topic/preservation/epochs/vol5/pg144. htm.

图书在版编目(CIP)数据

中国公共政策评论.第 4 卷／岳经纶，郭巍青主
编.—上海:格致出版社:上海人民出版社,2010
ISBN 978-7-5432-1835-2

Ⅰ.①中… Ⅱ.①岳… ②郭… Ⅲ.①政策学-中国
-文集 Ⅳ.①D601-53

中国版本图书馆 CIP 数据核字(2010)第 179752 号

责任编辑 罗 康
美术编辑 陈 楠

中国公共政策评论(第 4 卷)

岳经纶 郭巍青 主编

出 版 世纪出版集团 格 致 出 版 社
www.ewen.cc www.hibooks.cn
上海人民出版社

(200001 上海福建中路193号24层)

编辑部热线 021-63914988
市场部热线 021-63914081

发 行 世纪出版集团发行中心
印 刷 上海书刊印刷有限公司
开 本 787×1092 毫米 1/16
印 张 14.5
插 页 2
字 数 258,000
版 次 2010 年 11 月第 1 版
印 次 2010 年 11 月第 1 次印刷
ISBN 978-7-5432-1835-2/D·45
定 价 28.00 元